Indiana Teller

SOPHIE AUDOUIN-MAMIKONIAN

Indiana Teller

Tome 2 : Lune d'été

Michel LAFON

7-13, boulevard Paul-Émile-Victor
Île de la Jatte
92521 – Neuilly-sur-Seine Cedex
www-lire-en-serie.com

Pré-prologue…

Mais que s'est-il donc passé jusqu'à présent ?…

Je m'appelle Indiana et, oui, je sais que c'est un nom de chien.

Je suis un humain très banal. Plutôt mignon d'après les filles, mais bon, peut-être disent-elles ça pour être gentilles. Après tout, qui est capable de savoir ce qu'elles pensent vraiment ? Cheveux blonds mais pointes noires, ce qui fait assez bizarre, un peu comme une fourrure de loup, yeux d'un bleu husky, grand et, du fait d'un entraînement intensif et épuisant, plutôt costaud.

Je suis le fils d'un loup-garou, Benjamin Teller, et d'une humaine, Jessica Teller. Une partie de mes ancêtres est donc nettement plus poilue que l'autre. Ah, et leurs dents sont plus longues aussi. Face aux sept milliards d'êtres humains « normaux », les loups-garous représentent à peine cinquante mille individus dans le monde. Mais rien qu'aux États-Unis, cela fait tout de même dix mille personnes qui deviennent poilues à volonté. Oui, à volonté. Je sais, ça surprend. Mais en fait, les loups-garous se transforment en loups. En très, très gros loups, puisque notre masse humaine se reconfigure en masse lupine. Dans la nature, il est rare qu'un loup fasse plus de soixante kilos. Or, mon grand-père, par exemple, en fait plus de deux cent cinquante. Pas en volume, en masse. Nous sommes plus denses.

En fait, les humains qui le rencontrent dans la forêt ne meurent pas parce qu'il les croque. Ils meurent de saisissement : « Aaah, un monstre énorme » et couic !

Naaaan, je rigole. Grand-père ne croque personne. C'est bien pour cela qu'il a créé un ranch. Nous élevons des vaches. Les loups-garous adorent les vaches, bien plus que la chair maigre et filandreuse des humains. Et comment les loups savent-ils que la chair des humains est maigre et filandreuse ? Euh, moi, à votre place je ne poserais pas de questions…

Bref, c'est vrai que, sous sa forme animale, grand-père est super effrayant. Une version moderne du grand méchant loup.

La famille Adams, à côté de nous, est étonnement normale. Si, si, je vous assure.

Mon grand-père et ma grand-mère sont les loups alpha de l'immense meute des loups-garous. Ce qui signifie qu'ils en sont les dirigeants. Il y a les loups alpha, ceux qui sont les plus malins, les plus puissants, les loups bêta, qui obéissent, et les loups oméga qui sont un peu les souffre-douleur du groupe. La Meute avec un grand « M » est divisée en un tas de petites meutes avec des alpha à leur tête. Tous ces alphas donnent leur allégeance à mon grand-père, qu'ils ont élu très démocratiquement. Cela se passe tous les vingt ans, parce que, contrairement aux humains, les loups-garous peuvent vivre vraiment très, très longtemps.

Mon histoire commence il y a dix-huit ans, le jour de ma naissance. Mon père, Benjamin, était tombé fou amoureux d'une humaine tout à fait normale… enfin en apparence. C'était assez inhabituel. Les loups-garous ne sont pas si nombreux et évitent de se marier en dehors de la meute, mais c'était déjà arrivé – d'autant que nos précieux gènes semblent dominants : les enfants de couples mixtes sont des loups-garous pure souche.

Les très, très rares déviants sont éliminés. C'est moche mais c'est comme ça.

Enfin, jusqu'à moi. Qui ne présentait absolument aucun signe de lupinitude de quelque sorte que ce soit. Je sais que ce mot n'existe pas, mais il exprime bien ce que je veux dire. Je ne suis pas un loup-garou et, croyez-moi, je le regrette souvent.

On ne m'a pas tué, parce que j'étais le seul héritier de la meute, bien qu'étant humain. Et sans doute aussi parce que, malgré tout, mes grands-parents m'aimaient. Enfin, c'est ce que je veux croire.

Lorsque Nanny, la louve qui m'a élevé, m'a raconté la si romantique rencontre de mes parents à un bal, elle m'a dit qu'ils avaient été foudroyés par l'amour. J'étais petit, j'avais donc imaginé mon père et ma mère tout noirs, les cheveux en pétard, en train de cligner des yeux, encore fumants.

Maman était tombée enceinte. Elle avait accouché et pouf ! elle avait disparu. Devant tout le monde. C'était comme cela que les loups-garous, stupéfaits, avaient découvert que l'humaine qu'ils méprisaient un peu, en dépit de tout l'amour que lui portait mon père, était d'une espèce extrêmement rare, les achronautes ou rebrousse-temps. Les espions suprêmes. Invisibles, inodores, indétectables, les rebrousse-temps sont capables de se dématérialiser et de voyager dans le temps et dans l'espace jusqu'au jour de leur naissance. Aucun secret n'est à l'abri avec eux. Aucune invention, aucun code bancaire : il leur suffit de remonter dans le temps, ou tout simplement de se déplacer dans l'espace, et de lire par-dessus l'épaule de ceux qu'ils espionnent. Posséder un rebrousse-temps, c'était posséder le Pouvoir. Avec un grand « P ».

OK, imaginez-vous soudain doté d'un pouvoir incroyable dont vous ignorez tout. Qu'est-ce que vous feriez ? Ce qu'a fait ma mère, fascinée. En quelques mois, elle s'est littéralement engloutie dans son don. Elle a donné de si précieuses indications à notre meute que nous sommes devenus incroyablement riches. Ce qui est utile. Plus nous sommes riches, plus nous sommes invisibles aux yeux des humains. Notre argent nous permet de nous protéger, d'acheter ceux dont nous avons besoin pour conserver notre existence secrète. Grâce à ma mère, notre meute est également devenue très puissante, même si grand-père était déjà le chef de meute de tous les loups américains.

Mais tout cela avait un prix. Elle nous a délaissés, mon père et moi, émerveillée par son pouvoir. Et mon père ne l'a pas supporté. Pour une mystérieuse raison, il a reporté sur moi la responsabilité du don de ma mère, parce qu'il était apparu lorsqu'elle avait accouché.

Il a essayé de me tuer. Probablement en voulant me défendre, ma mère lui a enfoncé un stylet en argent dans le cœur. L'argent étant le seul métal capable d'empoisonner un loup-garou et de le tuer, mon père n'a pu se régénérer.

Ce fut ainsi que, à peine âgé de deux ans, j'ai perdu mon père.

Et, d'une certaine façon, ma mère aussi car, à la suite de ce drame, elle est devenue folle. Grand-père Karl et grand-mère Amber, en dépit de leur féroce envie de la tuer pour ce qu'elle avait fait à leur fils bien-aimé, n'ont pu se résoudre à éliminer un précieux rebrousse-temps. Alors ils l'ont fait enfermer. Dans un centre de détention très spécial où nous mettons ceux des races surnaturelles qui ont craqué sous la pression. Les fées accros à la poudre de lune, les loups-garous devenus incapables de chasser ou, pire, se jetant sur les humains pour un oui ou pour un non, les vampires shootés au sang, les sorcières ou sorciers fous.

Maman ayant continué à « voyager », à chacun de ses retours tout ce qu'elle disait était enregistré. Il n'est pas très difficile d'emprisonner un rebrousse-temps car il doit toujours se rematérialiser exactement à l'endroit où il a disparu. Et qu'il ne peut rester dans le temps très longtemps, tout simplement parce que son corps ne le supporterait pas. Ses divagations ont continué à apporter informations et pouvoir à ma famille, à la meute et, par là-même, à tous les loups-garous.

Je n'ai découvert tout cela que très tard. Mes grands-parents ne voulaient pas me faire souffrir, moi qui n'avais hérité aucun don de mes deux étranges parents. Car les gènes de loups-garous sont récessifs chez moi, hélas, et je ne présentais, à mon grand soulagement vu que cela a rendu ma mère folle, pas les dons des rebrousse-temps.

Enfin, jusqu'au moment où trente tonnes de ferraille me sont tombées dessus.

Et, non, ce n'était pas un accident.

C'était une tentative de meurtre.

Frustré de ne pas être un loup, j'avais réussi à décider ma famille à m'envoyer étudier à l'université de Missoula, à sept cents kilomètres de notre ranch, Lykos. Avec un certain nombre de recommandations. Ne pas tomber amoureux d'une humaine (c'était devenu interdit depuis ma naissance), ne pas me lier trop avec les humains, et patati, et patata.

Je suis un ado. Quelle est donc la première chose que j'ai faite en arrivant à l'université, loin du regard scrutateur de ma famille ?

Je suis tombé amoureux d'une humaine. Évidemment. Katerina O'Hara. La belle, la sublime Katerina aux yeux gris-vert et aux somptueux cheveux noirs.

Sauf que, bien sûr, cela ne pouvait pas être aussi simple, deux ados qui tombent amoureux. Nannn, il y avait des tas de squelettes dans des tas de placards. Nous avons donc découvert que son arrière-grand-père a tué le mien (croyant que c'était un loup qui voulait bouffer ses moutons alors qu'en fait, justement, mon ancêtre guettait le véritable coupable). Qu'il y a une vendetta entre nos deux familles. Roméo et Juliette, les Montaigu et les Capulet. Car, pour se venger de ce meurtre, la meute a tué l'arrière-grand-père de Katerina.

Œil pour œil, dent pour dent.

Super. Comme si ma vie n'était pas assez compliquée comme ça.

Hélas, je n'ai pas été le seul à transgresser les règles. Katerina fascinait également un vrai loup-garou, mon adversaire et ami Tyler Brandkel. Nous nous sommes donc affrontés pour son amour. Pas *Roméo et Juliette*, cette fois-ci, mais plus moderne, genre *Vampire Diaries*. Deux frères ennemis amoureux de la même jolie fille.

Pourtant, Tyler m'a sauvé la vie en me poussant au moment où l'échafaudage m'est tombé dessus.

Mais c'est surtout le don de ma mère qui m'a sorti d'affaire indemne car, pour la première fois de ma vie, je me suis dématérialisé. J'ai acquis mes dons de rebrousse-temps. Croyez-moi, j'aurais vraiment, vraiment préféré être un loup-garou. Puissant, rapide, magnifique. Tout ce que me promettaient les pouvoirs d'achronaute, c'était de devenir fou et de me faire enfermer.

Alors je l'ai caché. À tout le monde. À ma famille poilue, à mes amis, à Katerina. C'est mon sombre secret.

Les choses se sont alors compliquées…

OK, encore *plus* compliquées.

Grâce à ce don bizarre, j'ai découvert que le père alcoolique de Katerina, Seamus, avait été contacté par un semi qui lui avait demandé de piéger l'échafaudage. Il lui a également dit que notre meute avait tué son grand-père mais aussi ses deux parents. (Ce qui était faux pour ces derniers, d'ailleurs. Nous n'avions rien à voir avec leur noyade. Du moins, selon les dires de mon grand-père. D'accord, vu que je me fais tout le temps manipuler par mon implacable ancêtre, disons que je crois… hum, que j'espère très fort qu'il n'a rien à voir avec cette noyade.) Puis il a menti au père de Katerina, en lui disant que moi aussi, j'étais un loup-garou, que me faire tomber trente tonnes d'échafaudage sur la tête ne me tuerait pas mais que je serais sérieusement blessé. Fou de rage, Seamus avait accepté l'argent (cinq cent mille dollars, quand même, quelqu'un voulait vraiment ma peau !), arrêté de boire, armé son fusil avec des balles d'argent et obéi aux ordres.

Mais je ne suis pas mort et Tyler a été gravement blessé en me sauvant. En enquêtant avec Chuck, qui est à la fois mon copain et mon garde du corps loup-garou, nous avons découvert que le salopard derrière toute cette machination contre moi était Louis Brandkel, le père de Tyler. L'un des autres chefs de meutes, le plus puissant après grand-père, et surtout le plus terriblement ambitieux.

Louis Brandkel a donc été accusé officiellement de tentative de meurtre et d'avoir transformé des humains en semis. Celui qui avait averti Seamus était en effet un humain fraîchement mordu.

Ah oui. Les semis. J'oubliais. Vous savez, les sombres légendes de ces mi-loups mi-humains, bipèdes et bestiaux, longues dents et gros appétit, surtout de proies humaines ? Ces monstres qui vous font frissonner dans votre lit la nuit ? Ils existent.

Et c'est nous qui les avons créés.

Les loups pure souche se transforment à volonté d'humain en loup et de loup en humain. Lorsqu'ils meurent, ils restent sous la forme adoptée lors de leur mort. Loup ou humain, ils ne se retransforment pas. Mais lorsqu'un loup-garou pure souche mord un humain et que celui-ci en réchappe, le venin contenu dans la salive du loup va transformer sa victime. En un monstrueux semi avide de chair humaine, incapable de se contrôler, et qui se métamorphose uniquement les trois nuits par mois durant lesquelles la lune est pleine.

Pourtant, l'un de mes meilleurs amis, celui qui m'a appris comment me battre contre des loups-garous bien plus puissants et rapides que moi, est un semi. Axel. Il a réussi à résister à la soif de sang grâce à Gemma, la louve-garou pure souche qui l'a transformé par amour. Gemma qui a été assassinée par Brandkel. Axel voue donc une haine farouche à Brandkel et c'est ce qui nous a sauvés.

Car la machination de Brandkel était prodigieusement tordue. Il a volontairement créé son accusation afin d'obliger le Conseil des loups-garous à se réunir pour le juger. Puis il a tenté de tuer mon grand-père et le Conseil afin de prendre la tête de toutes les meutes. De devenir l'alpha de la Meute. Celle avec un grand « M ». Et tout ça dans le but d'asservir les humains en montant des équipes de loups-garous dealers. Cela semble impossible ? Dément ? Pas tant que cela. Les loups sont physiquement bien plus puissants que les humains, très difficiles à tuer et ils vivent vraiment longtemps. Donc, les plans à long terme, ils connaissent et maîtrisent.

Brandkel, en pervertissant la belle Serafina, une louve-garou de mon âge et de notre meute, a réussi à infiltrer ses loups sur place. Cela a été la plus terrible trahison que notre meute ait eu à subir depuis des centaines d'années. Serafina a entraîné Ned, un autre loup-garou, dans ses machinations. Elle dont j'ai été si amoureux pendant si longtemps, ma belle Serafina au corps de top model et à l'âme de vipère. Elle a même tenté de me tuer elle-même.

Nous allions tous mourir lorsque Axel et sa meute ont volé à notre secours. J'avoue que je n'imaginais pas nos sauveurs sous la forme de monstres terrifiants, mais bon sang, ce que j'ai été content de les voir débarquer ! Entre-temps, Tyler, fou d'amour pour Katerina, n'a rien trouvé de mieux que de me défier et de me broyer la jambe. Ne me jetez pas la pierre. Croyez-moi, face à un loup-garou, le bazooka est chaudement recommandé.

Malheureusement, Brandkel, Tyler et Serafina ont réussi, couverts par leurs loups, à s'enfuir.

C'est alors que la véritable raison de tout cela est apparue. Serafina avait dévoilé, grâce à Ned, le secret de la meute. La présence d'une rebrousse-temps à nos côtés. Brandkel l'a fait enlever pendant qu'il tentait de nous tuer.

À présent, la guerre était déclarée entre sa meute et la nôtre, en dépit de tous nos efforts de conciliations. Nous étions à la recherche de ma mère et je ne voulais que deux choses.

La retrouver.

Et la fourrure de celui qui avait osé l'enlever…

Et, de nouveau, c'est là que les choses se sont gâtées… à cause des vampires.

Prologue

Le vampire

Je n'avais pas prévu tout cela.

Au moment où j'entre dans la pièce, je réalise mon énorme erreur. Il est là, penché sur un corps exsangue.

Il m'a entendu. Il relève la tête et plonge ses yeux fous de plaisir dans les miens. Sa bouche maculée de sang esquisse un sourire. Ses dents sont trop longues, écarlates. Il se redresse et j'ai l'impression que mon cœur va s'arrêter de battre.

Son sourire s'élargit, comme s'il sentait ma panique. Son regard accommode enfin. Sur son prochain repas.

Moi.

Il bondit.

Chapitre 1

Le meurtre

Je vois la scène comme si j'y étais. Il y a un corps. Étendu. Ruisselant de sang, peau lacérée, muscles sectionnés. L'une des jambes a été à moitié arrachée, on voit l'os brillant. Comme dans un travelling, mon regard horrifié remonte vers le visage. J'arrête de respirer. Je connais cet homme.

C'est le père de ma petite amie.

Je m'avance vers lui pour lui venir en aide. Mais ma main traverse son corps. Je ne peux pas le toucher, je ne peux pas le sauver.

Je hurle.

Et ça me réveille.

Sauf que je n'étais pas endormi. Je venais de « voyager » jusqu'à Missoula, à sept cents kilomètres, en une fraction de seconde. Comment je le savais ? Parce que mon corps se dématérialise lorsque je fais cela, et que j'étais tout nu, assis sur mon bas de pyjama.

Merde, merde, merde. Ce n'était donc pas un stupide cauchemar. Quelqu'un avait attaqué Seamus, le père de Katerina. Je bondis vers mon téléphone. Il était quatre heures du matin. J'appelai le 911. Après avoir donné l'adresse au secouriste, je mentis en disant que le père de Kat m'avait appelé. Le type m'assura que l'ambulance partait immédiatement. Ensuite je sortis de ma chambre en courant.

En ménageant ma jambe encore fragile (broyée par Tyler lors de notre combat à mort, elle me faisait encore mal), je fonçai vers la chambre de Katerina. Elle était l'invitée de notre clan et on lui avait donné une suite dans l'aile gauche. Le plus loin possible de la mienne. Ma famille m'énerve.

Je la réveillai en claquant la porte contre le mur et j'allumai la lumière. Complètement éblouie, elle se redressa. Ses magnifiques cheveux noirs étaient ébouriffés et ses yeux gris-vert papillonnaient. Soudain, son regard s'écarquilla et elle rougit. Elle remonta vers mon visage et ne le quitta pas.

– Indiana ?

– Katerina, je suis désolé, c'est...

Elle m'interrompit fermement.

– Y a-t-il une raison particulière pour que tu sois nu ?

– Hein ?

Je baissai les yeux et les relevai très vite. Ouille ! j'avais oublié. J'attrapai un vêtement qui traînait et me couvris le... les trucs qui avaient besoin d'être couverts. Puis je repris :

– Pardon, mais c'était vraiment urgent. Écoute, Katerina, ton père a été attaqué.

Elle s'affola et se leva. Elle portait une nuisette épouvantablement courte, qui couvrait à peine le haut de ses longues jambes. En dépit de la situation, comme toujours, cela me secoua. Sa beauté me touchait si profondément que parfois j'en arrêtais de respirer.

– Quoi ? Quoi ? Mais comment... Indiana, comment le sais-tu ?

Je dus lui mentir à elle aussi. Personne ne connaît mon don de rebrousse-temps et personne ne doit le connaître.

– Il vient de m'appeler au secours. J'ai fait envoyer une ambulance. Mais nous devons retourner à Missoula. Tout de suite. Je demande à grand-père de s'en occuper.

Elle hocha la tête et, sans se préoccuper de moi, fonça vers son armoire pour préparer son sac. Alors que je me retournais pour refermer la porte, elle retira sa nuisette.

La porte claqua au plus mauvais moment.

Je soupirai et fonçai. Karl, mon énorme grand-père, était encore à son bureau. Les loups-garous chassent le plus souvent la nuit et il venait de rentrer. Il est le chef de notre meute. Enfin, de la meute du Montana, parce que moi, je ne suis pas un loup-garou, hélas. Je m'appelle Indiana Teller et j'ai mis tout le monde dans d'énormes ennuis.

Juste en naissant.

Chapitre 2

Le choc

Le choc fut tel pour Katerina qu'elle ne pensa pas, Dieu merci, à me demander pourquoi son père m'avait appelé moi et pas elle. J'allais me garder de lui donner trop de détails. J'ai appris depuis longtemps que les meilleurs mensonges sont les plus courts. Et, avec une famille comme la mienne, on a intérêt à être bon dans sa partie.

Pinocchio aurait terminé en petit bois pour le feu…

Grand-père n'hésita pas. Lorsque je lui dis que Seamus venait d'être attaqué (à lui, je précisai qu'il avait gémi « déchiqueté », ce qui sous-entendait une attaque de loup-garou donc le fit immédiatement réagir), il nous prêta tout de suite l'un des hélicoptères du ranch. Quand on habite au milieu de nulle part, ce n'est pas du snobisme mais de la survie de posséder un engin capable de vous amener vite où vous avez besoin d'aller.

Katerina avait fini d'emballer hâtivement trois affaires dans un sac et dévalait l'escalier. J'étais déjà prêt. Ses yeux brillaient d'inquiétude. Grand-mère avait été réveillée par l'agitation de grand-père, comme si ces deux-là étaient connectés (ce qui était d'ailleurs peut-être le cas entre deux alpha, pour ce que j'en sais), et avait prévenu Chuck.

Le gros Chuck, mon ami et tortionnaire d'enfance (il m'a fallu du temps pour l'apprécier et réciproquement), et accessoirement mon encombrant garde du corps. Il avait, curieusement, du poil collé sur le nez, ce qui lui faisait une tête bizarre.

– Bon sang, Indiana, grommela-t-il, mal réveillé, je viens à peine de rentrer de la chasse aux daims, qu'est-ce qui se passe encore ?

Ah, cela expliquait les poils.

– Seamus a été attaqué, il a tout juste eu le temps de composer mon numéro et de me dire trois mots avant de s'évanouir. J'ai appelé les secours.

Les maudits loups sont capables de détecter les mensonges. Heureusement, ils ne pensent pas à utiliser leur nez et leurs oreilles sur moi, puisque je ne représente pas une menace et fais partie du clan. Mais chaque fois que je mens, je sais à quel point je me mets en danger.

Chuck comprit tout de suite l'urgence de la situation. Et, Dieu merci, il prit les battements de mon cœur dus à mon mensonge pour de la panique liée à l'attaque. Avant de filer faire son sac lui aussi, il me lança par-dessus son épaule :

– Nanny n'était pas avec lui ?

Je jurai entre mes dents. Chuck pouvait avoir de sidérants moments d'intelligence, qui apparemment me manquaient un peu, parce que je n'y avais pas pensé une seconde : Nanny, ma... disons ma mère de substitution (puisque la mienne était folle et enfermée, jusqu'à peu, dans un asile très spécial), était une puissante louve-garou. Elle était tombée amoureuse de Seamus.

Oui, oui, je sais, c'était aussi interdit que l'amour que je portais à Katerina. Mais, comme moi, Nanny est une anticonformiste et je lui ressemble bien plus que nous ne le pensons elle et moi. Je l'aime profondément. Mon cœur se serra. Je n'avais pas vu d'autre corps que celui de Seamus lors de ma dématérialisation, mais cela ne voulait rien dire.

J'attrapai mon téléphone et composai le numéro de Nanny.

Qui ne sonna pas. Je tombai directement sur sa boîte vocale. Je laissai un message circonspect et terminai par un pressant : « Appelle-nous, appelle-moi ! »

Chuck, qui revenait avec un sac d'où dépassait un bras de chemise à carreaux, croisa mon regard. Il était identiquement inquiet.

– La voiture est prête ! cria Amber, ma grand-mère. Vous pouvez y aller, les enfants. Contactez-nous dès que vous êtes sur place.

Elle surgit, enveloppée dans une moelleuse robe de chambre de cachemire, et ajouta :

– Et… Indiana ?

– Grand-mère ?

– Essaye de ne pas oublier que Brandkel nous a déclaré la guerre. Rien ne lui ferait plus plaisir que de tuer le petit-fils du chef de clan, alors pas d'imprudences, mon garçon, c'est compris ? Ton grand-père te donne Chuck, Dave et cinq de nos loups, parce que cela peut être un piège pour t'attirer en dehors de la propriété.

Oui, j'y avais pensé aussi. Paranoïaque ? C'est un trait de notre famille. Nous voyons des complots partout. Hélas ! souvent à raison, vu les récents évènements.

Même si je n'avais rencontré ma mère que très peu dans ma vie, du fait de sa maladie, dernièrement, nous avions réussi à communiquer et elle me manquait terriblement.

Si celle-ci, sur un échiquier imaginaire, était la reine blanche, que le roi noir venait de capturer, il venait également d'éliminer un nouveau pion. Seamus.

Pour ma part, je me voyais assez bien en fou. Le truc qui surgit de nulle part et met le chaos.

Le seul hic de cette métaphore du jeu d'échecs, c'était que j'avais affaire à un vieux grand maître super vicieux, qui avait genre une petite centaine d'années de plus que moi, et que je débutais tout juste, une notice *Les Échecs pour les nuls* dans une main et un échiquier dans l'autre…

– Promis, grand-mère, je t'appelle dès que nous sommes sur place.

Je n'eus pas à me pencher beaucoup pour l'embrasser. Les loups-garous sont souvent grands et bien bâtis et grand-mère Amber ne faisait pas exception à la règle. À mes côtés, Katerina bouillait d'impatience et j'abrégeai les adieux. Dans la voiture, sous le regard attentif de Chuck, Katerina attrapa ma main et ne la lâcha plus. Je n'osai pas lui dire qu'elle me broyait les os. Si cela lui faisait du bien, ça ne me gênait pas de souffrir.

Enfin, pas trop.

Katerina respirait vite et ses yeux étaient brillants. Ce qui tue le plus, c'est de ne pas savoir. Elle appela dix fois chez elle, mais personne ne répondit. Et les secours n'étaient pas arrivés à l'hôpital, car l'infirmière qui décrocha n'avait aucun patient enregistré au nom de Seamus O'Hara. Pas encore, du moins.

Je n'étais pas plus tranquille, parce que Nanny ne répondait ni à son portable ni à la maison.

Merde.

Dave et les autres suivaient notre limousine en 4 × 4. Ce sont les gardiens, les soldats de notre meute. Des loups aguerris et violents, qui ne font pas dans la dentelle. Ils avaient apporté tout un attirail avec eux, de quoi renverser un petit pays. J'avoue que je me sentais rassuré de les avoir à nos côtés. Je décrochai mon téléphone. D'une main. Heureusement, le numéro que je cherchais faisait partie de la liste « urgence », il me suffisait d'appuyer sur une seule touche.

Katerina m'adressa un regard interrogatif.

– J'appelle Axel. Il est à la recherche des prisonniers qui se sont évadés lors du kidnapping de ma mère. Il ne devrait pas être loin.

Axel est un semi. Un monstre. Normalement, il aurait dû être abattu. Sauf qu'il a réussi à juguler sa soif de sang et à ne pas tuer d'être humain. Du coup, il est devenu un allié de choix pour moi qui, contrairement aux miens, ne vois pas un danger en lui.

Peut-être que j'ai tort. Depuis qu'il est devenu le chef des semis – en éliminant celui qui barrait la route de sa vengeance envers Brandkel, l'assassin de sa bien-aimée Gemma, une louve pure souche –, Axel a changé. « Sous le poids des responsabilités », affirme-t-il avec un demi-sourire contraint. Le fait que cela lui apporte un surcroît de puissance indéniable se sent aussi dans sa façon d'envisager les choses. Comme si, chaque fois, il regardait le problème, le problème derrière le problème, mais aussi le futur problème derrière les deux premiers.

Rien que d'y penser, j'en avais mal à la tête.

Cela dit, sans cette façon très particulière de réfléchir, nous serions tous morts. Fait qu'Axel aime un peu trop nous rappeler au goût de mon grand-père : il m'a sauvé la peau, et celle de ma famille avec.

Je ne fus donc pas surpris par sa phrase lorsqu'il décrocha :

– Quelqu'un essaye encore de te tuer et tu as besoin d'aide ? grogna-t-il comme s'il avait la bouche pleine de quelque chose.

De crocs probablement, vu que c'était la première nuit de pleine lune et qu'il avait dû se transformer. Contrairement aux purs loups-garous, qui pouvaient se transformer à volonté, de jour comme de nuit, pleine lune ou pas, les semis étaient soumis à l'influence de l'astre. Là aussi, les vieilles légendes disaient vrai.

– Pas moi, Seamus. Il a été attaqué. Il est gravement blessé.

Au moment où je prononçai ces mots, je me souvins que je n'étais pas seul et que j'étais un gros abruti. Katerina eut un petit hoquet de désarroi en reculant dans la voiture et Chuck, le gros Chuck qui pourtant est bien le premier à faire des gaffes, hocha sa grosse tête blonde avec réprobation. Je rectifiai à toute vitesse.

– J'ai eu le temps d'envoyer les secours, je suis sûr qu'ils ont fait ce qu'il fallait. Nous nous rendons à Missoula. Mais ce qui m'inquiète, c'est que Nanny ne répond pas non plus.

Il en faut beaucoup pour tuer une louve-garou aussi puissante que Nanny. Le silence au téléphone se fit plus pesant. Soudain, j'entendis des cris derrière lui, comme un cochon qu'on serait en train d'égorger. Je me retins de poser des questions. J'étais à peu près sûr de ne pas aimer les réponses. La sienne fut concise.

– Je te rejoins. Hélicoptère ?

– Oui.

– Dans dix minutes.

Et il raccrocha.

Ah, cela signifiait, à ma grande satisfaction, qu'il n'était pas très loin. Chuck m'adressa un regard ambré. Chez lui, c'est ce qu'il y a de plus beau, même si les louves adorent le fait qu'il soit aussi gros. Parce que chez nous (enfin, chez ma famille et mes pairs, parce que moi, hein, je ne suis pas un loup-garou), lorsque nous nous transformons, plus la forme humaine est imposante, plus la forme lupine la sera. Chuck est bien parti pour être un futur alpha. Enfin, si personne ne l'égorge avant, parce qu'il est très gentil mais vraiment lourd. Et pas dans le sens physique du terme.

Je repris la main de Katerina – elle avait lâché la mienne dans son agitation – et je plongeai mon regard dans le sien. Et balançai mon mensonge sans faiblir.

– Ton père a eu la force de m'appeler, Katerina. De me dire ce qui lui était arrivé. Il était blessé, mais rien que les secours ne puissent réparer rapidement. Il a survécu à la guerre en Irak, il a survécu à un conflit majeur entre deux meutes de loups-garous, c'est un battant, il va s'en sortir, je te le promets.

Elle me regarda, noyée d'angoisse.

– J'ai… j'ai si peur ! Mais qui pourrait lui vouloir du mal ? On lui a tiré dessus ? je ne t'ai pas demandé…

Aïe. Ça, c'était la partie la moins plaisante de cette pourtant très déplaisante situation.

Je m'éclaircis la gorge. De ce que j'avais vu, Seamus avait été avalé, mâché, déchiqueté et recraché. Un seul type d'animal pouvait faire cela.

– Katerina, je suis désolé. J'ai cru comprendre qu'il avait été attaqué. Par quelqu'un de la Meute.

Elle en perdit le souffle. La Meute. Celle avec un grand « M ». Dans son aspect général, elle regroupait tous les loups-garous du monde, même si elle était divisée en de nombreuses factions, souvent ennemies. Cela ne pouvait signifier qu'une seule chose :

– Par… par un loup-garou ? finit-elle par articuler, horrifiée.

– J'en ai peur.

– Mais…

– Oui, cela signifie qu'il est probablement contaminé. Il… je suis tellement désolé, Katerina. Il va devenir un semi.

Un monstre. Un mangeur de chair humaine. À moins que, comme Axel, on ne parvienne à le contrôler…

Le seul souci avec les semis, surtout les nouveaux, c'est qu'ils estiment que les humains sont le casse-croûte le plus… hum, juteux. Et celui qui court le moins vite.

La nouvelle était simplement trop énorme pour Katerina. Elle passa dessus, incapable de l'assimiler.

– Il est toute la famille qu'il me reste, Indiana. S'il… s'il…

Elle n'arrivait pas à prononcer le mot mais se força :

– S'il meurt… je serai seule au monde !

– Non.

Je devais avoir l'air blessé parce qu'elle tressaillit devant mon visage.

– Tu m'as, moi. Et tu as toute la meute. C'est grâce à toi et à Seamus que nous avons vaincu Brandkel. Ne dis jamais plus que tu n'as pas de famille, Katerina. Tu en as une qui compte deux cents personnes. Crois-moi, c'est loin d'être négligeable. Et tous donneraient leur vie pour toi. Même si toi et moi ne devions jamais être ensemble, c'est ta famille.

Chuck hocha la tête, affirmatif. Les humains normaux n'ont aucune idée de la fidélité de la meute. Nous sommes incroyablement loyaux les uns envers les autres, non seulement parce que c'est dans notre nature de loups, mais aussi parce que c'est le seul moyen de survivre lorsqu'on vit au milieu de milliards de gens qui, s'ils apprenaient notre existence, s'empresseraient de faire de nous une espèce disparue…

Enfin, sauf moi. Et c'était aussi pour cette raison que la trahison de Serafina puis celle de Ned avaient été tellement douloureuses. Surtout pour moi qui avais été tellement amoureux de la splendide, capricieuse et très maligne Serafina, qui s'était alliée dans notre dos à Brandkel. Juste pour le pouvoir. Juste pour la domination. Entraînant Ned, son amoureux, puisqu'elle n'avait jamais voulu de moi, dans sa chute.

Qu'une meute attaque une autre meute, cela arrivait. En revanche, que deux membres du clan, par soif de pouvoir ou par faiblesse, nous aient fait défaut nous blessait profondément. J'en voyais tous les jours les cicatrices au sein de la meute. Et je détestais les regards méfiants qui semblaient signifier « qui sera le prochain ? ».

Katerina comprit ce que je voulais dire. Ces quelques semaines passées avec la meute lui avaient montré l'amour qui nous unissait. Elle se détendit. Un peu.

Le reste du trajet se fit dans le silence. L'aéroport privé que nous utilisions en exclusivité bourdonnait d'activité lorsque nous sommes arrivés. Je ne sais pas ce qu'Axel avait mis dans son moteur, mais il était déjà là.

Katerina se mit légèrement en retrait. Je sentais sa respiration oppressée derrière moi, tandis que je saluai Axel. Si elle trouvait les loups-garous plutôt beaux, elle n'avait jamais réussi à s'habituer à l'aspect des semis. Un mélange de bête et d'humain. Longues griffes, longues dents, gros appétit. Un effrayant modèle de ce que Seamus allait devenir. S'il survivait à l'attaque.

Le semi à la fourrure aussi noire que sa peau humaine m'enveloppa dans une étreinte bourrue. Mon ami, mon mentor, celui qui m'avait entraîné et tout appris. Celui qui m'avait sauvé la vie.

J'essayai de résister virilement à l'écrasement.

Axel, comme tous les loups et les semis, oubliait souvent que j'étais un humain et que me broyer les os était facile.

Heureusement, il vit Katerina et me lâcha avant que mes côtes ne cèdent, pour la saluer. Il ne lui prodigua aucun encouragement. Pour arracher deux mots à ce type, il fallait quasiment une pince de dentiste. Mais sa petite tape sur l'épaule valait tous les discours du monde. Et puis je savais qu'il n'aimait pas trop parler sous sa forme de mi-loup-garou, parce que avec sa gueule, cela lui faisait avaler la moitié des syllabes… et baver.

Dave le toisa d'un air méfiant. Chuck aussi, même s'il était le loup-garou qui appréciait le plus Axel. La vieille animosité entre les semis et les loups n'avait pas été éteinte par l'acte de bravoure d'Axel. Bon, au moins, ils attendaient un peu avant de se sauter à la gorge.

– Allons-y, fis-je sèchement, les faisant presque sursauter. Il n'y a pas de temps à perdre.

Ils cessèrent leur affrontement débile et filèrent vers l'hélicoptère. En fait vers les deux hélicoptères, parce qu'un seul ne suffisait pas.

– Ça va vous coûter une fortune en kérosène, souffla Katerina, toujours très embarrassée lorsque des gens dépensaient de l'argent à cause d'elle.

L'espace d'un instant, je fus surpris par la trivialité de sa remarque. D'autant plus étrange qu'elle avait besoin de rentrer le plus vite possible. Un instant, bêtement, je pensai que c'était parce que Katerina était horriblement susceptible pour tout ce qui était pécuniaire. Parfois, c'était assez agaçant. Elle avait un mal fou à accepter les cadeaux.

Mais là, ce n'était pas le cas, elle avait dit cela comme elle aurait dit que le ciel est noir et la lune, violette, sans réfléchir. Je comprenais qu'elle essayait de se concentrer sur des détails sans aucun intérêt afin de ne pas penser à ce qui l'attendait au bout du voyage. La mort de son père. Ou sa transformation. Je sentais qu'elle était déchirée entre l'espoir et la panique.

– De toute façon, il aurait bien fallu que je retourne à Missoula un jour ou l'autre, répondis-je d'un ton léger. Il n'est pas question que je laisse Brandkel m'enfermer dans le ranch avec ses menaces. Je vais continuer et terminer mes études. Et lorsque je serai devenu un tycoon de la finance, je taperai là où ça fait mal. Je ruinerai Brandkel. Fais-moi confiance.

J'essayai de ne pas trop laisser transparaître ma haine pour celui qui avait enlevé ma mère, mais Katerina ne fut pas dupe. Elle savait très bien que je ne voulais qu'une seule chose. La mort de Louis Brandkel.

Et si possible dans d'affreuses souffrances.

Ouais, je sais, les loups ont fini par déteindre sur le faible humain que je suis.

L'hélicoptère nous emmena en quelques heures à Missoula. Lors du voyage, Axel me fit un rapport sur ce qui s'était passé depuis qu'il était parti en chasse. Sur son iPad, il avait intégré les plans et les images du Centre et de ses environs lorsque Louis Brandkel avait fait enlever ma mère. Avant et après l'attaque. L'espace d'un instant fugitif, quelque chose me frappa sur les images qui défilaient, puis, lorsque je vis le corps inconscient de ma mère porté par les loups de Brandkel, cela m'échappa. Je serrai les poings. C'était toujours aussi douloureux. Axel passa rapidement sur l'enlèvement puis me montra les endroits où il avait retrouvé la plupart des prisonniers complètement désorientés. Certains l'avaient attaqués, d'autres étaient heureux que quelqu'un puisse les ramener au Centre. Il ne lui restait plus que des fées et des vampires à retrouver. Dans les deux cas, le fait qu'ils puissent voler les rendait plus difficiles à traquer.

Enfin, les hélicoptères arrivèrent à Missoula.

La maison de Katerina n'était pas très loin de l'aéroport. Toujours efficace, Dave avait prévenu nos alliés sur place et plusieurs voitures nous attendaient. Nous nous séparâmes en deux groupes. L'un, sous le commandement d'Axel, fonça vers la maison de Katerina après avoir pris ses clefs. Les loups de Dave (mais sans Dave, qui restait avec moi) allaient mener l'enquête avec le semi. La façon dont Seamus avait été sauvagement blessé, de ce que j'avais vu lors de mon « voyage », allait probablement leur permettre de relever des odeurs et des indices que de simples humains ne détecteraient pas. *Les Experts* auraient bien besoin d'un loup-garou dans leur équipe, c'est moi qui vous le dis.

Notre groupe fila à l'hôpital, protégé par Dave et deux autres soldats. Katerina, blême, faisait peur à voir, ses grands yeux gris-vert rongés d'angoisse. Pourtant, lorsque nous fîmes irruption dans l'hôpital, nous apprîmes deux bonnes nouvelles.

Seamus n'avait pas succombé à ses blessures.

Nanny était là.

Je ne me rendis compte du souci que je me faisais pour elle que lorsque je pus la prendre dans mes bras et que mes jambes flageolèrent de soulagement. Elle était plus petite que moi, ronde, blonde et maternelle, enveloppée dans une chaude et solide robe de laine sombre. Ses yeux d'ambre étaient noyés de chagrin. La louve aimait vraiment beaucoup Seamus et je sentais son agitation comme si on me passait l'épiderme à la râpe.

– Oh, Indiana, fit-elle tout doucement pour que Katerina n'entende pas, c'est terrible. Les médecins disent qu'il ne passera peut-être pas la nuit !

Vu que nous étions déjà au petit matin, son assertion n'était pas logique, mais je comprenais ce qu'elle voulait dire. La vie de Seamus ne tenait qu'à un fil. Je la serrai plus fort. Je n'aimais pas spécialement Seamus, qui n'avait pas bien traité sa propre fille en buvant plus que de raison, mais j'aimais Katerina et Nanny profondément, alors tout ce qui pouvait les blesser me blessait aussi.

– Tu as préparé son évacuation ?

Si, comme je le pensais, Seamus avait été attaqué par l'un des loups de la meute de Brandkel, d'ici quelques minutes il allait se transformer en semi et tenter de croquer les humains. Avec autant de malades incapables de bouger, l'hôpital allait vite se transformer en gigantesque McDonald's pour semi affamé. Pour tout dire, j'étais même étonné que Nanny ne l'ait pas déjà fait sortir en douce afin de l'enfermer dans une cage.

À triples barreaux d'argent mêlé d'acier, la cage. Parce qu'un semi, c'est fichtrement costaud.

– Non, pas pour l'instant. Dante Bout, le médecin qui s'en occupe, est un sorcier. Nous l'avions placé ici lorsque tu es entré à l'université, avec deux autres infirmières, au cas où.

Ah. Un sorcier. Le descendant de Sekhmet. Le peuple chat. Capable comme nous (enfin, comme les loups-garous) de se transformer par magie et surtout de profiter des humains. Paresseux, ronronnant et perfide. Mais certains d'entre eux sont de remarquables médecins, mélangeant science et magie pour obtenir des résultats inouïs.

Je réprimai un soupir d'agacement. Parfois l'overprotection de ma famille est fatigante, mais, dans ce cas, elle était pour une fois bienvenue. Dave et ses soldats nous entourèrent, prêts à agir, mais Nanny nous surprit tous.

– Dante a dit que Seamus est bien trop fragile, répondit-elle, un monde d'inquiétude dans ses yeux dorés.

Quoi ? Un semi était capable de briser une porte blindée d'un seul coup de poing. Mais qu'est-ce qu'elle racontait ? J'ouvris la bouche, incrédule, mais Katerina parlait et je décidai d'écouter ce qu'elle disait.

– Est-ce que je peux le voir ? demanda-t-elle au médecin venu lui faire un compte-rendu.

Nanny se tut et nous écoutâmes la réponse, le cœur serré.

– Vous êtes sa fille, c'est cela ? fit le médecin, un beau type aux yeux d'eau et à l'air épuisé, tout sorcier qu'il était.

À ses côtés, un flic en uniforme avait sorti son carnet. Je le vis jauger les visages durs et le maintien militaire de nos soldats et se raidir. Je lui jetai un regard méfiant tandis que Katerina confirmait d'une voix étranglée.

Comme il s'était passé plus de temps et qu'il avait pu mieux évaluer son état, le médecin fut heureusement plus positif que ceux qui avaient répondu à Nanny. Hélas, avec le flic humain à ses côtés, il ne pouvait pas trop entrer dans les détails. À Katerina de lire entre les lignes, puisqu'elle savait que Seamus avait été mordu par un loup-garou et allait donc se transformer.

– Nous avons réussi à le stabiliser. Il a été gravement blessé. Sa jambe a presque été arrachée, mais nous avons réussi à éviter l'amputation de justesse. Heureusement que nous avons été prévenus très vite, à une demi-heure près c'était trop tard. Il est inconscient, en soins intensifs, mais bien sûr, vous pouvez le voir.

Katerina croisa mon regard et je vis qu'elle me remerciait du fond du cœur. En appelant l'ambulance si vite, j'avais sans doute sauvé la vie de son père. Mais ce sentiment de reconnaissance s'éteignit comme un feu qu'on noie lorsque le flic releva les yeux de son carnet et prononça la phrase suivante :

– Je crains qu'il ne faille abattre votre chien, mademoiselle.

Katerina retint son souffle et le dévisagea.

– Quoi ?

La surprise de Katerina troubla le policier.

– Eh bien, votre père a été attaqué et gravement blessé par un chien. Un très gros chien. Pourquoi ? Vous n'en avez pas ?

Chapitre 3
L'attaque

Toute la détresse du monde passa sur le visage de Katerina. Elle ne savait pas si elle devait mentir ou pas.

Bienvenue dans mon monde.

– Euh… non… balbutia-t-elle, complètement affolée, devant trouver plus simple d'opter pour la vérité. Nous n'en avons pas. Je veux dire, pas de chien.

– Dans ce cas, je dois prévenir le shérif qu'un chien sauvage très dangereux se balade dans la région. Il a déjà attaqué un humain, il peut recommencer à tout moment !

Le principe de précaution. Il avait raison, mais cela n'allait pas arranger mes affaires, avec Axel et les loups de Dave qui devaient être un peu partout en train de renifler ce qui s'était passé. Bon, cela dit, il était trop tard, le mal était fait. Dans tous les sens du terme.

Je croisai le regard de Nanny tandis que le policier nous quittait afin de prévenir son supérieur. Nous suivîmes le sorcier – pardon, le médecin – qui continuait de parler avec Katerina tout en la guidant vers l'unité de soins intensifs.

Prudent, Dave appela ses loups afin de les prévenir que la police risquait de patrouiller et leur conseiller d'éviter de rester sous leurs formes lupines. Seules les balles en argent ou deux, trois balles dans le cerveau peuvent tuer des loups-garous, mais bon, les balles en plomb chemisé, ça fait mal quand même.

Sans parler d'Axel qui ne devait être vu sous aucun prétexte. Parce que si un loup-garou sous sa forme de loup peut à peu près passer pour un gros chien, un semi sous sa forme de bête ne peut pas passer pour quoi que ce soit d'autre qu'un monstre à deux pattes et très longs crocs.

Pendant que Dave parlait, les autres nous protégeaient, leur regard méfiant fixé sur tous ceux que nous croisions. Nanny en profita pour me murmurer ce qui s'était passé. Avec leurs longues oreilles de loups, même sous leur forme humaine, nos soldats pouvaient entendre ce que disait Nanny et récolter aussi des indices.

– J'étais allée chasser, Indiana, dit-elle avec toute la culpabilité de celle qui n'avait pu défendre son foyer. Seamus est un homme merveilleux, que j'adore, mais j'ai aussi besoin d'évacuer la tension. J'étais en train de traquer une petite biche lorsque j'ai senti qu'il se passait quelque chose d'anormal. J'ai fait demi-tour à toute vitesse, mais c'était trop tard. Je suis arrivée après l'ambulance. Voyant que je ne pouvais rien faire, je suis restée sous ma forme de louve et j'ai galopé jusqu'à chez nous pour prendre la voiture et surtout des vêtements. J'avais tellement peur que j'en ai oublié mon portable.

Ah, je comprenais maintenant pourquoi elle ne répondait pas. J'omis de lui dire qu'elle m'avait flanqué une trouille d'enfer : inutile de la culpabiliser un peu plus. De leur côté, Dave et ses soldats se raidirent, embarrassés. Les loups n'avaient pas le droit de vivre avec des humains. Je savais déjà qu'un rapport complet allait atterrir sur le bureau de mon grand-père dans quelques heures à peine.

– Les ambulanciers ont été surpris de me voir débarquer au milieu de la nuit, mais je leur ai dit que j'habitais avec Seamus, ce qui n'est pas tout à fait faux... Je leur ai montré mes vêtements, ceux que je laisse chez lui, puisque nous alternons entre notre maison et la sienne. Ils n'ont plus discuté après cela. Je les ai suivis avec ma voiture. Il a été opéré tout de suite et j'ai pu prévenir le sorcier qu'il avait été attaqué par un loup-garou.

– Tu en es sûre ? Seamus n'était pas très clair au téléphone.

Même Nanny n'était pas au courant pour mon don. Inutile de la crucifier entre sa loyauté à la meute et son amour pour moi, son presque fils.

– Ce sont les dents d'un gros canidé qui ont infligé ces dégâts, j'en suis sûre, même si l'odeur n'était pas claire. Ces salopards ont tout saupoudré de poivre et de piment comme l'autre fois, lorsque Serafina a voulu masquer ses traces sur l'échafaudage qui a failli te tuer. Impossible de renifler quoi que ce soit.

Je trouvais cela bizarre. Pourquoi diable Brandkel voulait-il cacher que ses loups avaient attaqué Seamus puisque nous étions en guerre et qu'il était le coupable le plus probable ? Connaissant son arrogance, cela ne lui ressemblait pas... Lui était plutôt du genre à laisser sa carte de visite à côté du cadavre encore fumant.

– OK, qu'est-ce qu'a dit le sorcier ?

– Il a trouvé curieux que les blessures ne se résorbent pas. Du coup, il a terminé l'opération comme si Seamus allait rester humain. C'était plus sûr que de compter sur le venin pour le guérir. Ensuite, il l'a placé sous surveillance. Les deux infirmières qui sont à son chevet sont aussi des sorcières, s'il commence à muter, elle pourra le maîtriser.

Bien. Ils avaient pris toutes les précautions nécessaires. Je remerciai mentalement mon grand-père pour son organisation de général. Il pensait toujours à tout.

– C'est la raison pour laquelle je n'ai pas organisé l'évacuation de Seamus, confirma Nanny à ma question muette. Cela le tuerait. Il se passe quelque chose d'anormal, Indiana. Il ne se transforme pas. Mais du coup, il ne guérit pas non plus !

Sa voix était très angoissée. Nanny n'était pas si âgée pour une louve-garou qui pouvait vivre des centaines d'années. Mais pour une louve stérile, avoir trouvé l'amour alors qu'elle ne s'y attendait pas, puis voir son amour brisé par des conflits qui la dépassaient, c'était très dur. Cependant, mon attention fut surtout captée par l'incroyable nouvelle.

– Tu veux dire que le venin n'agit pas du tout ?

– Non.

– C'est impossible !

– Je sais.

Le médecin s'arrêta devant une salle munie d'une large baie vitrée qui permettait de voir l'intérieur sans être obligé d'y pénétrer. Il nous fit nous désinfecter, puis enfiler surchaussures, gants, blouses et charlottes. Il ne plaisantait pas avec les risques de contamination de ses patients.

Katerina ne fut pas autorisée à passer plus d'une dizaine de minutes dans l'unité de soins intensifs. Il y avait deux autres patients ce soir-là – un méchant accident de voiture, d'après ce que je compris. Et Seamus, enveloppé dans un cocon de fils et de machines qui ronronnaient et bipaient en cadence.

Je déteste les hôpitaux.

Le visage de Katerina se vida de son sang lorsqu'elle vit son père dans cet état. Je me rapprochai vivement, prêt à la soutenir si elle flanchait. Mais ma Katerina était forte et courageuse, elle se ressaisit.

Elle passa sa main gantée de latex sur le front couvert de sueur de son père. Je ne comprenais pas l'intérêt de Brandkel. Quel foutu plan ce foutu alpha était-il en train de concocter en secret ? S'il avait transformé Seamus en semi, c'était certainement dans un but bien précis. Sauf que, normalement, le venin agissait tout de suite. Il prenait en charge l'organisme de son hôte et le transformait, le rendant immédiatement plus solide, plus résistant. Même si la transformation en semi pouvait prendre de quelques minutes à plusieurs semaines, c'était très variable.

Mais les blessures guérissaient très vite, sinon très peu de semis auraient survécu à une attaque de loup-garou. Or, Seamus avait été attaqué des heures auparavant.

Et ses blessures ne se résorbaient pas.

Nanny avait raison. Quelque chose n'allait pas. Je jurai entre mes dents. Katerina leva vers moi un visage mouillé de larmes.

– Qu'allons-nous faire, Indiana ? Ou plutôt que *pouvons*-nous faire pour le sauver ? Je ne veux pas qu'il meure !

– Il ne devrait pas mourir, Katerina. Pas s'il a été mordu par un loup-garou pur sang.

Elle me dévisagea, incrédule. Puis comprit ce que j'insinuais.

– Comme dans les films ? Ses blessures vont disparaître ?

– Oui, mais cela aurait dû être le cas depuis longtemps.

– Pardon ?

– C'est la pleine lune. Il aurait dû guérir, muter et devrait déjà être transformé. En fait, je pensais que Nanny l'aurait évacué lorsque nous sommes arrivés. Je n'y comprends rien du tout.

Katerina saisit immédiatement le problème.

– Alors… alors peut-être qu'il n'a pas été infecté ? Qu'il va guérir tout seul ? Et rester humain ?

Je secouai la tête, déchiré par l'espoir dans sa voix. J'avais lu des centaines de livres sur notre étrange race et ses particularités. Nous contaminions les humains sous notre forme lupine, c'était un fait. Indéniable. Jamais un humain n'avait résisté. Enfin, pas à notre connaissance…

– Non. S'il a été mordu par l'un d'entre nous, il est infecté. C'est obligatoire. Sauf que cela n'a pas l'air de fonctionner pour l'instant.

Soudain les appareils autour de Seamus se mirent à biper comme des fous. Les deux infirmières et le médecin se précipitèrent. Ils s'affairèrent autour du père de Katerina tandis qu'une troisième infirmière, pure humaine celle-ci, nous faisait sortir.

Son visage m'était familier. C'était elle qui m'avait appelé Musclor en me soignant quelques mois plus tôt. Cette fois-ci elle ne fit pas d'humour, même si une petite lueur dans ses yeux bruns montrait qu'elle m'avait reconnu, elle aussi.

Nous attendîmes pendant une bonne heure. C'était de plus en plus difficile : personne ne nous disait ce qui se passait, mais nous pouvions voir par la vitre qu'ils luttaient pour sauver Seamus.

Ils utilisèrent le défibrillateur. Deux fois.

– Je… je ne vais pas supporter tout ça, murmura Katerina, le regard éteint, égaré.

J'avais la gorge serrée. Je la pris dans mes bras, sentant ses larmes mouiller mon pull gris.

– Je suis désolé, Katerina. Si j'avais su que vous alliez risquer vos vies, être blessés à cause de moi, jamais je ne t'aurais approchée.

Je la sentis se raidir. Elle se dégagea, évitant mon regard.

Le médecin revint à ce moment, Katerina se précipita vers lui.

– Nous avons réussi à le stabiliser, fit-il d'un ton las, mais son cœur s'est arrêté. Deux fois.

Katerina vacilla. Je la soutins.

– Pour l'instant, nous ne pouvons qu'attendre. Il a été gravement blessé, je ne vous le cache pas. J'ai vu une demi-douzaine de transformations de semis. Jamais cela n'a mis autant de temps à se manifester. Je crois, hélas ! que nous avons affaire à un cas rarissime, dont je n'avais jamais entendu parler, d'immunité au venin des loups.

Dans ses yeux dansait la flamme du chercheur avide de comprendre. Et ravi d'avoir un cas inédit à disséquer. L'image me fit frémir.

– Seamus est un témoin précieux, laissai-je tomber d'une voix distante et plate, il a sauvé la meute. Le laisser mourir n'est pas une option. Mon grand-père n'apprécierait pas. Du tout.

Les rêves de gloire du sorcier s'éteignirent aussi sec. Il se souvint soudain que les loups n'étaient ni patients, ni compatissants. Et qu'ils ne pardonnaient pas facilement.

– Oui, oui, bien sûr, assura-t-il. Je vais utiliser toutes mes connaissances, médicales et magiques, afin de l'aider. Mais je veux quand même que vous disiez au chef de meute que le cas est difficile.

Il croisa les yeux désespérés de Katerina et ajouta :

– Même si, bien évidemment, je vais faire de mon mieux.

– Que va-t-il se passer maintenant ?

La voix de Katerina était soudain froide et monocorde. Je sentis un frisson parcourir mon dos.

Comme si quelqu'un marchait sur ma tombe.

– Nous allons le surveiller vingt-quatre heures sur vingt-quatre. S'il manifeste les prémices du changement, nous l'amènerons dans un endroit sécurisé afin de l'aider à supporter la transformation.

(Il ne précisa pas que c'était surtout pour protéger les faibles humains que nous allions enfermer Seamus.)

J'essayai de décontracter Katerina – pauvre tentative.

– Une fois qu'il aura maîtrisé sa faim, il sera comme Axel. C'est-à-dire un petit peu plus poilu trois nuits par mois, c'est tout.

Ma petite touche d'humour ne la fit pas rire. Ni même sourire, à mon grand regret.

Connaître un médecin, haut placé qui plus est, nous permit d'obtenir une chambre afin que Katerina puisse prendre un peu de repos sans s'éloigner de son père. Nanny resta avec elle. Katerina ne dormit que deux heures avant de rejoindre l'unité de soins intensifs. Les deux accidentés avaient été envoyés dans des chambres, car leurs conditions s'étaient améliorées, mais la salle des soins intensifs se trouvait être également la salle de réveil pour les opérés, si bien qu'il y avait toujours quelqu'un.

Nanny me rejoignit alors que j'étais en train de prendre un café, anesthésié par la fatigue et l'angoisse. Même moi, qui suis pourtant un buveur de thé, j'avais besoin d'un petit coup de fouet afin de rester alerte. De toute façon, je n'avais pas le choix, c'était soit des sodas froids, soit du café chaud.

Il n'y avait pas eu de changement. À ma grande surprise, Seamus restait humain, des drains un peu partout, le visage blême en dépit des perfusions tant il avait perdu de sang, immobile, inconscient.

Le sorcier avait renforcé les traitements par des sorts curatifs. Mais l'état de Seamus était si grave que les sorts ne fonctionnaient pas suffisamment. Juste assez pour lui éviter de mourir.

Nanny comme Katerina souffraient et ma sensibilité d'alpha (je ne suis pas un loup, mais j'ai, depuis peu, le même flair et la même ouïe développés qu'eux et, croyez-moi, dans un hôpital plein d'odeurs de sang, de morts et de désinfectants, je le regrettais vraiment) flairait leur détresse comme si je la ressentais moi aussi. À tel point que je devais régulièrement les quitter, de peur que leur anxiété ne me fasse involontairement utiliser mes pouvoirs de rebrousse-temps, pouvoirs que je ne contrôlais absolument pas, mais qui se manifestaient lorsque j'avais peur ou que j'étais en danger. Sans oublier mes pouvoirs d'alpha qui, bien que je ne sois pas un loup-garou, me permettent de partager mon humeur avec la Meute et parfois même, en cas d'extrême tension, de les obliger à se transformer. Là, vu que nous étions dans un hôpital, j'allais essayer d'éviter qu'une demi-douzaine de loups-garous prennent soudain la place de bipèdes apparemment normaux… inutile de provoquer des tas de crises cardiaques.

Nous sursautâmes dans un bel ensemble, Nanny et moi, lorsque Axel, sous sa forme humaine maintenant que la lune était couchée, fit irruption dans le hall, le front plissé de contrariété. J'étais sorti de l'hôpital un peu plus tôt afin de lui téléphoner et de lui raconter ce qui s'était passé, et il m'avait averti qu'il arrivait. J'étais donc resté là pour l'attendre. Comme d'habitude, le grand Noir était vêtu de cuir et de clous, le genre « ne me marchez pas sur les pieds où vous allez vraiment le regretter ». Je l'étreignis. Et fus surpris de voir que mes épaules étaient à présent également presque aussi larges que les siennes. Je ne m'en étais pas rendu compte à l'aéroport parce que j'étais trop occupé à essayer de préserver mes côtes, surtout qu'il était sous sa forme poilue.

Bon, cela dit, si quelqu'un pouvait me dire comment redevenir petit avec mes petits problèmes, j'étais tout à fait d'accord.

– Il se passe des choses étranges, grogna-t-il dès qu'il me lâcha. Quelqu'un essaye de masquer ses traces. Sortons.

Nanny me fit signe qu'elle retournait auprès de Katerina et je suivis Axel.

Suivi moi-même par Dave et l'un des loups, qui restèrent un peu plus loin – suffisamment pour nous laisser discuter en privé, mais assez près pour pouvoir intervenir si j'étais attaqué. J'avais envie de leur dire qu'entre Axel et mes lames d'argent, peu de gens pouvaient me faire du mal, mais je me retins. Ils avaient les ordres de mon grand-père, ils n'y désobéiraient pas, du moins pas tant que je n'insisterais pas vraiment, et je n'en voyais pas l'intérêt pour l'instant.

Il faisait froid dehors et ma boisson fumait dans l'air coupant comme de la glace. J'avalai le liquide chaud et jetai mon gobelet. Axel m'avait appris à ne jamais avoir les mains occupées, du moins par autre chose qu'une dague ou un truc coupant. Et c'était difficile de blesser quelqu'un avec une tasse en plastique mou.

Nous nous éloignâmes jusqu'à un banc qui donnait sur les bois. Avec le froid, il n'y avait personne d'autre que nous dehors. Mais Axel, prudent, renifla autour de lui afin de repérer la moindre odeur suspecte. Puis se tourna vers moi. Nerveux, je l'interrogeai :

– Tu as trouvé quelque chose ?

Il grimaça. Je sentais qu'il était furieux. Pourquoi ?

– Très peu d'indices. Le type qui a fait ça s'est aspergé d'eau de Cologne, qui masque complètement son odeur. En plus, il a foutu du poivre et du piment un peu partout. Impossible de renifler quoi que ce soit.

– Oui, je sais, Nanny me l'a dit. Même si elle n'était pas sous sa forme de louve lorsqu'elle est entrée dans la maison, elle l'a senti.

Il me jeta un regard bizarre.

– Ce n'est pas tout. L'agresseur a aussi utilisé de la tue-loup. En très petite quantité. Mais ça a rendu malade deux de vos soldats qui ont mis la truffe dedans avant qu'on comprenne ce qui se passait. On a dû les évacuer. Ça nous fait deux soldats de moins pour vous protéger, toi et la petite Kat.

Je serrai les lèvres. La tue-loup était la seule plante connue capable de tuer un loup-garou aussi sûrement qu'une balle d'argent en plein cœur. L'assassin ne voulait vraiment pas qu'on le retrouve. Et je comprenais la colère d'Axel. L'agresseur de Seamus avait réussi à mettre sur le carreau deux des loups qui étaient sous sa responsabilité, même si c'étaient les loups de Dave. Le semi n'aimait peut-être pas les loups-garous, mais l'instinct de la meute était fort. À présent, il les considérait comme faisant partie des siens. Je frissonnai. Si cela n'était qu'une simple enquête pour lui, il en faisait désormais une affaire personnelle.

Bon, cela dit, vu qu'il voulait la peau et la fourrure de Brandkel à peu près autant que mon grand-père (et je ne parle même pas de ma grand-mère qui voit rouge dès qu'on lui parle de lui), c'était une affaire personnelle quoi qu'il en soit. Et je remerciai le ciel que Nanny n'ait pas mis son museau dans la tue-loup. La savoir malade aurait probablement beaucoup compliqué les choses pour moi.

– Après avoir pris les précautions d'usage, on a fouillé partout, continua Axel. La porte n'a pas été forcée. Seamus a ouvert à son agresseur, c'est sûr.

Cela me fit un choc. Je pensais qu'on avait défoncé la porte.

– Alors c'est qu'il le connaissait. Seamus n'aurait pas ouvert à un inconnu. Surtout sachant que la guerre est déclarée entre les deux meutes américaines.

Axel hocha la tête. Il était arrivé à la même conclusion.

– Il n'aurait pas ouvert à Brandkel.

– Non.

– Et encore moins à l'un de ses sbires.

Axel soupira et frotta ses cheveux bleu-noir.

– Encore moins. Et il avait son fusil avec lui. Chargé de balles d'argent. Il ne l'a pas utilisé. Pas plus que sa dague.

– Donc il connaissait son agresseur mais ne s'en est pas méfié. Ou du moins pas au point de s'attendre à ce qu'il l'attaque.

– C'est très étrange.

– Ouais.

Axel brandit un petit sachet.

– On a trouvé ça dehors.

Je l'examinai. C'était un poil de loup, épais, doré et caramel.

– Comment est la fourrure de Nanny ? demanda Axel.

– Dorée à pointes noires. Comme mes cheveux.

Mes cheveux bizarres qui, avec mes yeux bleus et ma grande taille, font de moi un métrosexuel très branché alors qu'à mon grand regret c'est tout à fait naturel. Axel eut l'air satisfait.

– Ce salopard n'a donc pas réussi à effacer toutes ses traces. On cherche un loup-garou à fourrure dorée et caramel, probablement comme ses cheveux.

Super, cela faisait probablement un petit millier de suspects, la fourrure des loups étant souvent de cette couleur-là. Comme l'ambre était la couleur de leurs yeux, contrairement à moi qui avais les yeux « bleu lagon », comme disait si joliment Nanny.

Inutile de dire que je ne répétais pas cette affirmation.

– Cela ne nous avance pas beaucoup.

– Non, mais cela élimine Brandkel. Sa fourrure est plus sombre.

– Tu as pu sentir une odeur sur ce poil ?

– Non, ça pue le poivre, le piment, l'eau de Cologne et la tue-loup. Il a été malin. Que ce soit sous sa forme humaine ou louve, il s'est frotté dans ce qu'il a renversé afin de ne pas laisser d'odeur. Probablement en retenant sa respiration pour ne pas être intoxiqué.

– Attends une seconde.

Le petit sachet en main, je me dirigeai vers Dave et le lui donnai.

– Fais partir cet échantillon au ranch tout de suite, s'il te plaît. Dis-leur que c'est totalement prioritaire, je veux qu'on essaye de trouver à qui appartient ce poil.

Nous avions nos propres laboratoires, le Lykos Ranch ayant l'excuse officielle d'être aussi un laboratoire de recherche bovine. Nous exportions nos embryons de vaches dans le monde entier. Mais nos labos servaient aussi à traquer les tueurs d'humains, les semis qui, lors de leur transformation, avaient perdu l'esprit. Nous avions donc une grande habitude de l'analyse d'indices. Abigail Sciuto, la célèbre technicienne de laboratoire gothique du NCIS, aurait été fière de nous…

Dave grogna.

– Je ne peux pas envoyer un autre soldat pour s'en occuper, cela réduirait trop le dispositif de protection.

– Les loups empoisonnés par la tue-loup sont déjà partis ?

– Non, mais ils devraient s'envoler pour le ranch d'ici une dizaine de minutes. On va les désintoxiquer là-bas.

– Donne-leur l'échantillon. Jack (je désignai le soldat qui nous regardait de ses brillants yeux d'or) aura juste l'aller-retour jusqu'à l'aéroport à faire. Axel et toi suffisez largement pour notre protection en attendant.

Dave hocha la tête et obéit à contrecœur. Je revins vers Axel. J'avais l'impression de commencer à faire quelque chose. C'était déjà ça. D'autant que beaucoup des loups étaient répertoriés – leur ADN, leur ascendance et leur descendance. Lorsqu'on est moins de cinquante mille, on fait gaffe avec qui on se marie… Si l'agresseur était dans la base de données, nous le retrouverions.

Il le fallait.

Le grand Noir attendait avec toute la patience du monde. Pourtant, je le sentais nerveux, lui qui m'avait entraîné, qui avait fait de moi quelqu'un capable de se battre contre un loup-garou et de gagner… enfin, avec l'aide d'une dague en argent et éventuellement d'un bazooka. Et, pour la première fois depuis que je le connaissais, je sentis une étrange odeur.

Axel était inquiet. Comme c'était un chef de meute, il partageait son inquiétude avec le reste de la meute. Moi. Enfin, si l'on peut dire.

– Si Seamus ne mute pas, c'est peut-être qu'il n'a pas été attaqué par un loup.

D'accord. Là, il y allait fort.

– Par quoi d'autre ? Tu n'as pas vu ses blessures ? Ce sont des crocs qui lui ont infligé cela.

– Mais, dit-il doucement, les loups ne sont pas les seuls à avoir des crocs, Indiana. Les semis aussi !

Je le regardai, atterré.

– Merde. Je n'y avais pas pensé.

Et pour cause. Un semi n'aurait pas laissé le corps intact… enfin, juste déchiqueté. Il l'aurait mangé. Je sais, c'est monstrueux mais, à part des alpha comme Axel, aucun semi n'est capable de s'arrêter après la première morsure. Le goût du sang humain est totalement addictif pour eux. Ça les rend fous. Cela dit, tout improbable qu'elle soit, la suggestion d'Axel expliquait tout.

– Mais si c'est un semi qui l'a mordu…

Il termina pour moi :

– Alors il ne mutera pas. Seul un vrai loup sécrète le venin qui transforme. Les semis ne contaminent pas.

Je fis demi-tour et fonçai comme un fou vers l'hôpital. Axel me suivit de son pas souple de prédateur. Dave et le loup me regardèrent avec inquiétude, sur le qui-vive.

– Je croyais que tu contrôlais tous les semis du territoire ? haletai-je en filant sur le parking que nous venions de traverser.

Afin de nous sauver la vie, Axel avait pris le contrôle de la meute de semis qui vivait paisiblement près de notre territoire, avec la bienveillante autorisation de mon grand-père. En tuant le chef de meute. Comme les loups, les semis avaient une façon assez radicale de régler les problèmes de succession.

– Pas tous, rétorqua-t-il. Il suffit que Brandkel morde un humain pour qu'il devienne un semi. Il aura du mal à se faire obéir, mais ce ne sera pas impossible. Et s'il le contrôle avec des chaînes en argent, en s'y mettant à plusieurs, il devrait être possible de l'arracher au corps avant qu'il ne le dévore.

Je frémis devant l'image.

– Mais pourquoi le laisser en vie ?

– Aucune idée. Je ne suis pas dans la tête de ce taré de Brandkel.

– Bon sang, tout ça n'a aucun sens. Tu dis qu'il n'y avait pas de traces de lutte, que Seamus ne s'est pas défendu. Or c'était la pleine lune, le semi était forcément sous sa forme de bête. Jamais Seamus ne lui aurait ouvert. Du moins pas avant de lui avoir envoyé deux balles dans le cœur et une dans la tête histoire de finir le boulot !

– Ouais, je sais. Mais comme dit Sherlock Holmes, lorsque vous avez éliminé l'impossible, ce qui reste, si improbable soit-il, est nécessairement la vérité.

Je faillis rentrer dans une grosse dame tellement je fus surpris qu'Axel cite Arthur Conan Doyle. Heureusement, je parvins à l'éviter et fonçai sur le médecin qui, coup de bol, venait de rentrer à l'hôpital après avoir pris quelques heures de repos.

– Seamus O'Hara n'a pas été mordu par un loup mais par un semi, soufflai-je en vérifiant que personne ne nous écoutait.

Ses yeux clairs s'écarquillèrent. Il se tapa sur le front, furieux :

– Quel stupide idiot je suis ! Mais bien sûr, c'est évident ! Il n'est pas immunisé, ce n'est pas un cas exceptionnel. Je n'avais tout simplement pas posé le bon postulat !

– Alors ? Que faisons-nous ?

Il me jeta un regard plein de pitié.

– Il n'y a rien à faire. S'il était capable de résister au venin, je le ferais mordre par l'un de vos loups.

J'en perdis la parole.

– C'est à ce point ? demanda doucement Axel.

– Oui. Je suis même surpris qu'il ait résisté si longtemps. Je croyais que, sans le faire muter, le venin le soutenait quand même. Mais s'il n'y a pas de venin, alors…

J'avais peur de la fin de sa phrase. J'avais raison.

– Alors, termina-t-il, il est perdu.

Je restai un instant assommé par la nouvelle. Puis me vint l'idée absurde que Katerina allait me tuer. Et qu'elle aurait raison. Tout cela était entièrement ma faute.

– Je vais le dire à Nanny, fis-je, mais ne parlez pas à Katerina. Je… je préfère le lui annoncer moi-même. Je lui dirai juste que Seamus n'est pas infecté. Elle doit garder espoir, sinon elle va s'effondrer. Peut-être Seamus va-t-il résister. Se battre.

Il hocha la tête, sceptique. Mais ne s'opposa pas à mon ordre. Après tout, j'étais le petit-fils du chef de la puissante meute du Montana. Je n'étais pas très fier d'utiliser ainsi mes prérogatives, mais tant pis. Katerina passait avant tout.

– Très bien, allons-y. Axel, tu dois retrouver ce semi. Il est soumis à la pleine lune, donc il se transformera ce soir encore. Traque-le. Tu es le meilleur, avec Dave. En attendant, allez dans la maison, prenez du repos, vous devez être au mieux de votre forme. Dis à Dave de me laisser deux de ses loups comme gardes du corps, ensuite, dès qu'il fera nuit, partez en chasse.

Je plongeai mes yeux dans ses yeux noirs, qui m'étonnaient toujours autant. J'avais l'habitude du regard doré des loups.

– Je compte sur toi, Axel. Ce semi est la seule piste que nous ayons. Tu dois le retrouver. Je sens qu'il y a un piège, qu'on essaye d'embrouiller les fils et je ne comprends ni pourquoi ni comment.

Mais j'avais la ferme intention de découvrir ce qui se passait.

En utilisant mes pouvoirs de rebrousse-temps.

Et le plus rapidement possible.

Tout d'abord, j'allai voir Katerina et lui expliquai ce qu'avait découvert Axel. Deux larmes coulèrent le long de ses joues pâles lorsqu'elle comprit que son père n'allait pas devenir un monstre.

– Je vous remercie, mon Dieu, murmura-t-elle.

Elle ne se rendait pas compte à quel point elle avait tort. J'aurais mille fois préféré que Seamus ait été mordu par un vrai loup-garou. Au moins, il serait en train de grogner dans une cage, en pleine santé, en essayant de nous manger, plutôt qu'aux trois quarts mort sur ce lit d'hôpital.

– Axel et Dave vont essayer de retrouver le semi. Nous devons comprendre pourquoi il s'est attaqué à ton père. Cela n'a aucun sens.

Katerina rouvrit les yeux, l'air circonspect.

– Cela t'a fait revenir. Ici. À Missoula. Où tu es à découvert.

– Nous allions revenir, de toute façon. Toi et moi avons des études à terminer.

– Mais tes ennemis, vos ennemis ne le savaient pas. Cela fait trois semaines que nous sommes au ranch, le temps que ta jambe guérisse. Ils ont pu penser que tu resterais caché.

Elle avait dit « vos », pas « nos ». Cela me blessa, mais je le cachai.

– Mais pourquoi moi ? Celui qui est à abattre, c'est mon grand-père. Même si je mourais maintenant, cela ne changerait rien. Quoi qu'il arrive, grand-père a été défié. Il traquera Brandkel à mort et lui fera bouffer sa fourrure ! Non, je ne suis pas l'enjeu ici. Sauf si…

Je protestais, mais en fait j'avais déjà réfléchi à la question.

– Sauf si ? demanda Katerina, curieuse.

– Sauf si ce n'est pas Brandkel qui a attaqué ton père !

Chapitre 4
La vampire

Katerina fut soufflée.

– Quoi ? Tu veux dire que quelqu'un d'autre t'en voudrait ? Et se serait vengé sur mon père ? C'est insensé.

Elle n'avait pas tort. Pourquoi Seamus plutôt que Nanny ? La blesser m'aurait poussé à revenir tout aussi vite. Soudain, je regardai Katerina. L'idée me frappa.

– Et si ce n'était pas moi ?

– Pardon ?

– Et si ce n'était pas moi qu'on voulait manipuler, Katerina, mais toi ?

Je vis qu'elle ne comprenait absolument pas de quoi je parlais. Cette fille était tout simplement incapable de voir à quel point elle était belle et attirait les gens. Je murmurai le prénom de mon concurrent malheureux pour le cœur de Katerina.

– Tyler…

Elle ouvrit la bouche, déconcertée.

– Tu crois qu'il…

– Qu'il fait une énorme fixation sur toi ? Au point de blesser ton père pour te faire revenir ? Oh oui, je crois que c'est possible. Je pense même que c'est probable. Et Seamus n'a dû voir en lui qu'un garçon paumé et amoureux de toi. Il lui aura ouvert. Peut-être Tyler lui a-t-il dit qu'il venait en paix, qu'il voulait juste te parler. Qu'il fallait que les choses s'apaisent entre les deux meutes. Seamus a été sur ses gardes, mais voyant que Tyler ne faisait que parler, il a posé son fusil. Probablement essayé de le raisonner. Tyler a dû l'assommer avant de faire entrer le semi. Enfin, je suppose.

– Mais si c'est lui qui a essayé de tuer mon père, je ne peux que le haïr !

Je secouai la tête, les morceaux du puzzle se mettaient en place.

– Il ne voulait pas le blesser à ce point. À mon avis, il a perdu le contrôle du semi qu'il a emmené avec lui.

La colère flamba un instant dans son regard. Je savais qu'elle avait beaucoup aimé Tyler, même si cela me rendait fou de jalousie. À mon avis, c'était cet amour qui la fit secouer la tête, incrédule.

– Non, trancha-t-elle. C'est débile. Tyler sait que j'aime mon père. Jamais il ne courrait le risque de le blesser juste pour me faire revenir. Il y a autre chose, Indiana. Même si je ne comprends pas tout du fonctionnement des loups, j'ai l'impression qu'on est en train de nous tendre un piège.

Elle releva son magnifique regard vers moi et j'eus le cœur serré en voyant toute la souffrance qu'il dissimulait. Je sus à cet instant précis qu'elle venait de prendre une décision, mais du diable si j'étais capable de savoir laquelle. Je la serrai dans mes bras, respirant son odeur si chaude, si enivrante. C'était si difficile de la tenir contre moi et de ne pas pouvoir l'embrasser.

Égoïste ? Oui. Mon amour pour Katerina était absolu. Et ne pas avoir le droit de faire d'elle ma petite amie était une véritable torture. J'avais l'impression de devenir fou. Seul le risque qu'elle perde la vie si mon attachement devenait trop fort me retenait. Comme chaque fois, ce fut une lutte. Que ma raison gagna contre mon cœur. À regret, je me détachai d'elle.

Elle ne pouvait pas retourner tout de suite chez elle car la maison était encore sous scellés (ils avaient été apposés après la visite des loups, heureusement). Je ne savais pas très bien pourquoi les flics avaient décidé de cette procédure alors qu'à leurs yeux c'était un accident lié à un chien sauvage, mais quelque chose avait dû les intriguer. Nanny nous accueillit donc tous dans l'immense maison que mon grand-père avait achetée après avoir accepté à contrecœur de me laisser vivre une vie d'humain normal.

Même si, franchement, ma vie n'avait absolument rien de normal.

Nanny était tellement perturbée qu'elle donna à Katerina la chambre contiguë à la mienne. Avec une porte communicante. Arrrgh.

Heureusement, Katerina était bien trop préoccupée par le sort de son père pour être attentive à cette horrible et dangereuse tentation.

Seamus passa la nuit.

Et le jour suivant. Chaque minute où il respirait était une victoire. Le sorcier s'épuisait en sorts afin de le garder en vie. Et Katerina lui jetait des regards tendres qui commençaient sérieusement à me hérisser. Quelqu'un pouvait-il me dire pourquoi ce type ressemblait au docteur Mamour dans *Grey's Anatomy* ? Et était en plus super compétent et dévoué ?

Sans compter que je voyais aussi ses regards à Katerina. Il la trouvait drôlement à son goût, ma jolie Kat. Si j'avais été un loup, je veux dire un vrai, je pense que j'aurais montré les dents la moitié de la journée. N'en étant pas un, je me contentais de le fixer l'air sombre, ce qui ne lui faisait ni chaud ni froid.

D'autant que, Kat ayant maintenant dix-huit ans, des tas de gens malintentionnés pouvaient s'intéresser à elle. Re-arrrgh.

Nous avions reçu des tas de relances de l'université et je savais que je n'avais pas trop le choix, j'allais devoir y retourner. Mais pour l'instant, nous étions suspendus à la faible respiration de Seamus. Les études allaient devoir attendre encore un peu.

Les soldats de Dave nous protégeaient vingt-quatre heures sur vingt-quatre. Grand-père avait envoyé quatre loups en renfort afin de compenser les deux empoisonnés par la tue-loup. Lui aussi pensait que c'était un piège pour m'attirer en dehors de la propriété. Du coup, il se faisait beaucoup de souci, au lieu de s'occuper de la politique de la meute, qui était bien plus importante. Après tout, nous étions en guerre.

Nous l'avions oublié, trop obnubilés par Seamus et son état.

C'est alors que Brandkel se rappela à notre bon souvenir par le biais de cinq vampires qui nous tombèrent dessus à l'hôpital.

Littéralement.

Je n'avais plus embrassé Katerina depuis longtemps. Avant l'attaque de son père, nous n'étions pas vraiment censés en avoir le droit, mais la meute faisait comme si elle ne voyait rien tant que nous n'allions pas plus loin. Alors nous le faisions dès que cela était possible.

Enfin, jusqu'à présent. Parce que maintenant Katerina était tellement inquiète pour son père qu'elle ne me regardait plus du tout comme son petit copain. Et donc ne pensait pas une seconde à m'embrasser. Je sais, me préoccuper de cela était stupide, mais cela me manquait. Horriblement.

Nous étions donc dehors sur le parking de l'hôpital, histoire de respirer un peu d'air froid et ne puant pas l'antiseptique, en compagnie de Chuck qui prenait son rôle de garde du corps très au sérieux. J'étais en train de fixer bêtement la bouche magnifique de Katerina en me disant que tout cela n'était arrivé que pour m'empêcher de l'aimer, ce qui était aussi débile qu'égoïste.

Chuck essayait de détendre l'atmosphère.

– Tu sais, me dit-il, je crois que Loly m'aime justement parce que je suis gros.

Il gloussa bêtement…

Je levai les yeux au ciel. Chuck n'utilisait pas beaucoup ses neurones et, lorsqu'il le faisait, le résultat pouvait vite virer au cauchemar. Pourtant, j'aurais pu l'embrasser lorsque je vis la commissure des lèvres de Katerina pointer vers le haut, frôlant presque le sourire. Mais elle passa de la détente à la stupéfaction lorsque soudain Chuck, après un rapide regard au parking désert, retira sa chemise, son pull et son pantalon à toute vitesse.

Du coin de la bouche, Katerina me demanda :

– Indiana, mais qu'est-ce qu'il fait ?

Tout aussi surpris, je répondis :

– Je n'en sais rien, mais j'espère qu'il ne veut pas nous montrer à quel point il est...

C'est alors que Chuck interrompit ma phrase en se transformant et que l'énorme loup-garou au poil doré le remplaça, toujours vêtu de son ridicule caleçon. Il fixa quelque chose derrière nous et se mit à gronder sourdement.

Ce n'est qu'à ce moment-là que mon très fluctuant odorat d'alpha sentit une sorte de courant d'air derrière moi. Katerina se raidit et recula de deux pas, soudain terrifiée.

Je me retournai.

Cinq vampires venaient d'atterrir derrière nous.

Ils semblaient n'être que de simples humains, mais rien n'était plus trompeur.

Je ne les aimais pas et ils me faisaient peur. Ils étaient les « nettoyeurs », les effaceurs de cervelle, ceux qui, depuis maintenant presque deux mille ans, permettaient aux êtres surnaturels de se faire oublier des humains. Car des accidents arrivaient tous les jours. Des vampires se faisaient prendre en flagrant délit, des sorciers commettaient des erreurs, des elfes se dévoilaient. Les vampires intervenaient, les humains oubliaient absolument tout, les preuves étaient effacées et tout rentrait dans l'ordre. Je ne sais pas très bien comment on pourrait appeler cela, à notre époque où la science tente de tout expliquer. De l'hypnotisme parfait ? Les vampires pouvaient même laver le cerveau des gens à distance. Peut-être grâce à une sorte d'onde que leur corps était capable de projeter et qui effaçait le cerveau un peu comme on efface un disque dur. Sauf que là, les vampires étaient capables d'être sélectifs. Ils ne retiraient que des petits bouts. Et pouvaient même donner de faux souvenirs, aussi réels que les vrais.

Leur tâche était plus compliquée depuis l'arrivée des téléphones portables, à même de filmer et de photographier, et d'Internet. Jusqu'à présent, ils étaient parvenus à éviter les bavures mais avaient annoncé à la communauté que cela n'allait pas durer très longtemps. Un jour ou l'autre, les humains ne pourraient plus être « amnésiés ».

Et le monde saurait.

Ils portaient l'uniforme de la Garde rouge. L'insigne luisait sur leurs poitrines ; leurs vêtements de cuir noir et argent collaient à leurs corps parfaits. Une enquêtrice, un chirurgien et trois chasseurs, de ce que je décryptai. J'apaisai Chuck. Ils n'étaient pas là pour nous. Ils étaient là à cause de ce qu'avait fait Brandkel. Car malheureusement, lors du kidnapping de ma mère au Centre, les stupides loups de Brandkel avaient libéré de très dangereux malades.

En général, lorsqu'une entité surnaturelle est enfermée au Centre, c'est qu'elle est sérieusement partie en vrille. J'y ai vu des loups-garous qui se prenaient pour des lapins, des fées droguées à la poudre de lune, des elfes maniaco-dépressifs. C'était un peu le lieu de la dernière chance. Ou on en sortait guéri, ou on en sortait mort.

Afin de protéger les nôtres, nous n'avions pas beaucoup de pitié pour ceux des races surnaturelles qui prenaient un peu trop les humains pour leur goûter.

Surtout lorsque le goûter avait la capacité de dévorer le chasseur s'il se rendait compte de son existence. Des milliards d'humains contre nous. Nous ne ferions pas le poids.

Les deux fées et les trois vampires qui manquaient à l'appel n'avaient pas tardé à faire des victimes. Eh non, ce n'étaient pas les vampires qui avaient ouvert le bal, mais les fées. Enfin, du moins c'étaient elles qui avaient laissé les traces les plus visibles.

Ces pestes sont petites et horriblement dangereuses. Comme Wolverine (Herb Trimpe et Len Wein ont été grandement influencés par les elfes qui bossent chez Marvel et se sont inspirés d'elles pour créer leur personnage), elles portent une épine au-dessus de chaque main, qui ressort de leurs peaux dorées comme deux dards, à volonté. Leur magie leur permet, lorsqu'elles piquent, de doser leur venin. Soit on ressent un plaisir infini, joyeux et affolant, soit on meurt. Comme les deux fées étaient folles, devinez ce qu'elles avaient choisi…

Trois humains étaient morts. Heureusement, le venin des fées ressemblant au venin des frelons, la science humaine n'est pas capable de faire la différence. Alors les humains meurent comme s'ils avaient succombé à une allergie.

Mais nous, nous avons des spécialistes qui surveillent tout ce qui se passe dans le monde des humains. C'est notre veille informatique. Et trois barons de la drogue qui meurent d'une allergie à quelques jours d'intervalle, cela a fait sonner les alertes de tous les ordinateurs.

Surtout que des frelons en plein hiver, comment dire, ce n'était pas super crédible. Enfin à part en Californie et en Floride, mais ce n'était pas là-bas que les types étaient morts.

Et devinez qui planifiait de remplacer les gros dealers par des loups-garous afin de donner le plus possible de drogue aux humains et gagner des gros tas d'argent au passage ?

Notre ami Brandkel, bien sûr !

Oui, je sais. Vous êtes des humains normaux et logiques. Vous vous dites que c'est du grand n'importe quoi, que, de toute façon, les humains ne prendront jamais de la drogue au point d'en être dépendants…

Pas comme l'alcool ou le tabac.

Ah. Oui. Là vous voyez mieux l'image. Si Brandkel parvenait à mettre la cocaïne ou l'héroïne au même prix qu'un paquet de cigarettes ou qu'un verre de mauvais whisky, alors tout le monde y aurait accès. Et les humains s'affaibliraient.

Les Anglais ont bien réussi à s'emparer de l'Inde alors qu'ils n'étaient qu'une poignée. Les choses ne sont pas toujours une question de nombre, mais de pouvoir et de manipulation. Et Brandkel était super doué pour la manipulation.

Nous n'avions aucune idée de la façon dont il s'y était pris pour convaincre les fées de lui obéir, vu qu'elles étaient supposées être dingues et incontrôlables, mais le fait était là. Une partie des loups de grand-père partit donc à New York et à Chicago, les villes où les types étaient morts, afin d'enquêter.

Je n'aimais pas cela. Entre notre protection et les enquêtes que nous menions, je trouvais que les défenses de notre ranch étaient sérieusement dégarnies.

D'autant que les trois vampires qui s'étaient également échappés rôdaient dans la région et avaient commencé à faire des dégâts.

Sur plus de trois cents millions d'habitants, quarante mille personnes disparaissent chaque année aux États-Unis. 90 % sont de banales fugues qui se terminent bien (… ou mal) – des gens qui ne supportent plus leur vie et la reconstruisent ailleurs.

5 % sont le fait de délinquants sexuels ou de meurtriers, en série ou pas.

Les derniers 5 % sont des faits surnaturels. Des humains qui sont la proie des fées, sorciers, loups ou vampires. Ou tout simplement qui sont au mauvais endroit au mauvais moment. Ceux-là, on ne les retrouve jamais. Ni leur corps ni rien d'eux. Ils meurent en silence… ou plutôt en hurlant beaucoup, mais personne ne les entend.

Douze personnes avaient disparu dans la région de Missoula. Douze personnes en trois semaines pour trois vampires. C'était n'importe quoi, même si les vampires se nourrissent exclusivement de sang humain.

Twilight ? Des vampires végétariens qui brillent au soleil ? Très joli, très esthétique, j'ai adoré le livre, mais totalement éloigné de la réalité. Pour comprendre, il faut quelques précisions sur le mode d'alimentation des vampires.

Un être humain moyen a environ cinq litres de sang dans ses veines. Vous avez déjà essayé de boire cinq litres de soupe en quelques minutes ?

Une simple louche cale déjà l'estomac et ne représente que quelques dizaines de centilitres. Donc, le mythe du vampire qui draine un humain entièrement en deux secondes pendant que celui-ci se pâme de bonheur, c'est du grand n'importe quoi. Autant que le mythe de sa proie préférée : la jeune vierge fragile limite anorexique. Les vampires préfèrent les bons gros humains bien nourris et pleins de sang plutôt qu'une nana qui s'évanouit rien qu'à l'idée de manger une feuille de salade.

Un humain peut parfaitement nourrir un vampire très longtemps. Il suffit de le garder en vie, de bien l'alimenter et de bien l'hydrater. Évidemment, si on a deux ou trois humains disponibles, c'est mieux. Parce qu'un vampire ne boira pas plus d'une centaine de millilitres de sang par jour. Du moins, s'il ne le désire pas.

Et vous savez pourquoi ? Tout simplement parce qu'il peut contrôler son métabolisme. Il peut se mettre en accéléré, ce qui consomme plus d'énergie, et alors il a besoin de plus de sang. Mais, en période de repos, le vampire est comme une sorte de gros reptile. Paresseux, bougeant le moins possible et évitant les efforts.

L'invention de la télévision a été une véritable providence pour les vampires. Pouvoir rester devant en zappant d'un air vitreux, c'est à peu près l'état le plus proche du paradis pour eux.

C'est moins glamour que le mythe, mais bien plus réel.

Bien sûr, il y a aussi quelques hyperactifs. Tout comme les humains qui souffrent de cette maladie, les vampires hyperactifs, du type Dracula, saignent beaucoup plus de gens. Mais bon, ils courent aussi partout, tout le temps, à échafauder des tas de plans pour conquérir... conquérir on ne sait pas très bien quoi, d'ailleurs.

L'origine des vampires est parfaitement connue. Non, pas de vampire vieux d'un million d'années, un Neandertal plantant ses crocs dans des dinosaures avant de s'en prendre à l'*Homo sapiens* ! C'est une espèce relativement récente. Plus jeune que les loups-garous, les elfes ou les fées, d'ailleurs, et qu'ils soient devenus aussi puissants en si peu de temps fait grincer beaucoup de crocs.

Les vampires sont nés d'un acte magique. D'un inceste, plus précisément.

Celui du célèbre roi Arthur Pendragon et de sa demi-sœur Morgane, ou Morgause, ce n'était pas très clair, il y a presque vingt siècles en Angleterre. Bon, cela dit, Arthur ne savait pas que c'était sa demi-sœur, d'une part. Et d'autre part Morgane, un tantinet dérangée, s'était lancé un sort de fertilité pour le moins dangereux afin d'être sûre que son unique nuit d'amour avec Arthur soit fructueuse. Lorsque Mordred, leur fils, a été conçu, il souffrait d'une malformation (ben oui, c'est bien la raison pour laquelle il faut éviter la consanguinité). De fait, il était mort avant d'être né. Un mort-né. Mais Morgane a lancé un sort de résurrection. Qui, confronté au sort précédent de fertilité, a produit un résultat tout à fait curieux. Mordred n'était ni mort ni vivant. Incapable de procréer, ne pouvant se nourrir que de sang, mais très puissant, difficile à tuer.

Le parfait guerrier.

Qui décida de prendre le trône de son père. Grâce à ses pouvoirs. Dès lors qu'il était attaqué, Arthur n'eut plus le choix. Il dut combattre son fils, ce qu'il avait pourtant évité de faire pendant des années, en dépit de ce qu'était Mordred.

Ils s'affrontèrent devant Camelot.

Jusqu'à ce qu'Arthur parvienne à le tuer, le cœur lourd, grâce à Excalibur, l'épée magique. Forgée d'argent, métal que ni les loups-garous ni les vampires ne supportent, et de fer froid, ce qui rend malades les elfes et les fées, l'épée transperça le cœur du vampire et celui-ci mourut.

Mais, avant de mourir, il avait découvert que s'il ne pouvait pas procréer, il pouvait néanmoins engendrer. Créer de nouveaux vampires. En saignant des humains presque jusqu'à les tuer, puis en leur faisant avaler son sang corrompu, il les ramenait à la… disons à la non-mort.

Enfin, pour ceux qui parvenaient à avaler le sang sans le rejeter. Yerk, je ne veux même pas imaginer le goût d'un truc moisi et pourri depuis plusieurs centaines d'années…

C'est compliqué, parce que le vampire doit boire ou saigner sa proie presque à blanc – avaler autant de liquide n'est pas si facile et le laisser couler n'est pas aussi efficace. D'un autre côté, lorsqu'on est accroché à une artère, on est plus à même de « sentir » lorsque le flux sanguin se ralentit, histoire de ne pas se retrouver bêtement avec un cadavre sur les bras. Là aussi, les moniteurs cardiaques et les capteurs de tension ont facilité le travail des vampires qui désirent engendrer. Comme quoi, la science peut aussi profiter à une race magique.

Lorsque les vampires purent « vivre » plus vieux que Mordred, ils découvrirent que leur état finissait par provoquer une sérieuse allergie au soleil. Là encore, le mythe fonctionne à l'envers. Les jeunes vampires peuvent encore profiter du soleil pendant plusieurs années. En revanche, exposez un vieux vampire au soleil et vous n'aurez plus qu'un joli tas de poussière sur votre tapis.

Illico presto.

C'est d'ailleurs comme cela que Dracula est mort, en réalité, il y a quelques années. Dans un hôtel de luxe, une femme de ménage n'a pas vu qu'il était en train de dormir et a ouvert les rideaux d'un geste brusque.

Bête accident.

Cela n'arrive pas toujours. Dracula n'a pas eu de chance. Parfois, certains très, très vieux vampires découvrent qu'ils ont fini par acquérir une certaine immunité au soleil, surtout ceux qui ont été créés par Mordred. Ceux-là, s'ils prennent le risque de partir en fumée, peuvent toujours tester leur endurance aux rayons solaires. Inutile de dire que peu d'entre eux s'y risquent.

Donc, il a fallu faire oublier le client se transformant en cendres à la pauvre femme de chambre traumatisée. Car les vampires ont quelque chose de particulier. Un don qui leur a permis de devenir ce qu'ils sont, les plus puissants des surnaturels, et qui les rend intouchables.

Le Charisme.

Depuis Bram Stoker, les écrivains ont donné plein de noms à cet étrange pouvoir : hypnotisme, compulsion, envoûtement, etc.

Moi, je trouve que « Charisme » est exactement le bon mot. Vous avez une bête féroce en face de vous, avec de longs crocs et qui ne rêve que d'une seule chose, vous les planter dans le cou. Mais grâce au Charisme, tout ce que vous voyez, c'est un homme ou une femme d'une incroyable beauté qui vous sourit et semble vous aimer plus que tout.

Toutes ces pensées me traversèrent l'esprit en quelques secondes avant que l'une des vampires, celle qui arborait un insigne de chasseur, ne s'approche de moi.

Une… une jeune fille. Pas plus âgée que Katerina, apparemment. Bon, pour ce que j'en savais… Elle avait peut-être mille ans, mais elle paraissait fraîche. Et ravissante. Sacrément ravissante. De longs cheveux aussi noirs que ceux de ma Katerina, mais moins bouclés, un visage pâle, de magnifiques yeux d'un bleu presque violet. Rien que de plonger dans ces yeux-là, on avait envie de s'y noyer.

Sans vouloir faire de mauvais jeu de mots, elle était chaude. Parce que les vampires, habituellement, sont plutôt froids. Le sang qu'ils absorbent ne leur permet pas d'atteindre la même température que celle des humains. Mais cette fille-là semblait rayonner par rapport aux quatre autres, et sa peau fumait légèrement dans le froid glacial. C'était très étrange. Et son pouvoir de séduction avait l'air infiniment plus puissant que celui des autres vampires.

Je clignai des yeux. Les loups-garous, normalement, ne sont pas sensibles au Charisme des vampires. Sauf que moi, même si j'avais quelques caractéristiques bizarres du type un bon odorat, des oreilles sensibles et une excellente vue, je n'étais pas un loup-garou.

La vampire eut juste à sourire et j'eus les genoux en marmelade. Même si elle dévoila ses longues canines, cela ne me refroidit pas. Chuck accentua son grognement et le sourire de la vampire se fana légèrement.

– Retiens ton toutou, me fit-elle d'une voix sucrée. Nous ne sommes pas ici pour te faire du mal.

Elle me dévisagea et ajouta avec délice :

– Du moins, pas encore.

Je déglutis. Sa voix me faisait le même effet que si on me plongeait dans un sirop épais, chaud, délicieux.

– Ce… hrrrmm…

Ma voix dérailla et je m'efforçai d'en reprendre le contrôle.

– Ce n'est pas mon toutou. Il me protège. Alors non, je ne vais pas le retenir. Faites un pas de plus et il vous arrache la gorge.

Elle eut l'air surprise. Je suppose qu'on ne devait pas souvent lui dire non. Elle cessa de bouger puis pencha légèrement la tête en arrière.

– Je pourrais lui arracher les tripes et m'en prendre à toi ensuite avant même que tu n'aies le temps de cligner des yeux.

Je cessai immédiatement de le faire, ce qui, vu le froid qui régnait, n'était pas une mince affaire. Elle vit mes yeux soudain écarquillés et éclata de rire.

– Mais je ne suis pas ici pour toi. Je suis ici pour les vampires qui se sont échappés du Centre. Nous avons appris qu'ils avaient enlevé une douzaine d'humains. C'est très, très mauvais ! Cela attire beaucoup trop l'attention ! Dissimuler autant de morts, c'est très compliqué, il va falloir tous les retrouver, les réunir et simuler un incendie ou une fuite de gaz, et ensuite Charmer tout le monde pour qu'ils oublient comment les gens sont vraiment morts. Dès qu'on dépasse les dix personnes, ça me colle mal au crâne. Je déteste ça !

Je me détendis légèrement. C'était bien ce que je pensais. Ils traquaient les évadés. Ouf. Enfin, pas tout à fait « ouf » parce qu'elle partait tout de suite du principe que les gens étaient morts.

– Euh, oui. Certes. Comment pouvons-nous vous être utiles ?

Voilà, c'était tout moi. Amical et très, très prudent.

– Humph, je ne sais pas, grogna-t-elle comme si elle doutait sérieusement des compétences de notre meute. On a des pistes ?

– Axel, le chef de meute des semis, et nos loups sont sur leurs traces. Mais pour l'instant, nous n'avons rien trouvé. Ils sont… précautionneux. Chaque fois, les gens ont été enlevés dans les airs. Donc impossible de suivre leur odeur.

– Nous allons devoir les traquer, soupira-t-elle comme si cela la fatiguait d'avance. Ça ne m'arrange pas, parce que nous étions sur la piste de plusieurs membres de la communauté qui ont disparu, eux aussi.

Ah bon ? Comment ça, disparu ? D'habitude, c'était nous qui faisions disparaître les gens, pas les gens qui nous faisaient disparaître.

La vieille peur que des humains nous aient repérés allait-elle resurgir ? Étions-nous dans le collimateur de chasseurs ?

– Bref, conclut la vampire, je vais aller rencontrer le chef de la police et lui faire cracher ce qu'il sait.

Elle vit mon regard soudain inquiet et éclata d'un rire frais qui me donna des frissons dans le dos.

– Je vais juste le Charmer et me faire passer pour une nana du FBI. Tellement haut placée qu'il devra me répondre.

Elle se rapprocha de moi, envahissant mon espace personnel au point que je sentis sa curieuse odeur, mélange de lavande… et de sang.

– Je ne le mordrai même pas. Mais si tu veux, toi, je veux bien te mordre. Tu es vraiment très mignon, très musclé. Tu fais de l'exercice, ça se voit, miam. Retire ton blouson que j'en voie un peu plus…

La morsure des vampires était parfaitement aphrodisiaque. On disait qu'elle procurait un plaisir incroyable. Au point que des fioles de salive de vampire circulaient sous le manteau. À prix d'or, parce que prélever de la salive de vampire sans l'autorisation de son propriétaire réduisait considérablement sa propre espérance de vie.

Il fallait se l'injecter – l'avaler donnait beaucoup moins de résultats. Enfin, c'était ce que j'avais entendu.

– Euh, non merci, balbutiai-je d'une voix faible, extrêmement conscient de la présence de Katerina dans mon dos. Je préfère conserver mes vêtements. Et mon sang.

De nouveau elle me regarda comme si je venais de faire quelque chose d'anormal.

– Tu refuses mon offre ? dit-elle d'une voix incrédule. C'est un grand honneur que je te fais ! Normalement, nous ne demandons pas, nous prenons.

Son arrogance me donna immédiatement l'envie de lui donner des baffes. Ce que je ne me risquai pas à faire pour deux bonnes raisons. La première, c'est qu'on ne tape pas sur les filles, et la seconde, c'était qu'elle était probablement dix fois plus forte que moi. Ma réaction dut être perceptible parce qu'elle recula d'un pas, comme si soudain elle me percevait comme dangereux. Puis elle se reprit et s'avança en me tendant un rectangle de papier blanc, sur lequel il y avait juste un prénom, un numéro de téléphone et son grade : « Annabelle, chasseuse 5 ». Aïe ! c'était une 5. Leur échelle ne comportait que six rangs. Oui, puissante, indéniablement.

– Très bien, fit-elle sèchement. Voici mon numéro de portable. Contactez-moi si vos équipes ont quoi que ce soit de neuf et... Indiana Teller, c'est ça ?

Je sentis le rire perceptible dans sa voix. Elle se moquait de moi. De mon nom de chien. Très drôle.

– Oui, répondis-je tout aussi sèchement.

– Indiana, donc, n'essayez pas de jouer aux héros, tes petits loups et toi. Ces trois vampires ont décimé des villes entières dans le passé, avant qu'on ne parvienne à les enfermer. Seuls leur ancienneté et leur rang très élevé leur ont évité la Vraie Mort. Alors, même fous, sachez qu'ils sont puissants. Et dangereux. Très dangereux. Même dix loups-garous n'en viendraient pas à bout.

Je hochai la tête. Même si j'avais été un loup-garou, je ne me serais pas risqué à affronter un vampire. Encore moins un vieux vampire fou. Alors en tant qu'humain, il y avait encore moins de risques. Cependant, quelque chose émergeait de ce que venait de m'apprendre la vampire. Et je n'aimais pas du tout le schéma qui commençait à se dessiner.

Katerina était toujours étrangement silencieuse derrière moi. La vampire la fixa et soudain je sentis que Katerina s'ébrouait comme si elle se réveillait d'un rêve. Les vampires décollèrent sans nous prêter plus attention et Chuck se retransforma illico. Il allait le payer, parce que c'était tout de même fatigant de passer d'une forme à l'autre en si peu de temps, mais sous sa forme de loup, il ne pouvait pas parler.

– Wow, fit-il, super, super sexy, la petite chasseuse...

Il ajouta, vertueux :

– Heureusement que je ne pense qu'à Loly !

Je levai les yeux au ciel et me tournai vers Katerina.

– Qui est super sexy ? Qu'est… qu'est-ce qui s'est passé ? dit-elle en papillonnant des yeux. Je… je me suis endormie ?

Vu qu'elle était debout à côté de moi, la question était pour le moins curieuse. Je la touchai et elle sursauta.

– Katerina, tu vas bien ? Je sais que les vampires sont effray…

– Quels vampires ? me coupa-t-elle en me regardant comme si j'était devenu complètement fou.

– Euh, les vampires qui viennent de partir, répliquai-je en lui montrant la carte de visite. Annabelle, les chasseurs à la recherche des kidnappeurs d'humains. Elle vient de nous parler !

Le sang déserta son visage.

– Indiana ? Mais que s'est-il passé, je ne me souviens de rien ! Je viens juste de me rendre compte que nous étions dehors, et c'est tout.

D'accord. Je savais que les vampires étaient forts, mais je n'avais pas réalisé à quel point. Ils avaient réussi à envoûter Katerina sans l'approcher. Ça, c'était vraiment un pouvoir génial. OK, surtout pour son possesseur, je l'admets, nettement moins pour le possédé. Ou la possédée, en l'occurrence, qui n'avait pas l'air d'aimer cela. Du tout. Je lui décrivis ce qui venait de se passer. En gommant l'irréelle beauté d'Annabelle. Je suis peut-être gentil, mais je ne suis pas débile.

Soudain elle se redressa et la colère flamba dans ses yeux.

– J'en ai assez ! gronda-t-elle.

Je tendis la main pour la prendre dans mes bras, mais elle échappa à mon étreinte.

– Ne me touche pas !

Aïe ! Ça, c'était le genre de phrase que je n'aimais pas. Je sentis ma gorge se serrer.

– Katerina ? Je suis désolé, je ne savais pas que…

– Oh oui, Indiana, cracha-t-elle, tu es tout le temps désolé ! Le gentil, l'adorable, le si beau Indiana. Qui n'est jamais responsable de rien. Mais en fait, Indiana, tu *es* responsable. De tout. Si tu ne m'avais pas approchée, si Tyler et toi ne m'aviez pas entourée de votre… de votre espèce d'amour et de vos attentions, jusqu'à finir par vous disputer comme deux loups autour d'un os, mon père ne serait pas dans cet état, sur le point de mourir.

Sa voix se cassa sur ce dernier mot.

J'étais blessé. Ses paroles étaient cruelles parce que vraies. En partie. Mais je savais aussi qu'elle était en train de craquer. Elle avait tellement pris sur elle depuis quelques semaines… Elle avait assisté à un combat à mort entre deux clans, failli mourir dix fois, et à présent elle voyait son père s'éteindre peu à peu.

– Ce n'est pas très juste, Katerina, répondis-je tandis que des larmes de fureur et de peine mêlées coulaient sur ses joues pâles.

Elle était magnifique, même en colère contre moi. Je l'aimais tellement que j'en avais mal. C'est alors qu'elle prononça les mots qui me tuèrent :

– C'est fini, Indiana. Tout est fini. Je ne veux plus rien avoir affaire avec toi, avec ces vampires et avec ces loups-garous. Mon père a, grâce à vos luttes absurdes, gagné assez d'argent pour que je puisse terminer mes études confortablement. S'il…

Elle prit une grande inspiration.

– S'il meurt, je serai à l'abri. Cela aura au moins servi à ça.

Elle planta son magnifique regard gris-vert dans le mien tandis que je cherchais à essayer de respirer et déclara :

– Je ne veux plus jamais te revoir.

Chapitre 5

Le rejet

Chuck se figea. Le monde se figea. Cet instant se grava dans ma mémoire comme l'une des épreuves les plus douloureuses de ma vie. Bien plus que lorsque j'avais compris, encore enfant, que je ne serais jamais l'un de ces loups-garous si beaux et si forts. En fait, même plus insoutenable que le moment où Tyler m'avait broyé la jambe ou lorsque j'avais tué le sbire de Brandkel qui me torturait. À égalité, au moins, avec la souffrance que j'avais ressentie lorsque j'avais compris que ma mère, si belle, si fragile, était entre les mains du brutal Brandkel.

Tous ces instants de douleur s'effacèrent devant celui-ci. Ce fut comme si Katerina me plantait un poignard dans le ventre et le tournait lentement. Je faillis me sentir mal.

Mais je ne montrai rien. On m'avait appris que les hommes, comme les loups, devaient être courageux. Et je voyais bien que Katerina était submergée par le chagrin et se sentait perdue. Parfois, s'écarter de ce qui blesse est la bonne solution. Mais là, elle avait tort. Avant que je n'aie le temps d'ouvrir la bouche, Chuck prit la parole :

– C'est trop tard.

Katerina fit volte face. Chuck était en train de se rhabiller et il évitait soigneusement le regard brillant de rage de Katerina, boutonnant son jean avec application.

– Qu'est-ce que tu viens de dire ? cracha Katerina, exaspérée.

Chuck soupira et releva la tête. Il planta son regard d'ambre dans les yeux de Katerina.

– Je disais que c'était trop tard. Vous êtes mouillés jusqu'au cou dans cette histoire, ton père et toi. Même avant ta naissance, lorsque ton arrière-grand-père a tué l'arrière-grand-père d'Indiana. Vous êtes liés tous les deux. Et puis, si le tueur qui s'en est pris à Seamus veut l'achever, tu as besoin de nous pour sa protection. Comme pour la tienne. Alors nous rejeter maintenant que le mal est fait, excuse-moi, mais cela ne marchera pas.

J'en avais encore le souffle coupé. Si j'avais dit le quart de ce que venait de déclarer Chuck, Kat m'aurait sans doute arraché les yeux. Là, elle se contenta de le foudroyer du regard, puis pivota et rentra dans l'hôpital d'un pas rageur. Au bord de l'asphyxie, je respirai de nouveau.

– Merci, Chuck, soufflai-je, encore médusé.

Il haussa ses épaules.

– Il fallait bien que je rattrape les bourdes que j'ai faites en vous mentant à tous les deux pour vous séparer. Et puis, c'est la vérité. Si son père meurt, elle va se retrouver toute seule. Là, elle aura le choix. Continuer avec toi si elle t'aime vraiment plus que tout. Rompre si elle préfère une vie humaine normale. J'espère qu'elle te choisira, Indiana, sincèrement.

– Ouais, grognai-je, moi aussi.

Bizarrement, pendant une heure, dans le froid glacial, Chuck me consola. Je n'étais pas dupe, il voulait donner le temps à Katerina de se reprendre. Et à moi, du temps pour réfléchir. Quand je vous disais qu'il pouvait être sidérant, ce bon gros Chuck ! Je le laissai faire. J'étais en train de dire à quel point j'aimais Katerina lorsque je fus interrompu :

– Pourtant, fit une voix douce derrière moi, il serait plus simple que cette jeune humaine s'éloigne de toi.

Axel se matérialisa. Non, il n'avait aucun pouvoir vampirique, mais avec sa peau et ses vêtements noirs, il se fondait dans les ombres de la nuit. Et comme le vent soufflait dans le mauvais sens, je ne l'avais pas senti.

– Je sais, répondis-je de mauvaise grâce, c'est ce que tout le monde n'arrête pas de me dire. Mais, Axel, pas plus que tu n'aurais abandonné Gemma, je ne peux abandonner Katerina.

Je le vis tressaillir. Lui rappeler son amour assassiné par Brandkel n'était pas très fair-play de ma part. Mais il ne releva pas.

– Nous avons retrouvé sept des douze humains disparus, précisa-t-il en changeant de sujet. Je suis venu te prévenir.

Je me figeai. Le scénario le plus sombre était en train de se réaliser. J'en étais malheureusement sûr.

Puis Axel, impatient, embraya :

– Ah, et j'ai croisé une certaine…

Il sortit un petit rectangle de papier de sa poche.

– … Annabelle 5. Elle n'a pas eu l'air très contente de découvrir ces cadavres totalement exsangues. Avec plein de marques de morsures.

Cela répondait à la question « vivant ou mort, les humains ? » que j'allais poser. Je n'avais pas l'indifférence des loups et des semis pour la vie humaine et cela me fit un choc. Axel respecta ma tristesse. Je m'efforçai de détacher mon esprit de Katerina pour me concentrer sur ce qui devenait un problème mortel.

– Où ? demandai-je après avoir inspiré profondément.

– Près de ton université. Dans la colline qui la surplombe, juste en dessous du panneau.

Donc les vampires s'étaient rapprochés d'une grande agglomération humaine. Oui, c'était logique, les prédateurs se rassemblaient là où était la nourriture.

– Qu'est-ce que les vampires nettoyeurs ont fait des cadavres ?

– Ils les ont mis de côté afin de tous les regrouper. Ensuite, ils organiseront la « découverte » des corps. Un tragique accident.

– Mais du coup, cela nous prive de l'expertise des humains qui auraient pu examiner les corps, ce n'est pas si malin.

– Pas tout à fait. Nous avons pris des tas de photos et d'échantillons. Leurs labos et les nôtres sont assez performants pour que nous nous passions de ceux des humains. Surtout que nous savons ce que nous cherchons, alors que les humains, non.

Il n'avait pas tort, mais je pensais tout de même que plusieurs cercles de recherche valaient mieux qu'un, ou, en l'occurrence, que deux. La douleur de ce que venait de me dire Katerina ne s'estompait pas, mais au moins j'avais quelque chose à quoi penser plutôt que d'aller me vautrer abjectement à ses pieds. Et notamment à sauver la vie de gens qui n'avaient aucune idée de la raison pour laquelle ils avaient été transformés en bars à sang vivants.

– La chasseuse a dit qu'ils avaient également envoyé trois équipes à la poursuite des fées, là où les meurtres avaient été commis.

Mon machiavélique grand-père, chef de meute, m'avait bien entraîné, je réagis aussitôt :

– C'est idiot.

Il eut un sourire approbateur.

– Oui, c'est aussi ce que je lui ai dit. Ils doivent bien évidemment cibler les prochaines victimes. C'est là qu'ils pourront attraper les fées. Elle m'a dit qu'ils allaient aussi organiser la surveillance des principaux barons de la drogue.

Ben voyons, c'était un comble ! Voilà que les vampires protégeaient des salopards vendeurs de mort. Le monde ne tournait plus rond. La rage m'envahit.

– Mais personne ne va poursuivre Brandkel ? Il a enlevé ma mère, libéré de dangereux assassins, tué des humains ! Que font les vampires nettoyeurs, je croyais qu'ils étaient ceux qui effaçaient les problèmes ? Brandkel m'a tout l'air d'un problème qui justement a besoin d'être effacé, non ?

Son sourire disparut.

– Il est puissant. Bien protégé. Les vampires n'interviendront que s'il est directement responsable d'un gros massacre vraiment voyant. Mais pour l'instant, il est très prudent. Et rien ne le relie aux fées ni aux vampires, à part qu'il les a libérés en kidnappant ta mère. C'est un malin. Les fées folles n'aiment peut-être pas les revendeurs de drogue ?

J'avais envie de hurler. Entre Katerina et Brandkel, je ne savais pas lequel me causait le plus de frustration.

– Tu as prévenu mon grand-père ?

– Dès que nous avons trouvé les corps. Les échantillons viennent de partir à votre ranch par hélicoptère. Nous savons que les corps ont été placés à cet endroit mais qu'ils n'ont pas été tués là. Nous allons essayer de trouver où, puis remonter la piste. Mais les vampires peuvent voler, ce qui n'arrange pas nos affaires. Même pour nos sens de semi ou de loups, il y avait très peu d'odeurs. Insuffisantes pour que nous les suivions, quoi qu'il en soit. Je dois y retourner, je voulais juste te tenir au courant.

Grand-père m'avait appris à lire derrière les mots, tout autant qu'Axel m'avait appris à me battre. Pourquoi le grand semi n'avait-il pas utilisé le téléphone ? Il n'avait pas besoin de me voir pour me dire tout cela. Il sentit mon regard interrogateur. Me fit signe de le suivre. Chuck haussa les sourcils mais obéit lorsque je lui dis de rester là. Axel s'éloigna suffisamment pour que l'infernale ouïe des loups-garous soit inefficace.

J'espérais qu'il allait faire vite parce que je n'avais qu'une seule envie, retrouver Katerina.

Il se dandina devant moi. Voir ce géant noir bosselé de muscles se tortiller était un spectacle que je savais ne pas revoir de sitôt. Dommage que je sois si malheureux, parce qu'en une autre occasion j'aurais vraiment apprécié. Impatient, je finis par craquer :

– Axel ? C'est quoi le problème ?

Il s'immobilisa. Déglutit. Wah, je ne savais pas ce qui le tourmentait, mais ça avait du mal à sortir.

– C'est… c'est cette fille, finit-il par grommeler.

– Quoi ? Quelle fille ?

– Cette fille, là, Annabelle.

– Eh bien quoi ?

– Je ne l'avais pas sentie venir. Elle m'est tombée dessus. Je m'étais éloigné des autres. Mon flair est plus puissant depuis que je suis l'alpha de ma meute, j'ai senti les corps bien avant vos loups et j'allais me pencher dessus. Elle a cru que j'étais un semi… un semi sauvage, quoi. Elle ne voulait pas que je boulotte les pièces à conviction.

OK, j'étais super malheureux, désemparé par la mort de sept innocents et mon humour choisissait vraiment un très mauvais moment pour se manifester, mais là, je dus quand même retenir le gloussement naissant au fond de ma poitrine.

– Hrrmmm et alors ?

– Alors, on s'est battus.

Je le regardai, bouche bée.

– Tu rigoles ? Axel, tu t'es battu contre une chasseuse ? Une 5 ?

– Ouais, ben je savais pas que c'était une chasseuse 5, hein ! Moi, j'ai juste vu un truc qui m'est tombé dessus et a essayé de me faire la peau. Elle a bien failli m'avoir. Mais j'ai été le plus fort.

Merde. Axel avait tué la chef des vampires. Alors là, on était vraiment mal. Je comprenais pourquoi il avait l'air tellement ennuyé !

– Je l'ai battue, fanfaronna-t-il d'un air épouvantablement satisfait.

– Bon sang, Axel ! hurlai-je, mais ça va pas ? Tous les vampires vont nous arracher les tripes pour la venger !

Il eut l'air étonné.

– Et pourquoi voudraient-ils la venger ? J'ai été meilleur qu'elle, plus rapide, c'est tout. Elle ne va pas m'en vouloir à ce point pour une petite blessure d'amour-propre, quand même ? Non ?

Je m'affaissai un peu.

– Tu… tu ne l'as pas tuée ?

Il se redressa, indigné.

– Mais bien sûr que non !

Il eut un petit sourire.

– À un moment, elle a même eu le dessus. Elle est vraiment, vraiment très forte, cette fille.

J'étais soulagé. Grand-père aurait eu et ma peau et celle d'Axel si les choses avaient dérapé de la sorte avec les vampires.

– Bon, elle ne t'en veut pas. Donc tout va bien. Il est où, le problème ?

J'avais presque peur de la réponse. Je ne fus pas déçu.

– Hrrrmmm, s'éclaircit-il la gorge,… memmamebassé.

Je ne pris pas de gants :

– Axel, tu n'es pas sous ta forme de semi, tu n'as donc aucune raison de ne pas articuler. Je n'ai rien compris.

– Hum. Je disais qu'elle m'avait embrassé.

Pour la seconde fois en quelques secondes, je restai bouche bée. Mais qu'est-ce qu'il racontait ? Soudain, avec une aveuglante puissance, la réalité me sauta au visage.

– OK, OK, voyons si j'ai bien compris, fis-je calmement. Tu t'es trouvé face à une fille absolument ravissante, presque aussi forte que toi au point d'avoir failli te vaincre et qui en plus t'a embrassé. Et tu as ressenti quoi ?

– J'ai… j'ai adoré, avoua-t-il. Son baiser, Indiana, son baiser était comme un feu froid qui m'a embrasé ! Ça m'a explosé à la tête et si mes gars n'étaient pas arrivés, j'aurais même oublié ce pour quoi j'étais là ! Alors qu'on était au milieu d'un tas de cadavres ! Tu te rends compte ?

Yerk. L'image était assez répugnante. Mais je comprenais ce qu'il essayait de dire. Qu'il avait totalement oublié son environnement tant la sensation avait été forte.

– Qu'est-ce…

Soudain, une analogie me vint à l'esprit. M'interrompant une seconde, je repris, catastrophé :

– Bon sang, Axel, ne me dis pas que vous êtes en train de jouer un remake d'*Underworld* !

Il me regarda, sincèrement intrigué.

– De quoi ?

– *Underworld*, le film où une vampire tombe amoureuse d'un lycan. Qui est l'un des esclaves des vampires.

– Connais pas. J'aime pas les films de vampires.

– Et tu aimerais encore moins celui-ci, parce qu'il se termine très, très mal. La vampire est condamnée au soleil et meurt, et le lycan est emprisonné, s'enfuit puis est tué des siècles plus tard.

Il eut une moue agacée.

– Ouais, ben on n'est pas dans un film. Ce que je ne comprends pas, c'est pourquoi elle m'a embrassé…

Je ne m'intéresse pas à tout ce qui ne porte pas de jupe, mais je savais qu'Axel était un beau mec. Qu'il ne le réalise pas était tout à son honneur. Sauf que là, sa réponse était débile.

– Parce que t'es *hot*, mon pote, précisai-je.

Il eut l'air perplexe.

– Pardon ?

OK, son cerveau n'avait apparemment pas si bien récupéré.

– Je veux dire que tu es un beau type et que la vampire te trouve sacrément à son goût. Voilà, voilà. Je me demande ce que ça donne, moi, un petit de vampire et de semi…

Je n'avais pas pu résister.

Axel pâlit, ou plutôt devint gris, lorsqu'il comprit ce que j'étais en train de dire.

– Merde. J'ai un ticket avec une vampire ! Et tu sais ce qui est le pire ?

– Non ?

– Je crois que j'ai eu le coup de foudre !

Ben on n'était pas sorti des embrouilles. Entre moi qui aimais une humaine et Axel qui venait de tomber amoureux d'une vampire, je sentais qu'on allait au-devant de gros problèmes.

Soudain, il me surprit en me posant la dernière question à laquelle je m'attendais :

– Qu'est-ce que tu as ressenti ?

– Comment ?

– Lorsque tu as rencontré Katerina. Qu'est-ce que tu as ressenti ?

Wow, c'était délicat, comme question. Je me concentrai sur ce qui s'était passé ce jour-là. De nouveau, le souvenir me poignarda en plein cœur. Je soupirai :

– Elle est apparue devant moi. Ce que j'ai remarqué tout de suite, ce furent ses yeux. Axel, ses yeux sont incroyables. Elle les plisse un peu d'un air railleur en te regardant et ça te frappe au cœur, direct. Ensuite, quand je l'ai reniflée…

Il m'interrompit, incrédule :

– Tu l'as quoi ?

– Ça va, hein, chez les loups, on se renifle tout le temps, tu le sais très bien. Cela a été instinctif.

Il n'arrivait pas à s'en remettre. Son sourire incrédule faisait trois fois le tour de son visage.

– Tu l'as reniflée ? Et elle ne s'est pas enfuie en courant ? Dis donc, elle est courageuse, cette fille.

– Elle n'a pas pu. J'ai oublié que j'étais sur un escalier, je me suis avancé et… je lui suis tombé dessus.

Il ne put s'en empêcher. Il éclata de rire.

– Waah, tu as été *quaterback* dans une autre vie, c'est ça ? Tu plaques les filles au sol pour qu'elles ne puissent pas t'échapper ? Trop fort !

Je grondai :

– Si tu te fous de moi, je ne te raconterai pas la suite.

Il eut du mal mais réussit à contenir sa stupide hilarité.

– Oh, oh, hoqueta-t-il en agitant la main. Non, vas-y, vas-y, je ne rirai plus.

Le gloussement qu'il ne put arrêter à temps me prouvait qu'il n'allait pas se gêner, mais je laissai passer.

– Son odeur s'est emparée de moi à ce moment. Elle sent tellement bon ! Il y a une mystérieuse alchimie entre son parfum et elle. Même lorsque je lui tourne le dos ou qu'elle s'approche sans que je la voie, je sais qu'elle est là. Enfin, quand je l'ai touchée, le contact de sa peau est remonté le long de ma main, de mon bras jusqu'à mon cou, comme si elle m'avait agrippé et n'allait plus jamais me lâcher. J'ai passé la journée avec elle et, plus le temps passait, plus son influence sur moi était forte. J'ai adoré la faire rire, elle est tellement lumineuse lorsqu'elle rit ! C'est une expérience inouïe.

Axel pencha la tête, totalement fasciné.

– Et elle ? Comment réagissait-elle ?

– J'ai bien vu qu'elle ne se rendait pas compte que j'étais totalement envoûté. C'était verrouillé dans son esprit. Il n'était pas question qu'elle s'éloigne de sa ligne de conduite. Avoir son diplôme d'abord et se sortir de ce trou perdu, ensuite s'intéresser aux potentiels petits copains. Il m'a fallu beaucoup de temps pour lui faire comprendre que j'étais fou amoureux d'elle. Pourtant, le soir même, je n'avais qu'une seule envie, lui envoyer un SMS pour lui demander de me rejoindre.

– Si vite ?

– Oui. Tu sais, Axel, je ne croyais pas au coup de foudre, je pensais que c'était un truc de romans à l'eau de rose que lisent les filles. Mais c'est horriblement réel et lorsque cela t'arrive, tu es comme... prisonnier. Tu n'arrives plus à réfléchir, à travailler, à manger. C'est génial et en même temps c'est super pénible. Et cela te prend un temps fou, parce qu'au lieu de penser à ce que tu dois faire, tu penses à elle. Tout le temps.

– Ce n'était pas comme ça avec Gemma, dit-il d'un ton lent et réfléchi. Je suis tombé amoureux d'elle, mais c'était une passion paisible, sage. Je pense qu'elle m'aimait bien plus que je ne l'aimais, moi qui avant de la rencontrer draguais tout ce qui se trouvait sur mon chemin.

J'en restai bouche bée.

– Ah bon ?

– Ouais, dit-il tranquillement. Tu sais comment sont les chanteurs...

En fait, non. Vu que je n'en avais jamais rencontré et qu'il s'était bien gardé de me dire qu'il avait été chanteur.

– J'avais du succès, sans être encore une star. Des labels sérieux commençaient à s'intéresser à moi, c'est d'ailleurs comme ça que j'ai rencontré Gemma. On donnait un concert dans une salle et elle était là, se détachant des autres, comme si toute la lumière se concentrait sur elle, ses cheveux blonds et ses yeux d'or. Elle était incroyable.

Ah, je comprenais mieux, maintenant. Les loups-garous sont rarement attirés par les humains. Mais un mec à la fois beau et chanteur, ça, c'était un cocktail qui avait dû rendre Gemma complètement accro. Car les loups-garous aiment la musique plus que tout au monde, presque plus que la chasse. Et chanter ensemble, que ce soit sous leur forme lupine ou humaine, était, depuis toujours, l'un des moyens de renforcer les liens de la meute.

– Avant de rencontrer Gemma, j'étais un sacré *serial lover*, reprit Axel, pensif. Tout était bon pour séduire une jolie fille. J'ai eu des centaines de conquêtes. C'est facile et exaltant. Toute cette énergie, toute cette adoration. Ça donne l'impression de vivre à deux cents pour cent.

À mon tour d'être fasciné. Et curieux.

– Des centaines ? Bigre. Et tu fais comment ?

– Je fais du charme. Je regarde une fille fixement comme si elle était la chose la plus incroyable que j'aie jamais vu. Et une fois que, en réponse à mon regard, elle finit par réagir, je lui sors mon arme secrète.

– Ah ? Parce que tu as une arme secrète ? Euh, si on parle de ce dont je crois que nous parlons, je t'assure, Axel, inutile de me la montrer.

Il eut un sourire de… loup.

– Je me penche vers elle et je lui dis : « Tu es tellement belle ! » Et je le lui répète jusqu'à ce qu'elle me croie. Les jolies filles sont fragiles. Cela les rassure. Elles succombent à mon charme. Nous passons du temps ensemble. Puis je m'en débarrasse en douceur, en leur faisant comprendre que je suis très occupé, débordé, que je n'ai pas le temps. Lorsque cette seconde phase démarre, je ne réponds que peu à leurs SMS ou à leurs appels. Alors, petit à petit, elles lâchent prise. Je leur fais croire que c'est elles qui me larguent, comme ça, pas de souffrance. Comme si c'était mon emploi du temps infernal qui avait tué notre histoire d'amour, pas ma volonté. Ça marchait très bien. Jusqu'à ce que je rencontre Gemma, sans savoir que c'était une louve-garou, même si c'est probablement son étrangeté qui a dû m'attirer vers elle. Et que cette fois-ci je vive avec elle, puis que, pour ne pas me perdre, elle me morde et me transforme en semi. Maintenant, lorsque je tombe sur une jolie fille, acheva-t-il avec amertume, je me demande surtout quel goût elle a...

Oui, je voyais bien que cela le blessait encore. J'embrayai vivement :

– Mais pas Annabelle ?

Son sourire revint. Pensif, hésitant.

– Non, elle, je ne la vois pas comme de la nourriture. J'ai juste envie de lui sauter dessus. Et c'est... c'est cool de retrouver cette sensation. Comme si mon cœur revivait après toutes ces années. Comme si j'étais en apnée, happé par ma vie et que, soudain, je respirais de nouveau à pleins poumons.

Je posai donc la seule question évidente :

– Et qu'est-ce que tu vas faire ?

– La revoir. Je dois comprendre pourquoi une vampire m'attire à ce point. Elle m'a fait oublier ma vengeance pendant quelques instants, tu te rends compte, Indiana ?

Oui, je mesurais le choc. Même s'il venait de m'apprendre que Gemma l'aimait plus qu'il ne l'aimait, il avait vécu avec elle jusqu'à ce qu'elle soit égorgée par Louis Brandkel. Axel pleurait son amour assassiné depuis des années. Qu'il soit soudain autant attiré par quelqu'un d'une espèce totalement différente de la sienne, et ce alors qu'il n'avait pas encore réussi à venger Gemma en tuant Brandkel, montrait à quel point il était affecté par cette rencontre improbable.

– Et Annabelle, qu'est-ce qu'elle a dit ?

De nouveau il se tortilla, embarrassé. Il allait falloir qu'il se défasse de cette attitude parce que c'était vraiment ridicule.

– Que j'avais les lèvres douces comme de la soie et que mon étreinte était divine.

Il ferma les yeux pour mieux se souvenir.

– Et elle a ajouté : « Hmm, j'ai envie de planter mes crocs dans ton cou, de sentir ta chaleur envahir toutes mes cellules. »

Ça, c'était direct. Il faisait plus chaud, tout à coup, ou c'était moi ?

– Wahhh et tu lui as répondu quoi ?

Il eut l'air gêné.

– Euh… en fait, je crois bien que j'ai dit « argh ». C'est là qu'elle m'a donné sa carte.

Je sentis un fou rire naissant fourmiller dans ma gorge et je dis vivement :

– OK, stop, je ne veux pas plus de détails. Allons à l'essentiel. Y a-t-il des lois chez les semis qui interdisent les relations avec des vampires ?

Il plissa les yeux, fouillant sa mémoire.

– Pas à ma connaissance, finit-il par lâcher. Mais, tu sais, les semis sont moins structurés que les loups-garous. Vous vous êtes collé des tas de lois sur le dos, alors que nous, nous nous contentons d'essayer de survivre, tout simplement, en faisant le moins de bruit possible.

Les semis faisaient mieux que de survivre simplement. Beaucoup d'entre eux étaient des gardes du corps. Ça payait bien et ils pouvaient disposer de leurs horaires comme ils le désiraient.

– Donc, rien ne t'empêche de vivre une torride histoire d'amour avec Annabelle, n'est-ce pas ?

– De mon côté, rien, admit-il. Mais du côté des vampires, à mon avis, c'est une tout autre histoire. Tu sais comme ils sont orgueilleux ! Déjà qu'ils n'aiment pas beaucoup les loups, je ne veux même pas imaginer comment ils considèrent les semis !

– Je n'en sais rien. Mais si elle t'a embrassé, c'est qu'elle te considère comme tout à fait acceptable pour elle. Donc moi, à ta place, je ne m'en ferais pas, je sortirais avec elle et on verra bien ce qui se passera. S'inquiéter de ce que vont penser les uns ou les autres ne sert strictement à rien. Alors *carpe diem*, Axel !

C'était ce que je faisais avec Katerina, donc j'étais plutôt bien placé pour le conseiller. Axel me regarda, interloqué, puis me fit un grand sourire. C'était fou le nombre de dents ultra blanches que ce type avait dans la bouche. Blanches et pointues, aussi.

– Tu sais ce que j'aime chez toi, Indiana ? C'est que tu as le don de ramener des situations compliquées à leur plus simple expression. Merci.

Il m'enveloppa dans une étreinte bourrue, me donna un petit coup sur l'épaule qui me fit quand même vaciller et fila dans le noir.

Je revins vers Chuck qui ne nous avait pas quittés du regard. L'amusement provoqué par Axel s'évapora lorsque ce que m'avait dit Katerina revint me frapper comme un boomerang.

– Il te voulait quoi, le semi ? grogna Chuck, agacé d'avoir été écarté.

– Rien, un truc de chasseurs, mentis-je. Et qu'ils ont retrouvé les corps de sept victimes des vampires.

– Pour trois vampires, c'est…

– Beaucoup et très bizarre, oui, je sais. Axel et les vampires de la Garde rouge sont sur le coup.

Je revins sur le plus important pour moi.

– Katerina n'est pas ressortie ?

– Si, mais elle est passée par-derrière, dit-il. Nanny est avec elle. Elles sont parties à la maison. L'état de Seamus est stable. Nanny m'a téléphoné pour me prévenir. Elle dit que Katerina a été bouleversée par cette histoire de vampires, que c'était la goutte de salive qui faisait déborder la vase, mais qu'elle va essayer de la raisonner.

– Le vase, rectifiai-je machinalement. La goutte d'eau qui fait déborder le vase.

– Non. *La* vase. Le truc grouillant de boue et de bordels piquants. Elle savait très bien ce qu'elle voulait dire.

Peut-être, mais si tout le monde se mêlait de mes affaires, les choses allaient empirer. J'étais probablement le seul à comprendre comment Kat fonctionnait. En fait, je n'étais pas vraiment surpris de sa réaction. Katerina était une fille saine qui n'avait aucun goût pour le drame, surtout après avoir vécu avec un père alcoolique et à moitié fou. Elle devait donc détester tout ce qu'elle avait dû subir à cause de moi. Et de Tyler. Même si elle l'avait caché, tentant probablement de se convaincre qu'avec moi, dont elle était tombée amoureuse, elle avait une chance d'avoir une vie normale. Mais lorsque son père avait été si grièvement blessé, soudain, la réalité lui avait explosé au visage. Être amoureuse d'un loup-garou raté n'allait lui apporter que des ennuis. J'avais essayé de faire en sorte que les avantages soient plus importants que les inconvénients, en l'entourant de mon amour et de ma chaleur, mais cela n'avait pas été suffisant.

Et maintenant, je n'avais absolument aucune option. Je ne pouvais pas guérir son père, je ne pouvais pas le sauver.

J'étais impuissant. J'allais la perdre.

Mais pas sans lutter.

En compagnie de Chuck et de deux loups de Dave, je quittai l'hôpital. Les deux autres loups avaient accompagné Nanny et Katerina. Lorsque nous arrivâmes à la maison, celle-ci brillait de tous ses feux dans le noir glacial de la nuit du Montana.

J'avais le cœur battant. Qui me donna l'impression de s'arrêter net lorsque je vis Katerina descendre avec un gros sac à la main. Un gros sac lourd, qui devait contenir toutes ses affaires. Apparemment, les arguments de Chuck n'avaient pas été si convaincants que cela. Je me précipitai.

– Katerina, mais qu'est-ce que tu fais ?

Bien qu'elle fût fatiguée, son sens de l'humour lui revint.

– Je suis en train de cuisiner des pancakes. À ton avis, Indiana, je fais quoi ?

– Tu t'enfuis ! répondis-je, paniqué.

– Je ne m'enfuis pas, répondit-elle dignement. Je fais ce que j'aurais dû faire dès que j'ai senti qu'il y avait des tas de trucs bizarres dans cette histoire entre toi, moi et Tyler. J'aime bien *Vampire Diaries,* tu sais, en revanche, vu le nombre de gens qui meurent dans cette série, je ne ressens aucune envie d'en faire partie. Alors je retourne chez moi. Les policiers ont retiré les scellés cet après-midi. Tout a été nettoyé.

Trop rapides, ces stupides policiers !

J'ouvris la bouche pour protester mais elle m'en empêcha.

– Non, Indiana. Tu dis toujours que tu me respectes. Si c'est vraiment le cas, tu dois respecter mon choix. Et mon choix, c'est de m'éloigner de ce sang, de cette douleur et de ce danger. Tu peux me traiter de lâche si tu le désires, tu peux d'ailleurs me traiter de n'importe quoi, mais c'est ce que je veux. Non, c'est ce dont j'ai besoin. De calme au milieu de cette folie et de tout ce sang.

– Je t'aime, répondis-je. C'est tout. Je t'aime à la folie, Katerina. C'est ma seule excuse. J'aime tout en toi. Ton intelligence, ton corps magnifique, tes yeux si tendres, tes cheveux qui caressent mes mains. J'aime t'embrasser, j'aime te tenir dans mes bras. J'aime respirer ton souffle, toucher ta peau chaude et douce. J'aime ton odeur. J'aime même tes colères. J'aime te regarder. Quand tu es loin, j'ai l'impression de ne plus pouvoir respirer, tu es scellée dans mon cœur. Ne me quitte pas, Katerina, je t'en supplie.

J'étais en train de geindre. Et je détestais cela. Mais que faire lorsqu'on est sur le point de perdre l'amour de sa vie ? Je sentais une sueur glacée couler dans mon dos et j'avais l'impression qu'un éléphant de six tonnes était assis sur ma poitrine.

Katerina détourna le regard. Je savais et elle savait que si elle plongeait ses yeux dans les miens ce serait plus dur pour elle. Qu'elle hésiterait. Alors elle baissa la tête et me contourna. Paniqué, j'attrapai son bras, la faisant pivoter.

– Lâche-moi, dit-elle sèchement.

Et je sentis une vraie colère dans sa voix.

– Non. Pas avant que tu me regardes en face et que tu me dises que tu ne m'aimes plus.

Me prenant au dépourvu, elle se dégagea d'une vive torsion. Levant bravement ses yeux vers mon visage et voyant ma surprise devant l'efficacité de son mouvement, elle eut un sourire amer.

– Dave a voulu me montrer quelques prises, histoire que je ne sois pas tout à fait incompétente si quelqu'un essaye de m'immobiliser contre mon gré. Très intéressante, sa vision des choses. Pour lui, on est soit une proie, soit un prédateur. Pour l'instant, très clairement, il me voit comme une proie. Assez appétissante, du reste.

J'en restai sans voix. Dave ? L'imperturbable Dave ? Qui salivait devant ma Kat ? J'allais le tuer.

Katerina ouvrit la bouche pour me bannir définitivement de sa vie, je le voyais dans son regard soudain douloureusement résolu, lorsque son téléphone sonna.

Elle sursauta. Un éclair d'incertitude traversa son visage. Mais ce n'était pas l'hôpital. C'était pire.

C'était Tyler Brandkel.

Chapitre 6

Celui qui était fou

Tyler, le pur loup-garou, qui aimait Katerina autant que moi, à sa façon dévoyée. Tyler qui avait essayé de me tuer. Tyler qui m'avait aussi sauvé la vie. Tyler, le fils du salopard qui avait enlevé ma mère. Et dont je ne savais pas encore très bien s'il était mon pire ennemi ou un ami potentiel, tiraillé entre son allégeance envers son père et son amitié pour moi.

Kat me fit signe de me taire et appuya sur le haut-parleur.

– Tyler, fit-elle d'une voix calme, comment vas-tu ?

– Je viens prendre des nouvelles de ton père. Est-il… encore vivant ? On m'a dit qu'il avait été sérieusement amoché.

Katerina inspira vivement.

– Oui, il n'a pas été contaminé par un loup-garou comme nous le pensions. Il n'a pas muté et, du coup, il ne guérit pas. Il est entre la vie et la mort. Pour l'instant, il est maintenu en coma artificiel. Nous pensons qu'il a été attaqué par un semi.

Tyler répliqua sèchement :

– Nous ? Tu veux dire Indiana, je suppose ?

– Pas seulement, répondit Katerina, Nanny aussi. Et toi ? Comment vas-tu ?

Il y eut un silence et je crus que Tyler avait raccroché. Mais au moment où j'allais parler, il déclara :

– Ça va. Mon père n'est pas là en ce moment, alors les choses sont plus faciles.

Katerina et moi échangeâmes un regard navré. Tyler aurait pu être un véritable ami s'il n'avait pas été torturé psychologiquement, et à mon avis aussi physiquement, soi-disant pour l'endurcir, par son père.

– Et la mère d'Indiana ? Comment va-t-elle ? C'est terrible pour lui de ne pas savoir.

Katerina était généreuse, c'était aussi l'une des raisons pour lesquelles je l'aimais autant.

– Je m'en fous, répondit Tyler. Qu'il souffre. Il t'a enlevée à moi mais il a perdu sa mère. C'est une juste compensation.

Katerina se raidit. Ce que venait de dire Tyler était si cruel qu'elle en avait le souffle coupé.

– Donc ton père n'est pas mort, reprit doucement Tyler, je suis content. Je suppose qu'Indiana est à côté de toi ? Coupe le haut-parleur et passe-le-moi.

Oui, évidemment, avec son ouïe de loup-garou, Tyler avait su, probablement grâce à l'écho, que j'écoutais la conversation. Sans un mot, Katerina me passa le téléphone après avoir désactivé le haut-parleur.

– Tyler, fis-je avec circonspection.

– Indiana, répondit-il. Écarte-toi.

– Pardon ?

– Je ne veux pas que Katerina entende ce que je dis. Écarte-toi d'elle.

Je fis quelques pas.

– Plus loin.

Je relevai vivement la tête. Il n'avait aucun moyen, même avec ses grandes oreilles, de savoir combien de pas j'avais fait. Il nous observait. En ce moment même. Pourtant, je ne vis rien. Ne sentis rien. Même si j'avais certains des attributs des loups, comme un flair bien plus développé que les humains et une excellente ouïe, elle n'était pas aussi bonne que celle des vrais loups-garous. Mais je savais qu'il était là, en train d'espionner la maison, tapi dans les bois.

Je supposais qu'il utilisait des jumelles, parce que nos loups patrouillaient dans les proches environs. Il n'avait pas pu s'approcher plus.

Puis une pensée explosa dans mon cerveau, me secouant d'espoir : peut-être était-il là pour m'aider ? Et, tout de suite, une seconde idée se superposa à la première : allait-il au contraire m'annoncer qu'il y avait un problème avec ma mère, qu'elle… qu'elle avait été blessée ? L'anxiété me tordit l'estomac. L'anxiété et l'espoir en même temps.

Pendant que j'obéissais, faisant signe à Katerina qui me dévisageait avec inquiétude de ne pas me suivre, le fantôme de l'amitié entre Tyler et moi flotta pendant quelques secondes. Puis ce qu'il fit alors la brisa. À jamais.

– Je vais te prendre Katerina, annonça-t-il calmement. Et en échange, je m'engage à te rendre ta mère.

Sa proposition me rendit muet de stupeur.

– Tu dis à Katerina que tout est fini entre vous, expliqua Tyler. Elle sera probablement effondrée, mais je serai là pour la réconforter. Ensuite, seulement une fois qu'elle sera ma petite amie, parce que je n'ai pas confiance en toi, je te dis où retrouver ta mère.

J'occultai sa proposition démente pour me concentrer sur ce dernier point.

– Tu le sais ? demandai-je avidement.

Il eut un rire cruel.

– Non. Pas encore. Mais je vais trouver. Mon père me dissimule beaucoup de choses, mais j'ai appris à creuser. J'ai déterré pas mal de ses vilains petits secrets. La localisation de ta mère n'est qu'une question de jours. Alors Indiana ? Quel est ton choix ?

– Je ne peux pas te répondre comme ça, protestai-je. Comment peux-tu me proposer une chose pareille ?

– Mon vieux, en amour comme à la guerre, tout est permis du moment qu'on gagne. Je veux Kat, tu veux ta mère. Je dirais que chacun d'entre nous a ce que désire l'autre. Je trouve donc l'échange de circonstance, non ?

Ouais, sauf que ce n'était pas lui qui avait enlevé ma mère et que, par conséquent, il ne pouvait pas en disposer à sa guise. Et que Katerina n'était pas une chaise ou une table qu'on pouvait simplement s'échanger.

Mais je me gardai de souligner l'évidence.

– C'est ma faute s'il est blessé, déclara-t-il soudain, changeant de sujet avec une brusquerie qui me déconcerta.

– Pardon ?

– Arrête de dire « pardon » tout le temps, je ne te pardonne rien et je vais tout te prendre. Je disais que c'était ma faute si le père de Kat a été blessé. La... disons que la situation a un peu dérapé.

D'habitude, dans les livres, les films ou les séries, les choses ne se passent pas ainsi. Les enquêteurs avancent pas à pas, analysent les indices jusqu'à démasquer le coupable. Nous aurions dû trouver que le poil appartenait à sa fourrure, ou à la fourrure de *x* ou *y* et remonter jusqu'à lui. Si le coupable avouait tout de suite, cela retirait tout le suspense. Mais Tyler confirmait ce que je pensais depuis le début. Tout cela n'avait rien à voir avec la guerre entre mon grand-père et son père, et tout avec l'amour étrange de mon plus dangereux rival.

– Tyler, mais qu'est-ce que tu as fait ?

– Qu'elle soit avec toi au ranch me rendait fou. Je devais la faire revenir. Que... que tu la touches. Qu'elle soit avec toi, la nuit. C'était insupportable. Ne pas pouvoir lui parler, sentir son odeur. J'ai même acheté son parfum pour le mettre sur mes draps et dormir enveloppé dedans. Il fallait que je la voie. C'est la seule solution que j'ai trouvée.

Il eut un petit rictus de dérision.

– Et pourtant je déteste *Loverdose*...

Katerina n'était pas avec moi la nuit, mais je passai sur ce détail. Et ce qu'il venait de me révéler était carrément inquiétant. Il avait acheté le parfum de Katerina ? Cela dépassait l'obsession, et de loin. Je recentrai la conversation sur le plus important :

– Faire massacrer Seamus par un semi ? m'exclamai-je, furieux et inquiet.

Il s'énerva.

– Je te l'ai dit. La situation a dérapé. Ce n'était pas ce qui était prévu. Je voulais juste que ce soit comme un accident, qu'il se fasse mordre et que Kat revienne. J'ai empêché qu'il soit tué, il le sait. Il le dira à Kat lorsqu'il se réveillera. Aux yeux de Seamus aussi, ce fut un tragique et malheureux accident.

Je décidai d'être cruel à mon tour.

– Il ne se réveillera pas. C'est un miracle qu'il soit encore vivant.

De nouveau, un silence, si long que je crus qu'il avait raccroché.

– Cela ne change rien, finit-il par déclarer. Tu as le marché en main.

Il était fou. Maintenant, j'en étais sûr. Les mauvais traitements et ce qui s'était passé avec moi puis avec Katerina avaient fini par briser son esprit. Si je n'étais pas le jouet de sa folie, j'aurais pu avoir pitié de lui. Là, en fait, j'avais plutôt envie de l'étrangler.

– Comment puis-je te contacter ? fis-je froidement.

– Sur mon portable. Je répondrai, cette fois-ci. Ah, et n'essaye pas d'expliquer la vérité à ma Kat ; j'ai fait cloner sa carte Sim, j'aurai tous les SMS qu'elle t'enverra ou que tu lui enverras.

Dingue ou pas, il était malin. Merde.

– Oh et, Indiana, fais en sorte que la réponse soit oui, que tu renonces à elle et que vous vous sépariez, sinon je ne réponds ni de ta sécurité ni de celle de ta mère…

Je me raidis.

– Ne t'avise pas de me menacer, grondai-je en montrant les dents comme un vrai loup.

Bon, le fait que ce soit au téléphone rendait la tentative d'intimidation moins évidente.

– Oh mais si, je te menace, répondit-il joyeusement. Si tu ne fais pas ce que je veux, tu vas le payer très cher. Et ta mère aussi. Contrairement à mon père, je n'en ai rien à foutre d'avoir une rebrousse-temps dingue dans mon camp. Donc danse, danse, marionnette, au son de ma flûte !

Et sur cette mauvaise métaphore, empruntée au *Joueur de flûte de Hamelin*, il raccrocha. Katerina leva vers moi un regard inquiet.

– Alors ? Qu'est-ce qu'il te voulait ?

Avant qu'elle n'ait le temps de réagir, je l'enlaçai. Une dernière fois. Sachant très bien que Tyler nous regardait. Son corps chaud s'appuya contre le mien, je goûtai ses lèvres et, très vite, le sel de ses larmes, car elle ne trouvait pas la force de me résister mais savait qu'elle devait se protéger de toute cette folie en s'éloignant de moi.

Notre dernier baiser fut foudroyant, merveilleux et d'une infinie tristesse.

Puis, avant qu'elle ne puisse s'éloigner, je m'arrachai d'elle. Et m'arrachai le cœur en même temps. Pour elle, pour la protéger. Pour nous. Pour nous sauver.

– Tout est fini entre nous, Katerina, dis-je d'une voix forte.

Katerina ouvrit grands ses beaux yeux encore embués de larmes.

– Que… quoi ? finit-elle par balbutier.

Je devais partir du principe que Tyler venait d'arriver et, de toute façon, qu'il était trop loin pour avoir entendu ce que Katerina m'avait dit quelques instants plus tôt. Sinon, il n'aurait pas eu besoin de passer ce marché.

– Finalement, nos loups ne vont pas continuer à protéger ta maison comme prévu, continuai-je en croisant les doigts pour que Katerina comprenne que je mentais. Je pense que, pour ta sauvegarde et celle de ton père, il vaut mieux couper les ponts entre toi et moi. Je ne peux pas veiller sur toi alors que la guerre va éclater. Seamus en est déjà la première victime. Je te laisse donc retourner chez toi. Comme le veut mon clan, je vais essayer de faire ma vie avec une louve. Ce sera plus simple pour tout le monde. Ne m'envoie pas de SMS non plus. Je ne veux plus attirer l'attention sur toi. Tu es trop fragile, trop humaine.

Elle était tellement stupéfaite qu'elle ne comprenait plus rien de ce qui se passait. Je venais de lui redire exactement ce qu'elle m'avait assené plus tôt devant l'hôpital.

Soudain, elle fronça les sourcils.

– Tu ne veux plus de moi ?

– Non.

– Parce que c'est trop dangereux.

– Oui.

– Pour moi.

– Oui.

– Mais c'est précisément ce que...

Je l'interrompis vivement.

– Oui. Je sais. Je préfère rompre.

Elle s'approcha de moi. Puis, sans que rien ne le laisse présager, elle me gifla si violemment que je vacillai. Wahou, elle avait l'air super fragile et frêle, mais cette fille avait une sacrée poigne.

Je vis Chuck et les deux loups sursauter. Bien, si eux y avaient cru, Tyler y croirait aussi. Je dissimulai le sourire qui tentait de fleurir sur ma figure en me tenant la joue. Elle avait compris. Mon intelligente, ma merveilleuse Katerina.

Elle laissa la colère et la peine apparaître sur son visage. Vivante réponse à l'angoisse qui devait se lire sur le mien, maintenant que j'avais réussi à me recomposer. Elle attrapa son sac sans me regarder et tituba jusqu'à la voiture où elle le déposa. Nanny lui avait prêté l'un de nos véhicules (en plus de celui que j'avais acheté, mon grand-père nous avait fourni plusieurs puissants 4 × 4 au cas où).

– Que l'un d'entre vous revienne chercher la voiture, dit-elle bravement sans me regarder. Adieu, Indiana.

La gorge serrée, je répondis :

– Adieu, Katerina.

Lorsque le moteur de la voiture rugit, deux des loups de Dave surgirent de l'ombre, prêts à la suivre. Mais je leur fis signe de n'en rien faire, à leur grande surprise. Je leur ordonnai de rester aux alentours de la maison afin de protéger Nanny. Leur interdisant de m'accompagner également. Ils étaient des soldats, ils étaient la meute, ils m'obéirent sans discuter parce que j'utilisai sans vergogne mon autorité de pseudo-alpha. Je n'avais pas les aspects physiques des loups, mais bien de leurs aspects mentaux.

J'aurais presque préféré qu'ils s'inquiètent de me laisser partir seul. Ce qui prouve que l'esprit humain est bizarre.

Cela ne dura pas longtemps, parce que Chuck, lui, refusa carrément :

– Pas question, me répondit-il fermement lorsque je lui expliquai que j'avais besoin de m'isoler après ce qui venait de se passer. Et tu peux utiliser autant que tu veux ton charme d'alpha pour m'obliger à t'obéir, excuse-moi, mais j'ai bien plus peur de ton grand-père que de toi. Il m'arrachera la fourrure s'il t'arrive quoi que ce soit !

Il n'y avait qu'une seule façon de le convaincre. Je laissai paraître les larmes que je m'efforçai de contrôler virilement et me penchai vers lui.

– Je ne veux pas qu'ils me voient pleurer, Chuck. Et toi non plus. S'il te plaît. J'ai vraiment besoin d'être seul. Je n'irai pas loin.

Chuck me dévisagea, vit les larmes brillant dans mes yeux et soupira :

– Tu sais, Indiana, tu devrais te trouver une jolie petite louve qui ne penserait qu'à te faire des câlins plutôt qu'une fille qui te fiche des baffes. Mais je comprends. Ne t'éloigne pas trop, hein ?

Je promis. En croisant les doigts dans le dos, parce que j'avais horreur de mentir et que je n'arrêtais pas de le faire.

Je lui tournai le dos pour m'enfoncer dans les bois. Une fois à l'abri des regards, je vérifiai que mon attirail anti-loups-garous et semis était bien en place. Étoiles et dagues d'argent, poudre de tue-loup, sans oublier pieux en bois et tout ce qui me permettait d'avoir une petite chance de survie face à des trucs bien plus forts et plus rapides que moi.

Non, je ne cherchais pas Tyler. Même si Axel m'avait appris à me déplacer sans bruit, et sous le vent afin que ma proie ne me sente pas, surprendre un loup-garou était vraiment difficile. Je savais que

Tyler allait probablement suivre Katerina. Il allait vérifier que la maison était sans surveillance, ensuite, une fois qu'elle serait bien installée, il irait probablement la voir.

Enfin, j'espérais avoir ce laps de temps pour faire ce que j'essayais en vain depuis un mois.

Retrouver ma mère.

Ai-je mentionné ce foutu don dont j'ai involontairement hérité ? Celui de rebrousse-temps ?

Il ne fonctionne pas. Du moins, il ne fonctionne pas comme je le voudrais. Si maman semble réussir à se diriger à son gré, à « partir » et à « revenir » à volonté, à moi, sans doute perturbé par mes gènes de loup-garou récessifs, le don n'obéit absolument pas.

Bon. Le fait que j'ai peur de l'employer parce qu'il a tendance à rendre les gens fous, comme ce qu'il a fait à ma mère, n'arrange sans doute pas les choses.

Mais il faut bien dire que toutes les « dématérialisations » se sont produites à des moments de grand stress, de grande peur ou de grand danger, les trois allant parfois ensemble. L'avant-dernière fois avait eu lieu lorsqu'un des jumeaux maléfiques de la meute de Brandkel m'avait torturé avec son couteau. La dernière, lorsque j'avais dû « sentir » que Seamus était en danger et que je m'étais retrouvé chez lui bien involontairement.

Depuis un mois, je m'étais isolé souvent, bien sûr, surtout la nuit, afin de tenter de « forcer » mon don à retrouver ma mère.

Sans aucun succès. Je n'avais aucune influence sur ce stupide et dangereux pouvoir. Jusqu'à présent, sachant tout ce que Brandkel avait fait pour s'emparer de ma mère et combien elle était précieuse pour lui, je ne m'étais pas trop inquiété pour elle. Enfin si, mais pas pour son intégrité physique.

Sauf que maintenant tout avait changé. Brandkel ne savait pas que son fils était fou, obsédé par Katerina. Qu'il était prêt à tuer, à mutiler pour elle. S'il n'avait pas celle qu'il convoitait, Tyler risquait de faire du mal à ma mère, juste pour se venger. La peur que j'éprouvais venait soudain d'atteindre de nouveaux sommets. Pour ma mère, pour Katerina. Je comptais sur ce stress pour me mener à elle, même si je savais que le pouvoir d'un rebrousse-temps reposait aussi sur le fait de connaître sa destination. Or, je n'avais aucune idée de l'endroit où Brandkel père l'avait enfermée.

Toute la communauté surnaturelle avait été avertie de la disparition de notre rebrousse-temps. Grand-père avait mis la barre très haute : vingt millions de dollars à celui ou celle qui parviendrait à la retrouver. L'intelligente manœuvre de grand-père avait sérieusement compliqué la vie de Brandkel. Alléchés par la récompense, les fées, les vampires, d'autres meutes moins riches ou moins puissantes, les sorciers, sorcières, etc., tous avaient placé des espions qui surveillaient les endroits appartenant à Brandkel, jour et nuit. Mais celui-ci restait chez lui, dans sa magnifique maison, et n'en bougeait pas. Se fichant totalement de la récompense, mais avides de posséder une rebrousse-temps, les vampires avaient ordonné la perquisition de la maison de Brandkel, sous prétexte que la communauté ne pouvait se permettre une guerre qui risquait de révéler son existence au grand jour. Cela n'avait rien donné. Ma mère était ailleurs, hélas ! À aucun moment Brandkel ne s'était absenté pour aller la retrouver. Il était bien trop prudent. Et lui aussi avait de puissants sorciers/ingénieurs/informaticiens qui protégeaient ses communications.

Cela me rendait fou.

Jusqu'à présent, mon autre solution avait été de tenter de « rebrousser le temps » jusqu'au Centre la nuit où ma mère avait été enlevée. Invisible, j'aurais pu suivre les voitures des kidnappeurs jusqu'à l'endroit où Brandkel la retenait prisonnière. Hélas ! notre curieux don ne permettait aucune action physique lorsque nous étions dématérialisés. Donc, pas plus que ma mère ne pouvait me donner d'indications sur l'endroit où elle se trouvait, je ne pourrais intervenir pour changer le cours du temps et empêcher son enlèvement. Mais je pouvais essayer de la localiser, ça, oui.

Je m'étais suffisamment éloigné et me glissai dans un épais fourré. Mon flair de pseudo-loup me disait que personne ne s'était approché de cet endroit. Enfin, lorsque je dis « personne », je ne pensais bien sûr pas aux nombreux animaux qui passaient un peu partout dans la forêt. Je décidai de ne pas ôter mes vêtements. Il faisait vraiment froid d'une part, et d'autre part, de toute façon, lorsque nous nous dématérialisons, notre corps disparaît. Mes vêtements resteraient là, tranquillement, le temps que je revienne.

Puis je fermai les yeux et me concentrai sur ma peur. Sur ce que je ressentais pour ma mère et pour Katerina. Très vite, la panique me fit haleter tandis que je lâchais la bride à mon imagination.

Et, croyez-moi, je voyais bien une demi-douzaine de choses aller horriblement mal.

Il ne se passa rien. J'étais là, assis comme un imbécile, à me prendre de la neige fondue dans le cou et sur la tête absolument pour rien.

Je maudis Brandkel, je maudis ma famille, je maudis le monde entier, une brûlante colère envahissant ma peur.

Et soudain il y eut une sorte de déclic.

Et je me retrouvai ailleurs.

Pas du tout au Centre le soir de l'enlèvement.

Mais dans notre ranch, le Lykos Ranch.

Il y avait là une femme que je reconnus immédiatement. Ma mère, Jessica Teller. Elle était plus jeune et se tenait au-dessus d'un berceau. En face d'elle un homme, grand, blond, torse nu, les yeux du doré des purs loups, que je mis un peu de temps à reconnaître.

Mon père.

Benjamin Teller.

Qui était mort depuis seize ans…

La scène était incroyablement limpide. Je voyais tout dans le moindre détail. Mon stupide pouvoir venait de me ramener seize ans en arrière. Avide de connaître cet homme dont je ne me souvenais pas, je priai pour que mon don ne me ramène pas sans prévenir dans le présent comme il le faisait habituellement.

Je sentis quelque chose se tordre en moi lorsque je vis que mon père était soûl.

Croyez-moi, pour soûler un loup-garou, il faut se lever de bonne heure. Leur infernal métabolisme accéléré leur fait synthétiser les drogues et les alcools en quelques minutes au lieu des quelques heures, voire jours chez les humains. Le liquide dans son verre était incolore. De la vodka probablement. L'étiquette annonçait 70 ° d'alcool. Il devait boire en continu s'il voulait en conserver les effets. D'un geste, il engloutit son verre et se resservit.

– J'en ai assez, dit-il d'une voix pâteuse mais d'un ton étonnement raisonnable. Depuis qu'il est là, tu ne t'occupes que de lui. Ou tu pars explorer l'univers, comme tu dis ! Mais tu ne t'occupes plus de moi !

Il pointa un doigt vacillant sur ma mère.

– Tu ne m'aimes plus ! Tu n'aimes que lui !

– Benjy, fit maman tendrement, arrête de boire et écoute-moi. Je n'aime que toi. Tu es le centre de ma vie. Mais tu dois laisser aussi un peu de place à notre fils !

La rage de mon père éclata. Il balança son verre contre le mur où il explosa, ce qui fit tressaillir ma mère. Dans le berceau, je me mis à pleurer, puisque, bien sûr, le bébé qui dormait là, c'était moi, âgé de deux ans à peine.

– Ce n'est pas mon enfant ! hurla-t-il. Il n'a rien d'un loup ! C'est un imposteur ! De qui est-il le fils ?

Le visage de ma mère se figea.

– Benjamin ! Comment peux-tu dire une chose pareille ! Tu sais très bien que tu as été le seul, l'unique ! C'est… c'est monstrueux comme accusation ! Je suis désolée qu'Indiana ne soit pas un loup-garou, cela aurait été plus facile pour lui comme pour nous. Mais tu ne vas pas retirer l'amour que tu devrais porter à ce petit être tout simplement parce qu'il n'est pas comme tu aimerais qu'il soit ! Ce serait trop injuste, ce serait trop cruel !

Mon père la regarda. Ses yeux étaient injectés de sang. Comme c'était un loup alpha, son pouvoir emplissait la pièce telle une onde brûlante et lourde. Ma mère avait du mal à respirer. Je voyais qu'elle luttait pour conserver son calme.

Son visage se crispait, comme si elle savait déjà ce qui allait se passer.

Il se rapprocha d'elle.

– Cruel ? Tu crois que ce serait cruel ? J'ai lutté pour lui ! J'ai supplié pour qu'on le laisse en vie, ce… ce rebut ! Il ne sera jamais un loup, il ne sera jamais un alpha ! Comment penses-tu que me regardent les membres de la meute ? Je n'ai pas d'héritier !

Maman tenta d'être raisonnable.

– Ce n'est pas parce que ton père est le chef de meute que tu le seras automatiquement. Un autre peut être élu.

Mais mon père ne voulait pas être raisonnable. Lui, ce qu'il voulait, c'était la bagarre.

Il leva la main sur ma mère, rendu fou par la colère, l'alcool et son propre pouvoir lorsque, soudain, une voix froide l'arrêta en plein geste.

– BENJAMIN !

Une voix froide que je connaissais bien.

Et qui appartenait à quelqu'un qui n'aurait pas dû être là.

Amber Teller. Ma grand-mère. Et, derrière elle, Nanny. Sauf que ce n'était pas possible. Ce n'était pas ce qu'on m'avait raconté.

Sans doute attirées par le bruit, les deux femmes, l'une grande et l'autre plus petite, mais les deux si reconnaissables avec leurs yeux d'ambre et leurs cheveux blonds de louves, venaient de pénétrer dans la grande chambre de mes parents.

Et soudain, le cœur serré, je compris que l'on m'avait menti. *Encore.* Maudite famille !

– Mais qu'est-ce que tu fais ? fit mon arrogante grand-mère à qui mon père ressemblait tant. Tu es en train de réveiller tout le ranch avec tes hurlements !

Elle vit les bouteilles vides et renifla.

– Je ne pense pas que te soûler va réparer l'erreur que tu as commise en épousant cette humaine, dit-elle avec mépris.

Benjamin oscilla et lui jeta un regard trouble. De lui, j'avais la haute stature, mais ses yeux étaient du doré des purs loups alors que j'avais hérité les grands yeux bleus de ma mère. Ses cheveux blonds étaient collés par la sueur de son emportement. Je ne voulais pas imaginer les dégâts qu'il aurait pu causer s'il avait vraiment frappé ma mère. Elle semblait si petite et si fragile en face de son mari ! J'avais du mal à respirer tant la scène était violente.

Et ce d'autant que j'étais un spectateur totalement impuissant.

Mais le mépris de ma grand-mère eut exactement l'effet inverse de ce qu'elle escomptait. Au lieu de le calmer, il ne fit qu'exacerber la colère de mon père. Renversant la tête en arrière, il avala la moitié d'une nouvelle bouteille en une énorme gorgée. Puis il se mit à ricaner.

– Chère mère, si froide, si sûre d'elle. Tu m'avais dit dès le départ que notre mariage était voué à l'échec. Que cette humaine ne nous apporterait rien de bon. Et, bien sûr, comme d'habitude, tu avais raison !

Il pointa vers elle un doigt vacillant.

– Sauf que tu n'avais pas imaginé que c'était un… trésor !

Il cracha le mot comme s'il lui meurtrissait la bouche.

– Une si célèbre rebrousse-temps ! Combien a-t-elle fait gagner au clan en deux ans ? Trois cents millions, quatre cents ?

– Tu le sais très bien, mon cher fils, répondit calmement ma grand-mère, puisque tu assistes aux relevés de comptes.

– Et si je renonçais ? fit soudain ma mère, tout aussi calme. Benjamin a raison. Depuis que j'ai découvert ce pouvoir, je me consacre à tout ce qui pourra assurer l'avenir de notre enfant et de votre clan. Mais vous avez déjà gagné bien assez d'argent pour les cent soixante loups de la meute. Et si maintenant je me consacrais à ma famille ?

Un masque d'horreur se peignit sur le visage de ma grand-mère.

– Non, dit-elle vivement. Nous avons besoin de vos informations. Vous pouvez voir des choses sur nos ennemis, les clans rivaux, les vampires ou les sorciers. Ce n'est pas uniquement une question d'argent, Jessica, c'est surtout une question de sécurité !

Le visage de ma mère refléta le dédain qu'elle éprouvait pour ma grand-mère et, pour être franc, j'étais assez d'accord avec elle. Ce que je voyais maintenant n'était pas joli, joli. Hélas ! je savais que la suite serait pire.

– Vous m'accusez sans cesse de n'être pas capable de donner un véritable héritier à votre clan, mais lorsque je propose de ne plus utiliser mes pouvoirs, là, rien ne va plus !

– C'est sa faute, grogna Benjamin, qui ne démordait pas de son obsession d'ivrogne après avoir asséché le reste de sa bouteille, en désignant le berceau du doigt. S'il n'était pas né, tu n'aurais jamais découvert ce foutu pouvoir. J'aurais préféré ne pas avoir d'enfant que d'avoir un humain sans poils ! Raaaahhh !

Il balança la bouteille contre le mur, comme son verre un peu plus tôt. Nanny se raidit lorsque la pluie de verre cassé rebondit un peu partout, mais personne ne fut blessé. Soudain, il y eut une véritable montée de pouvoir et Benjamin se transforma. En partie. C'était la première fois que je voyais cela chez un loup-garou et j'en fus stupéfait. Il restait entre les deux formes, exactement comme un semi ! Mais ce n'était pas possible !

Tout aussi stupéfaites et déconcertées, Nanny et grand-mère le regardèrent comme si un monstre venait de prendre sa place. Le pouvoir s'intensifia au point de remplir toute la pièce, comme une marée brûlante.

Benjamin venait d'utiliser son pouvoir d'alpha contre grand-mère et Nanny.

– Restez immobiles ! ordonna-t-il au travers de ses crocs, d'un ton si impérieux que moi-même je me figeai.

Épinglées, grand-mère et Nanny obéirent, bien incapables de résister. Les louves alpha ou bêta comme Nanny obéissaient aux ordres des loups alpha. Je sais que les féministes détesteraient cela si elles apprenaient son existence, mais ce pouvoir-là n'avait rien d'humain.

Il était purement animal, mâtiné de… d'autre chose. De magie ? D'influence mentale ? D'hypnose ? Je ne savais pas, mais cela fonctionnait fichtrement bien.

Mon père s'empara alors d'une dague d'argent qui servait d'ornement sur le bureau. Je ne sais pas quel imbécile avait offert ce bel objet à ma famille, mais ils avaient dû le garder pour la plaisanterie, car l'argent était un poison violent pour les loups-garous et les brûlait profondément lorsqu'ils le frôlaient. Pourtant, mon père parut insensible à la douleur que devait provoquer la dague dans sa main, peut-être protégé par l'épaisse fourrure qui avait recouvert ses… mains/pattes, je ne savais plus bien. D'un pas titubant, il se dirigea vers moi.

– Je vais régler le problème, Jessica, dit-il d'une voix bredouillante, son étrange museau plissé de chagrin. Je vais nous en débarrasser, comme ça, nous vivrons heureux de nouveau. Tu pourras avoir plein d'autres petits louveteaux, ne t'inquiète pas. La meute est prolifique, ma louve, tout ira bien.

Je ne savais pas ce qu'ils avaient mis dans cette vodka, mais mon père n'était absolument pas dans son état normal. Jamais de l'alcool n'aurait pu lui faire perdre la tête comme ça. Il se passait quelque chose de très étrange, ici. En dehors même de la façon incroyable dont il s'était transformé.

La suite se déroula comme dans un mauvais rêve. Mon père s'approcha du berceau. Ma mère se mit devant lui, implorant, suppliant, mais, d'un mouvement brutal, il la balaya comme un fétu de paille. Il lui cogna la tête et son sang coula sur sa tempe. Le stress dut activer son pouvoir, comme lors de ma naissance, car elle disparut brusquement, ses vêtements s'affaissant sur le sol. Soudain, ma grand-mère retrouva l'usage de ses mouvements, sans doute parce que le pouvoir de mon père s'affaiblissait alors qu'il s'immobilisait, vacillant, au-dessus du berceau. Elle bondit comme une louve, une lionne, afin d'empêcher son fils de commettre l'irréparable.

Ils luttèrent, même si grand-mère avait peu de chances de vaincre un alpha à moitié transformé et bien plus puissant qu'elle. Mais elle parvint à le faire basculer et ils tombèrent tous les deux. La tête de mon père fracassa une table de bois frontalement et, sous le choc sans doute, il quitta sa forme monstrueuse pour redevenir humain.

Cela même aurait dû alerter grand-mère. Mais elle se releva, furieuse, apostrophant mon père pendant quelques instants avant de se rendre compte qu'il ne répondait pas et restait au sol, dans une terrifiante et horrible immobilité.

Nanny se précipita et le retourna.

Grand-mère n'avait pas vu que, en tombant, mon père s'était planté le couteau dans le cœur et que son poids avait fini de le transpercer. Si elle s'en était aperçue un peu plus tôt, au lieu de lui hurler dessus, elles auraient peut-être pu le sauver, même si le poison de l'argent avait sans doute bien endommagé son organisme. Nanny retira la lame et compressa la plaie.

Mais il était trop tard.

Ma mère choisit cet instant pour réapparaître. Voyant le sang par terre ainsi que son mari, immobile, blafard, elle se mit à hurler. Elle se précipita et prit mon père dans ses bras, encore nue, les mains soudain maculée de rouge.

Je sentis les larmes couler sur mes joues. La souffrance de ma mère était monstrueuse, ses hurlements étaient atroces et, apparemment, me mettre les mains sur les oreilles ne fonctionnait pas sous ma forme invisible. Les sons passaient quand même.

Le cœur en lambeaux, j'assistai à la suite. Maman se balançait au-desssus du corps de mon père, coupée du monde. À ses côtés, ma grand-mère, trop choquée pour être capable de faire plus que de gémir « Non, non, noooonnnn ».

Après avoir tout tenté pour sauver mon père, Nanny comprit que c'était fini. Elle se redressa, évalua la situation et prit les choses en main. Elle mit le couteau dans la main de ma mère, celle-ci le lâcha immédiatement, mais c'était trop tard : ses empreintes étaient dessus. Incapable de comprendre ce que faisait Nanny, ma grand-mère était elle aussi en état de choc. En écho aux cris de ma mère, mon moi bébé sanglotait dans son berceau.

Amber n'écoutait absolument pas ce que lui disait Nanny. Celle-ci dut employer la manière forte.

Elle lui flanqua une baffe magistrale.

Hébétée, Amber mit un petit moment à comprendre ce qui venait de se passer. Ses yeux s'étrécirent, menaçants, et elle dévisagea Nanny.

– Je pourrais te défier et t'arracher la gorge pour ce que tu viens de faire, louve bêta, pour qui te prends-tu ?

– Pour la louve qui va sauver vos petites fesses poilues, répondit paisiblement Nanny. Vous venez de tuer votre fils. Vous ne l'avez pas fait exprès, mais vous savez ce que la meute va en penser. Votre époux est un bon dirigeant. Calme et efficace, c'est ce dont nous avons besoin. Si vous tombez, il tombe avec vous. C'est hors de question, je n'ai pas envie de me retrouver sous la férule de Louis Brandkel et vous savez comme moi qu'il postulerait immédiatement.

Je dressai l'oreille. Oui, bien sûr, lors de la précédente élection, quatre ans avant la mort de mon père, grand-père et Louis Brandkel s'étaient affrontés et grand-père avait gagné. Vu la longévité des loups-garous, qui peuvent vivre jusqu'à mille ans sans porter même un dentier (ce qui pour un loup est tout de même mieux), il se passerait un bon bout de temps avant que Brandkel ne puisse postuler de nouveau. Il le savait d'autant mieux qu'il avait tenté de tuer grand-père afin de prendre sa place il y avait à peine un mois.

Ainsi ce sale type était déjà un trouble-fête à cette époque. J'emmagasinai soigneusement l'information.

– C'est donc « elle » que nous allons accuser, dit Nanny en désignant ma mère de la tête. Elle est en état de choc, son pouvoir la rend instable, je crois que ce qui vient de se passer va la déstabiliser. Et si elle reprend véritablement conscience, nous lui ferons comprendre que si elle veut que son fils vive, elle a intérêt à nous obéir.

Ma grand-mère n'était peut-être pas capable, du moins à l'époque, d'une grande tendresse, mais elle était vive et intelligente, comme toutes les femmes d'alpha. Elle hocha la tête.

Tout était prêt lorsque, attiré par mes hurlements de bébé et l'odeur du sang, les loups firent irruption dans la chambre. Nanny et grand-mère les rejoignirent comme si elles sortaient de leurs appartements.

La fiction était en place.

Je compris que, heureusement pour grand-mère, maman n'avait jamais récupéré du traumatisme. Elle était véritablement devenue folle. Elle fut enfermée au Centre, son statut de rebrousse-temps lui sauvant la vie.

Mais je connaissais la vérité, à présent.

Elle n'était pas coupable. Ma mère n'avait pas tué mon père.

Ce fut un soulagement, aussi soudain qu'inattendu. Je ne m'étais pas rendu compte à quel point j'étais blessé que ma mère ait été accusée d'un tel acte. On me l'avait souvent balancé dans la figure lorsque j'étais plus jeune, les enfants loups n'étant pas plus diplomates que les enfants humains. Souvent moins, même. Le sans-poils que j'étais, de plus fils d'une meurtrière humaine, n'avait pas été épargné.

En dépit de mes efforts pour orienter mon esprit vers l'endroit où ma mère avait été enlevée, le soulagement de la savoir innocente dut me déstabiliser, car je perdis la maîtrise de mon pouvoir et me rematérialisai dans mon fourré, au-dessus de mes vêtements.

Transi de froid et sous le choc de la découverte, je me rhabillai fébrilement.

Ce n'était pas ce que j'avais voulu. Mais dans notre famille, je savais que la moindre chose permettant d'obtenir un moyen de pression pouvait être importante. J'avais appris un précieux secret aujourd'hui.

Nanny, grand-mère et moi allions avoir une certaine conversation.

Mais pas maintenant.

Maintenant, il allait falloir que je trouve un moyen de contrôler ce maudit don et de retrouver ma mère. Et de sauver Katerina des griffes de Tyler. À quel moment quelqu'un avait-il décidé que je devais devenir une sorte de super héros ? J'avais envie de mordre quelqu'un. Brandkel père, de préférence.

Je passai encore du temps à essayer de « repartir » un mois plus tôt, au Centre. Mais le froid et la fatigue me déconcentraient. Après toutes ces tentatives, j'avais la tête en feu et le nez qui coulait. À contrecœur, je dus renoncer et m'extirper de mon fourré.

Je me remis en route, perdu dans mes pensées, ce qui fit que bien évidemment je n'étais pas sur mes gardes.

C'est là que je tombai sur le semi.

Et, hélas pour moi, ce n'était pas Axel…

Chapitre 7
L'art du piège

Il m'attendait.

Et moi, j'étais le dernier des imbéciles. Grand-père avait pourtant insisté, répété, redit sur tous les tons qu'il fallait que je fasse attention. Et moi, tout ce que je trouvais de mieux à faire, c'était d'aller au fond des bois, loin de tout le monde, là où, évidemment, n'importe qui pouvait me faire la peau.

Le monstre me contemplait. Cent cinquante kilos de muscles, de crocs et de griffes, le tout enveloppé dans une fourrure grise et rêche. Il bavait, ce qui n'était pas super beau à voir, comme s'il salivait d'avance avant de consommer son dîner.

L'imbécile d'humain en face de lui.

D'un geste vif, je dégainai l'une de mes dagues d'argent et d'acier mêlés. Heureusement, elle était enduite de poudre de tue-loup – cette plante qui, comme l'argent, empoisonne les semis et les loups-garous jusqu'à la mort. Vu la taille du machin, il allait en falloir une sacrée dose.

Pourtant, il ne bougea pas. D'habitude, lorsqu'un semi voit quelque chose à manger, il mord d'abord et pose les questions – enfin, s'il a encore assez d'esprit pour cela – après. Celui-là se contentait de laisser sa bave couler doucement sur le sol, comme s'il avait toute la nuit devant lui.

C'était vraiment, mais vraiment très étrange. C'était comme de se retrouver face à un tigre. On savait qu'à un moment ou à un autre cela allait mal se terminer. Surtout pour soi. Mais en attendant on était fasciné par la terrible beauté du prédateur.

Et surtout par la longueur de ses crocs.

Je n'avais pas d'autre expérience des semis que ma fréquentation d'Axel et de ses troupes, ainsi que de celui qui avait été tué par Seamus. Je savais que les semis étaient bien plus forts que les loups-garous normaux, qui eux-mêmes l'étaient bien plus que les humains. Je maîtrisai fermement ma peur, parce que les semis, comme les loups, étaient parfaitement capables de la sentir.

Et, non, je n'allais ni déglutir ni cligner des yeux, parce qu'il était deux à quatre fois plus rapide que moi. J'étais donc figé, le couteau à la main, lorsqu'il fit quelque chose de totalement inattendu.

– Z'ai un mezzaze pour vous, dit-il en zozotant. Votre mère va bien.

Je me redressai un peu. Décidément, cette nuit était celle des surprises. Et depuis quand Brandkel éprouvait suffisamment de commisération envers le fils de son ennemi pour le rassurer et communiquer avec lui ?

Soudain, en un éclair, je compris. Ma mère. C'était elle qui m'adressait un message. Elle avait dû obliger Brandkel à m'envoyer le semi. Probablement en refusant de lui donner des informations tant que je ne serais pas averti qu'elle était en bonne santé.

Oooh, Brandkel n'avait pas dû aimer. Mais alors pas du tout. Sa fierté d'alpha bafouée par une petite humaine ? Quel dommage que je n'aie pu voir ma fragile mère tenir tête au puissant chef de meute !

Elle l'avait fait plier. J'adorais ma mère.

Je ne pus m'empêcher de sourire, ce qui étonna le semi. Ce n'était sans doute pas le genre de réaction que les gens avaient en se retrouvant face à ce hachoir à viande vivant.

En réfléchissant à la situation, j'en conclus que je pouvais sans doute cesser de m'en faire : jamais Brandkel ne me tuerait parce que ma mère, alors, serait libre de mourir, ce qu'elle n'hésiterait pas à faire, se perdant dans l'immensité de l'espace pour ne jamais revenir, jusqu'à ce que son corps se dissolve.

Je le savais parce qu'elle m'avait avoué avoir plusieurs fois dû résister à la tentation. J'imaginais qu'elle avait partagé la chose avec Brandkel. Et, vu qu'elle avait été convaincante avec moi au point que j'en avais eu le cœur serré devant sa douleur de vivre, je pouvais parier quelques millions qu'elle avait été tout aussi convaincante avec Brandkel...

En ce moment, elle devait être proche de nous, invisible. J'ignorai l'animal pour lever les yeux, car souvent les rebrousse-temps flottent au-dessus des scènes qu'ils espionnent. Je ne sais pas pourquoi, à part que pour moi, la première fois, cela s'est passé comme ça. J'ai flotté au-dessus de l'échafaudage qui avait failli me tuer.

– Merci, maman, dis-je en fixant un point au-dessus de ma tête dans le vide. Je fais tout ce qui est en mon pouvoir pour te retrouver. Je t'aime et tu me manques.

Le semi leva le nez, mais ne broncha pas plus que cela. Il semblait attendre quelque chose.

– Bon, finis-je par dire alors qu'il ne bougeait toujours pas, on fait quoi maintenant ? On se serre la patte... la main et on se dit à bientôt ?

Soudain un téléphone sonna. Je sursautai. À mon immense surprise, je vis que le semi portait un collier et que, à ce collier, était attaché un téléphone. Ça, c'était de l'organisation ! Le semi le saisit et prononça quelques mots :

– Z'est bon ? OK. Oui, tout de zuite.

Puis il replaça son téléphone dans l'étui.

– Z'est maintenant que zela devient amuzant, gronda-t-il en se ramassant sur lui-même. Elle vient de ze rematérializer au zhenil. Elle ne zait donc pas ze que nous zommes en train de faire et un peu de gaz va la neutralizer pendant quelques-z-heures. Le temps que tu la rezoignes. Mon maître n'a pas beaucoup aimé qu'elle le fazze zhanter pour t'apporter ce mezzaze, alors il a dézidé qu'il avait bezoin d'un moyen de prezzion.

Il pointa sa griffe vers moi.

– Et ze moyen, z'est toi.

En un éclair, avant qu'il ne bondisse sur moi, je compris. Brandkel avait dû attendre que maman soit rassurée sur mon sort, puis, dès qu'elle s'était rematérialisée dans sa prison, l'avait gazée. Ainsi, il avait tout le temps de m'enlever. Je n'avais pas réfléchi assez loin, trop soulagé de savoir que le semi n'allait pas me croquer.

Ingénieux. Comme d'habitude, Brandkel avait plusieurs longueurs d'avance.

Mais ce qu'il ne savait pas, c'était que j'avais été entraîné par un semi. Probablement bien plus dangereux que celui qui se trouvait devant moi. Aussi, lorsque le monstre bondit pour m'attraper, il ne trouva que du vent. J'avais déjà esquivé.

Et une balafre sanglante ornait son flanc.

Il grogna, tandis que le poison de la tue-loup et de l'argent pénétrait son organisme.

– Tu es rapide, petit dîner, accepta-t-il de concéder. Mais tu ne m'ézhapperas pas très longtemps.

L'étoile d'argent acérée, imprégnée de tue-loup également, qui se planta dans sa poitrine le fit hurler. Il bondit de nouveau et de nouveau j'esquivai. De justesse. Cette fois-ci, c'était moi qui saignais. Il venait de me blesser au bras. Gauche, heureusement. Je lançai une autre étoile mais il l'évita.

Je combattais instinctivement. Avant même qu'il ne décide d'un mouvement, je savais ce qu'il allait faire, tout simplement parce que des années d'entraînement avec Axel m'avaient appris à décrypter la moindre ondulation de muscle ou de fourrure qui déclenchait une action. Heureusement, parce qu'une fois qu'il était en mouvement, il était bien trop rapide pour que j'aie le temps de réagir. Je n'avais pas d'autre choix que d'anticiper.

Mais je savais que j'allais vite me fatiguer. Je fis donc quelque chose à laquelle il ne s'attendait pas du tout de la part d'un combattant qui lui tenait tête victorieusement.

Je m'enfuis.

À fond la caisse.

En hurlant comme un dératé pour que Chuck et les loups de Dave m'entendent et viennent à ma rescousse.

Le semi mit quelques secondes à se remettre de sa surprise avant de lancer un hurlement furieux qui résonna dans toute la forêt. Bien. Sa colère venait de le rendre imprudent, il avait signalé sa position bien plus efficacement que je ne l'avais fait.

Je savais que je n'avais que quelques secondes avant qu'il ne me rattrape.

Mais ce fut suffisant. Je ne m'étais pas éloigné tant que cela et les hurlements des loups répondirent au défi du semi. Je sentis un mouvement dans mon dos et, à la dernière seconde, bifurquai en plongeant derrière un arbre. Sans doute désorienté par le poison qui courait dans ses veines, le semi n'eut pas le temps de l'éviter et s'y cogna. L'arbre trembla. Le semi s'ébroua, un peu de sang coula sur son front.

Mais lorsqu'il me fit face pour m'attraper, ce n'était plus le petit humain (enfin, pas si petit que ça, quand même) qu'il avait devant lui, mais le petit humain encadré par deux énormes loups pas contents du tout qui venaient enfin de le rejoindre. Les grognements des autres soldats de notre meute retentissaient autour de lui. Le semi savait qu'il avait laissé passer sa chance.

Il hurla de rage, à nouveau, puis bondit. Mais pas sur les loups, comme je l'espérais, ce qui aurait permis de le capturer. Il s'enfuit à son tour. Les loups démarrèrent au quart de tour et foncèrent à ses trousses. Même affaiblis par la tue-loup, les semis étaient bien plus rapides et puissants que les loups-garous. Celui-ci, énorme, était à peine ralenti, ce qui ne nous arrangeait pas. Du coup, cela me fit penser à un truc primordial :

– Ne le mordez pas, criai-je, il a de la tue-loup dans les veines !

Puis je m'affalai derrière mon arbre. Totalement secoué. Je me rendis compte que j'avais encore ma dague à la main, pleine du sang du semi. Je l'essuyai et la rangeai. Enfin, je tentai de la ranger. Dans les films et dans les livres, le héros rengaine tranquillement et s'en va d'un pas assuré. Je dus m'y reprendre à trois fois avant de remettre mon couteau dans sa gaine sans me trancher trois doigts au passage, et mes jambes tremblaient tellement que je dus m'adosser à mon arbre salvateur (oh, que je l'aimais, cet arbre !) pendant une bonne minute. Que celui qui a déjà affronté la mort en face me jette la première pierre, hein ! Si je n'avais pas vraiment peur des loups, les semis me flanquaient une trouille de tous les diables. Ce que je n'aurais bien sûr avoué pour rien au monde.

Je faillis hurler lorsqu'une truffe humide se posa sur mon cou. Chuck, bien trop silencieux, vérifiait que j'allais bien. Je vis dans ses yeux l'inquiétude se disputer à l'amusement de m'avoir surpris. L'inquiétude l'emporta lorsqu'il sentit mon sang et comprit que j'avais été blessé. Il fronça le museau et grogna.

D'autres loups de la meute nous entourèrent. Tous avaient muté après avoir entendu le hurlement du semi. Ce qui n'était pas forcément un excellent choix, vu que, à mon sens, une bonne mitraillette avec des balles d'argent, voire un bazooka ou un gros missile, étaient bien plus efficaces sur un semi que des crocs, mais je comprenais leur réflexe. Pour eux, les semis étaient des ennemis. Qu'on égorgeait. Point.

Dave apparut, énorme loup au pelage noir et crème. Il avait lancé les autres soldats sur les traces du semi puis était revenu me surveiller au cas où la fuite du monstre aurait été une ruse pour me faire enlever par d'autres semis ou loups ennemis.

Ce fut ce qu'il m'expliqua en mutant pour redevenir humain. Je ne soulignai pas que j'avais justement foncé vers les secours exactement pour cette même raison, l'adrénaline ayant quelque peu paralysé mes neurones, mais pas au point de me faire oublier que le semi n'était peut-être pas seul. Je laissai à Dave la satisfaction d'avoir pensé à me protéger. Nous récupérâmes ses affaires au passage et continuâmes alors qu'il s'habillait en marchant. Nous entendions les hurlements des loups, qui se signalaient afin de diriger la traque. Ils s'éloignaient, ce qui m'allait parfaitement. Chuck marchait si près de moi qu'il faillit m'entailler le mollet plusieurs fois avec ses griffes.

Mais je ne dis rien. Il avait eu peur, moi aussi et sa présence était réconfortante.

Cependant, je jetai des regards méfiants tout autour de moi et je ne me sentis à peu près en sécurité qu'en pénétrant dans la maison.

Lorsque la chaleur me frappa comme un coup de poing, je frissonnai.

Je venais de mettre en échec le plan de Brandkel pour m'enlever. Mais je savais que sur l'échiquier qu'il manipulait avec brio, le fou qui me représentait était une cible de choix pour lui. Il reviendrait à la charge. Il essayerait encore. Et encore. Et encore. Comme son fils, c'était un obsessionnel. Le seul moyen de l'arrêter était de le neutraliser. Définitivement.

Nanny, petite, ronde et maternelle, vint me retrouver. Son ouïe de louve avait entendu le défi du semi, évidemment. Elle vit mon bras qui saignait, comprit en un éclair ce qui s'était passé et me fit asseoir.

Depuis que j'avais vu ce qu'elle avait fait à ma mère pour sauver ma grand-mère, j'avoue que j'étais furieux contre elle. Pourtant, l'amour de fils que je lui vouais, à elle qui n'avait pas d'enfant mais m'avait élevé comme si j'étais le sien, atténuait mon ressentiment. Même si la lancinante question de savoir si elle m'aimait vraiment pour moi, ou si elle ne m'avait élevé que parce qu'elle était, en quelque sorte, responsable de m'avoir enlevé ma mère, s'y mêlait à présent.

Elle et moi allions avoir une explication... dès que j'aurais trouvé un moyen de la faire avouer sans lui révéler mon don.

– Aïe ! grondai-je lorsqu'elle me désinfecta. Je croyais que ces trucs ne piquaient pas !

– C'est de l'alcool pur, répondit-elle sans sourciller. Les germes sous les griffes des semis sont assez résistants pour combattre quelque chose de moins fort. Je n'ai pas envie que tu nous fasses une infection, Indiana.

Elle me pansa avec efficacité. Puis leva ses yeux d'ambre pur sur moi et fronça ses sourcils blonds.

– Et maintenant, vas-tu me dire ce que tu faisais au milieu des bois, et en plus une nuit de pleine lune ? Tu veux vraiment te faire assassiner par Brandkel ou quoi ?

Il fallait que je fasse diversion. Je ne pouvais bien évidemment pas expliquer pourquoi je m'étais caché dans la forêt.

– Il ne voulait pas m'assassiner, répliquai-je, il voulait m'enlever.

Elle frémit puis renifla avec dédain.

– Ah, moyen de pression sur ta mère, c'est ça ?

– Ouais, ça m'en a tout l'air.

– Pas très subtil.

– Surtout sachant que ma mère est folle et que communiquer avec elle n'est pas si facile. Je ne suis même pas sûr qu'elle remarquerait ma présence. Il n'a pas encore compris son mode de fonctionnement, je pense.

Elle m'observa pensivement.

– Je ne sais pas, Indiana. Elle nous a fait acheter la société Vouix afin que nos alliés soient protégés des balles des renégats avec ce tissus pare-balles très sophistiqué. Je crois qu'elle veille sur toi bien plus qu'elle ne le laisse voir.

Je haussai les épaules. Elle avait bien sûr raison, mais hors de question de le confirmer.

– De toute façon, Brandkel a échoué. Il ne m'a pas capturé.

Je respirai à fond et annonçai :

– Et j'ai laissé partir Katerina.

Cette fois-ci, les deux sourcils se soulevèrent de surprise.

– Ah bon ? Je croyais que tu arriverais à la convaincre de rester, avec ton charme infernal.

Elle avait plus confiance en moi que moi-même. Et sous-estimait grandement l'orgueil têtu de Katerina. Qui lui permettait très bien de résister à mon prétendu charme. Hélas !

– Pas tant que cela, répondis-je sobrement. Mais ce n'est pas moi qui ai décidé. Tyler a appelé.

Je lui racontai ce qui s'était passé. Nanny avait beaucoup de mal à imaginer que Tyler soit suffisamment dévoyé pour faire attaquer

Seamus par un semi. Et encore plus de l'avouer, sans compter sa proposition d'échanger ma mère contre Katerina. Et elle sursauta lorsque je mentionnai l'histoire du parfum.

– Mais il est dingue ! finit-elle par s'exclamer.

– Dingue amoureux. Oui. Au point de faire n'importe quoi pour conquérir *ma* Katerina. Nous allons donc devoir jouer à deux niveaux. Pour contrer Louis Brandkel et désamorcer la bombe de Tyler.

– Mais comment vas-tu faire pour communiquer avec Katerina alors que Tyler espionne son téléphone ? Ce que je trouve déjà complètement fou en soi, conclut-elle en soupirant.

Je grognai.

– Ça, c'est encore un point sur lequel je n'ai pas travaillé. Mais elle a aussi un téléphone fixe. Peux-tu l'appeler avec le nôtre afin de voir si elle va bien ?

Elle fit la moue.

– Pour verser dans la paranoïa la plus complète, ne crois-tu pas que s'il a cloné sa carte Sim, il n'a pas pensé à mettre des micros partout dans la maison de Katerina ?

– Si, c'est bien pour cela que je veux que ce soit toi qui l'appelles. Et ensuite, nous monterons notre piège. Avec l'aide de Katerina. Son aide involontaire.

Je fis la grimace. J'allais encore impliquer Katerina dans notre politique de meute. Enfin, j'allais l'impliquer encore plus alors qu'elle voulait s'en dégager. Argh.

Nanny me regarda, surprise.

– Notre piège ?

Je ne pus m'empêcher de sourire et, vu son regard soudain inquiet, je savais que c'était un sourire de… loup.

– Brandkel a voulu une monnaie d'échange afin de faire chanter ma mère. Voyons si nous pouvons, nous, faire chanter Brandkel !

J'en avais plus qu'assez de réagir au lieu d'initier. Chaque fois, c'était Brandkel qui menait le bal. Et nous devions suivre ses pas sous peine de tomber.

À notre tour de mener la danse.

Je savais que Tyler allait contacter Katerina. Je savais aussi qu'il n'y avait que peu d'endroits où il pourrait le faire en toute sécurité. Pour cela, la surveillance de Kat devait être légère et très, très discrète. J'avais plus confiance en Axel pour se faufiler dans le noir qu'en mes gros loups, plus enclins à mordre d'abord et à s'excuser ensuite s'ils s'étaient trompés de cible.

J'appelai Axel. Il était à la recherche des vampires tueurs. Évidemment, je les avais complètement oubliés, ceux-là. Brandkel me perturbait au point que j'en avais négligé les assassinats. Cela ne me ressemblait pas.

En écoutant ce qu'il me disait, je grimaçai. L'enquête d'Axel n'avançait pas, il était frustré et inquiet. À mon avis, plus parce qu'il n'avait pas revu sa jolie vampire qui s'était fondue dans les ombres qu'autre chose.

– Je ne sais pas où elle est, gémit-il au téléphone. Et je ne veux pas l'appeler, je n'ai aucune raison de le faire !

Dieu me préserve des semis amoureux. Je serrai les dents.

– Euuuh, Axel, concentre-toi sur nos problèmes les plus urgents, s'il te plaît. Si Annabelle la super vampire a envie de te revoir, crois-moi, elle te retrouvera. En attendant, j'ai besoin que tu veilles sur Katerina. Tyler va bientôt la contacter. Et moi, je veux attraper Tyler.

– Quoi ?

Aah, bien ! J'avais toute son attention, maintenant. Je n'avais pas pu placer un mot, vu qu'il avait déliré pendant un quart d'heure sur Annabelle. Je lui expliquai mon plan. Que j'avais eu le temps de peaufiner, vu que j'en avais eu l'idée lorsque je m'étais rendu compte que Tyler était en train de nous observer. Il voulait un échange ? C'était lui que j'allais échanger contre ma mère, et non pas Katerina.

Il y eut un silence pensif au téléphone pendant qu'Axel digérait ce que je venais de lui dire.

– Je ne sais pas, Indiana. Louis Brandkel est un monstre. D'égoïsme, d'arrogance, d'égocentrisme. Peut-être que ce serait plus simple de faire ce que propose Tyler. Qu'il te rende ta mère en échange de ta rupture avec Katerina. Tu sais, tu pourrais laisser Katerina gérer cela. Elle est intelligente, sinon elle n'aurait pas survécu à tout ce qui s'est passé. Pourquoi ne lui fais-tu pas confiance ? Elle ne mettra pas Tyler dans son lit parce qu'il le lui ordonnera, ça, c'est sûr. Elle aura plutôt tendance à lui balancer la claque de sa vie !

L'image me fit sourire. Oui, ce serait bien dans le tempérament de ma guerrière de petite… d'ex-petite amie.

– J'ai confiance en elle, marmonnai-je, rongé par une absurde jalousie, c'est en Tyler que je n'ai pas confiance.

Axel soupira. Il voyait bien qu'il ne pourrait pas me convaincre et il avait raison. Plutôt crever que de laisser Tyler approcher Katerina.

– Donc tu préfères l'option « kidnapping » du fils Brandkel. Qui, soit dit entre nous, peut aussi ne pas du tout fonctionner. Brandkel peut refuser l'échange. Il sait très bien que tu ne tortureras pas son fils pour le faire obéir.

– Moi non, c'est sûr, confessai-je. Mais grand-père n'aura pas autant de scrupules. Et les autres chefs de clans non plus. Et cela, Brandkel le sait très bien. Axel, mon plan est le meilleur. Nous avons tout essayé. Les sorciers, nos contacts partout dans le monde… Ma mère peut être n'importe où, impossible de savoir… Les sorciers disent qu'elle est sous la protection de très puissants sorts d'anti-localisation. De plus, lorsque Tyler a été blessé par la chute de l'échafaudage, j'ai vu à quel point Brandkel était touché. Il n'a pas d'autre héritier. Il était à moitié fou, prêt même à dévoiler notre existence aux humains pour sauver son fils. Non, Axel, crois-moi, si nous capturons Tyler, Brandkel le lui fera sans doute payer, mais en attendant de le récupérer, il nous obéira. Il relâchera ma mère.

– J'espère, grogna Axel, peu convaincu. Mais je ne peux pas surveiller Katerina seul. Je dois retrouver les vampires tueurs et je suis l'unique semi dans le coin. Qui plus est, même si je peux capturer Tyler Brandkel par moi-même, ce serait bien d'avoir des renforts en réserve, juste au cas où ce serait plus difficile que prévu, non ?

Il avait raison. Soudain, j'eus une idée.

– Tu sais, Axel, fis-je d'une voix de velours, je crois que j'ai une solution et pour mon problème et pour le tien. J'ai fourré sa carte quelque part… c'est quoi, déjà, le téléphone de ta future petite copine vampire ?

J'avais donné rendez-vous aux vampires dans le jardin de notre maison de Missoula, entouré de mes sentinelles loups qui n'avaient pas beaucoup aimé, après ce qui s'était passé, l'idée de nous laisser, Axel et moi, à la merci des vampires. Mais j'avais exigé qu'ils forment un cercle suffisamment large pour ne pas apparaître comme une menace aux yeux de nos invités. Chuck en avait hurlé de frustration, avant d'obéir lorsque je lui avais révélé mon plan. Qu'il trouvait par ailleurs particulièrement débile. Et il ne s'était pas gêné pour me le dire.

Les vampires n'annoncèrent pas leur présence. Surgis de nulle part, soudain, ils atterrirent comme des plumes légères, marquant à peine la terre durcie de leurs empreintes. Axel, raide comme un bout de bois à mes côtés, déglutit lorsque l'impact de leur beauté nous frappa. Je vivais parmi des gens magnifiques depuis que j'étais né. J'avais donc l'habitude de la beauté. Mais ces vampires boxaient dans une autre catégorie. Ils étaient parfaits, chacun à sa façon. Pommettes hautes, lèvres pleines, mentons arrogants, fossettes, fronts hauts, longs cous pour les filles (l'enquêtrice était une jeune métisse asiatique qui paraissait aussi ravissante que fragile… et pouvait sans doute soulever une voiture sans se casser un ongle) et larges épaules pour les garçons. Tous avaient les cheveux longs, superbes, luisants, à faire saliver tous les vendeurs de shampoings du monde. J'aimais Katerina à la folie, mais lorsque Annabelle s'avança, j'avoue que mon cœur se serra. Elle ondulait comme une liane, comme un serpent, ses muscles semblaient se tendre et se détendre différemment des humains. C'était fluide. Et plein de promesses obscures.

Je déglutis. Et encore, je n'encaissais pas la pleine puissance de son pouvoir car elle se concentrait sur Axel. Mon ami ne la quittait pas des yeux. Bon, cela dit, c'était difficile de regarder autre chose.

D'autant qu'elle avait un pantalon de cuir qui moulait ses longues jambes et un gilet de cuir noir serré, brodé de dragons noirs et argent, largement décolleté sur sa poitrine ronde.

Et rien du tout en dessous. Évidemment, elle ne risquait pas d'attraper froid. Mais l'effet était renversant. Argh, je sentis brusquement comme une envie de douche glacée.

Elle prit la parole. Ce fut comme une coulée de miel qui glissa lentement sur mon torse. Même si elle s'adressa à mon ami :

– Roooh, mais c'est mon beau toutou. Axel, c'est cela ? J'ai cru comprendre que tu avais besoin (elle fit traîner ces derniers mots, ne laissant pas d'illusion sur ce dont le semi avait besoin)... de notre aide ?

J'espérais qu'il allait répondre parce que je n'étais pas super sûr de ma voix. Et dérailler comme un collégien en train de muer risquait de sérieusement compromettre mon estime de moi.

Axel se racla la gorge. Ah. Il était dans le même état. Biien, je me sentais moins seul.

– Hrmmm, oui, en fait, c'est Indiana qui a eu cette idée.

Ah ! ben merci pour le soutien. Lâcheur. Je le fusillai du regard. Il détourna la tête, penaud.

Les yeux violets d'Annabelle se fixèrent brusquement sur moi. Elle passa une petite langue sur ses lèvres rouges.

– Comme je te l'ai déjà dit, toi aussi, tu es joli, ronronna-t-elle. Et qu'est-ce que tu veux... de moi ?

Il allait falloir qu'elle arrête ses sous-entendus avant que je ne me mette à dégouliner. Il n'y avait qu'un seul moyen, hélas, d'arrêter tout cela. Je pris une grande inspiration et lançai sèchement :

– D'abord que vous cessiez d'activer votre Charisme. Tout le monde sait que vous êtes belle, pas besoin de nous transformer la cervelle en fromage mou, nous en avons encore besoin pour réfléchir.

Elle cilla. Je l'avais déstabilisée. Cela m'avait coûté cher. Me soustraire à son attraction était douloureux physiquement. Mais j'avais des tas de gens à sauver et, heureusement, cela passait avant sa féroce séduction.

De justesse. La vache, ils étaient vraiment puissants, ces vampires !

Elle soupira.

– Fils de meute, même si tu n'es pas un loup-garou, tu es probablement l'humain le plus frustrant que j'aie jamais rencontré. Comment fais-tu pour résister à notre Charisme ?

Ah bon, je résistais ? Cela ne me semblait pas flagrant. Je me rabattis sur la vérité :

– J'ai des trucs plus importants à faire que batifoler. Et puis je n'ai aucun goût pour les morsures.

Ça, ce n'était pas tout à fait vrai. Elle pouvait me mordre quand elle voulait. Dès que cette pensée traversa mon esprit, je compris qu'elle continuait à activer son Charisme pour me faire plier.

Agacé, je croisai les bras et la défiai. Elle pencha la tête comme un chat qui envisage de choper un oiseau rigolo mais ne sait pas très bien s'il est comestible ou pas, puis eut un sourire lent. Son pouvoir reflua et je pus respirer à peu près normalement. C'était toujours une superbe jeune femme. Mais elle ne me donnait plus envie de me jeter sur elle, enfin pas trop. Axel se décontracta un peu à mes côtés. Sa condition de semi le protégeait du Charisme des vampires, contrairement à moi qui n'étais qu'humain et donc facile à Charmer. Pourtant, il semblait totalement envoûté par Annabelle. Ah, l'amour ! Quelle galère !

– Vas-y, joli non-loup, sourit-elle. Nous t'écoutons.

– Il y a deux jours, Axel, commençai-je en désignant le grand semi de la tête, m'a montré les plans et les vidéos de surveillance du Centre, où était enfermée ma mère. Nous avons examiné les images avant puis après l'attaque, ainsi que les différents accès. Certaines des cellules étaient sur le devant, à l'opposé de l'endroit où ma mère était enfermée. Cinq des évadés – deux fées et trois vampires – se trouvaient très loin des points d'impact lorsque les loups de Brandkel ont fait sauter les murs. Sur le coup, cela ne m'a pas frappé parce que nous étions exclusivement préoccupés par la chasse aux évadés. Mais à présent, je pense que Louis Brandkel utilise les fées pour se débarrasser des dealers, et qu'il est également derrière cette histoire de vampires en train de semer la terreur dans notre région. Je pense qu'il a fait exprès de libérer spécifiquement ces tueurs-là. Que ses loups avaient pour ordre de passer un accord avec eux contre leur libération. De tous les vampires, ils ont choisi ceux qui étaient fous, certes, mais capables de contrôler leur folie, d'une certaine façon. Suffisamment pour ne pas être repérés.

Le chirurgien du groupe, d'après son insigne, un homme d'une trentaine d'années aux cheveux bouclés et châtains et aux yeux aussi noirs que les cheveux de l'enquêtrice, prit la parole, un peu dédaigneux :

– J'ai du mal à croire qu'un loup, aussi ambitieux soit-il, courre le risque de dévoiler notre existence aux humains en libérant volontairement nos plus féroces tueurs.

Annabelle fit une moue approbatrice qui laissa pointer ses longues dents blanches.

– Erick a raison. Tout cela dans quel but ?

Je fus honnête.

– J'ai des théories plutôt que des certitudes.

Elle eut un sourire railleur. Je me lançai, espérant qu'elle comprendrait à quel point c'était sérieux :

– Je vais donc extrapoler. Le conflit entre les deux meutes a eu pour conséquence la libération des malades. Brandkel savait qu'en les lâchant sur notre territoire, grand-père devrait s'en occuper. Et donc mettre ses meilleures équipes à leur recherche. Avant que vous ne nous l'appreniez, nous ne savions pas que ces vampires étaient aussi dangereux, ce n'était pas consigné dans leurs dossiers.

– Non, confirma-t-elle en perdant son joli sourire d'un seul coup, même le directeur du Centre ne connaît pas leurs dossiers. Ils sont strictement confidentiels. Les trois Seigneurs étaient au secret. Leur survie même a été cachée après ce qu'ils ont fait, parce que nous savions que les autres membres de la communauté exigeraient leur mort et que nous ne voulions pas les tuer.

J'attendis un peu, histoire de voir si elle allait développer la raison pour laquelle ils n'avaient pas exécuté les vampires, en vain. Elle resta muette. Intéressant. Je repris donc :

– Mais Brandkel, lui, a les moyens d'acheter les informations. Y compris les mieux enterrées. Il savait. C'est une certitude. Et cela nous amène à la seconde partie de son plan : combien vous pariez que les corps que nous avons retrouvés ont été placés là pour une seule et unique raison ?

Elle me jeta un regard méfiant.

– Laquelle ?

– Nous mener jusqu'à eux. Jusqu'aux vampires meurtriers. Très vite, nous aurions retrouvé un indice qui nous aurait permis de les localiser. Pas trop facile, afin de ne pas nous alerter, mais pas trop compliqué non plus. Et quand je dis « nous », je parle de ma meute, bien évidemment, menée par Axel.

Dans mon excitation, j'allais trop vite pour elle, elle me perdit dans un virage.

– Mais c'est ce que nous voulons, non ? Les retrouver ? dit-elle d'un ton perplexe.

C'est là que je lâchai ma bombe.

– C'était un piège. Pour nous massacrer.

Je lui laissai le temps de digérer ce que je venais de dire. Lorsque je vis une lueur de compréhension dans ses yeux mauves, je confirmai :

– C'est votre avertissement de ne pas m'approcher d'eux qui m'a alerté. Vous m'avez dit que ces vampires étaient extraordinairement puissants. Qu'ils avaient massacré des villes entières. Nos loups n'auraient pas été à la hauteur, parce qu'ils s'attendaient à avoir affaire à des vampires ordinaires. Quelle est leur force par rapport à… disons aux quelques autres vampires qu'Axel a facilement capturés jusqu'ici ?

– Sur une échelle de un à dix, ceux que vous avez capturés étaient si malades qu'ils étaient presque inoffensifs. Pour nos trois Seigneurs, je dirais qu'ils approchent de onze…

– Oui, c'est aussi ce que j'avais évalué.

– Mais justement, parce que ce sont des vampires dangereux, nous serions venus, un jour ou l'autre. C'est évident. Brandkel le sait aussi, s'il est réellement derrière tout cela.

– Mais vous avez des tas d'autres problèmes surnaturels à régler dans le monde. Si vos trois Seigneurs n'avaient pas enlevé autant d'humains, quand seriez-vous venus ? Dans un an ? Dans deux ans ?

Elle hocha la tête, ennuyée de me concéder ce point.

– Pas tout de suite, admit-elle. Surtout s'ils n'avaient que peu ou pas tué. Nous nous serions d'abord occupés des fées qui…

Elle se tut, frappée par ce qu'elle allait dire.

– Exactement. Les plans de Brandkel sont toujours à plusieurs niveaux. Une première diversion, puis une seconde afin que la personne visée voie son attention détournée. C'est alors qu'il attaque. Donc, ce qui nous a sauvés, ce qui a sauvé nos loups, c'est que la situation a échappé à Brandkel. C'est le problème lorsqu'on s'associe avec des fous, qu'ils soient vampires ou non. Ils n'obéissent pas bien aux ordres. Combien vous pariez que Brandkel avait demandé à ce que juste un ou deux humains soient enlevés ? Mais voilà, les trois vampires ont craqué. Ils ont frappé. Se sont gavés. Ont mis en danger toute la communauté surnaturelle. Trop d'humains enlevés, trop de cadavres à dissimuler, cela vous a alertés, vous avez été obligés de venir ici. Cela va équilibrer les chances. Nos loups et votre Garde rouge contre les trois vampires.

Erick, leur chirurgien, était toujours sceptique.

– Chasseuse 5, tout cela me semble un tantinet complexe pour une simple rivalité entre meutes de loups-garous. Nous ferions mieux de nous mettre à la recherche des Seigneurs plutôt que de perdre notre temps à écouter les élucubrations de ce… gamin !

– Ce ne sont pas des élucubrations ! répliqua sèchement Axel. Indiana a déjoué plusieurs des plans de Brandkel, il a sauvé la meute et sa famille. Vous feriez mieux de l'écouter au lieu de vous retrancher dans votre stupide orgueil de vampire « moi je sais tout » !

Le vampire grogna et montra les dents. Axel fit de même, prêt à se transformer si l'autre faisait mine de lui sauter dessus. La voix froide d'Annabelle retentit :

– Paix, les garçons ! J'aimerais écouter ces fameuses élucubrations, qui me semblent sacrément réfléchies, à moi…

– La place de Brandkel devrait être réservée au Centre. Il est fou, poursuivis-je, le cœur battant. Nous lui avons tenu tête, nous avons tué l'un de ses meilleurs lieutenants ainsi que beaucoup de membres de sa meute. Avoir enlevé ma mère n'est pas suffisant pour son orgueil. À présent, il ne veut pas simplement nous surclasser ou diriger la meute à la place de mon grand-père. Ce qu'il veut, c'est nous détruire, nous annihiler, faire disparaître ceux qui ont assisté à son humiliation. Surtout Axel, qui est la concrétisation de ce qu'il déteste le plus. Ne pas avoir imaginé que j'avais pu passer un accord avec les semis, qui sont pour lui à peine au-dessus du statut des vers de terre, cela l'a rendu malade. Et encore plus d'avoir été battu par eux. Il avait tout à portée de main. Et s'il a eu ma mère, ce n'était pas tout ce qu'il convoitait. Ce qu'il veut, c'est le pouvoir. Le pouvoir absolu.

Vu que les vampires possédaient à peu près ce pouvoir grâce à leur Charisme, Annabelle pouvait comprendre ce qui motivait Brandkel. Et compte tenu du fait que la majorité des vampires était plus ou moins dingue, un peu comme les trois Seigneurs, le concept de folie ne lui était pas non plus étranger. Elle comprenait que Brandkel était fou. Fou de pouvoir.

Elle hocha la tête pensivement et dit :

– Nous cinq contre les Seigneurs. Vos loups et le joli semi en renfort. Oui, cela pourrait fonctionner. Mais certains d'entre vous vont y perdre la vie, n'imaginez pas un instant le contraire. Êtes-vous prêts à ce sacrifice ?

– Non ! répliquai-je fermement, alors qu'elle s'attendait à un oui définitif.

– Pardon ?

– Ce n'est pas ce que nous allons faire.

Elle me regarda d'un air agacé. Elle n'arrivait pas à me comprendre et cela l'énervait beaucoup. Je sentis Axel s'agiter à côté de moi. Je cessai de jouer au plus fin avec la vampire et dévoilai mon plan :

– Je pense avoir un autre moyen d'obliger Brandkel à vendre ses alliés, sans risquer nos vies. Et à me rendre ma mère par la même occasion.

Elle me dévisagea, curieuse :

– Lequel ?

– Capturer son fils.

Chapitre 8

Tel est pris…

Annabelle en resta bouche bée. Je lui expliquai mon raisonnement :

– Si nous capturons Tyler, son père n'aura pas d'autre choix que de nous dire exactement où vos tueurs se trouvent et surtout à quel moment les surprendre. Le piège se refermera sur eux, pas sur nous.

Annabelle la vampire n'était pas idiote, elle qui avait peut-être dans le millier d'années.

– Tu le connais, n'est-ce pas ? Ce Tyler ?

Je ne jouai pas au plus malin, d'autant qu'à mon avis la politique vampirique devait se baser sur l'information en premier lieu. Elle devait avoir lu les dossiers et savoir à peu près tout sur tout.

– Nous étions à l'université ensemble. Nous sommes tombés amoureux de la même fille.

– Celle qui était avec toi et le gros loup lors de notre première rencontre ? La jolie brunette, hum, Katerine quelque chose ?

– Oui.

– D'après nos rapports, vous lui avez accordé le statut d'*Honorem amici pack* en dépit de son statut d'humaine. Amie d'honneur de la meute. Et elle est au courant pour nous et les autres.

Je déglutis. Il allait me falloir être très prudent si je ne voulais pas qu'Annabelle ne Charme Katerina jusqu'à lui faire tout oublier de la meute, des loups et, bien pire, tout de moi.

– Oui, nous avons confiance en elle.

Soudain, je me souvins de ce que j'avais lu à propos des vampires et ajoutai vivement :

– Elle a versé son sang pour nous.

La vampire eut une moue déçue. Avoir versé son sang pour la communauté surnaturelle était un acte d'allégeance important aux yeux des vampires. Cela mettait Katerina à l'abri... temporairement.

– Très bien, grogna-t-elle. Si on part du principe que la dispersion des vampires assassins a été volontaire, ce qui d'après vos plans et vos « extrapolations » me semble hélas très plausible, comment comptez-vous attraper le fils de votre ennemi ? Parce que je peux supposer qu'il n'est pas idiot. Qu'il ne se balade pas dans le coin avec une grosse pancarte « hé ho, je suis là, attrapez-moi ».

Ah, elle n'était pas qu'arrogante, elle avait aussi un certain sens de l'humour. Bien.

– Si. Justement. Je lui ai parlé hier. Il est après Katerina. Il va vouloir l'approcher, je veux dire physiquement. Lui parler. Et c'est là que nous pourrons le coincer. Avec votre aide. Axel ne peut pas surveiller Katerina tout le temps. De plus, son odeur est facilement détectable par un loup-garou. Alors que vous, grâce à cette faculté que vous avez de voler, vous êtes quasiment indétectables. J'ai eu cette idée après qu'Axel m'a dit que vous lui étiez tombée dessus lorsqu'il avait trouvé les cadavres. Il ne vous a pas sentie, pas entendue. Si vous aviez été armée, vous l'auriez abattu sans qu'il sache jamais d'où était venu le coup.

Elle eut un rictus.

– Non, le corps à corps est plus amusant. Mais je comprends votre point de vue. May Ling, notre enquêtrice, et moi pouvons vivre au soleil. Armand, Sam et Erick ne peuvent pas, ils sont trop vieux.

Ah, elle était donc moins vieille que je le pensais. C'était étrange, parce qu'une chasseuse 5 avait rarement moins de cinq cents ans.

– Nous allons donc nous scinder en deux équipes, détermina-t-elle. Une de nuit et une de jour. Et notre but sera de l'attraper. Pas juste de surveiller, c'est clair ?

– Et s'il ne vient pas ? demanda l'autre vampire, un blond aux yeux gris et froids et aux pectoraux impressionnants – Armand, d'après ce que je venais d'apprendre. Tout cela risque de nous faire perdre un temps précieux que nous ne passerons pas à essayer de retrouver nos évadés !

Je grognai :

– Il viendra. Il a piraté le portable de Katerina et acheté son parfum pour dormir avec.

Ma déclaration les interloqua. Un ange avec de longues dents passa.

– Oh ? grogna Erick le sceptique, un dingue amoureux, donc ? Tu as raison, fils de meute. Il viendra. Depuis combien de temps ne l'a-t-il pas vue ?

– Depuis un mois.

– Hum, à mon avis, il est déjà devant sa porte.

– Je ne pense pas qu'il courra le risque d'aller la voir chez elle. Le père de Katerina est à l'hôpital, Tyler choisira plutôt un endroit public où il y aura du monde, il s'entourera d'humains, par sécurité.

– Alors ce sera sa dernière erreur, sourit doucement Annabelle, comme un chat se léchant les babines. Parce que les humains ne sont en rien une protection si nous activons notre Charme. Ils ne le verront même pas !

Puis elle sortit une corde blanche de sa poche et s'avança vers Axel.

– Attache-moi, ronronna-t-elle en tendant les mains.

Elle avait réactivé son Charisme et Axel frémit.

– Gue… guoi… hrrmmm…

Il se reprit.

– Comment ?

Elle eut de nouveau ce sourire qui donnait envie de la manger toute crue.

– J'ai dit « attache-moi », je veux te montrer quelque chose.

Argh. Il allait falloir qu'elle arrête de faire ça, c'était vraiment pénible pour mes nerfs. Et pour autre chose aussi.

Totalement troublé, Axel faillit laisser tomber deux fois le lien avant de parvenir à l'attacher solidement autour des poignets graciles d'Annabelle.

Celle-ci eut un sourire malicieux puis fit éclater la corde en une fraction de seconde.

– À mon tour, dit-elle. J'ai très, très envie de… t'attacher, moi aussi.

En dépit du froid, Axel avait l'air de transpirer. À la réflexion, je crois bien que je transpirais, moi aussi.

Il haussa les épaules et obéit, tendant les poignets pour qu'elle le lie.

– Libère-toi ! ordonna-t-elle.

Axel gonfla à peine ses muscles que la corde se brisa.

– Bien, ronronna Annabelle. Compliquons un peu la donne. Après tout, si je t'attache pour faire de toi mon esclave, nous ne voudrions pas que tu puisses te délivrer, n'est-ce pas ?

Elle sortit un lien d'une étrange couleur dorée et le montra à Axel qui ne comprenait pas bien l'intérêt de la démonstration. Puis, avant qu'il ne réagisse, elle lui avait entravé les mains.

– À présent, fais comme tout à l'heure. Débarrasse-toi de la corde.

Axel plissa les yeux et voulut écarter les mains d'un geste sec.

Il ne se passa rien.

Perplexe, il recommença.

Pas plus de succès. Il lutta quelques instants, mettant toute sa force de semi pour briser le lien, mais rien à faire. L'étrange matière dorée résistait à tous ses efforts.

Annabelle eut un sourire satisfait.

– Tu es presque aussi fort que moi… du moins lorsque je n'active pas mon plein pouvoir. Moi non plus, je n'arrive pas à briser ces liens. C'est ce que nous allons utiliser pour immobiliser votre petit loup. Mais aussi les Seigneurs si nous parvenons à mettre la main dessus, que ce soit avec Brandkel ou pas.

Elle délivra Axel et annonça :

– Nous allons placer les équipes. Il ne reste plus qu'à déposer le fromage dans la souricière et voir quel petit rat se fera prendre !

Malheureusement, lorsque la première équipe se déploya autour de la maison de Katerina, il s'avéra que j'avais raison. Tyler n'approcha pas Katerina chez elle, où les bois alentours pouvaient cacher une véritable armée. Non, il fut bien plus malin que cela.

Il la rencontra à l'université. Juste au moment de la fermeture des bureaux, après que la nuit était tombée.

Évidemment, je n'y avais pas pensé. Et Axel comme les vampires n'étaient pas assez discrets pour se fondre dans la masse des étudiants curieux et prompts à repérer ce qui sortait de l'ordinaire. Ils se contentèrent donc d'attendre à l'extérieur du campus.

Tyler avait envoyé une fausse lettre. L'université mettait Katerina en demeure de régler des factures impayées et lui fixait rendez-vous. Katerina n'eut d'autre choix que de s'y rendre. La secrétaire fut extrêmement étonnée lorsqu'elle lui montra le courrier. Il n'y avait aucun problème avec le dossier de Katerina, ils avaient bien été informés qu'elle serait absente pendant un certain temps, du fait de problèmes familiaux que la brave secrétaire espérait réglés.

Katerina comprit immédiatement que quelque chose n'allait pas. Mais, alors que, méfiante, elle sortait du secrétariat, elle ne s'attendait pas à ce que Tyler bondisse, l'attrape par le bras et l'attire dans une salle déserte.

Puis referme la porte à clef.

Comment je le sais ?

J'étais avec eux. Invisible et nu, en train de flotter au-dessus de la scène. Réellement, je déteste ce don de rebrousse-temps. Parce que du coup, là, je n'avais tout simplement aucun moyen de prévenir Axel, la meute et/ou les vampires que le fils de notre ennemi était là.

Heureusement, cela m'était arrivé alors que j'étais dans la salle de bains. Mon foutu don avait dû sentir, de nouveau, que quelqu'un qui comptait pour moi était en danger. Je m'étais donc dématérialisé de chez moi sans crier gare et retrouvé cinq kilomètres plus loin, à l'université, au-dessus de ma Katerina qui faisait face à Tyler, totalement stupéfaite de le voir là.

– Tyler ? souffla-t-elle sans chercher à se dégager tant elle était surprise. Mais qu'est-ce que tu fais là ?

Je n'aimais pas dire cela, mais je devais admettre que Tyler était vraiment un garçon superbe, avec ses yeux dorés de loup et ses cheveux blonds, ses traits réguliers et sa carrure d'athlète. La vieille jalousie revint me ronger. Et si Katerina le trouvait beau et tombait amoureuse de lui ? Qu'allais-je faire ?

– Je t'attendais, dit-il en la dévorant des yeux avec une telle adoration que je me sentis des envies de meurtre. Pardon d'avoir fait envoyer cette lettre, mais c'était le seul moyen de te voir sans qu'Indiana le sache.

Katerina se raidit et baissa les yeux vers la main crispée de Tyler sur son bras. Son regard se fit insistant jusqu'à ce qu'il la lâche. Dieu que j'aimais cette fille !

– J'ai rompu avec Indiana. Enfin *nous* avons rompu, précisa-t-elle. D'un commun accord.

– Il ne m'a pas appelé, dit Tyler, les sourcils froncés.

– Et pourquoi Indiana t'appellerait-il pour t'annoncer que nous avons rompu ? s'exclama Katerina, agacée. En quoi est-ce que cela te regarde ?

Tyler rougit, ennuyé de s'être trahi.

– En rien, bien sûr. Sauf que tu as été impliquée dans ces histoires de meute et qu'il faut que quelqu'un assure ta protection. Si ce n'est pas Indiana et sa meute, ce sera moi et la mienne.

Katerina secoua la tête.

– Non.

– Comment ça, non ?

– Personne ne va protéger personne. Je n'ai pas besoin de vous. C'est votre faute si mon père est dans cet état. Avant de vous connaître, la vie n'était pas rose, mais, au moins, s'il buvait, la seule chose qu'il risquait était une cirrhose. Et pas d'être littéralement déchiqueté par un malade. Sur un lit d'hôpital, tellement abîmé que les médecins ont dû le mettre en coma artificiel. S'il avait tenu encore quelques années, j'aurais eu mon diplôme, un super job et beaucoup d'argent pour prendre soin de lui. Mais maintenant, vous avez brisé mes rêves, vous avez brisé mon père ! Vous et vos sales complots minables de domination à deux balles ! Alors toi et Indiana, vous allez me ficher la paix, c'est compris ?

Et avant que Tyler, stupéfait par sa rage, n'ait le temps de réagir, elle déverrouilla la porte et sortit comme une trombe.

Ah, si j'avais été capable de me rematérialiser, je l'aurais embrassée de bon cœur. Bon, probablement après lui avoir flanqué une crise cardiaque en apparaissant de nulle part tout nu devant elle – mais, finalement, cela m'aurait donné une bonne raison de pratiquer le bouche-à-bouche.

Immédiatement après, mon stupide don m'abandonna et je me retrouvai dans la salle de bains. Je m'habillai à fond la caisse d'une main tout en appelant frénétiquement Axel avec mon téléphone de l'autre. Il ne répondit pas. Merde, je ne me souvenais plus dans quelle équipe il était. Probablement celle d'Annabelle. Je choisis le numéro de la vampire, que j'avais fini par enregistrer, puis déboulai dans l'entrée et hurlai aux loups de me suivre en 4 × 4. Chuck, sortant tout juste de la cuisine avec un énorme sandwich à la main, me suivit avec précipitation en laissant échapper des morceaux de viande, de salade et de tomates derrière lui.

– Chasseuse, hurlai-je lorsque la vampire décrocha enfin, elle est à l'université ! Tyler est avec elle ! C'est le moment ! Mais qu'est-ce que vous foutez, bon sang !

– Nous le savons. Nous étions derrière elle, répondit calmement Annabelle. Mais nous ignorions qu'il était à l'intérieur parce que nous n'avons pas voulu entrer dans l'université. Dans une minute il sera entre nos mains, car il vient de commettre une grosse erreur. Il est sorti sur le campus, juste derrière la fille. Il l'empêche de partir. Je ne sais pas ce qu'il lui dit, précisa-t-elle avec une pointe de cruauté, mais cela n'a pas l'air de très bien marcher. Heureusement, il fait déjà nuit, j'ai appelé le reste de ma troupe.

On sentait dans sa voix qu'elle pensait que ce ne serait pas très utile mais qu'elle était prudente.

Je ne pouvais bien évidemment pas lui dire que Katerina se montrait parfois assez têtue. Que Tyler n'avait pas bien compris ce trait particulier de son caractère. Qu'il croyait qu'il lui suffisait d'apparaître et de dire à Katerina qu'il se chargeait de sa protection pour qu'elle lui tombe dans les bras. Qu'elle l'ait envoyé balader avait dû lui faire un choc.

Un choc suffisant pour lui faire oublier toute prudence. Je fonçai comme un malade sur la route qui menait à l'université. Heureusement que la police avait à faire ailleurs : personne ne m'arrêta – enfin, ne nous arrêta, parce que les soldats de Dave fonçaient derrière moi. Mon sens de l'humour, un instant court-circuité par tout ce qui se passait, me fit bientôt visualiser les voitures noires aux vitres teintées à la queue leu leu, très « James Bond style ».

Mais ce qui m'attendait alors que j'arrivais à l'université n'avait vraiment plus rien à voir avec ce bon vieil espion au service de Sa Majesté.

Et tout à voir avec un film d'horreur.

Car, en parfait fils de psychopathe et psychopathe lui-même, Tyler avait assuré ses arrières.

Il n'était pas venu seul.

Les trois terrifiants Seigneurs vampires étaient avec lui.

Les étudiants avaient fini par se rendre compte qu'il se passait quelque chose de bizarre, car un étrange silence s'était abattu sur le campus d'habitude bruissant de cris, d'interpellations et d'exclamations. C'était la fin de l'après-midi, il faisait déjà nuit à cette époque de l'année et il y avait peu de monde, peut-être une cinquantaine de personnes encore, à peine. Tous ceux qui étaient dehors regardaient, effarés, ces géants vêtus de blanc qui semblaient être apparus au milieu de l'Ovale, l'un des lieux centraux du campus, comme par magie.

Puis je compris qu'ils n'étaient pas effarés. Ils étaient immobilisés. Hypnotisés. Pire, ligotés par les liens mentaux des vampires.

Je jaillis de ma voiture et les soldats de Dave ajustèrent les Seigneurs vampires, qui les ignorèrent, totalement concentrés sur les cinq vampires qui leur faisaient face. Chuck, lui, se transforma, prêt à réduire en charpie tous ceux qui me menaceraient.

Sauf que les vampires de la Garde rouge semblaient bien frêles face aux géants vêtus de blanc (et encore une légende qui foutait le camp : mais pourquoi étaient-ils en blanc ?) qui les toisaient avec mépris. Personne ne m'avait dit que ces vampires-là étaient si grands. Cela avait-il un rapport avec les humains assassinés ? Le fait de se gaver de sang leur permettait-il de grandir, un peu comme les semis qui mangeaient les humains afin d'acquérir muscles et puissance ?

Je n'en savais rien, mais ce qui émanait de ces vampires était effrayant. Leur Charisme pesait sur nous comme une eau lourde, étouffante. Il était difficile de respirer, de penser. Les loups étaient épargnés, comme les semis, car Axel se tenait près d'Annabelle et ne semblait pas spécialement inquiet. Mais moi, j'étais au bord de la nausée.

C'est alors que la chasseuse s'avança et avisa le Seigneur le plus proche. Un vampire magnifique aux yeux d'un violet saisissant qu'il me semblait bien avoir déjà vu quelque…

– Salut papa, fit alors Annabelle d'une voix effrontée. Ça boume ?

Le silence se fit encore plus profond. Et mon cœur rata un battement, je crois.

Nous avions été trahis.

Annabelle ne voulait pas capturer les Seigneurs. Elle voulait rejoindre son père.

Huit vampires contre huit loups, un semi et un humain. Nous étions morts.

Sauf que la réponse du grand vampire qui se tenait devant elle ne fut pas exactement celle que j'attendais…

– Qui êtes-vous, gronda le Seigneur aux yeux violets, pour oser ouvrir la bouche en ma présence ?

Annabelle mit ses mains sur les hanches et répondit :

– Ben tu sais, la nana de vingt ans que tu as violée il y a une centaine d'années, juste avant qu'on ne t'enferme ? Figure-toi qu'il s'est passé un truc super bizarre. Pendant cinquante ans, un petit fœtus a germé dans son ventre. Elle a fini par accoucher à l'âge respectable de soixante-dix ans. Personne n'y comprenait rien… C'est dommage, elle n'a pas résisté et est morte.

Une onde de tristesse passa sur son visage.

– En me donnant naissance.

Elle se ressaisit.

– Et me voilà… tadaaaaam !

Elle mit sa main devant sa bouche et imita un célèbre souffle rauque :

– Pchhhh, pchhhh, Luke… pardon, je veux dire lord Brandon, je suis ta fille !

Puis, devant le regard interloqué des trois Seigneurs vampires, elle éclata d'un rire joyeux.

Il se passa alors quelque chose d'inouï. Le Seigneur Brandon eut un mouvement de recul.

– Une SangVol. Tu es une SangVol !

– Si par ce mot bizarre tu veux dire une hybride capable de te botter les fesses, alors oui, tu as tout compris !

Avant que nous ne puissions comprendre ce qu'elle faisait, elle fusa dans le ciel. Et retomba sur le Seigneur avec une telle violence que la déflagration dut s'entendre à des kilomètres à la ronde.

L'instant d'après, le combat commença et je saisis pourquoi Annabelle m'avait dit que nous allions mourir si nous nous opposions aux Seigneurs. Il la frappait et parait avec une telle vitesse que leurs mouvements étaient flous. Ils virevoltaient dans les airs, sautant sur les toits de l'université, reprenant pied pour repartir de plus belle – leurs coups auraient écrasé les os d'un mammouth. Ils détruisirent la majorité des fenêtres parce que certains de leurs gestes dépassaient la vitesse du son. Plus de mille kilomètres à la seconde. La même vitesse qu'une balle.

Ils étaient tout simplement trop rapides. Seul Axel, bien plus puissant que nos loups, pouvait leur tenir tête – et encore, avec Armand, ils étaient deux à se battre contre l'un des Seigneurs. D'ailleurs, il n'y avait qu'Annabelle qui semblait capable de résister seule au Seigneur sans aucun renfort. Elle était aussi rapide, aussi puissante, aussi agile. D'autant que le prédateur ne se battait pas d'une façon très moderne. Dans son univers, il n'avait eu affaire qu'à des moutons (nous) qu'il saignait et qui se débattaient donc très peu, ou à d'autres prédateurs qui se battaient comme lui. À coups de griffe et de croc.

Annabelle, elle, devait avoir reçu l'enseignement d'un maître Jedi, parce qu'elle se battait comme une véritable pro. Et les coups qu'elle balançait ébranlaient sérieusement le Seigneur, d'autant qu'il ne parvenait pas à comprendre d'où ils venaient et comment elle frappait. Particulièrement lorsqu'elle utilisait ses pieds, il ne savait absolument pas comment parer ses attaques. Ce type n'avait pas vu de films de Lee/Van Damme/Seagal/Diesel depuis longtemps sans doute. Cent ans à mon avis.

Comme les choses avaient l'air de plutôt bien se passer de ce côté-là, même s'il y avait beaucoup de cris et de sang, j'ordonnai à mes loups de rester pour aider les vampires et Axel si c'était nécessaire (les magasins de leurs armes étaient chargés avec des balles en bois et argent qui étaient aussi efficaces que des pieux).

La seconde d'après, alors que j'avais bien dit « si nécessaire », ils ouvraient le feu sur les Seigneurs vampires.

Je soupirai et redirigeai mon attention sur la seule qui m'importait, Katerina.

Sauf qu'il y avait un hic.

Elle avait disparu.

Flanqué de Chuck, horriblement inquiet, je contournai la bataille, évitant in extremis un corps hurlant qui passa par-dessus ma tête

– Armand, je crois – et, utilisant mon flair de loup qui n'en était pas un, je traquai le délicat parfum de Kat. Qui me conduisit vers une luxueuse Mercedes que je connaissais bien, planquée à l'arrière du parking.

Celle de Tyler. Où il tentait de faire entrer Katerina, qui résistait de toutes ses forces. Je ne sais pas comment il avait fait pour la sortir de la transe induite par les vampires, sans doute leur avait-il demandé de l'épargner, mais il avait eu tort. Parce qu'elle n'était pas du tout coopérative. En dépit de sa force de loup, bien supérieure, il avait beaucoup de mal à la maintenir. Et la marque encore rouge qui s'estompait sur sa joue montrait la force de la baffe qu'il avait encaissée. Ma merveilleuse amazone.

– Tyler ! hurlai-je. Lâche-la !

Il se retourna en grondant et je vis qu'il était sur le point de perdre toute maîtrise de lui-même, car ses yeux flamboyaient de l'ambre des loups. Il était prêt à se transformer sous la frustration.

– Ne t'en mêle pas, hurla-t-il en retour, Katerina a renoncé à toi ! Elle me l'a dit. Sors de nos vies, maudit humain !

Katerina eut une exclamation étranglée.

– Bordel, hurla-t-elle, vous n'allez pas recommencer ! . Je vous préviens que si vous vous battez encore pour moi, je vous tue tous les deux !

Ce qu'elle venait de dire était totalement incohérent, mais je me figeai. J'avais compris depuis un bon bout de temps que, vu le caractère de ma petite copine, j'avais intérêt à écouter lorsqu'elle n'était pas contente. Et là, elle paraissait sacrément en pétard. Sans compter qu'elle devait être morte de trouille. Mauvaise combinaison.

Soudain, alors que Tyler l'immobilisait encore, elle fit quelque chose d'insensé.

Elle le mordit.

J'en restais bouche bée. Avec un cri de douleur, Tyler la lâcha et elle bondit en arrière. Elle n'avait pas mordu jusqu'au sang, ne voulant sans doute pas risquer d'être contaminée, mais suffisamment pour qu'il ait mal.

Ils se dévisagèrent. Puis la bouche de Tyler s'étira en un mauvais sourire.

– Oh, ma douce ! fit-il en se massant la main, tu vas faire une louve alpha parfaite même si tu n'en es pas une !

– Argh ! fit Katerina en se plaçant hors de sa portée, mais qu'est-ce que vous avez tous ! J'ai dit à Indiana de me laisser tranquille, de me tenir en dehors de vos manigances, je te redis la même chose. Je ne t'aime pas. Je n'aime pas toute… toute cette folie. Mon père va mourir, je veux retrouver une vie normale. Foutez-moi la paix !

Elle n'avait pas dit qu'elle ne m'aimait pas moi, ce fut tout ce que j'entendis.

Le fait qu'elle ait dû le mordre pour qu'il la lâche avait remis un peu de bon sens dans l'esprit de Tyler, embrumé par le désir.

– C'est vraiment ce que tu veux ? s'exclama-t-il d'un ton incrédule ? Mais je t'aime, Katerina, je suis riche et…

– Ah ! souligna-t-elle d'un ton méprisant, l'argent ! Décidément, c'est tout ce qui est important pour toi, Tyler. Tu as déjà essayé de m'acheter. Moins que ce que ton père a versé à mon père pour tuer Indiana, mais cependant assez pour me tenter. Et cela n'a pas marché. Sur quelle planète pourrie crois-tu que cela va m'attirer, maintenant ?

Elle désigna vaguement la bataille en cours derrière nous.

– Tout ça, vos histoires de vampires, de loups-garous, de malades, de pouvoirs, je n'en veux pas. Je suis une fille normale, avec une vie normale qui va redevenir normale.

Elle planta ses grands yeux gris-vert dans les yeux d'ambre de Tyler.

– Adieu Tyler, articula-t-elle fermement. Ne reviens plus dans ma vie, jamais !

Et, faisant comme moi, elle esquiva la bagarre qui tournait à notre avantage, car deux Seigneurs ensanglantés par les balles de nos loups gisaient déjà au sol, solidement maintenus par les quatre vampires et Axel qui les emmaillotaient dans les étranges liens dorés, puis fila à toute vitesse.

Comme tous les gens qui ne peuvent pas passer leur frustration sur l'objet de leur désir, Tyler se rabattit sur moi.

J'aurais dû faire comme Kat et filer à l'anglaise. Trop tard.

– Tu m'as menti, fit-il froidement. Tu m'avais dit que c'était toi qui l'avais larguée. Mais en fait, c'est elle !

Les mains dans les poches, histoire de bien montrer que je n'avais pas l'intention de l'attaquer, je m'approchai jusqu'à presque le toucher. Il fronça les sourcils. Si les loups aimaient se toucher et se frotter les uns contre les autres afin de renforcer les liens d'affection, Tyler avait tellement le comportement d'un loup solitaire qui ne se préoccupe pas de la meute qu'il n'aima pas que j'envahisse son espace vital. Mais il ne recula pas.

Soudain, il y eut un grand cri derrière moi et ce que j'attendais se produisit. Ses yeux s'écarquillèrent d'horreur et son attention fut détournée l'espace d'un instant.

En fait, j'avais une excellente autre raison de garder les mains dans mes poches. Dans l'une il y avait un paquet de tue-loup.

Et dans l'autre, un coup-de-poing américain.

Je lui balançai la poudre dans la figure alors qu'il amorçait un mouvement afin de participer à ce qui se passait derrière moi, puis, alors qu'il éternuait et fermait les yeux, je fis quelque chose d'absolument pas fair-play.

Je l'assommai d'un somptueux crochet du droit, bien lesté par deux kilos d'acier.

Il s'effondra comme une masse.

Bon, vu le métabolisme des loups, il allait vite être sur pied, même si la tue-loup qui encombrait ses bronches allait retarder sa guérison. J'avais donc une petite dizaine de minutes de tranquillité. Je l'attachai avec les liens que m'avait donnés Annabelle. Avec ça, au moins, j'étais sûr qu'il n'allait pas s'enfuir.

– Garde-le, Chuck, ordonnai-je au loup qui se tenait prudemment loin du corps imprégné de tue-loup.

Puis je me retournai.

Et mon estomac se retourna avec moi.

Car Axel tenait le corps ensanglanté d'Annabelle dans ses bras.

Et que le dernier Seigneur, lord Brandon, le père d'Annabelle, avait disparu.

Le hurlement d'Axel fut celui d'un loup et, sous la douleur, il se transforma. Depuis qu'il était devenu le chef de meute de son clan, il avait acquis le pouvoir de se transformer indépendamment de la pleine lune.

Les vampires durent renforcer leur Charisme sur la foule afin que les étudiants n'aient pas conscience de la forme monstrueuse qui se tenait devant eux, le corps d'Annabelle tendrement niché au creux de son épaule.

Erick, qui boitait et avait l'air mal en point, s'approcha.

– Pose-la, loup, dit-il d'une voix fatiguée.

Mais Axel, fou d'angoisse, ne réagit pas. Erick éleva la voix.

– Pose-la, Axel ! J'ai besoin de voir l'étendue des dégâts. Et si ton petit copain humain, là, pouvait s'approcher, ce serait bien aussi.

Moi ? Qu'est-ce que je venais faire dans l'histoire ?

– Euh, j'ai capturé Brandkel, avançai-je, incertain.

Je fis signe à mes soldats d'aller chercher Tyler, histoire qu'il ne trouve pas un moyen de s'échapper entre-temps.

– Et nous, nous avons capturé deux des Seigneurs, répondit Erick. Mais pas le troisième. Et notre chasseuse 5 est mal en point.

Axel cessa de se balancer, les larmes coulant sur son museau noir.

– Elle… elle n'est pas morte ? chevrota-t-il. Elle… elle a vraiment l'air morte !

Erick lui jeta un regard froid.

– Évidemment qu'elle est morte !

Axel gémit. Mais Erick continua :

– Depuis un bon bout de temps, même si c'est une hybride. Comme Mordred, elle est mort-née, du moins en partie, parce que, exactement comme Mordred, elle est toujours vivante. Ce qui fait d'elle l'un des vampires « humains » les plus puissants de cette planète.

Là, elle n'est pas morte de la Vraie Mort, sinon son corps se serait figé. Vous ne lisez jamais les histoires de vampires ?

Ah, je ne savais pas que cette légende-là, elle aussi, était réelle. Ainsi Anne Rice avait bien rencontré de véritables vampires ; je me demandai pourquoi donc ils ne lui avaient pas effacé la mémoire…

Très délicatement, Axel posa Annabelle, le regard éperdu d'espoir. Effectivement, elle était en mauvais état. Son visage était broyé, les os, totalement de travers. Comme ça, elle était nettement moins belle… Surtout avec l'un de ses yeux pendant par le nerf optique sur sa joue déchiquetée, qui laissait voir l'os et les dents. L'un de ses bras avait quasiment été arraché et sa jambe s'était retournée lorsqu'elle s'était écrasée par terre.

Je baissai les yeux. Ce n'était pas que je n'avais pas le cœur bien accroché, surtout après avoir vécu avec des gens qui aimaient bien manger leurs proies encore presque vivantes, mais ça, c'était un peu trop pour moi.

Il y eut un craquement bref et, lorsque je regardai de nouveau, je constatai qu'Erick venait de lui remettre la jambe à l'endroit et repositionnait son bras.

– Je vais avoir besoin de lui faire absorber du sang, dit-il.

– C'est pour cela que vous avez besoin de moi ? demandai-je avec une certaine appréhension.

– Oui, passe-moi mon sac, là, j'ai ce qu'il faut pour elle. Du sang « amélioré » pour ce genre de blessure. Il va falloir que tu tiennes le cathéter en place. Ses bras sont trop amochés, je vais le fixer sur son artère fémorale, ça ira plus vite.

Un cathéter ! Formidable. J'adorais les cathéters. Surtout lorsque ce n'était pas sur moi qu'on les posait. Intensément soulagé de ne pas avoir à me faire mordre ou saigner aux quatre veines, j'obéis. De son sac, il sortit une grosse poche de sang qu'il me donna afin que je la tienne en hauteur, puis enfonça une aiguille à l'intérieur de la cuisse d'Annabelle.

Au début, il ne se passa rien de spécial et Axel se mit à gronder sourdement – presque plus un gémissement qu'un grondement, d'ailleurs. Puis la peau de la jeune femme commença à rosir. Ses plaies se refermèrent, Erick remit l'œil dans son orbite et vérifia que tout le reste était bien droit et en place, histoire que les choses ne se ressoudent pas de travers. Et après l'avoir touchée, j'eus la confirmation de ce que je pensais à propos de sa température. Elle était plus chaude que les autres vampires et, donc, donnait bien plus qu'eux l'impression d'être humaine.

Soudain, Annabelle ouvrit les yeux et hurla.

Je faillis lâcher la poche de sang. Son hurlement exprimait la douleur et la torture. La solitude et l'infinie tristesse. Il parlait d'affronter la peine et la mort. Seule.

Axel pointa son museau vers la lune et hurla en retour. Son cri exprimait la chaleur de la compagnie, l'union de la meute. Il parlait d'affronter la peine et la mort. Ensemble.

Mais Annabelle souffrait trop pour l'entendre, même si Axel lui tenait la main. Elle convulsait, au point qu'il était difficile de maintenir l'aiguille en place. Il fallut toutes les forces d'Erick et d'Axel conjuguées pour qu'elle reste à peu près immobile.

Enfin, le plus gros de la crise passa.

Il y eut un autre craquement lorsque Erick replaça les os de la mâchoire au moment où ils se ressoudèrent, ainsi que les magnifiques pommettes brisées. La chair se reconstitua et, quelques minutes après, Annabelle était de nouveau la somptueuse vampire qui avait ensorcelé mon ami Axel.

OK, OK, et moi aussi.

Comme ça, on a l'impression que cela dura très longtemps. Mais en fait, ce fut très rapide – probablement moins d'une minute. Si elle avait ressenti en accéléré tout ce qu'on ressent lorsque des chairs blessées cicatrisent, je comprenais pourquoi elle avait hurlé de douleur.

Elle grogna, se tourna sur le côté et cracha un gros paquet de sang et de glaires mêlés.

– Je le tenais, chuchota-t-elle. Je le tenais ! Et puis il m'a lancé une espèce de… de truc. Ce n'était pas vampirique, c'était autre chose.

Comme un truc de sorcier. Ça m'a propulsée loin de lui et m'a à moitié défoncé la poitrine. Comme un éclair de lumière. Sauf que ça ne l'a pas carbonisé comme de la lumière normale. Ça m'a juste explosée moi. Le temps que j'ouvre le seul œil qui me restait et il avait disparu. Le salopard !

– Nous le retrouverons, assurai-je tout en tenant la poche de sang avec précaution. Il n'ira pas bien loin, et en plus il a kidnappé des tas d'humains. Ce n'est pas si facile à planquer, des humains. Et il a besoin d'eux. Nous vous avons réparée avec ce sang, mais lui, il va avoir besoin de sang pour se régénérer.

C'est alors qu'Erick leva un regard navré vers moi et que je sus, avec une horrible et aveuglante certitude, ce qu'il allait me dire.

– Je suis désolé, dit-il. Nous sommes des prédateurs. Lorsqu'il s'est enfui, il a vu votre amie Katerina qui courait. Il a sans doute agi uniquement comme un chat qui voit une souris. Plutôt que de prendre l'un des humains hypnotisés, il l'a attrapée, elle. Et vu l'état dans lequel notre chasseuse l'a mis, il va probablement devoir la drainer entièrement afin de se régénérer. Elle n'a plus que quelques instants à vivre…

Chapitre 9
L'allié

C'était donc cela qui avait détourné l'attention de Tyler, bien plus que le combat entre le Seigneur et Annabelle, dont il se fichait. Il avait vu le Seigneur enlever Katerina, et moi, comme un imbécile, qui leur tournais le dos, trop occupé à traquer ma proie, je n'avais rien remarqué !

Pire, je l'avais empêché de bondir au secours de Katerina. Je l'avais condamnée.

Je lançai la poche de sang aux trois quarts vide à Axel qui l'attrapa de justesse. Je n'avais pas le temps d'étrangler Erick pour ne pas me l'avoir dit tout de suite, mais ce n'était pas l'envie qui me manquait.

Puis je fonçai sur Tyler, encore groggy, que venaient d'amener les soldats, et commençai à le secouer dans tous les sens. Ce qui n'arrangea pas la situation, parce que ses yeux se révulsèrent et qu'il retomba dans les pommes.

– Wow ! fit Erick, arrête de le secouer comme un prunier ! Il doit avoir une commotion cérébrale, ce n'est pas comme ça que tu vas le réveiller !

– Cette ordure a amené ces tueurs avec lui. Il sait où ils se cachent. Il sait aussi que Katerina a été enlevée, il l'a vu. Il faut qu'il reprenne conscience !

– Qu'est-ze que tu lui as fait ? demanda Axel qui n'avait pas l'air de vouloir se retransformer.

De temps en temps, ses crocs lui jouaient des tours et il zozotait. Je vis, alors qu'il fronçait le museau, qu'il n'aimait pas cela.

– Je lui ai balancé de la tue-loup et ensuite je l'ai assommé avec un coup-de-poing américain.

– Excellent, apprécia le semi, sans rater le moindre « s » cette fois-ci. Ingénieux même. Sauf que maintenant, il va falloir purger son organisme du poison.

Mais le nom de Katerina avait réussi à tirer Tyler de sa torpeur. Il ouvrit un œil rouge et or. Même malade comme un chien, il parvint à se redresser un peu. L'énorme bleu sur sa mâchoire ne s'estompait pas, preuve que la tue-loup bloquait encore le processus de guérison.

– Indiana, dit-il d'une voix pâteuse. Il a enlevé Kat. Indiana, il va la tuer !

Il tomba à moitié contre moi, attaché comme il l'était, vacillant, et répéta :

– Il va la tuer !

– Où ? Où se cache-t-il ? Tyler, tu dois nous dire où il se cache !

Il n'hésita pas l'espace d'une seconde :

– Entrepôt de mon père, le numéro 2, dans la manufacture d'armes de Missoula.

Longtemps auparavant, d'après ce que j'avais appris, Missoula avait sa propre fabrique d'armes de chasse. Mais la concurrence des grandes maisons puis les délocalisations avaient fini par obliger la manufacture à fermer. Les grands bâtiments avaient été reconvertis en entrepôts de stockage en attendant leur destruction.

– Axel, prends Tyler, on le soignera dans la voiture. Les vampires, vous irez plus vite que nous en volant, on vous suit en voit… aaaaahhhhh !

Je terminai la fin de ma phrase à trente mètres du sol. Annabelle venait de décider que tout cela n'allait pas assez vite et les cinq vampires nous avaient attrapés et fait décoller dans un même mouvement fluide. Ils laissèrent les deux Seigneurs ligotés et impuissants sous la garde des loups, qui, stupéfaits, n'avaient pas encore eu le temps de réagir.

Sauf Chuck, qui hurla son indignation, museau vers le ciel.

Je refermai la bouche, le cœur battant. Pas que j'ai le vertige, hein (enfin si, un peu), mais quand même, se faire enlever par un vampire et voler, ça surprend.

C'était Erick qui me portait, en dépit de ses blessures. Annabelle tenait Axel par la taille et Axel portait Tyler sur l'épaule. Qui n'avait pas l'air plus heureux que moi. Je pense que nous devions partager la même teinte verdâtre.

– Guide-nous ! cria Annabelle à Axel. Nous ne connaissons pas la ville !

Axel réagit en lâchant momentanément Tyler, qui pendouillait sur son épaule en s'efforçant vaillamment de ne pas vomir, puis en pointant du doigt une masse sombre, ce qui, dans le noir et avec ses vêtements noirs, n'était pas d'une grande aide. Voyant qu'Annabelle ne réagissait pas, pas plus que les autres vampires, il cria :

– Il faut voler vers l'ouest pendant dix kilomètres environ.

À cause des risques d'explosion de la poudre, la manufacture était bien en dehors de la ville.

Les vampires obéirent et, Annabelle en tête, foncèrent en formation en V vers leur cible. Mon esprit était partagé entre la terreur de ce qui pouvait arriver à Katerina et la stupide idée que nous volions comme des canards. Ou des oies. Une en tête et les autres de chaque côté derrière.

J'étais sans doute en train de devenir fou.

Il ne nous fallut que quelques minutes. Qui me parurent des heures. Sans cesse, des images de Katerina, dévorée vivante par le Seigneur, dansaient devant mes yeux.

Lord Brandon n'avait pas pu aller plus vite. Il était sérieusement blessé, au point qu'il n'avait pas pu boire le sang de Katerina et voler en même temps. Ses vêtements blancs se détachaient heureusement bien dans le noir. Pas très intelligent comme technique de camouflage pour un prédateur qui ne vivait que la nuit !

Nous atterrîmes juste derrière lui.

Au moment où il plongeait ses crocs dans le cou de Katerina. Qu'il n'avait pas pris le temps d'hypnotiser.

Je le sus parce que son hurlement de terreur et de douleur me crucifia.

Annabelle bondit et le frappa. Sous le choc, il dut lâcher Katerina, non sans lui déchiqueter le cou au passage. Axel me balança Tyler dans les bras, oubliant que je n'étais pas un loup, et se précipita, bloquant le sang qui coulait de la jugulaire de Katerina. Je me débattis pour me relever (le choc m'avait fait tomber, ce que ce type était lourd !), poussai Tyler qui roula sur le côté et courus vers la fille de ma vie.

Qui me regardait, les yeux écarquillés d'horreur et de peur. Le vampire n'avait pas injecté assez de salive aphrodisiaque pour qu'elle oublie ce qui se passait. Elle était en train de mourir et le savait très bien. Erick fut près d'elle en une seconde, sa trousse de secours à la main. Il écarta les doigts puissants d'Axel qui compressaient la plaie, puis l'aspergea d'une épaisse poudre blanche. Qui se colora de rouge. Mais presque tout de suite, le flot se tarit.

La tête de Katerina bascula sur le côté. Je cessai de respirer.

– Est-ce que… est-ce qu'elle… m…

Impossible. Je ne pouvais simplement pas prononcer ce mot.

– Non, répondit Erick très concentré sur la blessure, elle s'est juste évanouie parce qu'elle a perdu beaucoup de sang. Je vais réparer les dégâts.

Il enfonça une perfusion dans le bras de Katerina, je frissonnai.

– La poudre coagulante est hémostatique et aseptisante, ce qui va empêcher toute infection profonde, mais il faut tout de même recoudre l'artère.

Il avait déjà passé des gants stériles et brandissait une aiguille et du fil de suture.

– Peux-tu me tenir la poche de plasma ? On doit compenser ce qu'elle a perdu.

Et, pour la seconde fois de la journée, je servis de pied à perfusion, regrettant de toute mon âme de n'avoir pas choisi médecine plutôt que finance.

Je sais. Dans la plupart des récits, les auteurs s'emploient à exposer l'action, surtout lorsque des tas de vampires, dont un père et une fille, se tapent dessus de tout leur cœur. Mais là, ni Erick ni Axel ni moi ne nous préoccupions de ce que faisaient le Seigneur, Annabelle, Armand, May Ling et Sam, trop concentrés que nous étions à essayer de sauver Katerina. Les autres vampires auraient pu s'entre-tuer, et d'ailleurs c'est ce qu'ils s'employaient activement à faire, vu le bruit qu'ils produisaient, que cela ne m'aurait fait ni chaud ni froid.

Erick fut efficace. Il sutura la plaie comme un chef, ajouta une seconde poche de sérum physiologique dans laquelle il injecta un sédatif afin que Katerina ne se réveille pas et n'ait pas mal, puis posa un pansement stérile sur la plaie. Enfin, il retira ses gants et se désinfecta les mains. Ça, c'était du principe de précaution où je ne m'y connaissais pas.

– Voilà, c'est fait, dit-il d'un ton satisfait. Elle devrait aller bien, à présent. Il va falloir la faire admettre à l'hôpital quand même, histoire de faire quelques examens. Lorsque les plus forts d'entre nous se nourrissent de cette façon, il n'est pas rare qu'ils cassent des côtes ou un bras. Il faudra vérifier que ce n'est pas le cas pour elle.

Je le regardai attentivement. En dépit du sang, il n'avait pas bronché, pas montré la plus petite trace d'intérêt, ni la moindre envie de casser la croûte. Bon, heureusement, parce que au cas où j'avais un pieu en frêne (mais le chêne marche aussi) dans ma poche.

– Merci Erick, fis-je du fond du cœur. Vous venez de gagner une place au sein de la meute.

Le vampire fit la grimace.

– Merci, c'est très gentil, mais sans façon. Et je n'ai fait que mon boulot, je suis le chirurgien du groupe, de la même façon qu'Armand et Sam secondent Annabelle en tant que chasseurs, et que nous suivons tous ce que nous dit May Ling, notre enquêtrice. Mais j'exerce aussi sur des humains, parce que nous sommes amenés à côtoyer votre race très souvent. Cela me permet d'améliorer mon art et d'aider les autres vampires, comme j'ai pu le faire avec Annabelle. Après tout, notre morphologie n'est pas si éloignée…

Je comprenais que, modeste, il ne voulait pas de mes remerciements, mais je pressai quand même son épaule, reconnaissant. Il hocha la tête et je vis qu'en dépit de son impassibilité de probablement très vieux vampire, cela lui faisait plaisir.

Un énorme bruit de tôle froissée nous fit sursauter.

Annabelle venait tout simplement de détruire l'entrepôt.

Sans prendre en compte un léger détail. Les humains retenus prisonniers à l'intérieur. Les hurlements de douleur et de terreur lui indiquèrent qu'elle venait de commettre une petite erreur. Mais elle ne s'en préoccupa pas et fonça dans le nuage de poussière, bien déterminée à faire la peau à Brandon.

Comme quoi, quand on commet un crime abject, on a de grandes chances que cela nous retombe sur la tête quelques années après.

Littéralement.

Je restai avec Katerina, parce que Axel était bien plus efficace que moi pour déblayer les décombres avec les vampires. Elle dormait d'un sommeil paisible. Erick avait appliqué une pommade spéciale, concoctée, comme la poudre coagulante, par des sorciers qui travaillaient pour les vampires, ce qui expliquait que personne d'autre qu'eux n'ait ces petites merveilles. Grâce à cela, d'ici quelques heures, il ne resterait presque plus rien de la blessure. Il m'avait assuré que Kat ne conserverait aucune séquelle physique de son horrible aventure. Même si Brandon n'avait apparemment pas eu la décence de l'hypnotiser afin qu'elle ne souffre pas lorsqu'il l'avait mordue, Erick se ferait un plaisir d'effacer ce traumatisant souvenir dès qu'elle reprendrait connaissance.

Annabelle ressortit des décombres de l'entrepôt. Du sang coulait de sa tête et elle traînait un corps inconscient derrière elle !

Lord Brandon.

Elle le lança devant elle sans effort, et même avec un brin d'insolence, puis elle le ligota avec efficacité.

Elle eut alors un sourire victorieux, tandis que les trois autres aidaient les cinq humains rescapés à respirer alors qu'ils s'effondraient, maculés de poussière.

– Ce bon vieux papa ! s'exclama-t-elle d'une voix railleuse. Quelle tête de mule ! Il a fallu employer la manière forte. Quelques centaines d'années enfermé, à méditer sur les bienfaits de la tempérance, ça va lui faire beaucoup de bien !

Les vampires qui s'étaient battus avec elle contre lord Brandon, à quatre contre un, éclatèrent de rire. Ils étaient tous blessés, ce qui montrait l'incommensurable puissance du Seigneur.

Je frissonnai. Si je n'avais pas été aussi paranoïaque, si Axel n'était pas tombé raide dingue d'Annabelle, si les Seigneurs n'avaient pas été aussi avides de sang et n'avaient pas enlevé trop d'humains, nous serions tous morts. Et Brandkel aurait gagné, parce que, avec une arme aussi puissante à ses côtés, personne à part les vampires n'aurait pu lui résister. Et lorsque les vampires auraient réalisé le danger, il aurait été trop tard. Confédérés en une meute puissante et unique, les loups-garous, insensibles à leur Charisme, auraient pu les combattre efficacement.

Tout se serait terminé en bain de sang. D'ailleurs, ce n'était pas parce que nous avions déjoué une partie des plans de Brandkel que tout n'allait pas de toute façon se terminer en bain de sang...

Les humains étaient en mauvais état et très traumatisés. Apparemment, le fait d'avoir reçu un entrepôt sur la tête les avait sortis de leur envoûtement. À moins que les Seigneurs ne les aient désenvoûtés afin de profiter de leur frayeur histoire d'épicer leur sang – aucune idée de la bonne explication, mais ils étaient conscients. Couverts de morsures, les cinq survivants furent soignés ; ils seraient ramenés chez eux puis soigneusement hypnotisés. Ils croiraient avoir fait une randonnée avec des amis et s'être perdus, puis avoir été attaqués par des bêtes sauvages. Heureusement, ils avaient été choisis par les Seigneurs parce qu'ils étaient de solide constitution. Ils récupéreraient vite. Entre-temps, les vampires effaceraient les avis de recherche et la mémoire des officiers de police. Et modifieraient les souvenirs des proches des victimes.

Ces cinq humains habitaient loin, ayant été kidnappés au fur et à mesure du périple des trois Seigneurs vers Missoula. May Ling et Armand se chargèrent de leur escorte. En volant, surtout à la vitesse à laquelle ils allaient, cela ne prendrait pas tant de temps que cela. Et maintenant qu'ils avaient neutralisé les trois Seigneurs, ils pouvaient se séparer. Porter chacun deux ou trois personnes de fort gabarit n'avait pas l'air de les embarrasser plus que cela.

Je gardais un œil sur Katerina et l'autre sur lord Brandon, ce qui me provoquait un strabisme divergent et un sérieux début de mal de crâne. Mais j'avais vu un peu trop de films où le méchant se libère à la dernière minute et parvient à s'échapper… encore. Heureusement, l'étrange matière dorée des liens semblait se moquer de la force du vampire, qui venait de reprendre connaissance. Il tenta de se transformer, loup, rat, mouche, toutes les formes étranges que les vampires étaient capables de prendre (les liens se tissèrent même en cocon lorsqu'il tenta de se changer en vapeur) mais il n'y parvint pas (il fallait absolument que grand-père et moi nous procurions de cette étrange matière, c'était top !) et hurla de rage derrière son bâillon.

Car Annabelle, prudente, l'avait carrément bâillonné avec un lien doré plus épais. Histoire sans doute que son Charisme ne puisse s'exercer sur les humains et les pousser à nous attaquer. Bon à savoir, ça : si les vampires ne peuvent pas parler, ils ne peuvent pas vous influencer. Du moins, si, ils peuvent vous influencer (comme ils l'avaient fait lors de notre première rencontre avec Katerina), mais sans vous donner d'ordres : ils ne peuvent pas vous obliger à faire ce qu'ils veulent. Je rangeai l'information dans un coin de mon cerveau. Pour autant qu'un cerveau ait un coin.

La seconde raison pour laquelle elle l'avait bâillonné était qu'il crachait ce qui semblait être des insultes sanglantes à l'égard d'Annabelle et de sa mère, insultes que la jeune femme n'avait apparemment pas envie d'entendre.

Si j'avais eu un troisième œil, il aurait été pour Tyler. Qui avait un mal fou à récupérer. Lui non plus ne parvenait pas à se débarrasser de ses liens, mais je ne savais pas si c'était la matière qui l'en empêchait ou s'il était bien trop malade pour y parvenir. La tue-loup était décidément très efficace. Un peu trop, parce qu'il passait son temps à retomber dans les pommes. Erick lui posa, à lui aussi, une perfusion avec un produit qui allait forcer son corps à éliminer la poudre toxique. Mais cela allait prendre du temps.

Je saisis son portable. Le numéro de son père était bien sûr enregistré. Mais ce n'était pas à « papa ». Juste un simple « Brandkel L. ». Glaçant. Je ne le composai pas. Pas tout de suite. Pas avant d'avoir discuté avec grand-père, qui était bien meilleur que moi en stratégie et intimidation de l'ennemi. Après tout, il avait eu des années pour contrer les manigances de Brandkel. Il saurait bien mieux que moi l'obliger à nous rendre celle qui nous appartenait.

Ma mère.

Axel avait appelé les loups et ils nous rejoignirent avec Chuck, Dave et les deux Seigneurs prisonniers.

Chuck comme Dave m'expliquèrent bruyamment et avec force détails à quel point ils n'avaient pas aimé être laissés derrière. Comme ce n'était pas ma faute, je pointai Annabelle du doigt et précisai :

– Expliquez-lui à elle, moi, je n'y suis pour rien.

Ils évaluèrent l'intimidante SangVol, puisque c'était ce qu'elle était apparemment, quoi que ce mot puisse recouvrir, et… renoncèrent.

Escorté des vampires et nos soldats sur le qui-vive, une partie de ce petit monde repartit pour l'aéroport où les trois Seigneurs seraient embarqués dans l'hélicoptère qui allait les ramener au Centre d'où ils n'auraient jamais dû sortir.

Je laissai Tyler sous une solide garde à la maison, puis filai avec Axel et Erick à l'hôpital où Annabelle avait déposé Katerina, et où se trouvait déjà son père, Seamus.

Je n'aimais pas du tout penser que, indirectement, c'était ma faute s'ils étaient tous les deux blessés et hospitalisés.

Le vampire et le semi avaient accepté de veiller Katerina toute la nuit, pendant que grand-père et moi allions travailler à obliger Brandkel à nous obéir. Mais, avant ce moment que j'espérais et redoutais en même temps, je ne voulais qu'une seule chose. Voir celle que j'aimais plus que ma vie et m'assurer qu'elle allait bien. Le reste du monde pouvait attendre.

Je demandai à Erick l'un de ses pots de pommade en lui expliquant ce que je comptais en faire. Il me le céda de bonne grâce avant de filer vérifier que les médecins de cet hôpital s'étaient bien occupés de sa patiente. Pour un vampire, il avait une étrange empathie envers les humains. C'était vraiment étonnant.

Chuck m'attendit dans le couloir pendant que je me rendais en soins intensifs où se trouvait Seamus, le père de Katerina. Il était toujours aussi blanc, toujours aussi immobile. Le chuintement des machines le maintenant en vie était le seul bruit audible. Nanny était là, ce qui ne m'étonna pas, vu qu'elle ne se trouvait pas à la maison lorsque nous y avions déposé Tyler Brandkel.

Elle avait maigri. J'avais toujours connu Nanny ronde, avec ses yeux d'ambre et ses cheveux blonds coiffés en chignon, ses absurdes robes à fleurs et ses chaussures confortables. Là, elle était vêtue d'un élégant ensemble bleu marine en laine et cachemire sur une chemise blanche. Elle remarqua ma surprise. Les loups détectaient toutes les expressions lorsqu'ils étaient sur le qui-vive.

– Je m'habille pour Seamus, lorsqu'il se réveillera, expliqua-t-elle après m'avoir embrassé chaleureusement. Il déteste mes autres vêtements, il dit que je fais exprès de m'habiller comme une vieille dame, mais que lui sait qu'il y a encore une fillette sous ces robes à fleurs de mémé.

Elle afficha un air taquin.

– Je crois que c'est depuis qu'il m'a vue jouer avec des feuilles dans le vent, sous ma forme de louve, puis courir après ma queue. Depuis, il n'arrive plus du tout à me prendre au sérieux.

J'éclatai de rire.

– Nanny ? Jouer avec ta queue ? Mais c'est un truc de bébé !

– Je savais qu'il me regardait par la fenêtre et il était un peu trop préoccupé par tout ce qui s'était passé au ranch – les morts, les trahisons. J'avais envie de le faire rire. Ça a marché.

Oui. Le rire était un excellent pansement. De mon côté, je lui racontai tout ce qui s'était passé. Elle eut un sourire de louve lorsqu'elle apprit que Tyler Brandkel était entre nos mains. Je savais que Nanny n'aimait pas spécialement ma mère mais, en dépit de ce qu'elle avait fait, je croyais qu'elle m'aimait, moi. Et voulait mon bonheur. Alors, tout ce qui me faisait plaisir lui faisait plaisir aussi.

Lorsque je lui donnai la pommade afin que l'infirmière en enduise les plaies de Seamus, son visage changea. Elle respira profondément.

– C'est vraiment très gentil d'y avoir pensé, Indiana. Tu es un garçon merveilleux. C'est une excellente idée. J'espère qu'elle va aider un peu.

Je sentais qu'elle n'avait plus guère d'espoir. Je l'embrassai et la quittai pour monter les escaliers quatre à quatre. Axel, en faction devant la porte, me salua. Erick me dit à mi-voix que tout allait bien. Katerina n'avait que des bleus et des contusions en plus de sa blessure. Il restait jusqu'à ce qu'elle se réveille afin de la Charmer et de lui faire oublier cette pénible expérience. Enfin, si elle le désirait, bien sûr.

Katerina dormait encore lorsque je pénétrai dans sa chambre. Le pansement compressif avait disparu, le sorcier médecin avait préféré laisser la plaie proprement suturée à l'air libre. Qui, grâce à la poudre, à la pommade et au travail parfait d'Erick, cicatrisait quasiment à vue d'œil.

Je m'assis à son chevet. L'amour et le désir de la protéger me tordaient le cœur et le ventre. Je l'aimais tellement ! Elle était si belle, si délicate et si courageuse en même temps. Je me haïssais de lui avoir fait subir autant d'épreuves. Je détaillai son visage, sa belle bouche charnue, ses magnifiques cheveux noirs qui formaient un voile d'ébène autour de son visage, ses pommettes hautes, ses fins sourcils.

Sa respiration était tranquille, comme si, au milieu de ces tempêtes d'émotions et de peurs, elle trouvait enfin un repos mérité. Je restai pendant une heure à la regarder, débordant d'amour, sans oser faire plus que de caresser doucement sa main ou ses cheveux tant j'avais peur de la réveiller en sursaut.

Enfin, l'effet du sédatif s'estompa.

Elle ouvrit ses merveilleux yeux gris-vert.

Elle me regarda.

– Mon amour ? demanda-t-elle, ce qui me bouleversa.

– Je suis là, lui répondis-je en souriant. Tout va bien, ma beauté, ma Katerina, tu es sauvée.

Elle me dévisagea comme si elle ne comprenait pas ce que je venais de dire.

– Où… où. Où est mon amour ?

Mon cœur se serra. L'attaque avait-elle affecté sa vue ? Je m'approchai et voulus la serrer dans mes bras, mais elle recula. Elle voyait donc très bien.

C'est alors qu'elle prononça la phrase qui me crucifia :

– Où est mon amour ? Où est Tyler ?

Chapitre 10

Charmée

Je ne comprenais plus rien.

– Katerina, fis-je, bouleversé, mais qu'est-ce que…

– Je veux Tyler, dit-elle d'une petite voix. C'est lui, c'est mon amour, c'est lui que je veux !

– Mais…

– TYYYYYLLLLLLLERRRRRRRRR ! hurla-t-elle d'une voix hystérique, au point qu'elle dut se faire mal à la gorge à l'endroit où elle avait été mordue. TYYLLLERRRRRR !

Le désespoir dans sa voix me suffoqua. Mon monde était en train de se briser.

– Katerina, calme-toi ! Qu'est-ce qui t'arrive ?

– J'aime Tyler. C'est l'amour de ma vie. Pourquoi est-ce qu'il n'est pas là ? Qu'est-ce que tu lui as fait, espèce de monstre ! Sors ! Sors de ma chambre ! Tyleeeeeeeeer !

Je voyais bien qu'il y avait un énorme problème et que, pour une mystérieuse raison, ma présence la rendait hystérique. À reculons, sans la quitter du regard alors qu'elle sanglotait comme une petite fille de quatre ans, je sortis. Erick, Chuck et Axel m'attendaient, très inquiets.

– Que se passe-t-il, Indiana ? demanda Axel.

Question idiote vu qu'il avait parfaitement entendu. Erick ne me laissa pas le temps de répondre. Il m'attrapa par le bras et me fit rentrer dans la chambre pendant que je me débattais, en pure perte.

Je n'étais pas si faible, pour un humain, mais le vampire me traînait comme si je pesais quelques kilos à peine.

Il se planta devant Katerina. Qui leva ses yeux pleins de larmes brillantes vers lui.

– Où est Tyler ? demanda-t-elle d'une voix cassée par le chagrin. Je veux Tyler !

– Regarde-moi, Katerina, fit Erick d'une voix enjôleuse tandis que je sentis son Charisme se déployer pour l'envelopper comme une eau chaude et lourde. Ce n'est pas Tyler, ton amour, c'est moi, cela a toujours été moi.

Cela me rendit ma voix.

– Eeeehhh, mais qu'est-ce que...

Il m'interrompit d'un geste sec de la main, m'empêchant de parler. Mais Katerina ne réagit pas à sa suggestion comme il l'attendait.

– Non, grogna-t-elle, ce n'est pas toi, mon amour, c'est Tyler, c'est seulement lui. Pour toujours !

Chaque mot était comme une dague empoisonnée dans mon cœur. C'était si douloureux que j'en suffoquais, bataillant soudain pour que les foutues larmes qui perlaient à mes yeux ne coulent pas. J'avais quand même un minimum de fierté, même si ma vie se déchirait.

– Merde ! s'exclama Erick en remballant son Charisme d'un coup sec, ce qui me laissa le cœur battant. Le salopard !

– Quoi, quoi ? m'affolai-je. Qu'est-ce qui se passe ?

Erick se tourna vers moi, le visage sombre et les yeux soudain d'un rouge presque flamboyant tant il était indigné.

– Il se passe, gronda-t-il, que Brandon n'a pas seulement pris du sang à cette jeune fille. Il lui a également volé son esprit !

Je me ratatinai.

– Non, soufflai-je, ne me dites pas que...

– Si, hélas, confirma le vampire en hochant sombrement la tête. Brandon l'a Charmée afin qu'elle pense que Tyler est son unique amour !

J'ai, comme tous les humains, un certain nombre de peurs. Perdre les gens que j'aime, mourir, devenir fou, ou sourd, ou aveugle. Voir la fille de ma vie manipulée par un vampire pour aimer artificiellement Tyler Brandkel me faisait tellement mal que je n'arrivais même pas à respirer.

Je regardai Katerina. Ses yeux brillaient de fièvre, mais elle ne luttait même pas. C'était là toute la force des vampires. Leurs victimes ne se rendaient absolument pas compte qu'elles étaient envoûtées.

Voyant que j'étais en train de perdre mon sang-froid, Erick me fit sortir. De plus, il ne voulait pas que Katerina puisse entendre ce que nous disions. Dès que nous fûmes dehors, elle dut se calmer parce que nous ne perçûmes plus de bruit, à part des petits reniflements occasionnels.

Je me repassai tout ce qui venait de se produire, comme un film qu'on rembobine : tout ce qui s'était passé lorsque nous nous trouvions à l'université avec les Seigneurs, la Garde rouge, les humains immobilisés, Tyler et Katerina.

J'eus alors comme une sorte de flash. Lord Brandon n'avait pas choisi Katerina par hasard. Tyler avait dû lui parler d'elle. De plus, elle était la seule humaine en mouvement à ce moment-là. Lord Brandon s'était emparé d'elle non pour se nourrir, mais pour l'utiliser comme otage. Il savait que j'avais capturé Tyler, que les deux autres Seigneurs étaient prisonniers et qu'il était en train de perdre.

Blessé, surpassé par le nombre, ébranlé par l'apparition du seul être apparemment capable de le vaincre, Annabelle la SangVol, comme il l'appelait, il avait bien compris qu'il risquait de se faire capturer, tôt ou tard.

Alors, il avait joué une carte maîtresse. Je fermai les yeux. Tentai de retrouver mon équilibre.

– Je suppose, laissai-je échapper de mes dents serrées, que ce qu'un Seigneur vampire a fait, aucun autre vampire ne peut le défaire.

J'ouvris les yeux, attendant la réponse. Que je lus sur le visage défait d'Erick avant même qu'il ne réponde :

– Non. Elle restera toute sa vie ainsi, l'esclave de Tyler, si Brandon ne la délivre pas.

– Je vais le tuer, grondai-je en serrant les poings.

– Brandon ?

– Non, Tyler !

– Cela ne servirait à rien. La compulsion resterait. Elle porterait son deuil à jamais.

Je ne précisai pas que mes paroles n'étaient que des paroles. Juste un moyen d'évacuer la pression. Lorsqu'il s'agissait de tuer, les vampires prenaient les choses un peu trop au sérieux. Je lui demandai alors quelque chose que je n'aurais jamais imaginé demander à un vampire, même dans mes cauchemars les plus fous.

– Pouvez-vous veiller sur Katerina ? Axel pourrait la surveiller physiquement. Mais ce Charme ? Qui sait ce que ce Brandon lui a mis dans la tête. Elle peut être une bombe à retardement. Vous êtes un vampire. Vous saurez comment réagir, déceler ce qui est elle et ce qui est artificiel.

En fait j'extrapolais, parce que je ne savais foutrement pas s'il en était capable

– Oui, je peux faire la différence, me confirma Erick à mon grand soulagement. Et tant qu'Annabelle ne nous affecte pas sur une autre mission, je peux effectivement veiller sur Katerina. Mais, fils de meute, cela ne durera pas. Je vais bientôt être obligé de partir. Vous n'aurez qu'un jour ou deux, maximum, le temps qu'Annabelle revienne du Centre et que les autres terminent d'effacer la mémoire des témoins. Ensuite, nous serons envoyés ailleurs. Vous n'êtes pas le seul problème que nous ayons à régler.

Je hochai la tête, la gorge serrée. Je savais ce qu'il me restait à faire.

– Merci. Est-il possible de l'endormir ? Afin qu'elle ne tente pas de s'échapper pour retrouver Tyler ?

– Elle ne sait pas où il se trouve, raisonna-t-il.

– Je sais. Mais si Brandon lui a mis en tête de retrouver Tyler, je connais ma Katerina, elle fera tout ce qui est en son pouvoir pour arriver jusqu'à lui. Je ne veux pas courir ce risque.

Je ne parlai pas de la jalousie brûlante qui me creusait les entrailles. Il fallait absolument que je garde mon calme et l'esprit clair. Sinon, j'allais la perdre. Et me perdre aussi.

– Très bien, capitula-t-il, je vais prévenir le sorcier médecin que j'ai l'intention d'endormir Katerina. Mais, quoi que vous vouliez faire, Indiana Teller, faites-le vite.

– Axel ! criai-je (ce qui n'était pas super utile vu que le semi n'était pas loin, en train de parler avec une infirmière). Viens, on s'en va !

Axel me suivit sans broncher, flanqué de mon ombre, le fidèle Chuck.

– Annabelle est en route pour le Centre ? demandai-je.

Il regarda sa montre.

– Oui, elle va atterrir avec sa « cargaison » d'ici deux heures. Pourquoi ?

– Nous allons avoir besoin d'elle. Axel, où en sont vos relations ?

– Nous n'en avons pas, répliqua-t-il. Pas pour l'instant, parce que nous avons passé plus de temps à nous faire taper dessus qu'à discuter. D'ailleurs, discuter, ce n'est pas trop son truc, à elle, tout le temps dans l'action, dans la séduction et dans la tentation. (Il soupira.) Bref. Nous avons d'autres problèmes plus urgents. Je suppose que tu voulais savoir si je pouvais l'influencer afin qu'elle nous laisse voir lord Brandon ?

– Exactement.

– La réponse est non.

– Merde.

– Ouais, on peut dire ça comme ça.

Sans aucun moyen de pression sur Annabelle, les choses allaient se compliquer. Je pris ma voiture et fonçai vers la maison. Je devais faire un certain nombre de choses qui n'allaient pas du tout plaire à ma famille.

J'allais avoir besoin d'alliés.

Ça tombait plutôt bien, je savais déjà comment faire.

Dave ne comprit pas très bien pourquoi je devais retourner au Lykos Ranch illico presto. Mais il sentit à mon ton d'alpha que je n'accepterais pas de « non » ni même de « pourquoi », aussi obéit-il. Même si, à mon avis, les « pourquoi » allaient surgir très vite, vu son front plissé et son regard contrarié. Il était là pour assurer ma protection. Pas pour gérer mes déplacements. Et je voyais bien qu'il n'aimait pas être tenu en dehors de mes secrets.

Il allait devoir s'y habituer, parce que des secrets, j'en avais des tonnes.

Je pris ce dont j'avais besoin et nous partîmes en convoi pour l'aéroport. Avec Tyler. Plus je l'éloignais de Katerina, mieux je me portais. De plus, l'avoir sur nos terres nous garantissait qu'il serait bien plus difficile à Brandkel de le délivrer. Pas avec deux cents loups pour le garder.

Il avait été lavé, ses vêtements, nettoyés. On l'avait délié à plusieurs reprises afin de lui permettre de faire ses besoins et sa toilette. Son organisme, aidé par la perfusion d'Erick, avait purgé la tue-loup, même si ses yeux d'ambre étaient encore injectés de sang. Il était plus calme, comme s'il avait accepté sa défaite. C'était frappant, une sorte de chape épaisse qui ne pesait plus sur ses épaules.

Par prudence, cependant, on l'avait de nouveau saucissonné avec les liens des vampires, afin que, même transformé, il ne puisse pas s'échapper. À sa décharge, il n'avait même pas essayé – ce qui m'avait surpris, je l'avoue.

Moi, à sa place, j'aurais tout tenté pour m'enfuir.

Dans l'hélicoptère, en dépit du bruit, il me parla. Il n'avait pas de casque, mais avec son ouïe de loup il pouvait entendre mes réponses, tout comme je pouvais entendre ses questions.

– Tu m'amènes à ton grand-père, je suppose ? demanda-t-il.

– Nous allons au Lykos Ranch, répondis-je, sans mentir vraiment.

Car en réalité, ce n'était pas Tyler que j'amenais, c'était moi. Tyler m'accompagnait, c'était tout. Mais pas question de le lui dire, bien sûr.

– Tu vas le laisser me torturer, Indiana ? Je ne sais toujours pas où se trouve ta mère, tu sais.

Je m'en doutais. Sinon Tyler aurait immédiatement proposé de céder cette information en échange de sa libération. Puis je notai quelque chose de curieux : il n'y avait pas de peur dans sa voix. Juste une immense lassitude.

– J'espère que nous n'aurons pas à en venir là, répondis-je, mal à l'aise. Ton père ne te laissera pas souffrir. Louis nous rendra ma mère en échange de toi. J'ai vu comme il a été touché lorsque tu as été blessé. Il ne te laissera pas entre nos mains.

Il eut un rire ironique auquel répondit le reniflement dubitatif d'Axel. Pour une fois, ces deux-là avaient l'air d'accord.

– Il ne te rendra pas ta mère. Même si vous me réduisez en bouillie, précisa Tyler avec détachement. C'est là toute la différence entre ta famille et la mienne, Indiana. Mon père ne m'aime pas. Il ne me voit que comme un outil, plutôt déficient d'ailleurs, qu'il ne peut plus utiliser. Lors de l'incident de l'échafaudage, il avait encore besoin de moi. Ce n'est plus le cas, surtout si je deviens un moyen de pression contre lui. Entre ta mère qui représente un pouvoir incroyable et un fils qui est suffisamment stupide pour se faire capturer, et en plus faire capoter ses plans pour vous éliminer, il n'aura pas à réfléchir longtemps. Ne fût-ce que pour me punir, il refusera l'échange. Vous n'obtiendrez rien.

Je croisai le regard d'Axel. Le semi inclina imperceptiblement la tête. Ses sens surdéveloppés avaient scanné Tyler, son cœur, sa respiration, tout ce qui permettait à des loups ou à des semis de vérifier si les gens mentaient ou pas. Tyler ne bluffait pas. Il pensait sincèrement que son père ne céderait pas.

Pour notre salut à tous, j'espérais tout aussi sincèrement qu'il se trompait. Il y avait des tas de trucs auxquels j'étais prêt pour que ma mère me soit rendue. Torturer Tyler n'en faisait pas partie…

C'est lorsqu'on devient comme son ennemi qu'on perd toute humanité.

– « Faire capoter ses plans pour nous éliminer », relevai-je. Comment ?

– Je ne voulais pas que les loups de ma meute m'accompagnent, parce qu'ils font des rapports sur mes activités à mon père – et c'était hors de question, vu que je me rendais à Missoula. Je suis donc parti seul et discrètement. Mon père croit sans doute que je suis encore à la maison.

Il respira profondément.

– Je t'ai dit que j'avais déterré quelques-uns de ses petits secrets. J'ai découvert ce qu'il avait fait avec les Seigneurs vampires. Et où ceux-ci étaient planqués. Avec leur… leur nourriture.

Il fronça les sourcils d'un air écœuré, comme si ce qu'il avait vu là-bas était vraiment moche, même pour un loup-garou.

– Je leur ai ordonné de m'accompagner pour me protéger. Je me doutais que Katerina était surveillée et je ne voulais pas risquer de tomber entre vos mains.

Il eut un petit rire cynique.

– Bien évidemment, je ne me doutais pas qu'ils allaient carrément hypnotiser tout le monde et encore moins que vous vous étiez alliés avec la Garde rouge.

Axel sourit.

– C'est l'une des caractéristiques d'Indiana. Il n'est pas raciste. Il s'allierait avec des champignons si cela lui était utile. Regarde, il s'est bien allié avec nous, les semis, alors que les loups-garous nous détestent ! Mais c'est grâce à cela que nous vous avons vaincus.

Tyler grimaça puis continua :

– Mon père avait pourtant laissé la consigne aux Seigneurs de ne pas prendre trop d'humains afin de ne pas alerter les autres vampires. Juste ce qu'il fallait pour vous attirer dans un piège. (Il regarda Axel.) Surtout toi, le semi. Tu as raison. Il ne vous aime pas. Il fera tout pour te détruire, bien plus encore que pour détruire Indiana. Tu restes sa cible prioritaire.

Axel hocha la tête, comme pour dire qu'il attendait Brandkel de pied ferme. Le grand semi n'avait pas peur de grand-chose. Et certainement pas d'un loup-garou mégalo.

– Lorsque j'ai vu ce que les Seigneurs avaient fait, termina Tyler en gigotant un peu parce que ses liens étaient trop serrés, je savais déjà que le plan était très compromis. La suite m'a donné raison. Mon cher père a un peu trop tendance à penser que les autres races surnaturelles lui obéiront comme ses loups.

Oui, c'était un défaut que j'avais déjà remarqué chez Brandkel. Cette insupportable arrogance. Bon, cela dit, heureusement qu'il avait ce défaut-là. Peut-être que ce serait grâce à ça que nous le vaincrions.

Tyler se tut, nous laissant cogiter. Je me penchai et donnai un peu de mou à ses liens. Il eut un regard surpris, puis reconnaissant.

C'était difficile. Je ne pouvais m'empêcher d'avoir pitié de lui, d'une certaine façon. Et je n'oubliais pas que s'il avait tenté de me tuer à plusieurs reprises, il m'avait aussi sauvé la vie au risque de la sienne.

Le trajet me sembla horriblement long. Je détestais partir loin de Katerina, la laisser dans cet état. Tyler se renferma dans un mutisme fatigué et Axel n'avait pas l'air plus heureux, même si je savais qu'il appréciait de pouvoir rejoindre Annabelle. Ils n'avaient pas parlé depuis que le semi avait pété les plombs lorsqu'il l'avait crue morte. Erick l'avait sûrement mentionné à Annabelle, parce que j'avais surpris son regard insondable posé sur mon ami à plusieurs reprises. Quant à savoir ce qu'elle en pensait, impossible de le deviner. Mais je dus m'empêcher de ricaner lorsque je vis ce que lisait Axel avec une attention passionnée : *Vie, constitution et mœurs des vampires, du IVe siècle à nos jours.*

Le livre était mince. Les vampires n'aimaient pas trop qu'on enquête sur leur race. Les chercheurs avaient donc tendance à « oublier » ce qu'ils avaient découvert. Lorsque Axel le referma en soupirant, l'air plus perplexe qu'éclairé, je le lui empruntai. Pas pour la même raison. Car même si j'avais déjà étudié leurs caractéristiques, de même que pour les sorciers, les elfes ou les fées, je ne m'y étais pas attardé plus que cela. Or, à présent, j'avais vraiment besoin d'en savoir plus sur un certain Seigneur vampire.

Je n'avais pas dit à Tyler ce qu'avait fait lord Brandon. D'une part parce que je ne savais pas si cela avait été accompli sur son ordre, (après tout, lord Brandon aurait pu envoûter Katerina pour qu'elle tombe amoureuse de lui, plutôt que de Tyler), à l'initiative de Brandon lui-même ou, pire, de Louis Brandkel ; d'autre part parce que cela aurait pu lui redonner l'envie de se battre qu'il paraissait avoir perdue. Surtout s'il apprenait que Katerina pensait être folle amoureuse de lui. Tyler n'aimait pas les longs chemins difficiles. Lui, ce qui le branchait, c'étaient les raccourcis.

À l'initiative de Dave, des voitures nous attendaient à l'aéroport. Il faisait nettement plus froid qu'à Missoula. Nos hivers sont rudes dans le Montana, ils ne pardonnent pas à ceux qui font des erreurs. Je m'emmitouflai prudemment dans mon bonnet et mon épais blouson. De tous, ici, j'étais le plus fragile, même si cela me faisait encore grincer des dents. Enfin pas au point d'accepter de perdre une oreille ou un bout de nez juste pour prouver que je ne craignais pas le froid...

L'escorte envoyée par grand-père était encore plus lourdement armée que la nôtre. Notre meute savait à quel point notre prise était précieuse. Nous n'avions pas l'intention de perdre Tyler et une attaque à l'aéroport était le plus logique. Ils prirent position tout autour des appareils, tandis que les voitures s'avançaient, lourdement blindées. Ils n'avaient pas fait dans le détail, c'était la grosse artillerie.

Mais Brandkel n'était pas si omniscient que cela, parce que rien ne bougea dans l'épaisse forêt autour de nous. Nous avions été trop rapides. Ou alors, il ne savait pas que son fils avait été suffisamment stupide pour revenir à Missoula parler à Katerina.

Je descendis, suivi par Chuck puis par Axel et Dave qui portaient Tyler, incapable de marcher attaché comme il l'était.

Soudain, alors que je posais le pied sur le sol gelé, un portable sonna, me faisant sursauter et glisser. Je me rattrapai de justesse à la carlingue de l'hélicoptère. M'affaler devant nos soldats n'était pas une bonne façon de m'assurer leur respect. Ce n'était pas ma sonnerie et, pendant une demi-seconde, je ne réagis pas, avant de comprendre que c'était bien moi qui sonnais.

Sauf que ce n'était pas mon téléphone.

C'était celui de Tyler.

Je sortis le téléphone de ma poche et regardai le numéro affiché. Quand on pense au loup, il montre le bout de sa queue, dit le dicton populaire. C'était exactement ce qui venait de se produire. Louis Brandkel était en train d'essayer de joindre son fils.

Je ne décrochai pas. Dès qu'il entendrait ma voix au lieu de celle de Tyler, il comprendrait. Donc inutile de lui donner trop d'informations avant que je ne sois prêt. J'avais des tas de gens à voir d'abord.

Dont un certain Seigneur vampire qui allait devoir désenvoûter ma petite amie vite fait s'il ne voulait pas que je lui arrache la tête. Et, cette fois-ci, ce n'était pas une métaphore.

Le téléphone se tut, puis recommença à sonner. Ah, il n'était pas très patient, le père de Tyler ! Il rappela trois fois avant de renoncer.

Mais ne laissa pas, curieusement, de message. Peut-être n'avait-il pas confiance en une boîte vocale. Pendant tout ce temps, Tyler avait regardé le téléphone comme si c'était une tarentule.

Cela me donna une idée.

– Pourquoi lui obéis-tu ? demandai-je doucement.

Tyler releva les yeux vers moi.

– Quelle étrange question ! Parce que c'est mon père.

– Mais tu sais que ce qu'il fait n'est pas bien. Il te traite, excuse-moi du mot, comme un chien. Tu l'as dit toi-même. Il ne t'échangera pas contre ma mère. Il ne semble même pas t'aimer, vu la façon dont il t'ignore et te rabaisse tout le temps. Donc je repose ma question. Pourquoi lui obéis-tu ? Tu n'as aucune obligation.

Tyler ouvrit la bouche pour répondre quand soudain son visage fut traversé par… quelque chose. Impossible de dire quoi, parce qu'il sombra dans une intense réflexion dont aucune de mes questions ne put le sortir. Je ne savais pas ce que j'avais dit, mais Tyler venait soudain de se rendre compte de quelque chose. Et du diable si je comprenais quoi.

Tout à coup, une ombre énorme le fit pâlir. Mon gigantesque grand-père était venu nous accueillir. Il m'engloutit dans son étreinte d'ours, lui qui pourtant n'était qu'un loup, mais un loup de deux cent soixante kilos lorsqu'il se transformait. Chaque fois que je le revoyais, je réalisais à quel point mon grand-père était imposant, dans des proportions qui défiaient l'imagination.

De tous les gens que je connaissais – y compris les vampires, les fées et les sorciers –, bizarrement, mon grand-père me semblait être le plus magique.

Axel et Dave, sans un mot, déposèrent Tyler à ses pieds, comme une offrande.

Ce qu'il était.

Grand-père abaissa les yeux sur Tyler et celui-ci le défia. Silencieusement. La puissance d'alpha de mon grand-père enfla, nous frappant tous comme une claque brûlante. Tyler se recroquevilla et ferma involontairement les yeux, rompant le duel. Axel ricana. Personne ne pouvait résister à un chef de meute. Mais Tyler avait essayé. Il n'était pas lâche. Ce qu'il avait voulu démontrer avec ce défi.

Satisfait, mon grand-père apaisa son pouvoir et je pus de nouveau respirer normalement. J'entendis les loups reprendre leur respiration eux aussi. Seul Axel ne réagit pas. Son pouvoir d'alpha semi l'avait un peu protégé. Chef de son clan, il était l'équivalent de mon grand-père. Même si son clan était bien plus petit et qu'il était infiniment plus jeune.

Il y eut un claquement dans les airs et Annabelle atterrit juste devant nous. À son visage, je vis qu'elle fut surprise de nous voir. Volontairement, je ne l'avais pas appelée, même si je me doutais qu'Erick lui avait fait un rapport circonstancié. Je voulais la voir face à face.

– Indiana Teller et le bel Axel. Qu'est-ce que vous faites ici ? Vous escortez le prisonnier ?

Je fronçai les sourcils. Et compris tout de suite que quelque chose clochait. Erick ne l'avait pas prévenue ?

Ce que je fis alors fut vraiment stupide. Impulsif. Irréfléchi. J'oubliai qui écoutait. Ma peur parla pour moi.

– Erick ne vous a pas appelée ? Katerina va bien ? Le Charme ne l'a pas blessée ?

Ses magnifiques yeux violets, qui dévoraient Axel, se fixèrent sur moi. Puis se plissèrent, très attentifs.

– Quel Charme ? Je n'arrive pas à joindre Erick.

Je sentis mon estomac se tordre. Je n'aurais jamais dû laisser Katerina à Missoula. Même sous la protection d'un super vampire de la Garde rouge.

J'attrapai mon portable et, sans me préoccuper des autres, j'appelai l'hôpital.

Ce fut un sorcier très agité qui me répondit.

Il avait perdu sa patiente.

Je crois bien que je lui explosai le tympan tellement je me mis à hurler fort. J'étais fou de rage et mon pouvoir d'alpha, hérité hélas sans les poils et les crocs, commença à se répandre autour de moi. Parce que je ne le contrôlais pas, il déferla sur les loups et les força à se transformer. Les fusils et les revolvers, les armures et les gilets en Kevlar tombèrent au sol avec bruit tandis que les loups émergeaient des vêtements. Que beaucoup d'entre eux avaient bousillés. Je levai le visage vers le ciel et je hurlai. Je n'avais ni la gorge ni la voix pour, mais, pour la première fois de ma vie, je hurlai comme un vrai loup et les loups me répondirent.

Grand-père et Axel avaient résisté. Stupéfaits, ils me regardaient comme si j'étais un extraterrestre. Tyler aussi avait muté, mais les liens l'empêchaient toujours de s'enfuir. Bien qu'il les mordît avec rage, essayant de toutes ses forces de se détacher.

Soudain il se retransforma, luttant contre mon pouvoir avec détermination. Dès qu'il eut récupéré une langue et une bouche capable d'articuler, il cria :

– Indiana ! Qu'est-ce qui est arrivé à Katerina ?

La panique dans sa voix me fit revenir à la réalité. Ce n'était pas en devenant fou d'angoisse que j'allais aider celle que j'aimais. Le pouvoir se dissipa, comme à regret. Je faillis tomber à genoux mais, vive comme l'éclair, Annabelle me rattrapa. Heureusement pour mes rotules.

– C'était vraiment très, très intéressant, me dit-elle, mais si tu pouvais m'expliquer ce qui se passe au lieu de hurler comme un malade, ça m'arrangerait. Et aussi pourquoi je ne peux plus joindre mon chirurgien. Ce que je n'aime pas du tout au demeurant.

Elle m'arracha le téléphone.

– Je veux savoir ce qui s'est produit, docteur, dit-elle calmement. Oh, oh, doucement. Tout d'abord, où est mon chirurgien ? Ah ? Oh, oui, je comprends. Parfait.

Elle marqua une pause tandis que le médecin lui racontait ce qui s'était passé avec lord Brandon. Je vis son visage se figer.

– Et la petite ? Hum. Une maligne, apparemment. Les deux soldats loups ne l'ont pas vue ? Hum, hum. C'est très clair. Ils remontent sa piste ? Parfait. Vous avez le numéro d'Indiana, tenez-nous au courant.

Elle raccrocha et me tendit l'appareil.

– Erick ne pouvait pas répondre parce que la petite s'est réveillée de son sommeil envoûté bien plus tôt que si elle n'avait pas été Charmée, ce qui me fait penser que mon bâtard de père a dû lui infliger un autre sort qui l'empêche de rester endormie trop longtemps. Elle a supplié Erick d'aller voir si son père allait bien. Cet imbécile a voulu lui faire plaisir, plutôt que d'envoyer une infirmière.

Ses yeux luisants d'irritation montraient à quel point elle allait lui faire regretter cet instant de faiblesse.

– En unité de soins intensifs, on ne peut pas garder son téléphone allumé. Il l'a donc éteint, raison pour laquelle je n'ai pas pu le joindre. Mais lorsqu'il est remonté pour lui dire qu'il n'y avait pas de changement, elle s'était évaporée. Apparemment, elle vient tout juste de s'enfuir. Probablement pour aller retrouver Tyler.

J'avais le regard figé de terreur. Katerina connaissait l'adresse de Tyler. Brandkel n'avait pas fermé la maison où son fils habitait pendant ses études. Nous savions, pour les avoir espionnés, que plusieurs loups de sa meute y habitaient, solidement retranchés derrière les murs épais.

Si elle allait là-bas, ils allaient la capturer. Et l'amener à Brandkel.

– Pour me retrouver, moi ? demanda Tyler qui ne comprenait plus rien. Mais pourquoi ? Elle m'a dit qu'elle ne m'aimait pas et qu'elle ne voulait plus rien avoir à faire avec *nous* ?

Je dus déglutir pour arriver à parler, la gorge irritée par mon cri. Puis je lui expliquai, à contrecœur, ce qu'avait fait Brandon.

Les loups écoutaient. Les yeux de Tyler s'écarquillaient au fur et à mesure qu'il découvrait ce que lord Brandon avait fait à Katerina.

– C'est… c'est monstrueux, bredouilla-t-il, me surprenant.

Je me retournai vers lui, amer. Il gisait, toujours ligoté, ses vêtements déchirés autour de lui, fumant dans le froid du fait de sa température bien supérieure à celle des humains.

– Je pensais que, au contraire, cela te plairait ? crachai-je, agressif.

Il m'adressa un regard sombre étrangement digne en dépit de sa nudité.

– Posséder un faux amour ? Une marionnette ensorcelée ? Tu as vraiment peu d'estime pour moi, Indiana.

J'étais bien trop en colère et inquiet pour éprouver la moindre honte. Pendant que je parlais, un à un les loups s'étaient métamorphosés et rhabillés. Puis ils enveloppèrent Tyler dans une couverture, sur un ordre de mon grand-père, après lui avoir remis ses chaussures, histoire que ses doigts de pieds ne gèlent pas.

Moi, j'étais en train d'appeler Nanny. Dieu merci, elle répondit tout de suite. Elle avait dû sortir de l'unité de soins où elle veillait sur Seamus.

– Je sais, dit-elle, Erick vient de m'expliquer. Je suis sur le parking, nous partons chez Tyler tout de… aaahhhhhhh !

Son cri me retourna.

– Nanny ! Nanny ! criai-je dans le téléphone.

Un son étouffé s'éleva. Quelqu'un qui déglutissait très fort.

– Ça va, Indiana. Erick vient de s'envoler et il a décidé de me prendre comme passagère. Sans me prévenir. Ha ha. Très drôle. Je suis sûre que cela vous a beaucoup amusé, vampire.

La réponse d'Erick fut inaudible, mais j'entendis le rire dans sa voix.

– Elle ne doit pas être loin, grogna Nanny, encore indignée. De cette hauteur je ne peux pas la repérer à l'odeur mais…

Elle s'interrompit lorsque Erick dit quelque chose, puis siffla tout bas :

– Non ? C'est vrai ? Dites donc, c'est super pratique ! Indiana ?

– Je suis là.

– Katerina est partie à pied. Erick vient de me dire que les vampires peuvent voir la chaleur des êtres humains dans le noir.

Annabelle, à mes côtés, hocha la tête.

– Ah, il dit qu'il la « voit » !

Mon cœur se mit à battre à coups redoublés. Je n'avais pas besoin de retransmettre la conversation, tout le monde avait une ouïe super développée et entendait parfaitement ce qui se passait. Et je voyais que les loups étaient aussi anxieux que moi. Ils avaient adopté Katerina, même si elle n'était qu'une humaine, et s'inquiétaient pour elle. Cela me fit absurdement plaisir au milieu de tout ce marasme.

– Oui, je la vois aussi. Pauvre petite, elle avance comme si elle était possédée, elle ne fait même pas attention aux branches !

– La compulsion peut être très contraignante, fit Annabelle. Katerina pourrait même se blesser gravement et ne pas s'en rendre compte.

– Erick va descendre doucement pour ne pas lui faire peur, annonça Nanny. Ah ! Katerina, c'est moi. Non, ma chérie, n'aie pas peur, tout va bien… nous… nous allons t'amener à Tyler.

Elle avait dit ce qu'il fallait, car j'entendis clairement la voix de Katerina :

– C'est vrai ? Vous allez me ramener à mon amour ?

Tyler réagit violemment. Je vis dans ses yeux à quel point cela le touchait. Nous entendîmes Nanny répondre :

– Absolument, ma chérie. Viens, Erick va nous faire voler. Tu vas voir, ce sera très amusant.

J'entendis des frôlements de tissu et l'instant d'après Nanny reprenait la parole.

– C'est bon. Erick l'a endormie. Nous allons rentrer à la maison. Nous pourrons bien mieux la surveiller qu'à l'hôpital.

– Attends, Nanny, j'ai une idée.

Je demandai à Annabelle :

– J'ai compris qu'il n'était pas possible d'effacer une compulsion. Mais serait-il possible d'en *ajouter* une ?

Elle me regarda avec intérêt.

– Que proposes-tu ?

– Son père est très important pour elle. Si Erick superposait la compulsion de veiller sur lui de façon à ce qu'elle soit plus forte que celle de retrouver Tyler, peut-être que cela fonctionnerait. Parce qu'elle aime vraiment son père, et pas Tyler.

Ce dernier fit la grimace. Mais Annabelle eut de nouveau pour moi le même regard que la dernière fois. Elle me trouvait intéressant. Sauf qu'éveiller l'intérêt d'un vampire était exactement ce que je ne voulais pas.

– Je pense que c'est possible, répondit Erick au téléphone à la place d'Annabelle. Je ne suis pas aussi puissant que le Seigneur, ce qui signifie que cela sera temporaire et que l'autre compulsion reprendra le dessus tôt ou tard. Mais je vais essayer. On vous tient au courant avec dame Jane Berilus.

L'espace d'un instant, je me demandai vraiment qui était dame Jane Berilus, avant de me souvenir que c'était le nom de Nanny. « Dame », hein ? Il était vraiment vieux, ce vampire…

– Je veillerai sur Seamus en compagnie de Katerina, dit *dame* Nanny à son tour. Je te rappelle dès qu'elle est dans son lit, Indiana. Pour l'instant, elle doit dormir. Nous nous occuperons de tout cela demain matin. Mais pour plus de sécurité, je vais quand même lui attacher la cheville. Elle est maligne, ta petite amie, Indiana, je n'ai pas envie de revivre une telle angoisse. Je t'aime, mon enfant. À tout à l'heure.

Je m'affaissai un peu, soulagé. Il y avait eu tellement de rebondissements depuis quelques heures que je m'attendais au pire. Que Nanny et Erick aient réussi à régler une situation porteuse d'un énorme potentiel de catastrophes était un vrai miracle. Nous n'étions pas passés loin.

– Vous devez nous aider, dis-je à Annabelle, encore tout tremblant.

– Non, répliqua-t-elle sèchement. Je ne dois rien du tout. Et certainement pas vous aider.

– C'est votre père qui est responsable de cette situation.

– Ce n'est pas mon père. Du moins, c'est juste le monstre qui a violé ma mère. Ce n'est pas tout à fait la même chose.

– Mais Katerina ne peut pas rester comme cela !

– Si. Elle va continuer à aimer ce loup à la folie. Parce qu'il n'est pas question de relâcher lord Brandon pour lui permettre de la désenchanter.

– Nous pouvons la lui amener, répondis-je en tentant de garder mon calme.

– Il refusera de la soigner, répliqua-t-elle avec une pointe de cruauté. C'est un animal – et encore, c'est une insulte pour les animaux. Il ne connaît que son plaisir, celui de posséder et de détruire. Si vous allez le voir, il vous Charmera et vous ferez tout ce qu'il voudra, y compris le libérer. Et s'il ne parvient pas à vous Charmer, parce que, bien que n'étant pas un loup, vous possédez une étrange résistance à notre pouvoir, alors il utilisera Katerina comme une monnaie d'échange. Lui contre elle. Je vous le dis, fils de meute. Cela n'arrivera pas. Jamais.

Elle posa sa main sur mon épaule et planta ses yeux dans les miens.

– Oubliez-la. Il y a des milliards d'autres filles sur cette planète. Celle-ci est perdue pour vous.

Je me dégageai brutalement.

– En dehors du fait que je ne laisserais personne, que ce soit ma petite amie ou pas, vivre toute sa vie sous l'emprise d'un Charme d'une saloperie de vampire, il se trouve que cette fille a aidé notre famille (grand-père m'avait quand même appris deux, trois trucs sur l'art de la négociation) et que nous avons une dette envers elle. *Une dette de sang*. Alors au lieu de discuter, vous feriez mieux, chasseuse, d'imaginer une façon d'obliger votre père à désenvoûter une humaine qui n'a rien fait d'autre que d'aider le peuple surnaturel !

Je poussais. Je le savais. Les vampires n'avaient pas beaucoup de patience. Axel grogna un avertissement que j'ignorai. Les dents d'Annabelle s'allongèrent.

– *Votre* dette, répliqua-t-elle. Pas la nôtre.

– Vous auriez dû éliminer ces Seigneurs vampires, chasseuse, vous le savez très bien. Est-ce parce que c'est votre père que vous n'avez pas eu le courage de le faire ?

Elle fit un pas glissé en avant. Je perçus son Charisme qui se déployait, non pas pour séduire mais pour effrayer. Cela ne fonctionna pas sur moi. J'étais bien trop en colère. À mes côtés, les loups se raidirent, prêts à intervenir. Grand-père les arrêta d'un geste. Il voyait que j'étais en train de faire quelque chose, même s'il n'arrivait pas à comprendre quoi exactement.

Heureusement. Parce que je jouais ma vie, là, pour sauver celle de Katerina.

– Ou alors, assenai-je d'un ton plein de sous-entendus vicieux, est-ce parce que vous avez des plans les concernant que vous les gardez comme des espèces d'armes fatales prêtes à être lâchées sur ceux de nos peuples qui ne vous obéiraient pas assez vite ou assez bien ? Avez-vous décidé de devenir des… tyrans ?

Je compris que j'avais tapé juste lorsqu'elle bondit si brusquement que je n'aperçus qu'une tache floue avant de me retrouver par terre, à moitié assommé et sous un corps poilu.

Axel avait anticipé le mouvement d'Annabelle, bondissant pour me protéger. Et c'était lui qu'elle était en train de mordre au lieu de moi. J'aimais vraiment mon copain semi, même si j'avais tout fait pour qu'elle me morde. Elle se dégagea brutalement, furieuse.

– Mais qu'est-ce que tu fais, espèce d'imbécile ! cracha-t-elle à Axel, la bouche cramoisie. Tu…

Soudain elle nous regarda avec une étrange expression égarée, puis s'affaissa avec la grâce d'une fleur coupée.

Sauf que les fleurs ne crachaient pas du sang en convulsant. Ou alors, il y aurait nettement moins de fleuristes dans le monde…

Grand-père et Axel l'attrapèrent parce que la violence de ses convulsions menaçait de lui disloquer le corps.

Je me relevai, interloqué, en frottant le bas de mon dos qui avait heurté le sol violemment.

– Mais qu'est-ce qu'elle a ?

– Je n'en sais rien, répondit grand-père. C'est étrange, c'est comme si elle avait absorbé une sorte de poison. Il va falloir la purger, sinon elle va en mourir ! Axel, je vais la relever. Les vampires ont une sorte de clapet dans l'œsophage, qui empêche le sang de remonter. Ils ne peuvent vomir que dans des conditions extrêmes. Tu vas donc devoir la frapper à l'estomac, très violemment, pour obliger le sang qu'elle vient d'absorber à remonter.

Le museau d'Axel se plissa à l'idée de frapper la fille dont il était amoureux, mais il hocha la tête. Grand-père remit Annabelle sur pied. En quelque sorte, car elle dodelinait comme une poupée de chiffon et que ses pieds ne touchaient pas terre. Il la plaça devant lui, comptant sur ses muscles et sa masse pour absorber le choc.

Axel se posta devant eux et, en un mouvement incroyablement rapide, il frappa.

Grand-père ne broncha pas. Annabelle se plia en deux mais ne vomit pas.

– Tu dois y aller plus fort, gronda grand-père, ce n'est pas suffisant. Dépêche-toi, elle s'affaiblit de plus en plus !

Axel respira profondément et frappa de nouveau. Cette fois-ci, grand-père vacilla. Annabelle se plia en deux de nouveau et un ruisselet de sang sortit de sa bouche. À moitié consciente, elle cracha tout ce qu'elle pouvait. Elle n'avait pas absorbé tant de sang que cela, heureusement.

Mais le poison avait un effet destructeur sur son organisme car, en dépit du traitement de choc, elle continuait à convulser, bien que plus faiblement.

– Elle est en état de choc, pronostiqua Axel. Elle a besoin de bon sang pour éliminer le mauvais. Indiana ?

Depuis que des vampires avaient fait leur apparition, je savais, à un moment ou à un autre, que j'allais me faire mordre, entailler ou blesser, bref, que quelqu'un allait me saigner. Je n'imaginais pas que ce serait mon meilleur ami.

Il attrapa son sac et en sortit… une seringue ! Je m'attendais plus à un couteau.

Il me demanda de m'accroupir et me prit du sang avec rapidité et efficacité. Puis il retira l'aiguille et tint directement la seringue au-dessus de la bouche d'Annabelle.

Les narines de celle-ci frémirent lorsqu'elle sentit mon bon sang chaud. Berk. Mais elle n'ouvrit pas la bouche. Axel dut lui insérer de force la seringue dans la bouche afin qu'elle avale.

Il recula vivement les doigts lorsqu'elle tenta de le mordre. Il l'avait empoisonnée une fois, inutile de recommencer. Apparemment, lorsque vous approchiez d'un vampire, fût-il inconscient, il tentait de vous mordre.

Charmant.

Ce ne fut pas facile, mais la déglutition était automatique chez les vampires. Lorsqu'il appuya sur le piston et que le sang coula dans sa bouche, instinctivement elle avala.

Sa peau restait froide, ce qui pour quelqu'un de mort était peut-être normal, je n'en savais rien, même si je me souvenais que lors de notre première rencontre sa peau découverte fumait dans le froid, comme celle d'un loup-garou. Et elle était livide. Les informations n'étaient pas très claires dans le livre que je venais de lire. J'imaginais qu'il avait été un peu difficile à l'auteur de dire : « Excusez-moi, monsieur le vampire, puis-je vous mettre un thermomètre dans la bouche, l'oreille ou… euh, ailleurs, afin de prendre votre température ? » Il avait donc donné une fourchette approximative, en fonction de ce qu'il avait pu constater lorsqu'il avait touché la peau d'un vampire (sa phrase était : « C'était froid avant qu'il n'absorbe du sang et plus chaud après… » puis « Arghhh ! » lorsqu'il s'était fait mordre, ce qui n'était ni très scientifique ni très exact).

Soudain, Annabelle battit des paupières et ouvrit ses magnifiques yeux violets. La rapidité avec laquelle elle comprit ce qui lui était arrivé fut fulgurante. Pas de : « Où suis-je ? » ou de : « Que s'est-il passé ? », mais un très froid :

– J'ai été empoisonnée.

– Oui, répondit Axel, s'efforçant de gommer toute tendresse de sa voix. Effectivement. J'ai voulu protéger Indiana, c'est moi que tu as mordu. Je suis désolé. Il semble que mon sang te soit nocif.

Elle se passa la langue sur les lèvres, encore tachées de carmin.

– Vous avez réussi à me purger ? J'ai mal à l'estomac.

Axel eut l'air mal à l'aise d'un seul coup.

– Désolé. Encore. J'ai dû te frapper pour te faire régurgiter. Nous n'avions pas le choix.

Elle comprit tout de suite. Hocha la tête. Voulut se relever. Renonça sagement lorsque ses jambes se mirent en grève.

– Hum. C'est violent. Tu penses réellement que cela aurait pu me tuer ?

Grand-père répondit à la place d'Axel.

– J'ai déjà vu un vampire avoir ce genre de réaction. À l'époque, je ne savais pas ce qu'il fallait faire pour l'aider. Il est mort dix minutes après avoir absorbé le sang contaminé.

Il jeta un regard dubitatif vers Axel.

– Le fait est qu'il avait également attaqué un semi renégat. Il semble que certains d'entre vous, Axel, ne soient pas très… digestes pour les vampires.

– Cela arrive très rarement, confirma Annabelle qui se remettait lentement. Nous faisons tout ce qui est nécessaire pour que le cas ne se reproduise pas.

– Comment cela ? demanda Axel, soupçonneux.

– Nous tuons celui ou celle à qui nous sommes allergiques, répondit placidement Annabelle.

Je déglutis. Axel tressaillit et grand-père réagit :

– Axel est notre allié. Ne vous avisez pas de toucher à un poil de sa fourrure où vous aurez affaire au Conseil des loups au grand complet.

La menace dans sa voix fit montrer les crocs à Annabelle, mais elle ne bondit pas sur lui, probablement parce qu'elle en était physiquement incapable.

– Je soumettrai son cas à nos Anciens, se contenta-t-elle de répondre. Mais je pense qu'un simple avis stipulant qu'il ne faut pas le mordre devrait suffire.

Elle plongea ses yeux dans ceux de mon ami et dit, avec un regret évident dans la voix :

– Quel dommage, beau semi-loup, j'aurais adoré t'avoir comme amant.

Axel plissa un peu les yeux. Je savais qu'il faisait ça lorsqu'il voulait être craquant. J'observai attentivement, histoire d'être capable de l'imiter en cas de besoin de séduction immédiate et urgente, genre pour me sauver la vie.

– Aurais ? releva-t-il d'une voix de velours. Mais qu'est-ce qui t'en empêcherait, divine Annabelle ? Ton image me hante depuis que tu as essayé de m'arracher la gorge. Moi, je ne vois rien qui m'empêche d'être avec toi… pour autre chose.

Annabelle eut un faible sourire. Elle était aussi sensible au charme d'Axel que celui-ci l'était au Charisme de la vampire.

– Je dois pouvoir mordre lorsque j'aime quelqu'un, expliqua-t-elle. C'est presque un réflexe, même si je m'alimente très peu. Je le marque, en quelque sorte ; ma salive dans son sang indique qu'il est à moi. Si je ne peux pas le mordre, c'est différent.

– La différence, jugea Axel, cela peut être bien aussi.

Annabelle haussa les épaules et se releva, parvenant, cette fois-ci, à rester solide sur ses jambes… enfin, solide était un bien grand mot.

Disons qu'elle ne se recassa pas la figure tout de suite, ce qui était un gros progrès.

– Je suis désolée, fit-elle en évitant le beau visage d'Axel qui se crispa.

Il hocha la tête, déterminé.

– Je ne renoncerai pas, tu es un bien trop intrigant mystère. Regarde derrière ton épaule, chasseuse 5, je ne serai jamais loin.

La chasseuse chassée ? Si ça, ce n'était pas une déclaration, je ne m'appelais pas Indiana. Mais cela n'affecta pas particulièrement Annabelle. Elle avait d'autres préoccupations.

Elle me fixa. Elle était encore trop faible pour activer son Charisme à plein, mais elle était suffisamment impressionnante sans. Cela dura si longtemps que je dus prendre sur moi pour ne pas m'agiter nerveusement, puis elle crispa les lèvres et se tourna vers mon grand-père.

– Je vais interdire l'accès au Centre à votre héritier, chef de meute Teller. Il n'est pas question qu'il s'approche de lord Brandon. Pour quelque raison que ce soit.

Et, avant que je ne puisse lui hurler dessus, elle s'envola.

C'était de la frime. Elle avait perdu la face devant nous et en plus nous lui avions sauvé la vie. Elle ne l'avait pas reconnu, mais elle avait une dette de vie envers nous. Son vol fut chaotique. Elle n'évita la cime des arbres que de très peu et je vous parie un million que, aussitôt hors de notre vue, elle se posa.

Crâneuse.

Axel nous regarda, salua mon grand-père, puis fonça à la suite de la vampire. Je grognai. Il avait un peu oublié que nous avions un gros… deux gros problèmes et que j'avais besoin de lui. Ah, ces semis !

Je serrai les poings avec une telle force que mes ongles me firent saigner. La faible douleur me permit cependant de retrouver mes esprits.

Alerté par l'odeur soudaine du sang, mon grand-père baissa les yeux vers mes mains, puis les remonta vers mon visage. Il m'entoura les épaules et me conduisit à la voiture tout en disant :

– Nous allons discuter de tout cela, Indiana, viens !

Je le laissai m'entraîner. Je m'étais douté de ce qu'Annabelle allait répondre. Vu la façon dont elle avait tapé sur son géniteur, elle ne lui permettrait jamais de profiter de la moindre faille pour s'échapper.

Et c'était exactement ce que j'avais l'intention de faire.

Le libérer.

Chapitre 11

Le dossier

Grand-père activa le bruit blanc dans la limousine. Personne, et surtout pas notre chauffeur et le soldat devant, ne pourrait nous écouter. Chuck et Dave étaient montés dans une autre voiture avec Tyler, et les soldats nous suivaient. C'était un véritable convoi…

– Raconte ! ordonna mon grand-père en fixant son chaleureux regard doré sur moi.

Je lui expliquai, autant que je le pouvais, l'horrible enchaînement de circonstances qui avait piégé Katerina. Depuis le moment où Seamus avait été blessé, en fait. Tout était parti de là.

Il écouta gravement. Puis hocha la tête.

– Ainsi, Tyler le louveteau a fait échouer les plans de son père. Il a raison, Indiana, Brandkel ne l'échangera pas.

Mon cœur se serra. Grand-père connaissait bien Brandkel pour l'avoir affronté, directement ou indirectement, pendant des années. Il remua un peu son énorme masse. Ce qui était le plus impressionnant, avec mon grand-père, c'était que la plus grande partie de cette masse était du muscle pur. Comme chez un taureau ou un ours. Chez un humain, ce serait très difficile, mais chez nous… enfin, chez les loups-garous, cela arrivait souvent. Comme s'il était important que la charpente osseuse et musculaire se mobilise afin de supporter un tel poids. Depuis qu'il avait été très gravement blessé, un mois plus tôt, grand-père avait pourtant maigri. Et ses cheveux, encore blonds en dépit de ses nombreuses années – les loups vieillissent bien plus lentement que les humains –, s'étaient mouchetés d'un peu de gris. Je n'étais pas inquiet pour lui. Simple humain, il y avait de grandes chances pour que je meure très, très longtemps avant mon grand-père. Mais je n'aimais pas la fatigue que je lisais dans son regard. Qu'il fixa fermement sur moi.

– Tu n'es pas revenu pour nous amener Tyler. La chasseuse a raison, tu es revenu pour le Seigneur. Servira-t-il à quelque chose que je t'interdise de le voir ?

Je fus honnête.

– Non.

– Mais vas-tu écouter ce que j'ai à te dire ?

Je fus surpris. Mon grand-père avait plutôt tendance à donner des ordres et à discuter éventuellement ensuite. Une fois que ses ordres avaient été exécutés.

– Tu es le chef de meute, j'écoute toujours ce que tu as à me dire.

– Je suis avant tout ton grand-père, Indiana. Je t'aime et je veille sur toi exactement comme j'aime et je veille sur les membres de la meute. Mais les liens du sang sont forts entre toi et moi. Tu es mon héritier, le fils de mon fils. Je le reconnais en toi. Même si tu es bien plus fort que lui.

J'en restai bouche bée. Mon père m'avait toujours été présenté comme un parfait alpha. Un loup puissant et respecté. Ce que disait mon grand-père ne collait pas du tout avec cette image. Puis je me souvins de ce qui s'était passé dans la chambre lors de sa mort. À ce moment, non, mon père n'était pas fort. Il était pathétique.

Grand-père vit ma réaction.

– Oui, tu es bien plus fort. Et plus malin aussi. Tu n'es pas un loup-garou, certes, mais, d'une certaine façon, si j'avais à parier dans un combat entre toi et un loup, même entre toi et un semi, je parierais sur toi, mon garçon. Sans l'ombre d'une hésitation.

J'étais assez content d'être assis dans la voiture, parce que là, on aurait pu me renverser d'une pichenette. Mon cœur se mit à battre plus vite. J'avais appris à me méfier des compliments, ils étaient souvent suivis de « et donc, est-ce que tu peux accomplir une mission impossible les deux mains attachées dans le dos, maintenant ? » ou « parce que tu es super intelligent, tu vas obligatoirement te ranger à mon avis, même si tu détestes ça ».

J'avais hélas raison. Grand-père ne me rata pas. Il prit direct la seconde option.

– De plus, contrairement à ton père qui ne réfléchissait pas beaucoup, toi, tu sais te servir de ton cerveau. Je vais donc faire appel à ton intelligence. Disons que tu parviens à délivrer le Seigneur. Bien. Qu'il soigne Katerina, bien que je ne voie pas pourquoi il respecterait sa parole une fois libre, mais admettons. Combien de morts accepteras-tu d'avoir sur la conscience une fois qu'il sera dans la nature ? Même pour sauver Katerina ? Est-ce qu'elle vaut cela, Indiana ? Que d'autres perdent la vie pour la sauver ? Je connais ta courageuse humaine et je la respecte. Mais je t'assure que si tu la sauves aux dépens d'autres humains, jamais elle ne te le pardonnera.

Je me penchai vers lui, sauvage.

– Tu crois que je ne le sais pas ? Que cela ne me rend pas fou ? De savoir que je n'ai que deux choix ? Soit l'abandonner à cet abject esclavage, soit la sauver et condamner d'autres à mourir ? Je le sais très bien, grand-père. Je dois voir le Seigneur. Selon ce qu'il me dira, la façon dont il réagira, peut-être que j'aurai une idée qui me permettra de la sauver. Sans risquer d'autres vies.

Mon grand-père me dévisagea si longtemps que je commençai à me sentir mal à l'aise. Puis il passa la main dans ses épais cheveux, les ébouriffant. Et, à mon immense surprise, il éteignit le bruit blanc, permettant ainsi aux deux loups devant et à ceux qui nous suivaient (oui, l'ouïe des loups était bonne à ce point) d'entendre ce qu'il disait :

– Alors tu ne me laisses guère le choix, mon garçon. Annabelle a été très claire : tu ne dois pas approcher le Seigneur. Je vais donc être très clair aussi. Je te l'interdis, Indiana. Je ne te laisserai pas mettre toute cette communauté en danger. Lorsque tu nous as prévenus de ce qui se passait réellement, nous avons demandé leurs dossiers aux vampires. Ils ont beaucoup protesté, mais comme tout cela a eu lieu sur nos terres, ils n'ont pas eu beaucoup le choix.

Il ferma ses yeux d'or un instant.

– Le pire de nos psychopathes, le pire des psychopathes humains, un Attila, un Vlad l'Empaleur sont des enfants de chœur comparés à lord Brandon. Il est l'incarnation de tout ce que nous combattons parmi les êtres surnaturels. La haine, la violence, le mépris de la vie, la destruction. Tu n'as aucune idée du nombre de victimes qu'il a fait au fur et à mesure que les siècles s'écoulaient. C'est le premier-né, l'un des descendants directs de Mordred – même s'ils le sont tous, lui a été engendré directement par le maudit mort-né. Il n'a pas tué des centaines de gens, Indiana, il en a tué des milliers et, souvent, juste pour le plaisir. Sans même goûter leur sang !

Je frissonnai, choqué par la véhémence dans sa voix. Pour un vampire, arracher la gorge de quelqu'un mais ne pas boire son sang, c'était le gâchis suprême. Cela n'arrivait quasiment jamais, parce qu'ils ne pouvaient simplement pas résister...

Sauf, bien sûr, s'ils étaient tellement gavés de sang qu'ils n'en avaient plus envie.

– Je dois lire ce dossier, me contentai-je de répondre.

Grand-père acquiesça.

– Pas de problème, dès que nous sommes à la maison, je te le donne. J'espère que cela te convaincra qu'il n'est pas question de relâcher ce monstre dans la nature.

Je m'appliquai à discipliner ma respiration. Je voulais le dossier afin de repérer les failles du Seigneur. Mais je n'avais pas renoncé à mon projet. Je sauverais Katerina quoi qu'il m'en coûte. Et si, pour elle, je devais mourir en entraînant le Seigneur avec moi, eh bien soit. De toute façon, avant d'être Charmée elle m'avait rejeté, je n'avais donc pas tant de raisons que cela de vivre.

Le reste du trajet fut un échange fourni de ce qui s'était passé au ranch depuis mon départ. À part les deux fées qui restaient introuvables, tous les prisonniers avaient été capturés, ce qui était un vrai soulagement. Le retour des trois Seigneurs avait été salué par le comité des Grands Anciens, les vampires qui dirigeaient la communauté. Ils avaient renforcé la sécurité autour du Centre, au point qu'une souris essayant de s'y faufiler avait de grandes chances de terminer en kebab. Bien cuit.

La façon dont grand-père insista sur ce dernier point me fit comprendre le message. Si j'essayais d'aller voir lord Brandon en douce, j'allais y laisser ma petite peau d'humain.

Message reçu.

Je n'avais pas l'intention d'y aller en douce.

Bien au contraire.

Grand-mère, emmitouflée dans une confortable robe de chambre de cachemire blanc à revers rouges, très élégante, nous attendait sur le seuil de notre maison. Bon, ce n'est pas exactement une maison. Plutôt un énorme manoir de type élisabéthain qui tranche franchement avec les ranchs des environs. On y trouve des tas de chambres pour les loups qui nous rendent visite, une salle de bal avec lustres de cristal et panneaux muraux peints par Boucher où dansent de jolies bergères avec des moutons ridicules. (Faites-moi confiance, il n'y a que sur ces peintures que les moutons sont mignons, blancs et duveteux. Dans la nature, ils sont jaunes, sales et bien plus teigneux qu'on ne pourrait l'imaginer.)

Ma grand-mère me prit dans ses bras. Elle n'était pas si démonstrative d'habitude, mais depuis quelque temps, depuis que j'ai un peu sauvé tout le monde, même si cela était plus un énorme coup de bol qu'une intention délibérée, elle est devenue bien plus chaleureuse avec moi. Je lui rendis son étreinte. Elle était prudente, tout comme la majorité des loups, en me serrant dans ses bras, histoire de ne pas me casser trois côtes. Les loups oubliaient souvent que je n'étais qu'humain et ne dosaient pas toujours très bien leur force. Mes côtes ne gémirent pas, mais tout juste, ce qui rendait compte de l'inquiétude qu'elle avait éprouvée à mon égard.

– J'ai appris pour Katerina, fit-elle. C'est absolument affreux ce qui est arrivé à cette enfant. J'espère que cela s'estompera avec le temps.

Ah. J'aurais dû m'en douter. Pas d'espoir de soutien de ce côté-là non plus. Je grimaçai. Mais ne répondis pas. Ce qui me valut un regard aigu de la part de mon grand-père, qui étreignit sa femme comme s'il ne l'avait pas vue depuis des mois alors qu'il venait tout juste de la quitter. J'étais toujours épaté par la force des sentiments qui liaient mes grands-parents.

Épaté et un peu envieux. Katerina n'avait pas l'air d'être aussi amoureuse de moi que grand-mère l'était de grand-père. Alors qu'ils étaient ensemble depuis des dizaines et des dizaines d'années.

– Ta chambre est prête, bien évidemment, continua grand-mère. Tu dois être épuisé.

Elle allait ajouter quelque chose lorsque les soldats arrivèrent en encadrant Tyler. Le visage de grand-mère se durcit. Contrairement à moi qui avais facilement tendance à pardonner, grand-mère était tout à fait implacable. Elle n'avait pas oublié que Tyler m'avait à moitié arraché la jambe et avait manqué de me tuer. Pas plus qu'elle n'avait oublié que le père de Tyler avait vaincu grand-père en duel, même si celui-ci avait été tronqué puisque grand-père était blessé. À cause des sales complots de la famille Brandkel, nous étions passés à un petit cheveu de l'annihilation totale.

Cela se vit dans son regard, qui vira instantanément de l'ambre chaleureux à un jaune glacial. Tyler planta ses yeux dans les siens quelques fractions de seconde, puis, prudent, baissa la tête. Bien. C'était sage. Parce que grand-mère n'aurait aucun scrupule à la lui arracher s'il manifestait la moindre bribe d'arrogance.

– Mettez-le dans la cellule spéciale, fit-elle aux soldats, alors que l'onde de son autorité de louve alpha les frappait de plein fouet. Deux gardes vingt-quatre heures sur vingt-quatre pour le surveiller, plus deux gardes à l'extérieur. Quatre patrouilles de trois, en alternance. Dave va vous briefer sur les rondes. À partir de maintenant, nous sommes en état d'alerte maximum. Ne commettez pas d'erreur. À la minute où Brandkel saura que nous avons son fils, il ne nous laissera aucun répit. Il va tout tenter pour le récupérer. Celui qui le laissera s'échapper sera puni de mort.

Tout le monde se figea, y compris grand-père. Mais personne ne discuta ses ordres et surtout pas moi. Il fallait que nous gardions Tyler, coûte que coûte. Savoir qu'ils risquaient leur tête s'ils ne faisaient pas mieux que bien leur boulot allait placer les soldats au top de leur méfiance. C'était parfait. Grand-père entérina la sentence en inclinant la tête, reconnaissant l'autorité de grand-mère. Ah, c'était donc ainsi que l'on maintenait la paix des ménages ? Par le consensus ? Je gravai l'information dans ma tête. J'apprenais beaucoup en observant leur couple.

Une fois Tyler embarqué dans les sous-sols où se trouvaient les cinq cellules de confinement (parfois, les loups devenaient provisoirement fous en se transformant et mordaient tout ce qui bougeait. Coincés sous leur forme animale, ayant perdu tout esprit humain, ils étaient enfermés dans ces cellules le temps de se reprendre), je montai à l'étage avec grand-mère. Ça tombait bien, j'avais besoin de lui parler.

Habilement, parce que je préférais qu'on aille dans son bureau, je la fis bifurquer de ma chambre vers celui-ci. Elle vit bien ma manœuvre, se contenta de hausser un sourcil inquisiteur mais me suivit.

Une fois dans le bureau, je posai mon sac et allumai le bruit blanc. Le sourcil inquisiteur de grand-mère se haussa de plus belle. Elle s'assit derrière son bureau et attendit calmement.

Son calme n'allait pas durer. J'installai ma grande carcasse sur les chaises fragiles qu'elle affectionnait et qui me donnaient toujours l'impression qu'elles allaient s'effondrer dès qu'on posait une fesse dessus, et lançai mon attaque :

– Je vais délivrer Katerina de cette compulsion.

Grand-mère me dévisagea.

– Parfait, répondit-elle après quelques secondes. Tu as trouvé une solution ? Un autre vampire peut lever la compulsion ?

– Non, seul lord Brandon le peut.

– Alors il n'y a pas de solution, Indiana, et tu le sais très bien.

– Je vais aller voir lord Brandon. Je vais parler avec lui. Et il va m'aider.

Grand-mère se pencha en avant et joignit ses mains sur le cuir doré de son superbe bureau XVIIIe.

– Non. Tu ne verras pas le Seigneur. C'est bien trop dangereux. Indiana, ces vampires sont au secret depuis des dizaines d'années. Je ne sais pas comment Brandkel a su qu'ils étaient là, et encore moins comment il a pu les convaincre de l'aider, mais tu ne dois pas les approcher. Ils sont terriblement dangereux, mon enfant. Nous avons perdu beaucoup des nôtres dans ce conflit. Je ne veux pas te perdre, toi aussi, ce serait trop douloureux.

Je sentis ma gorge se serrer. Elle ne m'aidait pas des masses, là.

Me détestant pour ce que j'allais faire, je rassemblai mon courage. Et lançai, cruel :

– Tu veux dire perdre quelqu'un que tu aimes comme lorsque tu as tué ton fils ?

Je pense que ce souvenir restera gravé dans mon cerveau toute ma vie. Sur le beau visage de ma grand-mère il y eut d'abord le choc. Ce que je venais de lui assener se fraya un chemin dans son cerveau. Puis je vis s'afficher une très profonde douleur. Si profonde que je me haïs pendant un instant de lui imposer cela. Enfin, il y eut la peur. Une peur aussi profonde que sa douleur. Et je compris que, en dépit des années, la plaie suppurait encore, empoisonnant lentement ma grand-mère, l'emprisonnant dans la peine et la culpabilité. Tous ces sentiments se succédèrent sur son visage. Elle ne put les cacher. Mais elle tenta sa chance quand même.

– Indiana, finit-elle par s'exclamer, pourtant incapable de masquer l'infime chevrotement de sa voix, mais qu'est-ce que tu racontes ?

Je fus brutal. Je n'avais pas le temps de finasser. Et je connaissais ma grand-mère : si je lui laissais la moindre chance de se reprendre, elle allait me réduire en poussière. Je ne pouvais pas lui parler de mon don, évidemment, je mentis donc, tablant sur le fait qu'elle était bien trop troublée pour déceler mon mensonge.

– *Elle* me l'a dit, répondis-je sèchement.

Grand-mère vacilla. Elle devina tout de suite qui était *elle*.

– Ta mère ?

– Oui.

– Quand ?

– Au Centre. Avant son enlèvement. Lorsqu'elle nous a assommés avec grand-père en se dématérialisant trop brutalement. J'ai repris conscience avant lui. Elle a été capable de me parler raisonnablement pendant quelques minutes. Pour me prévenir. Qu'elle n'était pas coupable. Que toi et Nanny, vous étiez là. Que tu avais tué mon père. Involontairement, certes, mais cela aurait mis en danger le statut de grand-père. Alors vous avez accusé l'humaine, la rebrousse-temps que le chagrin et la douleur avaient rendue folle…

Je laissai ma voix traîner sur ce dernier mot. J'en vis l'impact sur ma grand-mère. Elle s'affaissa.

Je sus que j'avais gagné.

Alors pourquoi avais-je un goût amer dans la bouche ?

Grand-mère n'était pas idiote. Cela faisait des semaines que j'étais censé savoir et je n'avais rien dit. Que je vienne maintenant lui balancer cette information n'était pas sans raison. Elle sauta immédiatement à la conclusion logique.

– Tu veux voir lord Brandon. Plus précisément, tu veux que j'utilise mon statut pour obtenir que tu voies lord Brandon.

– Oui.

Elle me regarda, un monde de tristesse dans les yeux. Puis posa LA question :

– Et que feras-tu si je refuse ?

Je ne flanchai pas. Je plantai mon regard dans le sien et répondis :

– Je répéterai à la meute ce que m'a dit ma mère.

Il y eut un terrible moment de silence tandis que la violence de ce que je venais de lâcher nous saisissait tous les deux.

Elle finit par hocher la tête avec une certaine admiration forcée.

– Tu dois vraiment l'aimer comme un fou, cette humaine, Indiana. Au point de faire chanter ta propre grand-mère ? Tu es comme ton grand-père : lorsque tu veux quelque chose, tu ne laisses rien t'arrêter. Ni la simple décence. Ni la faiblesse des autres.

Elle se leva et je l'imitai.

– Bien, fit-elle, allons-y.

Je restai un instant étourdi. Quoi ? C'était si simple que ça ? J'avais gagné sans même combattre. C'était trop facile. Je me méfiais, lorsque les choses étaient trop faciles. Souvent, derrière, se trouvait un horrible piège rempli de pointes acérées.

Et en dessous de toute cette crainte, je me sentais moche.

Je la suivis tandis qu'elle allait vers sa chambre pour se changer. Grand-père était dans son bureau. Pendant que grand-mère s'habillait, je m'y rendis, histoire d'une part de vérifier ce qu'il faisait, d'autre part de récupérer le dossier de lord Brandon.

Bien évidemment, j'allais bien me garder de lui dire que grand-mère et moi devions nous rendre au Centre pas plus tard que maintenant. Le gros avantage, c'était que grand-père, entre la gestion du ranch et des vaches (que nous élevions pour les exporter dans le monde entier) et la menace de la guerre des clans qui s'annonçait, travaillait quasiment vingt heures sur vingt-quatre. Du coup, je savais qu'il n'allait pas se préoccuper de ce que pouvait bien fabriquer grand-mère de son côté.

C'était aussi ça, l'avantage de vivre dans une grande maison. Parfois, pour arriver à voir les gens de ma famille, j'avais besoin de prendre rendez-vous avec eux par SMS…

J'entrai dans le bureau. J'aimais les boiseries sombres qui recouvraient le moindre centimètre carré de mur, les fauteuils profonds qui attendaient les visiteurs, l'énorme sofa de cuir clair qui accueillait la masse de mon grand-père lorsqu'il avait besoin de faire une petite sieste et que parcourir un demi-kilomètre (j'exagère à peine) pour retrouver sa chambre ne le tentait pas. La musique, dont les loups ne peuvent se passer, résonnait doucement. Wagner. Grand-père aimait beaucoup l'énergie de ce compositeur.

– Ah, Indiana ! fit-il en relevant la tête de la masse des papiers qui recouvraient son bureau et dont l'équilibre branlant menaçait d'engloutir ses visiteurs sous un mini-tsunami. Voici le dossier dont je t'ai parlé. En le lisant, tu comprendras pourquoi il est impossible de te laisser voir lord Brandon. Il te croquerait comme une noix, Indiana.

Il me tendait un épais… très épais… dossier brun, entouré d'un élastique rouge sang. Très évocateur, l'élastique.

Mais son visage était bizarre. Il y avait quelque chose. Quelque chose qu'il avait vu dans ce dossier. Quelque chose dont il ne voulait pas me parler. Lui qui en général était capable de la plus grande impassibilité avait laissé son visage exprimer sa préoccupation. Cela m'alerta.

Et plus encore. Il n'avait pas actionné le dispositif anti-écoute. Tout ce qui se passait dans la pièce était entendu par les autres. Il était en train de me manipuler. À moi de trouver pourquoi.

– Merci grand-père, fis-je sans m'étendre, je vais le lire.

Même si je pensais avoir décrypté mon grand-père, peut-être avais-je tort et pensait-il sincèrement ce qu'il disait. Mais je me méfiais de son pouvoir d'alpha et battis en retraite rapidement, le dossier sous le bras. Sa voix me figea alors que j'allais atteindre le havre du couloir.

– Indiana ?

Je m'obligeai à me retourner.

– Grand-père ?

– Je suis désolé.

Les loups alpha s'excusaient rarement. Non, ce n'était pas ça. Les loups alpha ne s'excusaient jamais. Ils avaient raison. Point. Même lorsqu'ils avaient tort.

Craignant que ma voix ne se brise, je me contentai de hocher la tête, de le saluer et de sortir, le tout sans croiser son regard. Je me dirigeai vers la chambre de grand-mère. (Ils dormaient la plupart du temps ensemble, mais grand-mère avait son espace à elle quand même. Lorsque grand-père ronflait trop et que cela la gênait, elle venait se réfugier dans cette belle pièce claire aux couleurs pastel.) En passant, je croisai mon regard bleu dans les miroirs qui flanquaient le couloir. J'y vis un grand garçon aux larges épaules, le visage tiré et fatigué (je n'avais pas beaucoup dormi depuis que Seamus avait été blessé) et aux yeux d'un bleu acier, rougis et hantés. Mes cheveux bizarres, blonds à pointes noires, comme de la fourrure de loup, étaient hérissés, probable séquelle de mon atterrissage brutal sur le derrière. Qui d'ailleurs, au passage, me faisait encore mal. J'adressai une grimace à mon image et allai retrouver ma grand-mère.

Pour quatre-vingt-douze ans, elle était bien conservée. Dans son jean, ses grosses bottes et son blouson de cuir et peau, elle faisait à peine la quarantaine. Privilège des loups-garous qui vieillissaient bien moins vite que les humains.

Mais dans ses yeux se lisait le poids des années lorsqu'elle me regarda franchir le seuil de sa chambre.

– Tu es prêt ? demanda-t-elle, son regard doré s'appesantissant sur le gros dossier que je portais.

– Oui. Tu veux que je conduise ? Inutile d'emmener trop de gens avec nous.

– Non ! répliqua-t-elle fermement. Nous prenons notre chauffeur, comme d'habitude. Nous prenons aussi une équipe pour nous protéger, y compris Chuck. J'accepte de t'aider, Indiana (elle ne précisa pas pourquoi, même si le vilain mot de « chantage » flotta entre nous quelques instants), mais il est hors de question de mettre nos vies en danger au nom de la discrétion. De plus, ton grand-père se méfierait si je partais sans escorte.

Je ne discutai pas. Elle savait sans doute très bien ce qu'elle faisait. Je me contentai de la suivre comme un gentil toutou – après tout, tant qu'elle me soutenait, c'était tout ce dont j'avais besoin. Juste avant de sortir, je récupérai un sac et plaçai dedans ce qu'il me fallait, dont plusieurs appareils indispensables à mon plan.

Parce que j'avais une sorte de plan, que j'avais l'intention de faire évoluer en fonction des évènements.

Si les loups furent surpris par notre destination (la majorité d'entre eux avait assisté à la scène avec Annabelle et savait donc que j'étais *persona non grata* au Centre), personne n'osa discuter. Chuck se contenta de hausser un sourcil surpris, mais grimpa dans la voiture d'escorte sans commentaire. Je lui en fus reconnaissant.

Dans le luxueux 4 × 4, j'abaissai la vitre de séparation afin de nous isoler, branchai le bruit blanc, puis donnai à grand-mère une partie du dossier de lord Brandon tandis que j'étudiais l'autre. Elle devait savoir à qui elle allait avoir affaire.

Il y avait des dessins. Puis des peintures. Puis des photos. Puis des films que je passai sur mon iPad.

Toutes ces images étaient monstrueuses. Toutes montraient le sadisme, la violence, la douleur à leur apogée. Mais il ne s'attaquait pas qu'aux humains. Lord Brandon aimait aussi traquer les inhumains. On le voyait éviscérer des centaures – et le rapport disait qu'il était probablement responsable de la disparition de ces étranges et si rares humanoïdes –, traquer des loups-garous, attaquer des elfes ou des sorciers. Tout ce qui pouvait avoir de la valeur à ses yeux, que ce soit la souffrance des êtres conscients ou leurs biens, il s'en emparait.

Il était terrifiant.

Je déglutis. Heureusement, grand-mère était plongée dans la seconde partie du dossier. Les sourcils froncés et le nez plissé par le dégoût, elle ne m'entendit pas.

Dans la marge, il était noté : « Surtout ne pas détruire, sa puissance pourrait être utile en cas de conflit avec les autres entités surnaturelles ou les humains. »

Ah, c'était donc la raison pour laquelle les vampires n'avaient pas voulu le tuer. J'avais eu raison. Une arme. C'était ce qu'il était aux yeux de ses pairs. Une arme si puissante qu'ils pensaient qu'elle pourrait les défendre contre sept milliards d'humains.

Comment ? C'était fou, c'était impossible. Je sentis ma résolution vaciller – probablement exactement ce que voulait mon grand-père.

Puis grand-mère émit un grognement tellement rempli de mépris que je la regardai, surpris. Elle releva les yeux vers moi et siffla, agacée, désignant un onglet rouge, annoté par grand-père :

– Brandon s'est vanté d'avoir massacré Quarantine, le village, mais c'était le travail d'un sorcier. Je le sais parce que mes ancêtres ont fait partie de ceux qui ont enquêté sur ce qui s'était passé. Un sort de mort. Le sorcier voulait utiliser les vies qu'il a soufflées afin d'acquérir plus de puissance, mais il a mal contrôlé son pouvoir et il a explosé pendant l'opération, alors que les gens étaient encore à moitié vivants. Il n'a pas été possible de les sauver, car son sort les drainait de leur sang. Lord Brandon devait être dans les parages et a sans doute profité de l'occasion pour se nourrir, mais il n'a pas tué tous ces gens.

Elle balança le dossier sur la banquette de cuir blanc.

– La moitié de ces faits n'a rien à voir avec lui. J'aimerais bien savoir pour quelle mystérieuse raison il s'est vanté d'avoir tous ces morts à son actif. Je ne doute pas un instant qu'il soit un monstre, mais... ce que je trouve bizarre, c'est que les vampires aient été crédules au point de le croire coupable d'autant de méfaits.

Elle désigna les horribles images.

– Tout cela ? C'est de la poudre aux yeux. Comme s'il avait monté un dossier contre lui-même. Personne n'aurait pu dessiner, photographier ou filmer autant de choses sur un vampire sans que celui-ci ne soit d'accord, crois-moi.

Je repris le dossier du début. Puis cela me sauta aux yeux. Sous l'horreur et le sang, soigneusement masqué, on sentait un schéma. Montrer Brandon comme le plus terrifiant des monstres, impossible à combattre et si puissant qu'il fallait le préserver à tout prix.

La vache, il était malin, ce vampire. Je regardai grand-mère, un courant de compréhension passa entre nous.

– Indiana, dit-elle gravement, je pense que c'est là que se trouve la faille de lord Brandon. Si tu veux te sortir vivant de cette aventure, vivant et avec une Katerina déCharmée, il va falloir que tu trouves ce que c'est, tu comprends ? Ce vampire aurait dû être exécuté depuis très, très longtemps.

Je hochai la tête. Seul, je n'aurais jamais pu remarquer les incohérences du dossier. Je n'étais tout simplement pas assez vieux pour savoir tout cela.

– Tu m'aides, posai-je calmement, sans masquer ma surprise.

– Je t'aime, rectifia-t-elle. J'ai l'occasion de réparer un peu l'horrible erreur que j'ai commise avec ton père. Ce n'est pas grand-chose, mais sauver l'amour de ta vie, puisque je n'ai pas pu sauver mon fils, oui, c'est une croisade qui peut compenser, un tout petit peu, ce que j'ai fait à ta mère. Ou plutôt – parce que je n'ai jamais aimé Jessica – ce que je t'ai fait à toi, mon enfant.

Ah, l'expiation. Un sentiment sur lequel je n'avais pas tablé. Mais c'était bien.

Je regardai le dossier, si complet. Et les annotations de grand-père, la façon dont il avait agencé le tout. Je sentis ma gorge se serrer.

Il savait.

Lui aussi m'aidait. À sa façon. En fermant les yeux. Si les vampires apprenaient… non, lorsque les vampires constateraient ce que j'étais sur le point de faire, ils ne pourraient pas se retourner contre lui, parce que c'était la décision de grand-mère de m'aider, pas celle du chef de clan. Les vampires ne pourraient rien contre lui.

Il avait éteint le bruit blanc. Dans la voiture, puis dans son bureau. Les loups ne mentiraient pas. Il avait bien dit que je n'avais pas le droit de voir Brandon. Et la meute confirmerait en toute honnêteté et le protégerait, parce que, franchement, les vampires, nous n'en avions rien à faire. Enfin, tant qu'ils ne s'opposaient pas à nous ou ne nous menaçaient pas.

Grand-mère hocha la tête à son tour lorsqu'elle vit que j'avais compris. Même si c'était très difficile, une louve alpha, surtout aussi puissante que ma grand-mère, pouvait, en apparence du moins, s'opposer à la politique de son mari.

Je fermai les yeux un instant, submergé par la fatigue. Tout était si… politique. Rien ne pouvait jamais être simple dans ma famille, pas de « t'inquiète pas, mon gars, on va te donner un coup de main, tout va bien se passer »… Non, c'était toujours en sous-main, indirect. Je rouvris les yeux et vis le regard inquiet de ma grand-mère. Je lui fis un mince sourire. Elle n'y était pour rien. Elle ne faisait que survivre dans le monde qu'on lui avait imposé, en quelque sorte, lorsqu'elle avait épousé mon grand-père. Et je trouvais qu'elle s'en sortait formidablement bien.

Je terminai de compulser le dossier, très concentré. Grand-mère avait raison. S'il y avait quelque chose dans ces documents qui allait me permettre de manipuler Brandon, je devais le trouver.

À tout prix.

Je commençai à voir très vaguement une ligne directrice lorsque la voiture ralentit, ce qui troubla ma concentration. Mon cœur se mit à battre plus vite. Nous étions presque arrivés.

Je parlai. Vite. Grand-mère fut si surprise par ce que je lui révélai qu'elle en resta bouche bée pendant quelques secondes. Puis se mit à réfléchir. L'intérêt étincela dans ses yeux d'or.

– Tu tiens quelque chose, Indiana. Oui !

Je me gardai de tout triomphalisme. Elle sortit l'ordinateur. Le programma. Les loups avaient bien plus de temps que les autres pour perfectionner les techniques, grand-mère était probablement l'une des meilleures hackeuses de l'époque – même si elle préférait nettement « programmatrice d'exception », qu'elle trouvait plus élégant.

– C'est fait, dit-elle avec satisfaction en éteignant l'appareil.

– Espérons que ce sera assez.

C'était un de nos loups qui gardait le portail. Il n'y eut donc pas l'ombre d'un problème : grand-mère était l'un des membres fondateurs du Centre et son principal mécène.

Et au passage sa louve alpha. Le plus compliqué fut de l'empêcher de s'agenouiller devant elle.

Les trois autres postes de contrôle ne furent pas plus difficiles à franchir, à mon grand soulagement. Nous remontâmes l'allée bordée de hauts arbres pour arriver devant le Centre proprement dit, flanqué de ses trois annexes.

Deux vampires et deux sorciers en gardaient l'entrée. Tout le monde paraissait sur les dents (ha ha) probablement parce que Annabelle avait ramené les trois Seigneurs, mais surtout parce que les gardiens n'avaient guère apprécié la déculottée que leur avaient infligée les guerriers de Brandkel lors de l'attaque, un mois plus tôt.

Même les fées vrombissaient dans la nuit alors que d'habitude ces petites pestes détestaient voler dans l'obscurité.

Pénétrer dans la chaleur du hall fut comme une claque. J'étais tellement angoissé que je n'avais pas fait attention au froid. Et il faisait vraiment très, très chaud à l'intérieur. En fait, on aurait pu poser en maillot de bain. Je me débarrassai immédiatement de mon blouson et de mon pull après avoir aidé grand-mère à faire de même (elle conserva son pull : l'élégance plutôt que le confort, sans oublier qu'elle gardait un Glock chargé de balles d'argent et de bois dans un holster dessous, tout comme j'étais armé de dagues bien dissimulées).

De nouveau, je fus frappé par le fait qu'à part une certaine odeur de désespoir et de désinfectant, l'entrée du Centre ressemblait plus à un luxueux hall d'hôtel cinq étoiles. Même si je savais très bien qu'une fois franchi le sas, derrière, se trouvaient les cellules des prisonniers, nettement moins décoratives et plus froidement pratiques.

Le dossier sous le bras, je fis de mon mieux pour passer pour le petit-fils/assistant débordé d'une louve un peu trop arrogante, attitude que grand-mère avait adoptée comme un masque dès qu'elle avait posé le pied en dehors de la voiture.

Arrogante, désagréable, intrusive. Le pauvre directeur vampire, un brun aux cheveux rassemblés en queue-de-cheval et aux yeux noirs, déjà totalement angoissé depuis qu'on avait détruit la moitié de son Centre, ne put résister plus de quelques minutes. Ses « non, milady des loups, personne ne peut voir les prisonniers, ordre de la chasseuse 5 Annabelle, de la Garde rouge » furent réduits en charpie par un impérial :

– Je ne veux pas voir *vos* prisonniers, je ne veux en voir qu'*un seul*, lord Brandon. Et je veux le voir maintenant, ou alors il va falloir expliquer à vos employés pourquoi vous ne pouvez pas payer leur salaire de ce mois parce que j'aurai stoppé les versements mensuels. Suis-je claire ?

Il n'avait pas plus de chance qu'une boule de neige en enfer. Il plia sous l'assaut et balbutia qu'il serait ravi de satisfaire « milady » et que si « milady » voulait bien le suivre, il montrerait l'aile dévolue aux Seigneurs à « milady » avec le plus grand plaisir.

Apparemment, une vieille louve alpha milliardaire était à ses yeux bien plus intimidante qu'une jeune employée SangVol, fut-elle Garde rouge. Surtout si son salaire dépendait de ladite vieille louve alpha, ce que je comprenais très bien.

L'aile où se trouvaient les trois Seigneurs ne contenait que leurs appartements. Oui, des appartements, pas des cellules comme celles des pauvres êtres qui hurlaient derrière les murs épais. Ici, pas de portes transparentes ou de barreaux ne laissant aucune intimité, comme dans les autres ailes, mais des portes d'ébène rehaussées d'argent (très abondamment rehaussées d'argent… une protection contre les loups-garous ?). Voyant ma surprise, le directeur m'expliqua que toutes les portes étaient doublées de frêne à l'intérieur, bois auquel les vampires étaient sérieusement allergiques, puis redoublées de métal (dix centimètres). Idem pour les murs, le sol et le plafond. Il n'y avait pas de fenêtre, donc aucun risque de retrouver un petit tas de cendre le matin au cas où on aurait oublié de tirer les volets. La moquette, noire et blanche, était si épaisse que j'avais l'impression qu'un animal me mangeait les chevilles. Sur les murs, dans des niches, des sculptures. J'écarquillai les yeux en me rendant compte que c'étaient des statues de vampires en train de… disons que certaines des illustrations du *Kama-sutra* étaient moins explicites. Je détournai les yeux, je devais rester concentré. Mais je trouvais quand même que c'était un très curieux environnement pour des vampires prisonniers.

Comme dans le hall, cela me faisait plus penser à un hôtel de luxe qu'à un centre de détention.

Cela dit, l'endroit était sévèrement surveillé. Des gardes étaient postés devant chaque porte. Deux. Ils les avaient perdus une fois, ils n'avaient pas l'intention de recommencer. Ici, il n'y avait pas de loups, pas un seul, ce qui me surprit. Uniquement des vampires. Ce que j'avais décelé dans le dossier revint me titiller. Je posai la question au directeur.

– Excusez-moi, fis-je aimablement, mais je croyais que les équipes étaient mixtes afin d'éviter qu'un ennemi n'exploite la faiblesse d'une race. Mais là je ne vois que des vampires…

Ce fut un hasard. Je le regardai dans les yeux lorsqu'il me répondit. Et comme j'étais aux aguets, je surpris l'infime vacillement de ses prunelles sombres. Il écarta mon argument d'un geste vague de la main et expliqua :

– Nous préférons assigner les vampires à la surveillance des vampires. Ces trois Seigneurs sont bien trop puissants, ils pourraient même hypnotiser des loups, ce que la majorité d'entre nous ne peut pas faire. Mais hypnotiser des vampires, c'est impossible. Nous sommes protégés par notre condition, justement. C'est plus prudent ainsi.

Je me contentai d'un « oh » poli.

Le directeur stoppa devant une porte plus grande que les autres, à double battant.

Et fit alors quelque chose d'inouï.

Il frappa à la porte.

Grand-mère fronça les sourcils. Et j'arrêtai de respirer. Inconscient de notre réaction, le vampire attendit poliment. Grâce à mon ouïe survitaminée, je perçus un faible « oui ? » auquel le directeur répondit dans un chuchotement.

– Des visiteurs pour milord. Si milord me permet.

– Qui ? chuchota la voix en retour.

– Milady des loups du clan Teller et son petit-fils, milord.

Il y eut un instant de silence. Puis la voix reprit, impériale :

– Fais-les entrer et qu'on ne nous dérange pas.

Le directeur s'inclina devant la porte.

– Bien, milord.

Il fit ouvrir les deux portes, nous fit signe d'entrer, puis, alors que, stupéfaits, nous obéissions, suivis par Chuck et ses quatre loups, il referma derrière nous.

Nous laissant dans la nuit noire.

Enfin *me* laissant, vu que même avec de meilleurs yeux que la majorité des humains, je n'y voyais pas à deux mètres. Grand-mère se raidit à mes côtés. Puis soudain, la lumière jaillit, nous aveuglant.

Nous nous tenions dans une sorte d'antichambre, aux meubles recouverts de tissu... rouge. En fait, la teinte des murs était aussi rouge. Comme la moquette et le plafond, très haut. Et les meubles étaient bleus. On avait l'impression tenace d'être dans un... estomac. Le tout ouvrait sur un confortable salon très, très doré, qu'on apercevait à travers une autre porte.

– Que voulez-vous ? siffla une voix glaciale qui me fit me retourner en sursautant.

Lord Brandon se tenait derrière nous ; il avait dû se faufiler dans le noir, avant d'allumer la lumière... enfin, il était derrière nous et maintenant que nous nous étions retournés, il était devant nous, se détachant, éblouissant, sur les portes noir et argent.

J'étais grand. Mais je dus lever la tête pour dévisager le géant qui me faisait face.

Dire qu'il était impressionnant est faible. Rien ne pouvait rendre justice à ce qu'il était. Ses yeux violets, les mêmes que ceux de sa fille, étincelaient d'une colère glaciale et féroce. Comme la première fois que je l'avais vu, il était vêtu de blanc, immaculé. Il était magnifique, son visage comme taillé dans le marbre le plus fin, ses cheveux bruns coulant dans son dos.

Cela fut plus fort que moi.

– Pourquoi êtes-vous si grand ? demandai-je impulsivement. Les autres vampires sont d'une taille à peu près normale, mais vous, waah, c'est impressionnant. Vous ne passez pas votre temps à vous cogner la tête ?

Je vis dans ses yeux qu'il était déconcerté. Bon, à sa décharge, c'est un sentiment que j'inspire souvent aux gens qui me côtoient, allez savoir pourquoi.

– Tu oses me poser des questions, humain ? siffla-t-il comme un serpent.

Argh. Il allait me refaire le coup du « tu oses ». On n'était pas arrivés. Je soupirai.

– Oui, j'ose. Je suis vraiment curieux de comprendre pourquoi. Et le blanc ? C'est plus salissant que le noir avec le sang, non ?

Ses yeux s'écarquillèrent imperceptiblement. Je vis passer une étrange émotion, que je ne reconnus pas tout de suite.

Il nous tourna le dos.

D'accord. Il n'avait pas l'intention de répondre, je ne connaîtrais donc pas la raison de son curieux choix vestimentaire.

Lord Brandon marqua une petite pause, puis se dirigea vers son salon doré. Très, très rococo. Il avait un sérieux faible pour les trucs torturés. Partout dans le salon ce n'étaient que statues de bronze, tableaux aux cadres dorés, pendules et cartels surchargés.

J'avoue que pour quelqu'un qui, comme moi, aimait plutôt les meubles aux lignes pures, j'avais un peu mal au cœur.

Il ne s'assit pas, continuant à nous dominer de toute sa hauteur. Ah, si c'était comme ça qu'il voulait la jouer, nous pouvions être deux. Buffy Summers et Anita Blake avaient été mes maîtres en matière de relations avec des vampires arrogants.

Je sautai sur la table.

Chuck étouffa un grognement de surprise et les loups haletèrent avant de se reprendre.

Les yeux du géant s'écarquillèrent à nouveau en voyant les empreintes boueuses maculer le bois et la somptueuse marqueterie en soleil.

– Vous êtes trop grand, expliquai-je gentiment, alors que je le dominais d'une courte tête. Je n'aime pas me dévisser le cou pour discuter. Bien, maintenant que nous sommes à même hauteur, quelles sont vos conditions pour délivrer Katerina ?

Il n'aima pas que je le surplombe. Il ne devait pas trop avoir l'habitude.

– Milady des loups, dit-il sèchement sans me quitter des yeux, votre petit-fils ne me semble pas faire honneur à la réputation de courtoisie de votre meute.

– Oui, je sais, soupira grand-mère très peu contrite, j'ai un mal fou à faire entrer les bonnes manières dans sa tête de mule. Que voulez-vous, les enfants, à notre époque !

Le Seigneur comprit qu'il n'allait recevoir aucune aide de ce côté-là. Avec un imperceptible grognement, il recula et s'assit dans un énorme fauteuil, sans doute fabriqué spécialement pour lui, tout comme nous faisions construire nos meubles pour mon grand-père.

J'évitai de sourire. J'avais gagné la première manche.

Je sautai par terre, le plus gracieusement possible, compte tenu du fait que j'avais encore sacrément mal aux fesses.

Puis je m'assis en face de lui. Il avait croisé les jambes, je fis de même. Il avait mis ses doigts en cloche devant lui, je fis de même. Je vis dans son regard qu'il savait que je savais que tout cela n'était que de l'esbroufe. Il décida donc d'aller droit au but.

– Aucune, déclara-t-il dédaigneusement. Vous avez fait ce chemin pour rien. Je n'ai pas de conditions parce que je ne délivrerai pas cette proie ! Fils de meute, vous n'avez absolument rien que je voudrais. Rien du tout.

Chapitre 12
Le marché

C'était du bluff, ce devait forcément être du bluff. Je jetai un coup d'œil rapide vers ma grand-mère, mais nos techniques de détection de mensonges ne fonctionnaient pas sur les vampires, vu que leur cœur ne battait pas. Avec une petite grimace dépitée, elle m'indiqua qu'elle était aussi perdue que moi.

Je me rencognai dans mon fauteuil. Souris au Seigneur vampire.

Puis me tournai vers Chuck et les autres loups.

– Je vais avoir besoin de parler avec lord Brandon seul à seul. Pourriez-vous nous laisser, s'il vous plaît ?

Chuck gronda :

– Je ne t'abandonne certainement pas avec ce cadavre ambulant à longues dents, Indiana, même pas en rêve.

Je serrai les mâchoires. Mon vieux copain était têtu, j'allais avoir besoin de renfort.

– Grand-mère ?

Elle hésita. C'était ce que nous avions prévu.

– Je ne sais pas si c'est une bonne id…

– Mais c'est ce que je désire, grand-mère, la coupai-je, impatient. S'il vous plaît, laissez-moi, tous.

Je la vis évaluer l'épaisseur du bois et de l'acier, comprendre qu'elle pourrait tout entendre de l'autre côté de la porte et hocher la tête. Chuck avait dû faire le même examen, car il obéit tout en grognant beaucoup et en protestant qu'il allait y laisser sa fourrure si quoi que ce soit de moche m'arrivait.

Enfin, ils partirent tous et je me retrouvai avec le Seigneur qui avait suivi toute la scène avec intérêt.

Puis je sortis un petit appareil de mon sac. Ce que j'avais emporté avec moi avant de quitter le ranch.

C'était un générateur de bruit blanc. Personne ne nous entendrait.

Enfin, c'était ce que le vampire croirait. Parce que dans la poche de mon blouson, mon téléphone était ouvert. Et en communication avec celui de ma grand-mère. Qui de fait était censée en ce moment même être en train de demander aux vampires de la conduire aux toilettes. D'où elle allait pouvoir écouter sans être espionnée. Mon *deus ex machina* à moi, prêt à intervenir si les choses allaient vraiment mal.

Il me regarda faire sans commentaire mais avec une grande attention. Alors que je lui expliquais ce qu'était l'appareil, je remarquai que pour un type censé avoir été isolé depuis une centaine d'années, il paraissait parfaitement comprendre ce que j'étais en train de faire. Hum.

– Alors comme ça je n'ai rien du tout à vous offrir en échange ? fis-je en reprenant la conversation d'un ton étonné alors que l'appareil se mettait à pulser, nous isolant, mais sans couper la communication avec grand-mère, puisque le téléphone était à l'intérieur du champ et utilisait ensuite les ondes radio pour en sortir. Je pensais, je ne sais pas, moi, que la liberté serait un véritable enjeu pour un prisonnier…

Il montra ce qui l'entourait.

– J'ai tout ce dont j'ai besoin ici. Je n'ai aucune envie de me retrouver dehors de nouveau. Le monde… le monde est bien trop… bruyant.

C'était étrange, mais il paraissait absolument sincère.

– Alors pourquoi vous êtes-vous évadés tous les trois il y a un mois ?

Son regard violet se fit songeur.

– J'étais… curieux.

D'accord. J'étais surpris. Mauvais. Je devais absolument anticiper ses réactions et, pour l'instant, ce n'était pas du tout le cas.

– De quoi ?

– De qui, plutôt, rectifia-t-il. Ce Brandkel. Il voulait… il veut mener à bien une sorte de croisade contre les humains.

Il s'interrompit. Se figea dans une immobilité si parfaite qu'on aurait dit une statue de chair. C'était impressionnant au point de me mettre mal à l'aise. Il était facile à présent de comprendre à quel point les vampires étaient… morts. Ou du moins très peu vivants.

– Et ? fis-je au bout d'un long moment de silence.

– Les humains sont notre nourriture, répondit-il avec arrogance.

Puis il pointa son long doigt blanc sur moi et précisa :

– Vous êtes notre nourriture. Croyez-vous sincèrement que j'allais laisser empoisonner notre nourriture ? Mais mes deux… compagnons n'ont pas compris la raison de notre évasion. Ils ont été un peu trop gourmands. Et la Garde rouge a envoyé cette SangVol.

Il cracha ce dernier mot comme on cracherait un bout de fruit pourri. Cela m'éloignait de Katerina, mais je voulais avoir aussi ce renseignement. Je demandai donc :

– Qu'est-ce qu'un SangVol ?

Je crus qu'il n'allait pas me répondre, mais il était en colère et voulait partager son indignation.

– Un Sang Volé. Parce qu'ils volent le sang des vampires en quelque sorte, en naissant alors qu'ils ne sont pas prévus. Ils n'apparaissent qu'une fois tous les deux ou trois siècles environ. Il est très rare qu'un vampire puisse mettre une humaine enceinte. Je n'ai pas été assez prudent. J'aurais dû tuer la mère.

Et voilà. Il disait ça comme s'il parlait d'éliminer une puce qui le gênait. Je grimaçai mais il m'ignora.

– Cette fille, cette SangVol, est l'un des êtres les plus puissants que j'ai jamais rencontrés. Avoir été un fœtus pendant aussi longtemps lui a permis d'accumuler bien plus de force et de pouvoir que n'importe qui. Elle est l'arme dont avaient besoin les vampires. Le fait qu'elle m'ait vaincu en est la preuve.

– Leur arme pour quoi ?

Il ne me répondit pas. J'embrayai à toute vitesse :

– Cela signifie-t-il qu'ils risquent de penser qu'ils n'ont plus besoin de vous ?

– Pourquoi pensez-vous qu'ils l'ont envoyée ? répliqua-t-il spontanément.

Il avait répondu trop vite. C'était une erreur. Je le compris immédiatement et lui aussi. Je vis la première manifestation d'agacement tordre ses lèvres.

– Mais si vous ne vous étiez pas évadé ?

– Ils m'auraient obligé à l'affronter, quoi qu'il en soit.

Prudent, il n'en dit pas plus. L'entretien prenait un tour totalement inédit. Je m'étais préparé à rencontrer un monstre qui allait tenter de me tuer, me manipuler, me tromper, etc., et je faisais face à un être troublé qui semblait avoir… peur.

– Pourquoi avez-vous Charmé Katerina ? Alors que vous ne désiriez pas être libre ? Si je ne peux pas vous proposer la liberté en échange de sa guérison, qu'est-ce que vous attendez de moi ?

Sa réponse fusa :

– Que vous tuiez la SangVol !

Je ne sais pas si ce fut sous l'effet de la fatigue, du stress ou de l'injonction du dément en face de moi, mais le décor surchargé se brouilla un instant devant mes yeux. Je respirai profondément, histoire de ne pas tomber dans les pommes devant le vampire, ce qui n'allait pas arranger mes affaires.

– Tuer votre fille ?

– Ce n'est pas ma fille. C'est un monstre contre nature.

Il surprit mon regard ironique. Un monstre jugeant un autre monstre.

– Je ne tuerai personne.

– Alors dites adieu à votre amie.

Je lui souris. Il se figea. Je pense qu'il n'aimait pas mon sourire.

– Vous savez, en matière de chantage, fis-je d'un air détaché, vous ne savez pas très bien choisir vos victimes. Parce que faire chanter le maître chanteur, en fait, c'est un peu notre spécialité dans la famille.

– Ce qui veut dire ?

– J'ai lu votre dossier.

Il haussa un sourcil.

– Et ?

– Et j'ai découvert un fait fascinant. Comment se fait-il que personne ne se soit rendu compte que vous étiez capable d'hypnotiser les vampires ?

Ce fut si rapide que je n'eus pas le temps de réagir. L'instant d'avant, je narguais un redoutable prédateur, confortablement assis dans mon fauteuil. L'instant d'après, nous étions, le fauteuil et moi, jetés à travers la pièce et ledit redoutable prédateur s'apprêtait à m'égorger. J'eus juste le temps de hurler :

– Le dossier informatique partira chez les vampires dans la seconde si vous me tuez !

Ses dents se figèrent alors qu'il tenait ma jugulaire dans son énorme mâchoire. Je sentais sa langue râpeuse comme celle d'un chat contre ma peau.

Et je vous assure que je ne bougeai pas d'un millième de millimètre.

Produisant un effort que je sentis comme si j'étais dans sa tête, il ne me mordit pas. Me souleva jusqu'à ses yeux comme une poupée de chiffon en dépit de mes quatre-vingts kilos et gronda, tous crocs dehors :

– Quel dossier ?

– Celui que ma grand-mère va poster sur Internet. Si je ne désactive pas l'envoi, il partira dans quelques minutes.

– J'ai le temps de te tuer et de tuer tout le monde dans cet endroit avant que tu ne commences même à crier.

– Peut-être, mais le dossier partira quand même. Une fois que les vampires auront compris comment vous les avez eus pendant toutes ces années, ils vous feront exécuter comme un chien. Et Annabelle sera ravie de se charger de la besogne, croyez-moi…

Il planta ses yeux, non plus violets mais d'un rouge brillant tant il était fou de rage, dans les miens et son Charisme se déploya comme une arme de velours. Son terrible pouvoir m'enveloppa, si fort, si puissant que j'eus l'impression de le respirer. Enfin, c'était un bien grand mot parce que je manquais un brin d'oxygène, là…

– Tu vas m'obéir, me Charma-t-il. Tu vas me donner le code. Et ensuite je te tuerai et tu me remercieras.

Je m'efforçai de réfléchir, c'était difficile. J'inspirai péniblement, m'obligeai à discipliner ma voix, comme si son pouvoir ne me faisait ni chaud ni froid.

– Ça, ça va être difficile, répondis-je. Remercier quelqu'un après avoir été tué, je veux dire.

Et j'ajoutai au cas où il n'aurait pas compris :

– Parce qu'une fois qu'on est mort, on ne parle plus des masses.

Il me regarda comme si une seconde tête avait poussé à côté de la première.

– J'ai dit que tu allais me donner le code et…

– Oui, j'ai entendu ce que vous avez dit, et ma réponse est : même pas en rêve.

Il me reposa, stupéfait.

– Tu résistes à mon Charisme ? Personne ne résiste à mon Charisme !

Je me frottai la gorge. Je sentais encore la pression de ses dents sur ma peau. Et les vampires bavaient lorsqu'ils s'apprêtaient à mordre, ma chemise et mon pull étaient mouillés. Désagréable.

– Oui, c'est aussi ce qu'a dit Annabelle. Et comme elle a réussi à vous vaincre, j'en ai déduit que si j'avais réussi à lui résister à elle, j'allais aussi vous résister à vous.

Je me gardai de dire que cela avait été un sacré pari, raison pour laquelle, en fait, je n'avais pas le code. C'était grand-mère qui l'avait. Au cas où je n'aurai pas du tout résisté.

Il se ramassa comme un énorme fauve et je constatai que ses griffes avaient poussé, jusqu'à former de véritables lames. Ah, je ne savais pas que les vampires pouvaient faire cela. À moins que ce ne soit réservé aux descendants directs de Mordred, raison pour laquelle le fait n'était pas mentionné dans le petit livre que j'avais lu.

Il allait me tuer. Je le vis dans son regard. Je me détendis et remis le fauteuil d'aplomb pour m'asseoir paisiblement, comme si je ne savais pas que le fauve en face de moi était sur le point de me mettre en pièces.

– Bien, maintenant que nous avons les termes d'un futur marché, voyons comment nous allons parvenir à un accord.

Ma voix était froide et parfaitement maîtrisée. Un marchand parlant à un autre marchand. Je croisai les jambes et mis mes doigts en cloche. Sans rien dire d'autre, mais un sourcil levé pour bien faire comprendre que j'attendais une semblable courtoisie de la part de mon interlocuteur.

Petit à petit, je vis disparaître la rage insensée du visage de Brandon. Rage qui fit place à une certaine perplexité.

– Tu n'as pas peur de moi, gronda-t-il.

– Oh ! mais si, répondis-je d'un ton fatigué. Vous me terrorisez. Mais l'intégrité de la femme que j'aime est bien plus importante pour moi que ma peur.

Ses lames se rétractèrent. Il se redressa. Je ne poussai aucun soupir de soulagement. Cela n'était que le premier round et je n'étais pas encore sûr de savoir qui de nous deux l'avait gagné.

– Je pourrais te torturer. Personne ne résiste longtemps à la douleur. Tu me dirais très vite ce que je veux savoir.

– Sans doute, mais pas en quelques minutes. Le dossier sera parti depuis longtemps lorsque vous m'arracherez le code. Et j'ai l'habitude de la souffrance. J'ai été élevé par des loups, vous vous souvenez ? Je résisterai suffisamment longtemps, croyez-moi.

J'avais mis toute ma force de conviction dans ma phrase. J'en pensais le moindre mot. Il le sentit.

Il attrapa son lourd fauteuil comme si c'était une chaise d'aluminium léger et s'assit face à moi. Me dévisagea si longtemps que si la fatigue n'embrumait pas mes facultés, ce qui n'était pas franchement le moment, j'aurais fini par m'agiter, mal à l'aise. Comme je ne réagissais pas, il finit par prendre la parole :

– Tu désires négocier ? Tu tues la SangVol, tu ne divulgues pas ce que tu as appris en échange de quoi je libère la proie ?

– L'humaine, l'être conscient, la jolie fille, ma petite copine, choisissez, répondis-je sèchement. L'appeler « la proie » n'est pas une option. Pas plus que pour moi d'essayer de tuer une chasseuse qui pourrait me croquer en deux secondes.

Il hocha la tête, presque admiratif.

– Pour un être aussi jeune, tu es incroyablement arrogant. Et malin, oui, je te l'accorde. Quels sont les termes de l'accord ?

– Vous libérez Kat. Je garde votre secret.

– Insuffisant, déclara-t-il en dardant ses yeux encore rouges sur moi. Tu ne tues pas la SangVol mais tu la mets en position de faiblesse afin que je la tue.

J'ouvris la bouche pour refuser mais une vue directe sur ses très longs crocs soudain découverts m'en dissuada. Il siffla, agressif :

– Ce n'est pas une proposition. C'est une condition. Sans cela, tu peux dire au monde entier ce que tu as découvert, cela m'indiffère. Je vis avec ce poids depuis si longtemps que ce sera sans doute une délivrance de m'en débarrasser. Sans compter que je peux disparaître. Les vampires ne me retrouveront que si je le veux bien. Et toi, tu ne me retrouveras jamais. Ta Katerina restera amoureuse de Tyler pour le reste de sa vie.

J'ignorai sa provocation, car il venait de confirmer ce que je soupçonnais depuis que j'avais vu le luxe dans lequel il vivait.

Lord Brandon n'était pas prisonnier. Ne l'avait sans doute jamais été. Le Centre était sa confortable résidence, dont il sortait sans doute aussi facilement que moi de ma maison.

Formidable.

Tout cela me menait vers un futur bien moche. Trahir une alliée afin de sauver mon amour. Je détestais ma vie. Et décidai de mettre ma foi dans la puissance d'Annabelle. J'allais jouer ma vie et la sienne sur ce pari.

J'inclinai le menton.

– Nous avons un accord. Je vous livre Annabelle et vous délivrez Katerina. Je vous amène les deux…

Il se leva comme un grand chat gracieux, interrompant ma déclaration solennelle.

– Oh, mais non, fit-il, cela sera nettement plus amusant dehors. Je viens avec toi !

J'aurais dû m'en douter. Lorsque mes adversaires pouvaient me causer le plus de problèmes possible, ils ne se gênaient pas. Me balader avec un géant vêtu de blanc comme M. Roark, le dandy de l'île Fantastique, de deux mètres cinquante de haut avec les dents d'un tigre, oui, absolument, personne n'allait nous repérer.

Je désignai son immense carcasse, ironique.

– Vous ne passez pas précisément inaperçu.

– Les humains ne me voient que si je le désire, répondit-il avec dédain. Mon Charisme peut me dissimuler.

Soudain, avec une rapidité qui me laissa pantois, le géant rapetissa pour devenir une jolie fille blonde aux grands yeux bleus qui me regardait avec gourmandise.

– Salut beau gosse, dit-elle d'une voix chaude qui me fit passer des frissons dans le dos.

Glurps. Mais pourquoi les vampires utilisaient-ils tout le temps la séduction, c'était frustrant à la fin ! Mais c'était intéressant. Il ne pouvait pas me Charmer, mais il pouvait me tromper. Je fixai la fille jusqu'à en loucher, mais son image ne vacilla pas. Elle sourit lorsqu'elle comprit que je ne voyais pas le géant derrière le corps délicat.

Il réapparut si vite que j'étais encore en train de sourire bêtement à son nombril lorsqu'il dissipa l'image.

– Alors ?

– C'est… c'est très convainquant. Très bien, vous venez avec moi. De toute façon, vous êtes libre de circuler comme vous le désirez, alors autant que je vous garde sous la main…

Il se retransforma, mais, à mon grand soulagement, cette fois-ci en un type banal, passe-partout. Moyen en tout. De taille, de traits, de caractère. On ne voyait même plus les terrifiants yeux violets sous les insignifiants yeux bruns. C'était impressionnant et je compris mieux comment il parvenait à se dissimuler aux yeux de ses proies. Comme un tigre dans les hautes herbes, le prédateur possédait un camouflage parfait. Nous, les humains, n'avions aucune chance.

À part notre nombre.

Il me fit signe de passer devant lui. Je n'aimais pas trop avoir un vampire dans le dos, mais je n'avais pas le choix. Je le précédai, des frissons dans la nuque sur laquelle je sentais peser son regard. Je savais qu'il n'avait pas renoncé à me transformer en sandwich. Le tout était de savoir s'il allait y parvenir avant ou après avoir délivré Katerina. C'était une course entre nous deux.

Nous retrouvâmes grand-mère, iPad en main, le doigt posé sur « enter », prête à envoyer le dossier plus tôt si nécessaire. Il restait cinq minutes avant l'envoi automatique.

– C'est bon, grand-mère, lui dis-je, je vais désactiver le dossier pour les deux prochaines heures.

Elle releva le doigt, faisant comme si elle était déconcertée par la présence de l'individu falot derrière moi. Puis ses narines frémirent et elle blêmit.

– Je vois un homme brun et moyen, mais je sens l'odeur du Seigneur, dit-elle d'une voix blanche. Quelle est cette sorcellerie ?

Le directeur et les deux gardes vampires la regardèrent comme si elle était devenue subitement dingue.

– Quel homme brun ? fit poliment le directeur.

Je vis le visage de lord Brandon. Il était extrêmement concentré. D'une part, il donnait aux loups et à moi-même l'illusion d'un homme normal et, d'autre part, il trompait le directeur et les vampires en leur dissimulant sa présence.

De la frime.

Mais de la frime très impressionnante. Comme tout le personnage.

Grand-mère toisa le directeur vampire.

– Non, rien, dit-elle, hautaine. Nous pouvons y aller. Mon petit-fils et moi vous remercions, monsieur le directeur.

Avant de repartir, grand-mère me donna le code, maintenant qu'elle savait que je ne pouvais pas être hypnotisé, et nous l'entrâmes ensemble, le dissimulant à la vue de tous. Le Seigneur avait beau prétendre se moquer qu'on révèle qu'il manipulait les vampires depuis des siècles, je ressentis tout de même son soulagement lorsqu'il se sut tranquille pendant deux heures. Du coup, je me demandai ce que les Grands Anciens lui feraient s'ils découvraient son étrange capacité à les traiter comme de vulgaires humains et à leur faire faire ce qu'il voulait.

Leur réaction impliquerait sans doute pas mal de sang et de hurlements. Et serait définitivement mortelle pour lord Brandon.

Je ne doutais pas qu'il allait tout tenter pour m'arracher le code entre-temps. Il regardait l'ordinateur comme si c'était l'objet le plus admirable de la création.

– N'essayez pas de le détruire ou de vous en emparer, lui glissai-je au passage. Cela ne servirait à rien, le dossier n'y est pas stocké. Il est déjà dans les serveurs.

Le sentant se raidir, je compris que c'était exactement ce qu'il avait envisagé. J'avais donc évité une action sans doute violente envers ma grand-mère, ce dont je me félicitais. Quoique grand-mère ne soit pas du genre à se laisser faire, face au vampire géant nous n'avions que peu de chance en combat. Même si, sous son pull, se cachait le Glock 9 millimètres, armé de balles de bois et d'argent en alternance. L'argent blessait les vampires presque autant que les loups-garous, même si seul le bois les tuait. La décapitation fonctionnait aussi. Et depuis quelques heures, je pouvais ajouter « l'empoisonnement au sang d'Axel » à la liste de ce qui pouvait détruire un vampire.

J'aimais bien cette liste.

Si ni les vampires ni les sorciers de garde ne décelèrent le Charisme de Brandon, les fées, en revanche, le virent très bien sous son déguisement. Elles s'agglutinèrent autour de lui comme autant de gracieuses libellules, gazouillant de leurs petites voix aiguës. Apparemment, elles aimaient beaucoup le vampire. Celui-ci leur souriait et les saluait, c'était fascinant.

Ainsi les petites pestes étaient au courant de la supercherie. Mais elles s'étaient bien gardées de donner l'alerte. Avec quoi les avait-il achetées ? L'information était précieuse. Si je devais partir à la chasse aux vampires millénaires, je devrais m'associer avec une fée. De préférence sur qui je pouvais compter, ce qui était presque impossible…

Le directeur s'inclina à s'en faire un lumbago afin de nous saluer et afficha son soulagement lorsque nous franchîmes enfin le seuil de son établissement.

– Comment faites-vous lorsque vous n'êtes pas là ? demandai-je à Brandon.

– J'ai mis une compulsion. Ils ne pénètrent pas dans ma cellule tant que je ne suis pas de retour, répondit-il.

Il était fort à ce point. Plus le temps passait et plus je me disais que cette association était une très mauvaise idée. Puis l'image de Katerina affolée passait devant mes yeux et ma résolution se renforçait.

Dans la voiture, j'expliquai à grand-mère tout ce qui s'était passé et l'accord passé avec le Seigneur. Si elle pinça les lèvres avec inquiétude, ce fut le seul signe de son désaccord.

– Repartons directement à l'aéroport. Nous ne pouvons pas mêler ton grand-père à tout ceci, dit-elle à l'attention des oreilles des loups et du Seigneur, dès que j'eus terminé mon rapport.

Puis elle se tourna vers le Seigneur et gronda :

– Jusqu'à présent, les loups ne se sont jamais penchés sur votre cas. S'il arrive la moindre chose à mon petit-fils, je mangerai votre cœur, vampire ou pas vampire, est-ce clair ? Vous êtes sans doute très fort. Mais mes loups ont votre odeur, votre déguisement ne trompe que notre vue. D'ici quelques heures, nous aurons tous partagé cette odeur. Quel que soit l'endroit où vous vous cacherez, nous vous retrouverons. Et la Meute vous fera payer.

C'était comme une incantation. Une déclaration si forte qu'elle nous saisit.

Le Seigneur la regarda avec une certaine surprise. Il ne devait pas vraiment avoir l'habitude de se faire menacer de la sorte. J'avoue que moi aussi, j'étais surpris. J'oubliais parfois que, sous son apparence de belle femme, ma grand-mère restait une louve, une chasseuse impitoyable pour sa proie. Le vampire dut le sentir également, car il inclina la tête, comme on salue un adversaire valeureux.

Je ne souris pas. Mais j'en avais envie. À ce moment, je pardonnai beaucoup de choses à ma grand-mère. Elle venait peut-être de m'offrir un sursis.

Le trajet jusqu'à l'aéroport fut animé. Nous devions mettre un plan au point afin d'attirer Annabelle à l'hôpital au moment où le Seigneur y serait.

– Mais comment voulez-vous que je l'affaiblisse ? demandai-je. Qu'est-ce qui peut affaiblir un vampire ? Enfin à part le frêne, le chêne ou l'argent, comme pour les loups ?

Il me montra une petite fiole emplie d'un étrange liquide rouge qui bougeait comme mu par une vie propre, dérangeante. Mais lorsque je tendis la main pour la prendre, il recula et la rangea prudemment. Ah, la confiance ne régnait pas.

– C'est ce que j'ai utilisé pour m'en débarrasser lorsqu'elle a réussi à avoir le dessus. Cela a été fabriqué par un sorcier. C'est un très puissant explosif. Lancez-le contre sa poitrine. Cela la sonnera suffisamment pour que j'aie le temps de la tuer. Et alors, nous serons quittes.

– Vous délivrez Katerina d'abord, imposai-je.

– Après, répondit-il.

– Vous ne tiendrez pas votre parole. Je n'ai aucune confiance.

– Pas plus que moi.

Nous étions dans une impasse. L'un comme l'autre, nous savions que le but était de ne pas tenir parole. Je n'avais pas envie de tuer Annabelle et il n'avait pas envie de délivrer Katerina. Cela l'amusait-il d'avoir une humaine à sa merci ?

– Je resterai en otage, intervint soudain grand-mère.

– Pardon ?

Je fus moins poli :

– Quoi ?

– Vous soignez Katerina, répondit grand-mère au Seigneur. Je reste à vos côtés, comme garantie. Mon petit-fils vous amène Annabelle. Il lance le produit, vous vous battez avec elle et le meilleur gagne.

Elle n'avait pas dit qu'il gagnerait. Juste que le meilleur gagnerait. Mais, affaiblie par la potion, Annabelle serait-elle vraiment capable de lutter contre le géant qui l'avait engendrée ? Vu l'état dans lequel elle était lors de leur dernière bagarre, j'avais de gros doutes.

Et surtout, j'espérais du fond du cœur que tout cela n'était pas encore un plan super compliqué de la part de Brandkel ou, pire, du Seigneur, pour nous faire faire quelque chose que nous allions amèrement regretter par la suite.

Il fallait que je parle au Grand Conseil des vampires, et vite fait. Mais, bien évidemment, comme le Seigneur avait demandé à m'accompagner, je ne pouvais pas les contacter. C'était un malin, lui aussi.

Ah, et il fallait aussi que je hurle sur ma grand-mère pour avoir proposé un plan aussi débile, comme si risquer la vie de Katerina n'était pas suffisant.

Je lui jetai un regard noir. Par lequel elle répondit par un petit sourire suffisant genre « tu n'es pas le seul à être capable de courir des risques, mon garçon ».

Le Seigneur nous observa avec attention puis sourit.

– Un otage, désarmé, ligoté qui ne pourra pas s'enfuir. En plus de la délicieuse Katerina à qui je n'hésiterai pas à rompre le cou si tu n'obéis pas, fils de meute, oui, cela me convient. Je guérirai ta dulcinée. Tu m'aideras à tuer ma Némésis. Et tout ira pour le mieux dans le meilleur des mondes.

Je dressai l'oreille. Sa « Némésis » ? Pourquoi voyait-il Annabelle comme une épée de Damoclès pendue au-dessus de sa tête ? Il me fallait de l'information, bon sang !

– Pourquoi vous êtes-vous mis tous ces massacres sur le dos ? C'est quand même curieux comme forme de promotion, non ?

Il cligna des yeux, surpris par le changement de sujet. Puis répondit :

– J'ai… disons que j'ai commis quelques erreurs au début de ma « carrière ». J'ai viré Berserker.

Il vit notre regard vitreux et expliqua :

– C'est un vampire qui perd l'esprit et se noie dans un lac de sang. De n'importe quel sang. Humain. Surnaturel…

Sa voix était nostalgique ou je rêvais ? Je réprimai un frisson.

– Hélas, j'ai tué les mauvaises personnes au mauvais moment. Dont certains vampires affiliés à de puissantes maisons. J'ai dû fuir. Ensuite, la seule solution était d'accumuler tellement de puissance que les vampires eux-mêmes allaient avoir peur de moi. Ce ne fut pas très difficile. Partout où régnaient la guerre et le chaos, j'étais là. Au bout de centaines d'années, blessé lors d'une embuscade, je découvris que je ne brûlais pas en m'exposant au soleil. Cela doubla mes capacités de survie. Puis, lors d'un autre assaut de vampires mercenaires payés par l'une des maisons pour avoir ma tête, je découvris que je pouvais hypnotiser les vampires. Mais pas tous, hélas ! Je ne peux pas asservir les plus puissants, les plus vieux, les plus forts comme moi. Heureusement, ma réputation avait grandi au fil du temps jusqu'à me désigner comme le plus dangereux, le plus imprévisible des nôtres. Celui qu'il fallait préserver à tout prix lorsque la guerre avec les humains éclaterait…

Grand-mère étouffa un hoquet. Je me redressai. Il nous regarda, tout content d'avoir balancé sa bombe.

– Quelle guerre avec les humains ? grondai-je, l'estomac soudain retourné.

– Celle qui va inévitablement se produire lorsqu'ils se rendront compte que nous massacrons autant des leurs pour nous nourrir. À plusieurs reprises, nous avons stoppé l'évolution des humains. Avec la grande peste de 1347, nous avons réussi à tuer la moitié de la population européenne, soit vingt-cinq millions d'humains, puis avec la grippe espagnole de 1918, nous en avons tué plus de cent millions et infecté un milliard. Nos vampires travaillent dans les plus grands laboratoires du monde entier. Si la guerre éclate, nous aurons besoin de toutes les ressources afin de libérer les virus qui tueront les humains, jusqu'à ce qu'ils ne constituent plus une menace mais qu'il en reste assez pour que nous ayons un cheptel diversifié.

J'avais le cœur qui battait à deux cents pulsations minute. C'était tout moi, ça. Je voulais juste sauver ma petite amie et je me retrouvais dans un complot mondial impliquant un quasi-génocide. Bon, cela dit, vu la tête de ma grand-mère, je n'étais pas le seul à tomber des nues.

Elle alla droit au but.

– Et ces fameux virus, grogna-t-elle, je suppose qu'ils n'affectent pas les vampires mais les autres races, les sorcières, les fées, les elfes, et nous, les loups ?

La réponse fusa.

– Oh vous, vous crèverez avec les autres, bien sûr. Vous êtes trop humains, les virus s'attaquent à vous aussi.

Voilà. Ça, c'était fait. Et cette fois-ci je reconnus le sentiment qui passa dans les yeux marrons. Ce que je n'avais pas identifié la première fois dans son antichambre rouge.

Il s'amusait.

Tout cela le réjouissait. Je savais qu'il avait eu peur lorsque je l'avais menacé, il n'avait pas travesti ce sentiment-là. Pas alors qu'il s'apprêtait à m'égorger. J'avais envie de le tuer mais je me contentai d'ironiser :

– Et c'est là que vous nous dites que vous êtes un allié précieux parce que vous êtes contre ce plan dément ? demandai-je.

– Pas du tout, me détrompa-t-il avec aisance. Je m'en fiche totalement.

Il vit que j'étais déconcerté par sa réponse et rit.

– Moi, je suis le danseur dans l'ombre, celui qui surgit, frappe et s'évanouit dans la nuit. Toutes ces histoires de contrôle, de génocide, cela ne m'intéresse pas. Si mes pairs veulent tuer presque tout le monde, tant qu'il me reste à manger, c'est tout ce qui m'importe. N'oublie pas, fils de meute, nous sommes quasi immortels. Nous ne pensons pas en années, nous pensons en siècles !

Il nous sourit encore plus largement, laissant pointer ses crocs.

– Bien évidemment, ce que je viens de vous dire fait partie de l'accord. Pas question que vous en parliez. Si vous le faites, milady des loups, fils de meute, ce sera moi qui vous traquerai et qui mangerai vos cœurs. Sommes-nous clairs ?

Ne me fiant pas à ma voix, je me contentai de hocher la tête tandis que grand-mère le dévisageait avec colère.

– De plus, insista-t-il, si les Grands Anciens vampires apprennent ce que je vous ai dit, ils lâcheront le virus tout de suite. Parce qu'ils savent très bien que vous, les créatures surnaturelles, ne les laisserez pas faire.

Il avait hélas raison. Dans quel horrible merdier je venais de placer ma famille ! Si je divulguais cette information, j'allais mettre le monde surnaturel dans une terrifiante situation. Car tels que je connaissais les loups, ils allaient aussi immédiatement proposer de tuer les vampires. Jamais ils n'accepteraient qu'une telle menace plane sur leurs têtes.

Formidable. Non seulement nous étions en guerre entre nous, mais en plus, maintenant, nous allions déclarer la guerre aux vampires !

J'avais l'impression d'avoir le cerveau en feu. En dehors des considérations politiques, il restait un fait indéniable.

Si la menace d'un génocide était patente – enfin, si l'on en croyait un vampire à moitié fou caché depuis des dizaines d'années dans un centre de détention –, il n'en restait pas moins une évidence à mes yeux.

Il allait falloir tuer lord Brandon.

Avant qu'il ne nous fasse la peau.

Chapitre 13

L'enfant

Les hélicoptères nous attendaient à l'aéroport. Le Seigneur plissa le nez devant le métal et l'odeur des engins.

– J'irai plus vite en volant, grogna-t-il, je vous attends à l'aéroport de Missoula.

Devant nos yeux, il relâcha son Charisme et le géant vêtu de blanc réapparut, faisant sursauter les loups.

Ils avaient du mal à s'y faire. Bon, OK, moi aussi.

À peine avait-il disparu qu'Axel, les yeux écarquillés, surgit de l'ombre, un gros paquet dans les mains.

– Le vent soufflait de l'autre côté, dit-il sans nous saluer, je n'avais pas compris que c'était le Seigneur. C'est incroyable, je pensais que c'était un humain !

Ah, lui aussi s'était fait avoir.

– Nous en parlerons dans l'hélico. Qu'est-ce que c'est ? demandai-je en désignant le paquet.

– J'ai fait des courses, répondit Axel avec un regard malin. J'ai… emprunté deux ou trois trucs dont tu pourrais avoir besoin à ton grand-père.

Sachant que personne ne pouvait « emprunter » quoi que ce soit à mon grand-père sans que celui-ci soit parfaitement au courant, j'en déduisis que grand-mère lui avait fait un rapport circonstancié des exigences du vampire et que grand-père avait réagi en conséquence. J'ouvris le paquet. Ce qu'il y avait à l'intérieur me fit venir le sourire aux lèvres. Oui. Mon grand-père, tout autant que Brandkel, était un maître du jeu. Lui aussi savait anticiper. Je refermai le paquet et, d'un même mouvement de tête, remerciai et grand-mère et Axel.

Je pouvais reprendre espoir. Nous avions encore une chance de nous en sortir.

À peu près en vie.

À présent qu'il avait lâché sa bombe sur les Grands Anciens qui préparaient un génocide, lord Brandon pensait que nous ne les contacterions pas. Que nous aurions peur qu'ils nous infectent avec le virus si nous étions au courant.

Il avait tort. Ce n'étaient pas des menaces imprécises et étayées par ce qui me semblait être du grand n'importe quoi qui allaient m'empêcher de poser les questions qui fâchaient. Parce qu'il avait commis plusieurs erreurs. Sans doute trop sûr de lui et peu habitué à avoir affaire à des gens qu'il ne pouvait hypnotiser...

Mon téléphone sonna. C'était grand-père.

– Je suis dans mon bureau, personne n'écoute, fit-il. Tu peux parler ?

Je m'écartai de mon escorte suffisamment pour qu'ils ne puissent pas entendre et confirmai à grand-père, qui reprit :

– Ta grand-mère a appelé un peu plus tôt officiellement afin de dire que vous partiez à Missoula ; il va falloir vous dépêcher, nous avons une visioconférence avec Brandkel pour lui parler de son fils dans quatre heures.

Ouch. J'avais oublié. Trop de choses, trop de pression. Gérer tout devenait compliqué.

– Oui, mais avant, dis-moi ce que grand-mère t'a dit exactement à propos de ce que veut Brandon.

Il me fit un compte-rendu exact. Et, comme moi, pointa les incohérences de l'histoire débile de Brandon.

– Ils auraient créé et propagé la peste puis la grippe espagnole ? Ça, c'est du grand n'importe quoi. En 1347, personne sur cette planète n'avait la technologie ni les connaissances nécessaires, pas plus qu'en 1911. Il t'a pris pour un imbécile ou quoi ?

Je m'étais posé la question. Les vampires avaient-ils tellement l'habitude de se considérer comme tout-puissants qu'ils en étaient venus à croire leurs propres mensonges ?

– Je pense qu'il est fou, répondis-je lentement. Qu'il a inventé tout ce qu'il nous a dit. Mais je ne peux pas en être sûr. Je voulais contacter le Grand Conseil des vampires, lorsque je me suis dit que tu aurais bien plus de poids que moi pour obtenir des réponses. Pour les leur arracher, plutôt.

Et je lui expliquai le plan que j'avais mis… OK, essayé de mettre au point. Et qui souffrait probablement de nombreuses failles. Il en souligna la première immédiatement :

– Tu as conscience que si cela échoue et qu'il s'échappe, tu vas te faire un ennemi absolu de lord Brandon ? Il n'a pas émis cette menace à la légère, Indiana. Tu es sûr que tu veux que je leur en parle ? Parce que je peux me contenter d'échanger des informations avec eux sur lord Brandon sans mentionner ces histoires de virus.

Il laissa passer un peu de temps.

– Ou d'hypnose.

Je n'avais pas le temps.

– Oui, j'en suis sûr. Tu as vu à quel point ils ont dissimulé tout ce qu'ils savaient sur Brandon et les deux autres Seigneurs ? Au point de nous mettre en danger en ne nous prévenant pas alors que nous étions à leurs trousses. Ils ne donneront pas ces informations si facilement. De plus, soyons clairs, de toute façon, dès que Brandon aura libéré Katerina et que nous aurons désactivé l'envoi de son dossier, nous serons à ses yeux les seules personnes sur terre au courant de son petit talent. Combien de temps crois-tu qu'il nous laissera en vie ?

– Cinq minutes ?

– Une, pas plus… Autant que tout le monde soit au courant, il aura plus de mal à éliminer complètement ceux de sa race… s'il en a le pouvoir et le désir.

Les turbines de l'hélicoptère commencèrent à tourner et j'eus du mal à entendre ce que répondit grand-père.

– Très bien. Je vais suivre tes recommandations. Je vais parler au Grand Conseil, de New York, confirma-t-il au milieu du sifflement aigu. Visioconférence, comme je te l'ai dit, dès que tu auras atterri. Réglons d'abord le problème Tyler/Brandkel, qui devient soudain moins important, désolé pour ta mère. Et ce, avant d'aller soigner Katerina à l'hôpital. Tu as besoin d'informations avant d'affronter le Seigneur, Indiana, ne commets pas l'erreur d'y aller sans préparation.

Je n'en avais pas l'intention. Il m'avait trop bien élevé pour cela.

Il raccrocha. Grand-mère, Axel et moi avions beaucoup à nous dire et le voyage ne fut vraiment pas une perte de temps. Chuck mit même son grain de sel dans la conversation et ses suggestions n'étaient pas, pour une fois, aussi balourdes que d'habitude.

Tout tourna autour de la délivrance de Katerina. Pour le reste, le génocide et le fait que les vampires nous menaçaient nous aussi, grand-mère et moi décidâmes qu'il était trop tôt. Nous aurions bien le temps de nous occuper de cela plus tard. De toute façon, pour l'instant, nous ne pouvions rien y faire. Axel n'avait pas participé à la bagarre contre lord Brandon très longtemps, car ce dernier et Annabelle s'étaient envolés pour se taper dessus dans les airs. De plus, il avait été attaqué presque tout de suite par l'un des autres Seigneurs. Brandon ne savait donc pas à quel point Axel pouvait être incroyablement rapide – probablement presque autant que lui, puisqu'il avait réussi à vaincre Annabelle.

Enfin, dans la mesure où la maligne demoiselle ne s'était pas laissé vaincre volontairement, ce que je me gardai bien de dire à mon ami et professeur.

Axel restait donc notre joker, notre carte secrète. Et le Seigneur ne lui faisait pas peur.

Nous avions terminé de nous torturer l'esprit afin d'envisager toutes les solutions et je ne pus m'empêcher de bâiller.

Ces derniers jours, tout s'était enchaîné à une vitesse hallucinante. Après avoir eu un mois de tranquillité pour laisser guérir ma jambe, profiter de l'amour de Katerina et réfléchir à la façon de récupérer ma mère, tout s'était soudain écroulé. Entre le père de Katerina,

Tyler, lord Brandon, la menace du génocide des humains – et de notre race par la même occasion, enfin de la race de mes ancêtres loups –, je n'avais pas eu un instant de répit.

J'avais donc toutes les excuses du monde pour être fatigué.

Je ne sais pas si j'avais rêvé, mais je sursautai lorsque grand-mère me secoua le plus doucement possible. Nous étions arrivés. Je ne m'étais même pas rendu compte que l'hélicoptère s'était posé.

Maîtrisant de mon mieux mes bâillements, je laissai à l'intérieur ce qui restait du paquet que m'avait remis Axel.

Lord Brandon était là.

Et il n'avait pas l'air content. Je déglutis. Mettre en colère ce monstre était la dernière chose dont j'avais envie. Pas parce que j'avais peur de lui… OK, si, j'avais peur de lui… mais aussi parce qu'il était le seul qui pouvait sauver Katerina d'un abject esclavage émotionnel.

– Vous avez mis beaucoup de temps, gronda-t-il, tandis que les employés de l'aéroport regardaient avec fascination ce géant vêtu de blanc nous apostropher.

– Je croyais que vous deviez être discret ? siffla ma grand-mère en le toisant sévèrement, ignorant la remontrance avec une royale indifférence. Reprenez votre autre forme ! Tout de suite !

– Ce n'est pas si agréable que cela de se dissimuler sous le Charisme, répliqua le vampire. Je vais juste effacer de leurs petits cerveaux l'image qu'ils ont de moi. Y allons-nous, milady des loups ?

Il passa devant les employés et murmura quelque chose. Aussitôt, ceux-ci se désintéressèrent de nous. C'était fascinant. Sacré pouvoir. J'étais bien content que les loups y soient insensibles. Même si le vampire pouvait tromper leurs yeux, il ne pouvait tromper leurs cerveaux et leurs odorats. Bien.

Il ne fut pas ravi d'apprendre que nous n'allions pas directement à l'hôpital. J'argumentai qu'il allait falloir faire venir Annabelle, même si je savais qu'elle était retournée à l'hôpital elle aussi, retrouver Erick. Je me gardai de lui donner cette précieuse information. Je n'avais pas envie qu'il lui tombe dessus alors qu'elle n'était pas sur ses gardes, le pensant bien enfermé.

Il ne restait qu'une demi-heure avant notre visioconférence. Je voulais garder le vampire à l'œil mais, d'un autre côté, il fallait parler avec mon grand-père pour obtenir les informations dont j'avais besoin. Heureusement, les smartphones étaient capables de miracles pour sauver la peau de l'humain que j'étais. Grand-père m'envoya le fichier audio et vidéo par téléphone et Brandon, par une autre sorte de miracle, se contenta de survoler notre voiture. Isolé du bruit, à l'intérieur de la limousine, je pus regarder ce que m'avait envoyé grand-père.

Les vampires me faisaient face. J'entendais la voix de grand-père, mais je ne le voyais pas.

En revanche, j'avais un angle parfait sur les Grands Anciens. Ils étaient tous comme Brandon. Des géants. Très étonnamment, il n'y avait pas de femmes. Les vampires, dernier bastion du machisme ? Ou alors, les vampires de l'époque n'avaient pas créé de femmes vampires, juste des hommes, afin de s'entourer de troupes puissantes ? Moi qui avais été bercé par les livres d'Anne Rice et sa toute-puissante reine des vampires, j'avoue que j'étais un peu déçu.

Même par le biais de la mauvaise image pixélisée, je pouvais ressentir leur pouvoir. Les voir était terrifiant. Visages blafards et peaux tendues. Dents souvent découvertes, comme si leur âge avait fini par retrousser leurs lèvres. Leurs yeux étaient noirs, à croire que la couleur n'avait pu résister au passage du temps, et plusieurs d'entre eux avaient les cheveux totalement blancs. Ou plus du tout de cheveux. Alors qu'ils étaient de toutes origines, ils étaient étrangement semblables. Ils fixaient mon grand-père comme s'il était un insecte nuisible qu'ils auraient découvert sous leur tasse de café. Et Dieu qu'ils avaient l'air de s'ennuyer !

Grand-père ne m'avait pas envoyé le début de leur discussion. Il était passé directement à l'essentiel.

– J'ai besoin d'informations sur le Seigneur Brandon. Quelles sont ses faiblesses, comment le vaincre, particulièrement si on est un humain. Et enfin pourquoi vous l'avez laissé en vie. Parce que si vous avez un virus qui peut décimer les trois quarts de l'humanité, je ne vois pas bien pourquoi vous auriez encore besoin de lui.

Il avait dit cela d'une voix tellement aimable et paisible que les vampires mirent un peu de temps à comprendre.

Ou alors, ils étaient tellement vieux qu'ils étaient sourds.

Soudain, leurs yeux éteints étincelèrent. La transformation fut impressionnante. Quelques secondes auparavant, on sentait qu'ils n'étaient pas loin de bâiller. Là, ils étaient sur le point de mordre. Mais ce qui me frappa, ce fut la surprise que je pus lire sur tous les visages.

Ils n'étaient pas surpris d'avoir été démasqués. Ils étaient surpris tout court.

– Qui vous a dit une chose aussi stupide ? fit enfin l'un d'entre eux, l'un des vampires qui n'avait pas de cheveux, en se penchant vers la caméra comme s'il avait envie de la saisir et de l'étrangler.

La voix de grand-père était parfaitement calme.

– À votre avis ?

Un silencieux courant circula entre les vampires. Ils étaient perplexes. Qu'est-ce que le chef de clan sous-entendait ?

– Nous n'avons pas pour habitude d'extrapoler, répondit sèchement le chauve. Et encore moins de raconter des histoires de science-fiction. Donc nous n'avons aucun avis sur l'identité de celui ou de celle du peuple surnaturel qui a bien pu vous souffler une telle ineptie.

Le peuple surnaturel. Le vampire sous-entendait que le coupable était forcément un elfe, un sorcier ou une fée. Pas un vampire. La voix de mon grand-père se fit glaciale. Il n'aimait pas trop qu'on le prenne pour un imbécile.

– Celui qui nous a informés est pourtant bien un vampire. Votre arme fatale. Celui que vous gardez précieusement au lieu de l'avoir exécuté pour ses crimes il y a des dizaines d'années.

Cette fois-ci plusieurs vampires se penchèrent, soudain en alerte.

– Lord Brandon ? s'exclama l'un d'entre eux, un homme massif qui ressemblait presque plus à un troll qu'à un vampire, tant ses traits épais exprimaient la sauvagerie d'une nature bestiale.

– Effectivement.

– Quand lui avez-vous parlé ?

– Il se trouve en ce moment avec mon petit-fils. À Missoula.

Ce fut un véritable choc, qui se lut sur les visages des vampires. Vraiment curieux : j'aurais pensé que des types vieux de plusieurs centaines d'années seraient capables de dissimuler leurs pensées. À moins qu'ils ne soient si puissants qu'ils n'en aient pas besoin ?

– Vous nous déclarez la guerre ? laissa lourdement tomber un autre vampire, avec de longs cheveux d'argent. Vous avez libéré lord Brandon ? Il est votre allié ? Contre nous ?

On sentait de l'incrédulité dans sa voix, mais surtout un sentiment qui m'inquiéta bien plus : de la peur.

– Ce n'était pas utile, répondit mon grand-père, lord Brandon n'a jamais été prisonnier. À part les Anciens que vous êtes et apparemment Annabelle, il est capable d'hypnotiser les vampires, qui lui obéissent comme des petits toutous. Il a transformé le Centre en hôtel de luxe et en sort à volonté. Ce qui explique pourquoi les habitants du coin souffrent d'anémie récurrente. Pour un vampire fou, je le trouve étonnamment raisonnable. Pendant ces cent ans, il a été très discret. Il n'a pas décimé les populations, et nous, qui habitons près du Centre, n'avons jamais été alertés par quoi que ce soit d'anormal.

Il marqua une pause, histoire que les faits rentrent bien dans le crâne des vampires.

– Mais, Seigneurs du Grand Conseil, nous nous éloignons du sujet principal de mon appel. Cultivez-vous des virus capables de décimer les loups, les humains ou les autres surnaturels, oui ou non, et acceptez-vous, en échange des précieuses informations que je viens de vous dévoiler, de nous expliquer comment vaincre et tuer lord Brandon ?

C'était très intelligent, ce que venait de faire grand-père. Il aurait pu faire du troc, dire qu'il savait quelque chose sur lord Brandon et l'échanger contre les informations. Mais là, il avait tout lié. Les virus, le Seigneur, l'hypnotisme. Sans rien demander en échange, juste de la bonne volonté.

J'avais encore du boulot pour devenir aussi malin que lui.

Les vampires se consultèrent du regard. Ils se connaissaient tellement bien et depuis si longtemps que les mots n'étaient plus utiles. Il y eut d'imperceptibles mouvements de paupières, de lèvres ou de doigts. Celui qui était chauve se tourna vers la caméra.

– Ce que vous venez de nous dévoiler est primordial pour la sauvegarde de notre peuple. Un vampire capable d'hypnotiser d'autres vampires est une abomination que nous ne pouvons laisser vivre, que ledit vampire nous soit précieux ou pas. Par conséquent, nous allons vous aider, du mieux que nous le pouvons, à vaincre lord Brandon.

– Parfait. Et pour les virus ? insista grand-père qui ne lâchait jamais une proie.

– C'est complètement stupide, ainsi que mon estimé Seigneur Decarus vient de le dire, laissa tomber un autre Ancien, brun aux yeux presque rouges. Des vampires travaillent dans des laboratoires, c'est exact, mais uniquement pour vérifier que ces imbéciles d'humains ne vont pas justement relâcher de semblables virus dans l'atmosphère. Nous avons déjà évité plusieurs crises, notamment dans certains laboratoires de Biélorussie ou du Kazakhstan. Risquer de nous priver de notre unique source de nourriture est tout simplement dément comme perspective. Même si les humains apprennent notre existence, nous nous placerons sous leur contrôle comme espèce menacée de génocide.

Grand-père dut marquer sa surprise car le vampire eut un fin sourire.

– Croyez-vous que nous n'avons pas pensé à notre insertion dans le monde des humains, nous qui avons toujours vécu en marge, dans son ombre ? La préparation. Là est le secret. Depuis des années, nous avons de puissants lobbies prêts à entrer en jeu pour nous, en échange de notre soutien et de notre argent. Ce sera bien plus efficace que de tuer tout le monde ! Et nous savons à quel point les humains ont peur de la mort. Nous pouvons leur proposer la vie éternelle. Les politiciens ne résisteront pas. Les stars de cinéma ou de télévision non plus. Cela leur semblera tellement romantique. Nous avons préparé tout cela depuis longtemps en autorisant les films et séries sur notre race. *Dracula*, *Twilight*, *True Blood*. Nous n'avons plus peur des humains. Nous sommes prêts.

Oui, froidement énoncé ainsi, cela paraissait logique. Des tas de clubs gothiques célébraient leur mythe. Les humains auraient sans doute bien moins peur des vampires que des loups-garous.

Alors pourquoi Brandon avait-il sorti cette incroyable histoire ? Tout cela me paraissait de plus en plus tordu. Et lorsque je pensais tordu, je pensais Louis Brandkel, qui était, à ce jour, l'être le plus sournois et dangereux que j'aie jamais rencontré.

Je réprimai un frisson. Si, effectivement, Brandkel et Brandon travaillaient main dans la main dans cette histoire, notre planète était très mal partie.

– Merci pour cette confirmation, fit gravement mon grand-père, j'avoue que je suis soulagé. Notre meute a bien des soucis à affronter, une guerre avec les vampires n'était pas ce que nous souhaitions…

Ah. Subtil. Il laissait entendre que si les vampires lui avaient menti, il n'hésiterait pas à entrer en guerre contre eux. Les vampires le sentirent bien et se raidirent, mais il ne les avait pas menacés spécifiquement, ils laissèrent donc couler. Et se vengèrent d'une autre façon, subtile menace contre subtile menace.

– À propos de lord Brandon, vous disiez qu'il était avec votre petit-fils ? C'est lui qui devra l'affronter ? Le non-loup ?

Je tressaillis tant le mépris était perceptible dans la voix du vampire. Grand-mère posa une main apaisante sur mon bras, Axel renifla avec dédain. Je respirai profondément et expirai ma colère. Tout cela s'était passé plusieurs heures auparavant, inutile de m'énerver sur un enregistrement.

– Oui, répondit sobrement grand-père. Il est plus fort que vous ne le croyez.

– Serait-il Gilgamesh que cela ne changerait rien, précisa le vampire sans cheveux, qui devait être bien plus vieux que je ne le pensais, avec des références pareilles – moi, j'aurais dit Hulk ! Aucun humain, aucun loup ne peut vaincre lord Brandon. Il est bien trop puissant. Seule la SangVol, Annabelle, porteuse de ses gènes, fœtus développé pendant des dizaines d'années, consacrée dans le sang et par la mort de sa mère, dont elle a absorbé l'essence en naissant, est capable de le vaincre. L'a déjà vaincu. Ni l'argent ni le bois ne peuvent plus pénétrer dans la chair morte de ce Seigneur, bien trop gorgée de sang et de magie. Il est invulnérable. Pourquoi pensez-vous que nous l'avions enfermé ?

– Sauf que vous ne l'avez jamais enfermé.

– Mais nous ne le savions pas ! Il est tellement dangereux que nous n'avions aucun espoir de le tuer un jour : même le feu ou le soleil sont impuissants contre lui. Puis, lorsque Annabelle est née, nous avons compris qu'il venait de commettre sa première erreur en un millier d'années. Enfin, à part avoir tué plusieurs de nos fils.

Trois des vampires, dont le vampire bestial, remuèrent. De nouveau, très marqué par mes lectures sur les vampires qui les représentaient comme des êtres dénués de sentiments, je fus surpris de ressentir leur tristesse. Ils avaient souffert de la mort de leurs enfants – ou créations, ou amis, ou quoi qu'on dise pour des êtres engendrés par la mort.

À moins qu'ils n'aient été vraiment leurs enfants, leur sang, qu'ils avaient transformés afin de ne pas les perdre et de faire perdurer leur famille à travers les siècles ? Quoi qu'il en soit, cela restait une mauvaise nouvelle. Si ni le bois ni l'argent ne pouvaient pénétrer le corps de Brandon, comment allais-je faire pour le tuer ? Parce que je n'avais aucun doute sur le fait qu'il était en train de jouer avec nous.

Et que, lorsqu'il arrêterait, nous mourrions.

– Donc, résuma grand-père, seule Annabelle la SangVol peut vaincre son père. Mais justement. C'est son père. Acceptera-t-elle de le tuer ? Sa première mission était de le ramener.

– Nous allons changer les ordres. Et nous avons veillé à ce qu'elle le déteste en lui donnant accès à son dossier alors qu'elle était très jeune. Les images ont forgé sa détermination, elle sait qu'il est un monstre. Elle n'hésitera pas.

Donner ce dossier plein de sang et de douleur à une enfant. Des monstres jugeant un monstre. Formidable d'être un vampire.

Ils discutèrent pendant encore quelques minutes et arrêtèrent un plan. Grand-père y apporta les améliorations que j'avais suggérées lors de mon appel de l'aéroport.

Ils allaient appeler Annabelle pour la prévenir.

Maintenant, la seule chose qui nous restait à faire, c'était d'arriver à sauver la vie de Katerina, de ma grand-mère et accessoirement la mienne lorsque Brandon se rendrait compte que nous l'avions trahi. En espérant qu'il était assez fou pour ne pas imaginer que nous avions contacté les Grands Anciens en dépit de ses étranges avertissements.

Il y avait tant de choses à régler. Mais pour l'instant, je devais me concentrer sur la pénible épreuve qui m'attendait.

Affronter Brandkel et l'obliger à nous rendre ma mère. Contre son fils.

Le trajet ne fut pas très long. En fait bien trop court à mon goût. Même si Tyler avait essayé de me tuer, je détestais ce que j'étais obligé de faire. Son père était vraiment un pauvre taré.

Lorsque je sortis de la voiture, Brandon se posa devant moi. C'était impressionnant et, l'espace d'un instant, je lui enviai ce don. Voler. Sans ailes, sans machine, j'aurais adoré. Mais bon, pas au prix d'une transformation en mort-vivant, non merci. Le regard du Seigneur se fit dédaigneux lorsqu'il vit la grande maison que grand-père, toujours excessif, avait achetée afin que je puisse faire mes études à l'université de Missoula. Pourtant elle était plutôt jolie, mais apparemment pas assez pour sa Seigneurie.

– Vous… vivez là ? fit-il d'un ton méprisant.

Personne ne lui répondit. Il renifla. Puis demanda :

– Il serait peut-être temps d'appeler la SangVol, non ?

– Oui. Je le fais tout de suite.

Mon téléphone était déjà prêt. Je sélectionnai son nom. La voix onctueuse d'Annabelle résonna :

– Chasseuse 5 ? fit-elle.

– Chasseuse, c'est Indiana Teller à l'appareil. Nous revenons du ranch. Êtes-vous à l'hôpital ?

– Non, répondit sèchement la vampire. Mais je dois y retrouver Erick d'ici une heure. Nous avons essayé de réduire la compulsion, sans succès. Ce maudit monstre l'a complètement subjuguée, elle ne comprend même pas où elle se trouve tellement c'est fort. J'ai peu de compassion pour les humains en règle générale, mais là, j'avoue que je n'aime pas du tout ce qui se passe.

– On se voit tout à l'heure, alors, dis-je.

Et je raccrochai.

Satisfait, lord Brandon nous suivit tout en commentant :

– La SangVol se fait du souci pour ton amie, quelle aberration. Les SangVols sont incapables d'émotions, ce ne sont que des machines à tuer !

Il paraissait sincèrement indigné. Si je n'avais pas eu tant de soucis, cela aurait même pu me faire sourire tant cela me semblait ridicule.

À l'intérieur de la maison chaleureusement décorée de bois doré et de tapis colorés, Nanny nous attendait, digne et grave, les traits tirés par le chagrin. Elle nous avait donné des nouvelles de Seamus et celles-ci n'étaient pas bonnes. Encore une raison de m'inquiéter. Celles de Katerina n'étaient pas meilleures. Sur ordre de grand-père, ils l'avaient retransférée à l'hôpital, deux heures plus tôt. Nanny avait dû mettre deux loups devant sa porte, mais aussi sous sa fenêtre, parce que si la compulsion de protéger son père avait pris le dessus pendant quelques heures, malheureusement son obsession pour Tyler était revenue très vite. Elle avait essayé de s'échapper par tous les moyens. Erick n'avait pas fait dans la dentelle : après qu'elle avait failli se tuer en passant par la fenêtre, il l'avait carrément attachée à son lit. Nanny avait été prévenue de l'arrivée de notre invité inattendu et, à l'hôpital, avait pris ce qu'il fallait pour le Seigneur. Des poches de sang qu'il contempla avec une certaine stupeur.

– Après les douze humains dont vous vous êtes gavés avec vos amis, ironisa grand-mère, je pense que vous ne devez pas avoir très faim. Mais nous avons, au cas où, préparé un encas. Désirez-vous que nous réchauffions le sang au micro-onde ? Nous vous le porterons en haut, dans votre chambre. Pour l'instant, nous avons d'autres affaires à régler. Merci de suivre notre gouvernante.

Le vampire s'inclina, contraint par la politesse glaciale de grand-mère.

– Non merci. Je n'ai besoin de rien.

Il suivit le dos raidi de Nanny, puis, juste avant de quitter l'entrée, ajouta, vaguement menaçant :

– Du moins pour l'instant… Alors un conseil : ne me faites pas attendre trop longtemps.

Une fois qu'il fut dans sa chambre, l'air nous sembla un peu plus léger. Grand-mère descendit l'écran afin que nous puissions tous participer à la visioconférence. Très vite, l'écran se divisa en trois. Nous voyions notre propre image à droite, celle de grand-père qui nous salua gravement à gauche et, au-dessus, un carré vide et noir.

Soudain, celui-ci s'anima. L'image s'éclaircit et je faillis pousser une exclamation de détresse.

C'était bien Louis Brandkel, son visage à moitié défiguré par le feu. Une femme qu'il tentait de dévorer n'avait pas voulu se laisser faire (ce que je comprenais, ô combien !) et l'avait gravement brûlé avec un tison de son feu de camp. Depuis, il conservait ce stigmate, incapable de se régénérer comme le font normalement les loups-garous. Il nous contemplait de ses yeux dorés et froids. Et, à côté de lui, se tenait quelqu'un que je connaissais bien.

Serafina.

Je n'arrivais plus à respirer. Serafina. La louve magnifique dont j'avais été si amoureux. Celle qui avait fait de mon adolescence un véritable enfer, entre haine et vénération. Probablement l'une des plus belles filles de l'univers. Un corps de top model, long, parfait, des cheveux d'or pur, de magnifiques yeux pailletés d'or, un visage à faire se pâmer Botticelli.

Et une âme de vipère.

Et encore, ce n'était pas sympa pour la vipère.

Elle nous contemplait, impériale, vêtue d'une très courte robe noire qui dévoilait ses jambes interminables, un somptueux collier de diamant à son cou. Debout, à la droite de Brandkel.

Mais moi, je la connaissais bien. Si les autres se laissèrent émouvoir par sa magnifique et parfaite apparence, je décelai l'infime tremblement de ses doigts sur le tissu de sa robe griffée haute couture. Et, dans ses yeux d'or, je lus une panique, une peur qui me firent mal. Elle avait choisi. Entre notre meute et celle de Brandkel. Elle avait préféré le pouvoir à l'amour, la puissance à l'amitié. La trahison à la confiance. Et, de ce que je voyais, elle avait compris qu'elle n'avait pas fait le bon choix.

À mes côtés, grand-mère se raidit. Elle n'avait jamais beaucoup aimé Serafina. Mais que la jeune louve se soit alliée à Brandkel pour tenter de nous anéantir l'avait mise dans une terrible colère. Elle braqua son regard glacial sur elle. Qui le lui rendit avec indifférence. Elle se fichait bien de grand-mère.

– Eh bien, grasseya Brandkel en s'adressant exclusivement à grand-père, nous voilà donc réunis pour… pour je ne sais pas très bien quoi, d'ailleurs. Tu n'as pas été très clair dans ta proposition de négociation, vieux loup. Tu te rends, c'est bien ça ?

Grand-père ne réagit pas à l'insulte.

– Pas exactement, répondit-il paisiblement. En fait, je suis avec quelqu'un qui aimerait te parler.

Et Tyler apparut à côté de grand-père.

Le visage de Brandkel se tendit. Il se leva à moitié. Je vis qu'il évaluait l'état de son fils. Notait les mains et le corps enveloppés de liens, les gardes attentifs. Il se rassit et soupira :

– Ainsi, tu ne m'as pas trahi. Enfin, à moins que ceci ne soit une petite mise en scène…

J'en restai bouche bée. Le type était tordu au point de penser que son propre fils pouvait le trahir ? Cela en disait long sur sa profonde paranoïa.

Il enchaîna, cruel :

– Mais je crois que tu n'es pas assez intelligent pour cela. Lorsque tu as disparu, j'ai essayé de comprendre ce qui se passait. C'est alors que Serafina m'a dit que tu étais obsédé par cette fille, cette stupide petite humaine. Au point d'y retourner et de te faire capturer par ceux-là mêmes que nous combattons ?

Il hurla soudain, le visage cramoisi, nous faisant sursauter :

– ESPÈCE D'ABRUTI !

Tyler devait avoir l'habitude de ce genre de fureur, parce qu'il ne réagit pas plus que cela. Il se contenta de hausser les épaules, gêné par ses liens, et resta muet.

Brandkel, n'obtenant aucune réaction, attrapa brutalement Serafina et la fit asseoir sur l'un de ses genoux. Sachant à quel point Seraf avait mauvais caractère, je m'attendais à ce qu'elle se relève aussi sec. Mais, à ma grande surprise, elle ne broncha pas, le visage impassible. Seules ses narines frémirent, exprimant son immense déplaisir. Cela me fit de la peine. Il l'avait brisée, c'était évident. Et il la terrorisait, c'était tout aussi évident.

Cela nous laissait-il une chance de la retourner ? Qu'elle nous aide ? Il fallait absolument que j'arrive à entrer en contact avec elle.

– Tu dois te douter de la raison de cette réunion audiovisuelle, lâcha mon grand-père. La mère d'Indiana contre ton fils. Cela me semble un deal équitable.

Le visage de Brandkel se tordit de rage et, l'espace d'un instant, il serra si fort le bras de Serafina que celle-ci blêmit. Un peu plus et il le brisait comme une branche morte.

Puis il se ressaisit. Et fit une chose à laquelle je ne m'attendais pas du tout.

Il éclata de rire.

– Quelle ironie ! persifla-t-il. Penser avoir quelque chose de grande valeur et découvrir que finalement cela n'en a aucune.

Mais de quoi parlait-il ? De ma mère ? Qui finalement ne lui était pas utile ?

Ce n'était pas cela.

C'était bien pire.

Il se leva, obligeant Serafina à en faire de même, et passa une main possessive sur le ventre plat de la jeune fille.

– Tu vois, mon fils, fit-il avec un rictus démoniaque, lorsque quelqu'un commet une erreur, ou lorsqu'un outil se révèle défectueux, on le jette ou on le remplace. Il se trouve que c'est exactement ce que je vais faire avec toi.

Il se tourna vers mon ex-amie.

– Vas-y, Serafina, dis-leur.

Celle-ci ferma brièvement ses yeux d'or. Puis les rouvrit et nous fixa.

– Je suis enceinte, lâcha-t-elle d'une voix atone. Je porte son fils. Il a fait réaliser une amniocentèse, une étude du liquide amniotique, même s'il y en a très peu puisque je ne suis enceinte que d'un mois à peine, afin de connaître le sexe de l'enfant. C'est bien un garçon.

Nous étions tous frappés de stupeur. Incapables de réagir.

Brandkel éclata de rire de nouveau et prononça sa sentence avant de couper la communication.

– Vous savez ce qu'il vous reste à faire de mon fils. Tuez-le.

Et l'écran devint noir.

Chapitre 14

Combat de titans

Le silence fut brusquement brisé par un rugissement de fureur.

– NOOOOOONN ! hurla Tyler.

Je crus qu'il était fou de rage à cause de la condamnation à mort prononcée par son père, mais les mots qu'il prononça ensuite me surprirent.

– Serafina ! Serafina ! cria-t-il avec fureur et haine.

Mon sang se glaça. Si Tyler parvenait à retourner chez lui un jour, il représenterait une menace mortelle pour Serafina. Jamais il ne la laisserait vivre en portant un autre héritier que lui.

Grand-père nous fit face, après avoir fermé la fenêtre noire de la connexion perdue avec Brandkel.

– Il ne bluffait pas, fit-il d'une voix grave. Brandkel est devenu totalement fou. Il brise toutes les lois des clans. Condamner à mort son propre fils ?

Tyler se redressa. Essuya son visage avec sa manche en dépit de ses mains liées et effaça son angoisse.

– Qu'est-ce que vous allez faire de moi ?

Grand-père haussa ses musculeuses épaules.

– Rassure-toi, nous n'avons pas l'intention de te tuer. Pour l'instant, nous allons te garder prisonnier, mon garçon. Même si je ne crois pas que ton père ait bluffé, je n'en suis pas sûr à cent pour cent. Tu restes un atout pour nous. Il détient toujours la mère de mon petit-fils. Il faut que nous trouvions un moyen pour qu'il nous la rende. Et si au passage nous pouvions aussi récupérer notre jeune louve, Serafina, je pense qu'elle ne serait pas si mécontente que cela…

Ah. Lui aussi l'avait vue. Cette détresse pourtant si bien cachée. Un point pour grand-père.

– Vous devez me laisser partir, dit Tyler d'un ton pressant et désespéré. Je suis le seul qui puisse régler cette situation. En échange, je donne ma parole de loup que je vous rendrai Jessica Teller. Mais je vous en prie, libérez-moi !

Il était tellement agité, luttant contre ses liens, que bien qu'il ne fût pas en gros plan comme Serafina, nous pouvions voir sur l'écran que ses poignets saignaient.

Grand-père fit signe aux gardes.

– Emmenez-le dans sa cellule, ordonna-t-il. Mais avant, soignez ces blessures. Qu'on ne vienne pas me dire que je ne prends pas soin de mes prisonniers.

– Non ! hurla Tyler. Non ! Vous devez me libérer, Teller ! Laissez-moi partir, Teller !

Mais grand-père ne le regardait même plus, concentré sur nos autres problèmes. Les cris de Tyler furent coupés net par le claquement de la porte insonorisée.

Grand-père se secoua, encore ébranlé, en dépit de ses nombreuses années de pouvoir, par la folie de Brandkel. Il se concentra sur notre autre gros problème. Il savait que le vampire était avec nous, ou du moins suffisamment près pour nous entendre, aussi fut-il extrêmement circonspect.

– Tout est prêt pour l'hôpital ? demanda-t-il.

– Oui, tout est prêt, répondis-je en priant pour que cela soit le cas.

– Alors bonne chance, mon garçon.

Il regarda tendrement ma grand-mère.

– Amber ?

– Karl ?

– Je t'aime. Sois prudente.

– Je t'aime aussi, mon amour. Ne t'inquiète pas, tu vas encore m'avoir sur le dos pendant un bon bout de temps…

Et elle coupa la communication avant qu'ils n'aient le temps de sombrer dans l'apitoiement. Nous nous dévisageâmes. Ce qui venait de se produire était inouï. Je n'arrivais pas à croire que Brandkel avait froidement condamné son fils à mort. C'était tellement contraire à tout ce qui unissait les loups !

Malheureusement, je n'avais pas le temps de penser à cela. Nous avions un Seigneur surpuissant à vaincre. Je devais absolument me concentrer.

Nous nous équipâmes. Même si Brandon pouvait probablement nous étriper à mains nues, nous possédions deux ou trois trucs qui pouvaient au moins résister quelques secondes à ses griffes et à ses crocs.

Et parfois, quelques secondes, c'est toute la différence entre la vie et la mort. Cela nous prit un petit quart d'heure de tout vérifier. Les vampires avaient dit que les balles d'argent et de bois ne pouvaient pas pénétrer dans son corps, parce qu'il était trop dense. Mais si la vitesse de pénétration était suffisante, peut-être que quelque chose de plus fin, de plus acéré allait y parvenir. Nous avions donc équipé nos revolvers et nos fusils de réservoirs d'aiguilles d'argent, que nous utilisions pour immobiliser les loups-garous qui perdaient parfois la raison. Une ou deux suffisaient pour les faire rentrer dans le droit chemin. Dans le cas de Brandon, j'avais l'intention de lui en balancer deux ou trois mille, juste histoire d'être sûr.

Je terminais les derniers ajustements lorsque, soudain, mon téléphone sonna, me faisant sursauter. En décrochant, je me dis qu'il allait falloir que je le passe en silencieux, parce que je n'avais pas envie qu'il sonne au plus mauvais moment, genre quand j'attaquerais le vampire.

C'était encore grand-père.

Avec une mauvaise nouvelle. Ben tiens, ça faisait longtemps…

Les gardes avaient commis une énorme erreur. Ils avaient délié Tyler et l'avaient amené à la petite infirmerie qui se trouvait dans le manoir, afin de faire examiner ses poignets, plutôt qu'à la clinique où nos loups étaient traités lorsqu'ils se blessaient. Mais ils avaient omis de lui rattacher les pieds.

Apparemment, Tyler, rendu fou de rage par ce qui s'était passé, avait commis un acte incroyable. Il s'était jeté par la fenêtre sous les yeux de notre médecin, Thomas, le père de Serafina.

Comment il avait réussi à tromper la vigilance de Thomas, c'était une autre histoire, mais il venait de s'enfuir. Grand-père avait lancé les gardes à ses trousses, sous les ordres de notre médecin, furieux que Tyler l'ait eu si facilement.

Les choses venaient encore de se compliquer… Je ne sais pas ce que j'avais fait dans une autre vie, mais là, j'étais salement en train de payer.

Il fallait absolument que nous délivrions Katerina avant que Tyler ne revienne ici. Si Missoula était bien sa destination, ce dont je doutais. S'il parvenait à voler une voiture, il lui suffirait d'appeler son père pour que celui-ci lui envoie l'un de ses hélicos. Ensuite, n'importe quelle clairière bien dégagée serait un parfait terrain d'atterrissage.

Serafina était en grave danger.

– Il faut appeler Brandkel tout de suite ! m'exclamai-je. Serafina va…

– Pour l'instant, me coupa mon grand-père, nous n'allons appeler personne. Nous allons capturer Tyler et le ramener.

– Mais s'il s'éch…

– S'il s'échappe à nouveau, nous aviserons. Rien ne nous dit, après ce qui s'est passé entre lui et son père, qu'il va retourner le voir. Donc, pour l'instant, on ne bouge pas. N'oublie pas, mon garçon, c'est toi, ma femme et ta petite amie, sans oublier Axel, Chuck et tous ceux que tu aimes, qui êtes en danger. Brandon représente une menace mortelle pour vous. Concentre-toi !

Et il raccrocha avant que je n'aie le temps de protester. Et surtout, avant de faire une gaffe, oubliant que le vampire et ses longues oreilles était sans doute en train de nous écouter.

En dépit de tout le mal qu'elle nous avait fait, je m'inquiétais pour Serafina ; je respirai à fond, tentant de détendre mes épaules crispées au point qu'elles me faisaient mal.

Les loups avaient entendu, bien sûr. Chuck, du fauteuil où il s'était assis, leva vers moi un regard sombre, identique à celui d'Axel. Je le leur rendis fermement. Oui, j'étais concentré. Oui, j'allais affronter ce qui nous attendait.

Je grimaçai un peu en m'étirant. Dans la voiture, nous nous étions préparés, Axel et moi. Cela me gênait encore un peu, mais la douleur s'atténuait.

– Tu peux aller chercher lord Brandon, dis-je à contrecœur à Chuck. Nous sommes prêts.

Il hocha la tête, marquant une fois de plus sa désapprobation envers notre plan, mais obéit. L'instant d'après, il redescendait, le vampire à sa suite. S'il avait été sous sa forme animale, sa fourrure aurait été hérissée et ses oreilles, couchées. Je ne sais pas trop ce que lui avait dit le vampire, mais il avait réussi à faire peur à mon gros copain Chuck, qui pourtant avait d'habitude à peu près autant d'imagination que du fromage blanc…

Le géant nous sourit.

– Y allons-nous ? fit-il gracieusement. J'ai hâte de régler cette affaire puis de retourner à ma vie paisible et contemplative.

Ben voyons. Contemplative des artères des humains ? Je ne relevai pas, me contentant d'un très sec :

– Par ici.

Ils me suivirent tous à la queue leu leu afin de rejoindre les voitures. Dans mon dos, je sentais l'ombre immense du vampire qui pesait sur ma nuque. Il me terrifiait parce que je ne parvenais pas à le comprendre. J'étais incapable d'identifier ce qui le motivait. D'un côté, je sentais une farouche volonté de survivre, quoi qu'il arrive, et de l'autre, tout ce qu'il avait raconté était faux ou incohérent. Dans ces conditions, comment parvenir à dégager un schéma ? Ou alors c'était exactement ce qu'il voulait, un peu comme ma mère. Être tellement fou, tellement étrange que personne n'essayerait de le contrôler.

Je me tordis le cou afin de le regarder, il me rendit mon regard, ses incroyables yeux violets étincelants dans le noir, nous dévisageant comme s'il voulait graver quelque chose dans sa mémoire.

Le menu de son futur dîner ?

– Vous sentez le sang, me dit-il soudain.

– Je me suis coupé dans l'hélicoptère, expliquai-je. Alors, comment comptez-vous procéder ? Vous me donnez la fiole, je la balance et vous tuez Annabelle, c'est ça ? Qu'est-ce qui se passe si je la rate ?

« Ne la ratez pas », fut sa sobre réponse.

– Mais si c'est le cas ? insistai-je.

Il laissa passer un petit moment, puis me sourit et répondit, ses crocs de vampire largement dévoilés, ce qui provoqua un sourd grondement de la part de mes gardes et de Chuck :

– Je vous tuerai, ainsi que votre petite Kat et votre grand-mère, avant de me battre contre la SangVol. Et si elle perd, je tuerai aussi votre gros loup, là, et le semi. Ensuite, je traquerai vos loups un à un. Je suis patient. Même si cela me prend des siècles, je les aurai. Et, à la fin, votre meute sera éteinte. Enterrée. Oubliée. Donc, mon conseil : ne la ratez pas.

Je déglutis péniblement. Ce type-là savait parler vengeance, indéniablement.

– Ne soyez pas si prétentieux, répondit froidement ma grand-mère. Vous pouvez peut-être impressionner un louveteau comme mon petit-fils, mais vous ne me faites pas peur, lord Brandon.

Elle me faisait passer pour un jeune sans défense. Je me recroquevillai un peu pour accentuer cet aspect. L'éclat de rire ravi du vampire nous montra qu'elle avait réussi. Il se désintéressa de moi pour se concentrer sur elle. Son Charisme se développa et la frappa de plein fouet.

– Vous êtes très belle, milady des loups, susurra-t-il. J'adorerais danser avec vous. Ne suis-je pas tentation, ne suis-je pas séduction, ne suis-je pas attraction ?

Il était devenu magnifique, tellement puissant, tellement lumineux. Nos loups gémirent et, en dépit du froid, je vis la sueur sur le front de ma grand-mère.

Qui luttait. Ses yeux d'or agrandis par l'effort. Enfin, au prix d'une concentration terrible, elle parvint à s'arracher à l'insidieuse séduction.

– Je ne danse qu'avec mon mari, répondit-elle sèchement. Et arrêtez d'essayer de m'hypnotiser, c'est très désagréable. Et parfaitement inutile. Vos… charmes douteux ne me tentent pas du tout.

Au lieu de se mettre en colère, lord Brandon dit alors quelque chose de très curieux :

– Armes levées. Cernez-la.

C'est alors que je compris qu'il n'avait pas réellement braqué son Charisme sur elle. Mais sur les loups. Parce qu'ils nous entourèrent et qu'ils levèrent leurs fusils.

Sur nous.

Grand-mère se figea, je fis de même et Axel gronda doucement, prêt à intervenir. D'un geste, je lui fis signe de ne pas bouger.

– Oh mais, ronronna lord Brandon, je n'essayais pas vraiment de vous hypnotiser, milady des loups. En fait, je prenais juste le contrôle de vos gardes, histoire d'être sûr que vous n'alliez pas me jouer un sale tour. Maintenant, nous pouvons y aller.

Ivre de rage au point que j'entendais ses dents grincer, grand-mère embarqua dans le 4 × 4. À sa grande consternation, les loups obéissaient au doigt et à l'œil à lord Brandon. Celui qui avait dit que les vampires ne pouvaient pas hypnotiser les loups n'avait jamais rencontré ce Seigneur. Apparemment, seuls les membres de ma famille y parvenaient, en tous cas, grand-mère et moi. Peut-être un privilège d'alpha, je n'en savais rien. Mais les autres cédaient très facilement. J'aurais dû m'en douter lorsqu'il avait réussi à tromper leur vue avec son Charisme. Bon, cela dit, il avait réussi à me tromper moi aussi. Mais, jusqu'à présent, pas à m'hypnotiser. À moins qu'il n'ait pas réellement essayé ? Argh, je détestais commencer à avoir des doutes juste avant de me battre. Cela troublait ma concentration.

Pendant le trajet, lord Brandon nous expliqua en long, en large et en travers à quel point il était puissant. À l'entendre, il avait dirigé le monde pendant des centaines d'années.

Lorsque grand-mère persifla en disant que si c'était le cas, elle comprenait maintenant pourquoi les choses allaient si mal, cela le calma un peu.

– Je me suis un peu retiré des affaires, admit-il d'un ton hautain. Mais tout cela m'a convaincu que c'était une erreur. Il n'est pas question de laisser des gens comme Brandkel nous mettre en danger. D'ailleurs, dès que cette histoire avec la petite humaine sera réglée, je compte m'occuper de son cas.

L'espace d'un instant, je caressai cette séduisante idée. Laisser mes deux pires ennemis se neutraliser l'un l'autre. Oh oui ! Oh oui !

Très vite, l'hôpital se profila, brillamment éclairé dans le noir. On nous regarda avec curiosité. Cette belle femme élégante, entourée de tas de gens puissamment armés, cela faisait très « star en visite ». Lord Brandon avait revêtu son déguisement de parfait caméléon. On ne le voyait pas, on ne s'y intéressait pas, d'autant moins que ma grand-mère avait une forte personnalité et une grande présence.

Impériale, elle avança vers l'entrée, nous entraînant dans son sillage. Mais lord Brandon, prudent, imposa aux gardes de rester dans la voiture, Chuck compris. Grand-mère fit comme si cela l'indifférait totalement, mais je pouvais sentir sa colère comme un haut-fourneau brûlant prêt à tout dévorer sur son passage.

Derrière moi, des freins crissèrent. Sur mes gardes, je me retournai.

C'était Nanny.

Elle sortit de sa voiture et s'avança.

– Qu'est-ce que tu viens faire ici ? chuchotai-je, furieux. Tu ne crois pas qu'il y a assez d'otage pour ce dingue ?

– Je ne viens pas avec vous, répliqua-t-elle, je vais au chevet de Seamus. Il a besoin de moi, Indiana, il en a vraiment besoin. Je sais qu'il est inconscient depuis plusieurs jours, mais je sens qu'il sait que je suis là. Et il… il…

Les mots lui manquèrent et je la pris dans mes bras, déchiré par sa douleur. Seamus allait mourir. C'était ce qu'elle était en train de me dire. J'embrassai ses doux cheveux blonds serrés dans un chignon et la pris dans mes bras.

– Je suis désolé, Nanny. Je suis tellement désolé.

Elle hocha la tête contre mon menton et se dégagea, après m'avoir étreint une dernière fois. Elle essuya ses yeux et se plaqua un vaillant sourire sur le visage. Puis, bras dessus, bras dessous, nous nous dirigeâmes vers l'entrée. Elle me laissa pour descendre dans l'unité de soins intensifs, tandis que je montai dans la chambre de Katerina avec le vampire, grand-mère et Axel.

Si les loups et mon ami Chuck étaient sous le contrôle de lord Brandon, en revanche Axel ne l'était pas, même s'il se comportait comme tel. Je le savais parce qu'il m'avait vigoureusement pincé lorsque j'étais passé près de lui, histoire de me montrer qu'il était conscient et responsable de ses actes. Cela avait été douloureux et j'aurais bien voulu qu'il trouve un autre moyen pour me prévenir.

Devant la porte de la chambre de Katerina, un peu à l'écart des autres grâce au sorcier médecin qui savait que nous avions besoin de calme, deux loups sur le qui-vive se raidirent lorsqu'ils nous virent.

Le Seigneur projeta son Charisme et s'empara de leur esprit. Je l'observai très attentivement. Ce n'était pas aussi facile qu'il voulait bien le faire croire. Il était obligé de fournir un énorme effort pour contrôler nos loups, bien plus que pour hypnotiser les vampires. De fait, son image vacilla devant mes yeux, révélant le géant qui se cachait sous l'homme falot. C'était intéressant. Son contrôle n'était pas parfait.

Je passai devant lui et j'ouvris la porte, impatient. À cet instant, plus rien ne comptait. Ni Tyler, ni Serafina, ni Brandkel, ni lord Brandon, ni le reste du monde.

Seule comptait la fille allongée sur le lit, qui se tordait, en sueur, dans ses liens.

En quelques heures à peine, elle avait déjà changé. Torturée par la compulsion, elle était brûlante de fièvre, son corps protestant contre la surcharge émotionnelle qui lui était imposée. Ses yeux gris-vert étaient bordés de rouge. Ses longs cheveux noirs et brillants étaient emmêlés, empoissés de sueur. Elle avait le souffle court et rauque comme si elle avait tellement crié qu'elle n'avait plus de voix. Sa chemise de nuit confortable remontait sur ses longues jambes, mais elle ne s'en rendait même pas compte.

La chambre avait été fleurie. Des vases, mais également des plantes en pot – je reconnaissais bien là la patte de Nanny, qui adorait les fleurs. Je ne voulais pas imaginer qui elle avait dû soudoyer pour que Katerina soit autorisée à les garder.

Je m'approchai d'elle. Elle cessa de se débattre et me regarda avec méfiance.

– Tyler, gémit-elle, tandis qu'un peu de sang suintait de ses lèvres gercées. Où est mon amour ? Où est Tyler ?

Je savais, je savais qu'elle allait dire cela, mais, en dépit de tout, cela me creva le cœur. C'était tellement douloureux ! Une ombre glissa derrière moi et le géant nous surplomba. Il avait abandonné son déguisement. Le visage de Katerina se tordit de terreur. Instinctivement, je me mis entre elle et lord Brandon. Celui-ci me sourit et dit :

– Il va falloir me laisser le passage, jeune humain, sinon je ne vais pas pouvoir faire grand-chose.

À contrecœur, je me poussai. Je n'osai pas toucher Katerina, parce que la dernière fois elle avait hurlé de rage, comme une folle. Apparemment, la compulsion était si violente qu'elle ne pouvait supporter d'autre contact que celui de Tyler.

– Tss, tss, tss, sifflota le vampire en plongeant ses extraordinaires yeux violets dans les yeux fiévreux de Katerina, je sens le travail d'un autre vampire ici. Le fameux Erick ? Il a essayé de… hum (il se concentra)… de recouvrir mon ordre par un autre ordre.

Il se redressa, sévère.

– Quel ordre ? Qu'est-ce que l'humaine devait faire pour l'obliger à rester ?

– Son père a été blessé. Gravement. Il est au bord de la mort. La contre-compulsion d'Erick l'a poussée à s'occuper de lui. Mais cela n'a pas fonctionné très longtemps.

Il émit un petit grognement désapprobateur.

– C'était surtout très stupide. Cela a renforcé la compulsion. Elle aurait pu en mourir !

Je ratai une respiration. Comment ça, mourir ?

– Je peux la délivrer, précisa-t-il, mais cela va prendre plus de temps que prévu. À quelle heure la SangVol est-elle censée arriver ?

Je regardai ma montre.

– D'ici une demi-heure.

Il eut une curieuse mimique, comme s'il n'était pas si sûr du temps dont il avait réellement besoin.

– Milady des loups, dit-il d'un ton caressant à grand-mère restée loin de lui, tout en activant son Charisme, pouvez-vous avoir l'amabilité de venir vous asseoir à côté de la jeune humaine, que je puisse vous attacher, vous aussi ?

Il y avait un monde de sous-entendus dans sa façon de dire cela. Grand-mère le foudroya du regard mais obéit.

Lord Brandon n'avait pas la matière dorée pour ligoter grand-mère, mais il lui passa de curieuses menottes, dont l'intérieur était protégé par un épais velours rouge. Lorsque la peau de ma grand-mère effleura le métal, elle siffla de douleur.

C'était de l'argent. Un mélange titane-argent, sans doute, afin d'en renforcer la solidité. Elle ne se brûlerait pas tant qu'elle garderait ses poignets en contact avec le velours. Mais si elle essayait de s'en débarrasser en les brisant, la douleur serait terrible. Il fit de même pour ses jambes, caressant son jean au passage. Grand-mère se raidit mais ne dit rien. Il sourit. J'avais tellement envie de lui plonger un couteau dans la gorge que mes mains tremblaient. Pourtant, ce n'était pas du tout mon genre d'avoir envie de tuer des gens, ça, c'était pour les loups-garous. Sans doute un vieil héritage de sauvagerie qui remontait à la surface tout à coup, alors que je voyais les membres de mon clan menacés.

Il attacha une longue chaîne du même métal aux menottes puis au lit. Grand-mère, quoi qu'il arrive, ne pourrait pas se dégager.

Enfin, sans un mot de plus, lord Brandon plongea son regard violet dans le lac gris-vert des yeux de Katerina. Qui cessa aussitôt de s'agiter. Pourtant, d'une façon subliminale, je sentais sa peur. Elle était terrifiée par le vampire, même si elle était incapable de se soustraire à son pouvoir. Être humain, ce n'était pas si génial, cela, je le savais déjà. Mais moi, au moins, j'étais protégé des pouvoirs des créatures surnaturelles par une sorte d'immunité d'alpha. D'une certaine façon, je plaignais les humains d'y être si vulnérables.

Je regardai autour de nous afin de me préparer. Une fois Katerina guérie, les choses allaient chauffer. Annabelle allait sans doute arriver d'ici peu. Je n'avais pas menti sur son heure d'arrivée, j'avais bien trop peur que lord Brandon soit interrompu avant d'avoir terminé.

Soudain, alors qu'il était toujours en train de projeter son pouvoir vers Katerina, sans me regarder le vampire me tendit quelque chose qu'il avait sorti de la poche de sa redingote blanche.

Un flacon. À l'intérieur duquel flottait cet étrange liquide rouge qui s'agitait et tournoyait, comme mû par une vie propre. Ce qu'il m'avait montré dans la voiture et qu'il avait utilisé contre Annabelle la première fois. Je le pris avec réticence.

Je me mis à faire les cent pas sous les regards attentifs de grand-mère et d'Axel. Eux seuls avaient été autorisés à entrer avec moi dans la chambre. Cela réduisait considérablement l'aide que je pouvais recevoir mais, d'un autre côté, vu que les loups étaient hypnotisés pour obéir au vampire, ce n'était pas si mal qu'ils ne puissent pas se retourner contre nous. Derrière moi, une plante se racornit et vira au noir. Vivement, en évitant de faire cliqueter sa chaîne, grand-mère la dissimula derrière d'autres plantes en pot, en bien meilleur état.

Soudain le vampire se redressa, faisant craquer son dos.

– Parfois, laissa-t-il tomber, je regrette d'être aussi grand dans ce monde de nabots.

Il me fixa et ajouta :

– Et je commence à avoir une petite faim.

– Vous avez terminé ? demandai-je en sentant mon cœur accélérer.

– Non. J'ai retiré la seconde compulsion. Qui n'était pas si mal appliquée. Maintenant je vais m'attaquer à la mienne.

– OK. Une fois que ce sera fini, vous pourrez manger tout ce que vous voudrez à la maison, répondis-je en essayant de ne pas montrer la peur qu'il m'inspirait. Les poches de sang sont à votre disposition.

Il fit la grimace.

– Le sang prend le goût du plastique. Très désagréable.

– Peut-être, mais c'est tout ce qu'on a. Il va falloir vous en contenter.

Il me jeta un regard signifiant clairement qu'il se passerait de mon consentement pour aller égorger deux, trois personnes si l'envie le prenait, et retourna à sa tâche.

Il ne restait plus que cinq minutes avant l'arrivée d'Annabelle. Plus le temps s'écoulait, plus l'étau se resserrait sur ma poitrine. Maudite imagination. Je voyais si clairement tout ce qui pouvait aller de travers !

À commencer par l'irruption fracassante d'Annabelle, tuant Brandon avant qu'il n'ait terminé son désenvoûtement et condamnant mon amour.

Les secondes s'égrenaient, pesantes, crucifiantes. Je devais prendre sur moi pour ne pas hurler tant la tension me broyait le dos.

Une minute avant l'échéance, lord Brandon se redressa. S'il n'avait pas vraiment l'air fatigué, on voyait néanmoins qu'il avait fourni un gros effort. Sans doute couplé à celui destiné à conserver son contrôle sur nos loups, qui devait miner ses forces vives.

– C'est fait, dit-il sobrement.

Katerina s'était évanouie ou endormie, je ne savais pas très bien, mais je voyais qu'elle reposait paisiblement, toute trace de tension disparue.

Il avait tenu parole. Enfin, j'espérais qu'il avait tenu parole et qu'il n'avait pas dissimulé une autre compulsion qui se dévoilerait des heures après, comme un poison secret. Pour l'instant, je n'avais pas trop le choix, je devais lui faire confiance.

Il détacha Katerina et la plaça sur ses genoux. Avant que, révulsé, je n'aie le temps de la lui arracher, il mit une main énorme sur sa nuque fragile et l'autre sur celle de ma grand-mère. Une infime secousse et ils les brisaient. Toutes les deux. La menace était claire, il n'avait même pas besoin de parler.

Soudain, la porte s'ouvrit brutalement. Annabelle s'encadra dans l'embrasure, magnifique. Ses yeux violets s'écarquillèrent lorsqu'elle vit lord Brandon, les deux femmes qu'il tenait et moi.

Moi qui lançai un petit flacon rouge droit sur sa poitrine.

La déflagration fut énorme, bien plus que je ne l'avais anticipé. Annabelle fut projetée au travers de la fenêtre du couloir derrière elle dans un immense bris de glace et disparut dans l'obscurité.

– Oui ! cria lord Brandon en lâchant grand-mère et Katerina.

Puis il plongea à la suite d'Annabelle, impatient de terminer son œuvre.

La chaîne qui retenait grand-mère n'était pas difficile à défaire ; je la débarrassai de ses liens que je jetai sur le côté, Axel attrapa Katerina, comme prévu, et nous filâmes à toute vitesse. Je voulais mettre le plus d'espace possible entre ce dingue de vampire et les deux femmes que j'aimais. Dans le couloir, les deux loups de garde étaient inconscients. Lord Brandon avait sans doute préféré conserver toutes ses forces pour tuer Annabelle et les avait libérés. Le choc en retour avait dû les assommer. Pendant qu'Axel filait, je les traînai dans une autre chambre, ignorant les questions hystériques de l'occupante, une vieille femme indignée.

En bas, c'était le chaos. Bien qu'il soit très tard, le vacarme de l'explosion et de la vitre qui s'était brisée ainsi que la chute d'Annabelle avaient peu de chance de passer inaperçus. Erick, Armand et May Ling étaient en train de s'occuper des gens afin de leur faire oublier ce qu'ils avaient vu.

L'impossible.

Un géant vêtu de blanc et une fille magnifique qui volaient et se battaient avec la férocité de deux animaux.

Car, heureusement, la déflagration n'avait pas assommé Annabelle, et lorsque Brandon s'était abattu sur elle pour l'achever, elle l'avait accueilli avec un grand coup de poing dans le ventre. Enfin, c'est ce que m'expliqua Erick, rapidement, entre deux envoûtements d'humains pétrifiés.

Grand-mère et Katerina furent placées dans l'une des voitures et grand-mère fila à toute vitesse. Aucun d'entre nous ne savait où elle comptait se réfugier afin de garantir sa sécurité – sans doute dans l'un des motels de la ville. Je ne pus souffler que lorsque je vis les feux arrière de la voiture disparaître.

Chuck et les autres gardes ronflaient sur le parking, également inconscients. Mon ami allait beaucoup en vouloir au géant en se réveillant, parce qu'il ratait une bagarre d'anthologie.

Sous l'éclat de la lune et des lampadaires, on voyait des éclairs blancs jaillir, poings, mains, pieds, féroces attaques, brutales envolées. Le sang giclait et il était impossible de savoir à qui il appartenait. À côté de son géant de père, Annabelle paraissait toute petite. Tout l'avant de son corps était brûlé, révélant le gilet protecteur que grand-père lui avait fait parvenir par notre intermédiaire. Nous l'avions laissé à l'aéroport, dans l'hélicoptère, comme prévu. Et lorsque je l'avais eue au téléphone, elle avait confirmé qu'elle avait reçu l'information en me délivrant la phrase convenue : « Je n'aime pas beaucoup tout cela. » Nous avions réussi à tromper lord Brandon. Il pensait qu'Annabelle avait reçu le contenu du flacon et que cela l'avait à moitié tuée comme la première fois. Mais Annabelle avait été protégée. Et, à présent, elle faisait payer ses dettes à son géniteur. En liquide. Rouge.

Avec les autres vampires, nous commençâmes à faire évacuer les gens qui se trouvaient sur le parking. Sous la protection d'Erick, ils rentrèrent docilement dans l'hôpital ou, sur notre suggestion, chez eux. Lord Brandon s'en était sorti une fois en prenant un otage, pas question de le laisser recommencer.

Cela dit, j'étais inquiet pour Annabelle. Si elle était bien plus vive et agile que son père, celui-ci compensait par une énorme puissance et une détermination à survivre absolue. Et même si j'avais discrètement vidé la moitié du flacon dans une plante en pot qui était morte sur le coup, cela avait dû la sonner.

Bon, cela ne se remarquait pas tellement, vu la puissance des coups qu'elle assenait à lord Brandon. Si le géant hurlait de rage, Annabelle, elle, en chasseuse, économisait ses forces et se battait silencieusement. Soudain, il réussit à l'attraper et la projeta avec violence contre un lampadaire qui explosa sous le choc. Malheureusement, l'un des fils électriques s'arracha et toucha le corps de la vampire. Elle se cabra sous l'impact et un feu bleu sortit de ses yeux, arrachant un cri d'angoisse à Axel qui se transforma.

Je levai mon revolver.

Et tirai sur lord Brandon.

Les aiguilles d'argent volèrent comme une pluie brillante. Hélas ! les vampires avaient raison. La chair de Brandon était tellement gorgée de puissance que les aiguilles n'y pénètrent pas très loin.

Mais elles entrèrent cependant dans son corps. Cela lui fit mal. Il rugit d'indignation. Délaissant Annabelle qui convulsait encore tandis qu'Axel fonçait vers elle pour la délivrer, lord Brandon plongea sur moi comme un monstrueux oiseau de proie.

Instinctivement, je mis mon bras en avant.

Il le mordit avec la férocité d'un bulldog, se gavant de mon sang, aspirant de toutes ses forces pour me tuer plus vite, tandis qu'il s'apprêtait à m'éventrer.

La douleur était telle que je faillis m'évanouir. Pire encore que lorsque Tyler m'avait mordu, me brisant la jambe.

Soudain le Seigneur hoqueta. Il lâcha mon bras, le visage barbouillé de rouge, et hoqueta encore. Puis il se plia en deux, essayant de vomir de toutes ses forces, mais n'y parvint pas. Tremblant de douleur, sous le choc, je me dégageai et reculai, pressant mon bras de toutes mes forces pour stopper l'hémorragie. Je vis Axel arracher le câble et Annabelle retomber plus ou moins sur ses pieds. Cela sentait le brûlé jusqu'à l'endroit où j'étais à moitié assis. Erick se précipita vers moi, prêt à intervenir. Il avait déjà sa trousse des premiers secours à la main. L'injection de morphine qu'il me fit fut comme un baume rafraîchissant sur le feu de ma douleur. Je le bénis silencieusement. Il retira le plastique et tout l'attirail que j'avais sur le bras, le sutura, puis appliqua son baume miracle sur mes plaies, m'assurant qu'il n'y aurait plus rien d'ici quelques heures. Heureusement, le vampire n'avait pas eu le temps de faire trop de dégâts.

Aidé par Erick, je me relevai. Le géant était à moitié accroupi. Il essayait de respirer mais avait de plus en plus de mal. Il se griffait la poitrine, incapable de comprendre ce qui se passait.

– Maudit, lâcha-t-il d'une voix rauque, qu'est-ce que tu m'as fait ?

– Moi ? répondis-je, maudissant ma voix tremblante alors que j'aurais dû jubiler devant la réussite de mon plan. Rien du tout. Vous vous l'êtes fait à vous-même en hypnotisant Katerina, puis en m'obligeant à essayer de tuer Annabelle. Il n'était pas question de vous laisser faire, lord Brandon. Pas alors que vous étiez une telle menace pour notre clan, pour notre meute !

– Je n'aurais pas… je n'aurais pas touché aux vôtres, cracha-t-il. J'ai besoin de vous. Vous devez me sauver… sinon, sinon vous allez tous mourir !

Annabelle, pâle, l'air épuisée, s'approcha et le toisa. Bien qu'à terre, il était presque aussi grand qu'elle, qui se tenait debout. Et bien qu'en train de mourir, il restait incroyablement impressionnant.

Tout à coup, ce qu'il venait de dire pénétra le coton de morphine qui isolait mon cerveau.

– Vous dites qu'il faut vous sauver parce que sans vous nous allons mourir ?

– Il ment, gronda Annabelle. Il ment pour sauver sa peau. Mais c'est trop tard. Même si nous le faisions vomir maintenant, il ne pourra pas résister au sang vicié.

Axel sursauta. Je crois que c'est le mot « vicié » qui le gênait.

Le sang venait de lui. C'était le plan que j'avais élaboré. Dans l'avion, nous avions prélevé le sang d'Axel, l'avions mis dans une pochette plastique, puis avions maculé la pochette de mon propre sang, afin de dissimuler l'odeur du plastique. Ensuite nous l'avions placée sur mon avant-bras, solidement fixée. Lorsque lord Brandon m'avait attaqué, j'avais mis ce bras en avant, espérant de toutes mes forces qu'il ne viserait pas autre chose.

J'avais gagné mon pari. Il m'avait attaqué. Il avait mordu mon bras. Aspiré et mon sang et celui d'Axel. Et, exactement comme pour Annabelle, le sang d'Axel l'avait empoisonné. Il était effectivement en train de mourir…

Son visage se marbra de noir, marquant toutes les veines au fur et à mesure que le sang empoisonné contaminait tout son organisme. C'était fascinant et répugnant à la fois.

– Ce… ce n'étaient pas les vampires, hoqueta Brandon. Mais si vous ne me sauvez pas… je ne vous dirai pas qui a les virus. Et vous allez tous mourir ! Vous… vous n'avez pas le choix !

Je fis un pas en avant, inquiet. Annabelle, farouche, m'empêcha de continuer.

– N'écoute pas ce qu'il dit, fils de meute. Il ment pour sauver sa misérable peau, et ma mission est claire : personne ne doit le sauver. Si tu le fais, je devrai te tuer.

Je la dévisageai. Ses yeux violets mangeaient son visage fin et elle était maculée de sang.

– Et s'il dit la vérité ? Si effectivement il y a une sorte de complot pour tuer les humains ? Et qu'il l'a appris par hasard ?

Mais Annabelle avait été bien dressée. Elle ne laissait pas des « si » interférer avec ses ordres.

– Alors nous le découvrirons. Les vampires sont des collectionneurs passionnés et, afin de ne pas oublier leur vie, ils la consignent souvent par écrit. Cela m'étonnerait bougrement, vu l'égo de ce salopard, qu'il ne l'ait pas fait.

– De toute façon, intervint alors Axel, il est trop tard.

Effectivement, Brandon se convulsait. Il cracha un sang noir et, soudain, tout son corps se raidit. Un dernier soubresaut et tout fut fini. Le vieux vampire expira.

Et son secret s'envola avec son âme, si âme il avait eue.

Annabelle sortit une épée de son sac. Carrément. Une épée. Sacrément aiguisée. Lame ciselée, garde enveloppant bien la main, poignée recouverte d'antidérapant. Impressionnante, d'autant qu'elle la maniait comme si c'était léger alors que je voyais bien que c'était une arme puissante et lourde. D'un geste vif, elle trancha la tête de lord Brandon. Puis lui arracha le cœur. OK. Ça, c'était du radical, au moins...

Le corps se volatilisa. Enfin, plus précisément, il se racornit, comme si, soudain, tout le temps volé se vengeait et transformait son corps en poussière. Ce qu'il aurait dû être depuis très, très longtemps. Dans les mains d'Annabelle, la tête et le cœur s'effritèrent eux aussi et bientôt il n'y eut plus rien. Soigneusement, Annabelle réunit tout ce qu'elle put trouver dans une urne qu'elle avait préparée... Prévoyante.

Annabelle continuait à fouiller parmi les débris d'os et je me détournai. Ce n'était pas très ragoûtant. Grimaçant sous la douleur qui revenait en dépit de la morphine, je composai le numéro de grand-mère.

– C'est fini, dis-je lorsqu'elle décrocha. Il est mort, décapité, le cœur arraché. Il est parti en poussière. Vous êtes en sécurité. Ramène Katerina, elle va avoir besoin de soins après ce qu'elle a vécu.

– Nanny vient d'appeler, dit grand-mère d'une voix grave. Je suis contente que tout soit terminé, parce que, de toute façon, j'envisageais de revenir. Seamus est en train de mourir, Indiana. Ce n'est plus qu'une question d'heures.

Ma gorge se serra. Ma merveilleuse beauté allait devoir affronter une nouvelle épreuve. Maudire Brandkel ne me consola pas, mais je le fis quand même.

– Je vous attends ! concluai-je en raccrochant.

Erick et Annabelle achevèrent le ménage. Erick s'envola avec l'urne. Annabelle m'apprit qu'il allait disperser les cendres dans l'eau vive d'une rivière. Ils ne prenaient aucun risque. Bien. Je déteste les films stupides où on n'arrive jamais à tuer le vampire, le fantôme ou l'ennemi, qui revient une demi-douzaine de fois avant de mourir définitivement… jusqu'au prochain film.

Annabelle et Axel emportèrent les loups évanouis dans l'hôpital. Ils remuaient, sans doute délivrés du Charisme de Brandon, et n'allaient pas tarder à reprendre conscience.

Mon blouson était définitivement foutu. Je commençais à avoir froid, sans doute à cause du choc, de la perte de sang, de l'énorme trouille et de la douleur. Je rentrai à l'intérieur, moi aussi. La chaleur me frappa tel un coup de poing et je vacillai. Comme je n'avais pas envie qu'on me prenne pour une femmelette, je m'adossai nonchalamment contre un mur, genre « j'attends tranquillement », et essayai de ne pas m'évanouir. Près de Chuck qui ronflait comme un bienheureux, j'avisai une chaise et m'y posai, toujours très flegmatique.

Axel bousilla mon plan « cool, tout va bien » en me disant :

– Tu es pâle comme un vampire… et même un peu verdâtre, genre zombie pas frais sur les bords. Ça va, Indiana ?

Un garçon, c'est viril, un garçon, ça ne montre pas que ça souffre.

– Oui, bien sûr, fis-je tout de suite. Je suis juste inquiet pour Seamus. Nanny a dit qu'il…

– … n'allait pas survivre, oui, je sais, dit-il gentiment. Je pense que tu es en état de choc. Ça fait combien de temps que tu n'as pas mangé ?

Je clignai des yeux. Mangé ? Alors là, aucune idée.

Axel vit ma confusion et sortit une barre chocolatée aux amandes et au caramel. Il me la tendit. Reconnaissant, je me jetai dessus. À peine avais-je croqué dedans que je me rendis compte que je mourais de faim. La barre fut dévorée en deux secondes. Axel s'était levé et me rapporta un soda, une bouteille d'eau et deux paquets de chips. J'avalai le tout aussi vite. Il termina par une pomme. Je regardai le fruit vert et rouge avec répulsion.

– Euh, la barre chocolatée et les chips, c'était bien, ça, moins.

– Mange ! ordonna-t-il. Tu as besoin de couvrir plus de besoin que ne peuvent en apporter des glucides, du sucre et du sel.

Je haussai les épaules et obéis. Une fois tout cela englouti, je me sentis nettement mieux. Au moins, le sol avait arrêté de tourbillonner.

– Tu sais, me dit pensivement Axel, je n'aurais jamais pensé que ton plan allait fonctionner. Annabelle était moins forte que lui. Tu lui as sauvé la vie, même si elle préférerait s'arracher les crocs plutôt que de l'admettre.

Merci pour le vote de confiance. J'étais heureux qu'Axel ne m'ait pas fait part de ses doutes *avant* que j'affronte lord Brandon.

– Pourtant elle l'a vaincu la première fois.

– Oui. Mais ce très vieux vampire n'a pas pu survivre sans savoir s'adapter. Après avoir vu Annabelle combattre, il s'est méfié de sa technique. Tu as vu ? Il ne la laissait plus s'approcher de lui. Chaque fois, il la projetait contre quelque chose qui lui faisait mal, la blessait, l'affaiblissait. J'avoue qu'essayer de l'électrocuter était une idée de génie. Il a bien failli réussir. Si tu n'avais pas tiré, le blessant et détournant son attention sur toi, je pense qu'il l'aurait achevée.

Il avait sans doute raison. Les deux vampires s'étaient battus si vite que je n'avais vu que des ombres floues. Et puis j'étais bien trop préoccupé à mettre mon plan en route pour essayer de comprendre qui faisait quoi et comment.

– Alors, et comme Annabelle ne le fera pas, je voulais te dire merci. En notre nom à tous les deux, termina Axel.

Je rigolai.

– Pas de souci, content de t'avoir rendu service, mon pote !

Oubliant que mon bras droit était blessé, je lui balançai une tape virile sur l'épaule… et le regrettai immédiatement.

– Argh, la vache, ça fait mal !

– Arrête de faire l'imbécile et ça guérira plus vite, ronchonna-t-il.

Puis deux personnes entrèrent dans l'hôpital et le monde retrouva ses couleurs. Je me levai. Une bombe se précipita dans mes bras, au point que je faillis tomber. Je tenais Katerina contre mon cœur et plus rien n'avait d'importance.

Je cueillis sa bouche charnue et l'embrassai au point de lui voler son souffle. Lorsque, à regret, je la lâchai, tout le monde (enfin, les quatre personnes qui se trouvaient dans le hall) souriait. Même grand-mère, qui pourtant n'aimait pas spécialement Katerina, car en dépit de tout ce que la jeune fille avait fait pour la meute, elle restait une faible humaine. Je ne me lassais pas de la regarder, de la dévorer des yeux. Elle me rendait la pareille, nos mains enlacées si fort que personne n'aurait pu les dénouer.

– Indiana, disait-elle, mon amour !

– Ma chérie ! J'ai eu tellement peur, j'ai cru que je t'avais perdue !

– Jamais, prophétisa-t-elle d'un ton grave en plongeant son regard dans le mien. Tu ne me perdras jamais. Je t'aime. J'ai enfin compris. Je peux écouter mon cœur, Indiana. Je viens de vivre la pire expérience de toute mon existence. Ce n'était pas de l'amour, c'était de la folie, une obsession, un besoin si dévorant qu'il me consumait de l'intérieur. Indiana, cela n'avait rien à voir avec ce que j'éprouve pour toi ! J'ai voulu te quitter et j'ai eu tort. C'était stupide, parce que lorsqu'on a trouvé l'amour, ça vaut le coup de lutter pour lui. De se battre pour le conserver et le préserver.

Et elle m'embrassa avec une tendresse qui m'émut profondément. Je la pressai contre moi, si fort qu'elle émit un petit gémissement – mi protestation, mi plaisir. Le discret « hrmmm hrmmm » de grand-mère nous écarta l'un de l'autre de nouveau. Mais je ne lâchai pas sa main, même si mon bras me lançait terriblement. Nous fîmes face à ma grand-mère.

– Ton père nous attend, fit-elle doucement. Tu sais ce qu'il en est, Katerina.

– Oui, répondit-elle tristement. Je sais. Je suis prête.

Je serrai doucement sa main. Elle répondit à ma pression, les larmes montant à ses yeux. Avant de nous laisser voir Seamus, Dante, le sorcier médecin, tint à ausculter Katerina. À part ses pieds qui avaient été abîmés par les pierres et les branches lors de sa fuite, et ses poignets et chevilles irrités par le frottement de ses liens, elle allait plutôt bien, en dépit d'un épuisement évident dû à la compulsion. Et sa gorge, grâce au baume d'Erick, était totalement guérie. Dante nous donna donc l'autorisation de descendre. Il paraissait agité, partagé entre énergie et inquiétude, et je me demandai pourquoi.

Grand-mère, Axel, Katerina et moi montâmes dans l'ascenseur qui nous amena au sous-sol, à l'unité des soins intensifs.

C'est là que nous retrouvâmes Nanny.

Et que je faillis tomber par terre. Une nouvelle fois.

Parce qu'un tuyau rouge de sang partait du bras de Nanny.

Et aboutissait dans celui de Seamus…

Chapitre 15

Sang d'alpha

Grand-mère poussa un glapissement d'effroi.

– Jane ! Mais qu'est-ce que tu fais ?

Nanny leva ses yeux dorés sur nous. Elle avait l'air épuisée mais déterminée.

– Je fais la dernière chose que je puisse accomplir pour le sauver. Je lui donne mon sang. Nous sommes compatibles, même si Seamus est A positif.

– C'est exact, fit Dante qui nous avait suivis et dont je comprenais à présent l'agitation : il s'était trouvé un nouveau cobaye pour ses expériences ! Le groupe sanguin O négatif de Mme Berilus est donneur universel. Les propriétés de régénération des loups sont dans son sang. Peut-être que si nous parvenons à lui en transférer suffisamment, il sera sauvé. Peut-être.

L'autre bras de Seamus était relié à une machine qui semblait pomper son sang, remplacé au fur et à mesure par celui de Nanny.

– Vous allez le transformer en semi ? demanda d'une voix tremblante Katerina, qui avait apparemment réussi à se faire à l'idée d'un papa poilu.

– Je ne sais pas, répondit honnêtement Nanny. Nous n'avons jamais essayé de transfuser totalement quelqu'un avec du sang de loup-garou. Peut-être cela va-t-il le dévorer vivant, le transformer ou le guérir. Je n'ai aucune certitude.

Elle ajouta avec une pointe d'humour, en désignant Dante qui surveillait les moniteurs :

– En tout cas le sorcier est ravi ; je crois qu'il prépare au moins deux publications autour de ce qu'il appelle « une passionnante expérience ».

– Mais tu risques d'en mourir ! s'exclama grand-mère, horrifiée. Tu n'auras jamais assez de sang pour le transfuser suffisamment !

Nanny haussa les épaules.

– Eh bien soit. Vivre sans passion n'est pas vivre. J'ai enfin trouvé l'amour dans ce vieux bonhomme cabossé. Je n'ai pas l'intention de le laisser m'échapper dans la mort. Et si c'est la mort qui gagne, alors ce sera la fin. J'ai vécu assez longtemps pour voir grandir ton petit-fils, Amber, il m'a apporté beaucoup de joie. Je sais que je l'ai bien élevé, je peux partir avec sérénité.

Grand-mère pinça les lèvres.

– Mais moi je ne vais certainement pas laisser partir ma meilleure amie. Pousse-toi.

Nanny la dévisagea, surprise.

– Pardon ?

– J'ai dit : pousse-toi. Mon groupe sanguin est A positif, comme celui de cet humain. Je continue pour toi. Mon sang est un sang d'alpha, il est plus puissant que le tien. Voyons si nous pouvons vous sauver tous les deux. Lui n'en vaut pas la peine, mais toi, si.

Nanny en resta bouche bée. Bon, j'admets que moi aussi. Grand-mère était bien plus complexe que ses dehors froids et impérieux le laissaient deviner. Nanny se leva et vacilla. Grand-mère la soutint.

Sur son ordre, Dante, ravi de cette aide inattendue, retira la perfusion puis, très professionnel, remplaça l'aiguille par une neuve, désinfecta le bras que grand-mère venait de dénuder et piqua la veine. Le sang de grand-mère commença à alimenter le corps de Seamus.

Katerina agrippait ma main comme si je risquais de disparaître. Nous étions tétanisés. Au bout d'une demi-heure, un litre du sang de grand-mère était déjà passé et Dante, qui venait régulièrement vérifier comment se déroulait sa précieuse expérience, estima que c'était assez.

Les machines furent débranchées. Tout le monde se groupa autour du lit où Seamus reposait, le visage toujours aussi blanc et immobile.

Ses plaies étaient couvertes par des bandages, il était donc impossible de savoir si elles évoluaient ou pas. Comme il était sous respirateur artificiel, nous ne savions pas non plus s'il était capable de respirer tout seul. La seule indication de son état était l'électro-encéphalogramme qui nous informait de l'activité électrique de son cerveau. Qui pour l'instant ne variait pas d'un pouce.

Dans les séries télé et dans les films, en général, lorsque le patient reprend conscience, surtout après avoir reçu un mélange bizarre, du sang ou du poison, il se soulève brusquement, comme saisi de convulsions, et fait peur à tout le monde, y compris et surtout au téléspectateur.

Là, il ne se passait rien. Dans la vraie vie, on ne sauvait pas forcément les héros. Au fur et à mesure que le temps passait, les épaules de Katerina se voûtaient et la peur dans les yeux de Nanny brillait de plus en plus fort.

Au bout de quatre heures, épuisés, nous décidâmes que Katerina devait absolument se reposer. Et moi aussi, d'ailleurs. Le sorcier nous prêta une chambre proche. Je pris Katerina dans mes bras. Avant même d'avoir eu le temps de nous dire « je t'aime », moi enveloppé autour d'elle comme une couverture, nous nous endormîmes.

Je me réveillai sans doute parce que Katerina se réveilla. Elle se retourna, leva ses merveilleux yeux vers moi et murmura :

– Bonjour, mon amour.

Je souris.

– Bonjour, mon amour. As-tu bien dormi ?

– Tellement bien. C'est la première fois que je dors dans tes bras, Indiana. J'adore.

Elle avait abandonné tout faux-semblant, toute pudeur inutile. Je compris qu'elle m'avait donné son cœur. À jamais. Plus rien ne pourrait nous séparer dorénavant. Enfin, à part la mort, évidemment, mon clan, les lois de la meute et une demi-douzaine d'autres choses. Mais, au moins, cela ne serait pas sa volonté. Et c'était déjà beaucoup, vu la façon dont elle m'avait repoussé deux jours plus tôt.

Je l'embrassai avec passion. Je savais que je n'avais pas le droit d'aller plus loin, et avec son père mourant à côté, ce n'était pas le moment, mais je vous assure que lorsque vous avez la fille que vous aimez dans les bras, résister tient du combat de titans.

Heureusement, on frappa à la porte. Chuck. Pour une fois, je bénis mon gros ami de nous avoir interrompus.

Il avait une bonne nouvelle.

Pour l'instant, Seamus n'était pas mort.

Après un rapide passage par les toilettes et la douche, nous enfilâmes les vêtements que Nanny, toujours super efficace, avait fait chercher chez nous. Dante changea mon pansement, mais la plaie infligée par Brandon était presque cicatrisée grâce au baume d'Erick. De ce côté-là, du moins, tout allait bien.

Un solide petit déjeuner nous attendait, également commandé par Nanny qui l'avait fait apporter à l'hôpital (« la nourriture est dégoûtante ici, comment les humains font-ils pour guérir en mangeant des choses aussi immondes ! » s'était-elle exclamée).

Katerina nous raconta, alors que nous dévorions pancakes, muffins tout chauds avec du beurre et de la confiture, bacons, œufs brouillés, saucisses et salade de fruits, accompagnés de thé pour moi et de café pour les autres, ce qu'elle avait vécu. Annabelle et May Ling étaient là aussi, puisqu'elles ne craignaient pas le soleil qui entrait à flots dans la cafétéria, illuminant le paysage enneigé. En revanche, Erick, Armand et Sam devaient dormir dans... je ne sais pas dans quoi, mais à l'abri, certainement.

– J'étais en train de courir hors du campus pendant que les vampires luttaient entre eux, expliqua Katerina le front plissé par l'effrayant souvenir, lorsqu'il m'est tombé dessus. Je n'ai pas tout de suite compris ce qui m'arrivait parce qu'il a été tellement violent qu'il m'a à moitié assommée. Ensuite, nous volions. Il était fou de rage. Il hurlait qu'ils allaient payer. Que les virus pouvaient aussi affecter les vampires et qu'il allait convaincre l'autre de les libérer. Que cela allait tuer la SangVol, qu'il tuerait l'autre ensuite et qu'il régnerait sur le monde entier. Après avoir asservi les humains.

Nous nous regardâmes tous avec stupeur.

– Quoi ? s'exclama Axel qui s'était assis à côté d'Annabelle à la toucher. Tu veux dire que cette histoire de virus est réelle ? Ce n'était pas une invention pour qu'on ne le tue pas ? Merde !

Oui, j'étais assez d'accord avec son juron. Merde, merde et re-merde ! Pourquoi avais-je tout à coup l'impression d'être Jack Bauer dans un épisode de *24 heures chrono* ? Une histoire de virus, c'était presque caricatural. Et rien à faire, je n'arrivais pas à y croire.

– Ensuite, poursuivit Katerina en prenant une profonde inspiration, nous nous sommes posés. Il a commencé à me parler. Je voulais lutter, mais... c'était impossible. Il me disait que Tyler était mon unique amour, que personne d'autre que Tyler ne devait me toucher, que je devais rejoindre Tyler coûte que coûte. Sa voix me pénétrait, ses yeux me transperçaient. Je savais que c'étaient des mensonges, je... je croyais que mon amour pour Indiana allait me protéger. Mais j'avais rejeté Indiana. J'avais rejeté son amour. Alors je n'avais plus rien sur quoi m'appuyer pour lutter. Il m'a enfermée comme dans une toile d'araignée. Je vous ai vus arriver et c'est là qu'il m'a mordue. Il... c'était terriblement douloureux, mais pas autant que ce qu'il m'avait fait. Même quand il pompait mon sang, je ne pensais qu'à une seule chose. Je ne devais pas mourir. Pas avant d'avoir retrouvé Tyler !

Ah. Je comprenais mieux pourquoi elle s'était jetée dans mes bras, elle avait l'impression de m'avoir trahi ! L'adorable petite folle. Quoi qu'elle fasse, je l'aimerais toujours. Et j'étais fermement décidé à le lui montrer.

Un silence pesant marqua sa confession. Annabelle et May Ling la regardaient sans émotion. Les vampires n'avaient pas trop l'habitude de discuter avec leurs proies et ce que disait Katerina ne les intéressait que très modérément. Enfin, à part la partie sur les virus.

– Oui, fit froidement Annabelle, la compulsion était particulièrement puissante. Vous avez failli en mourir. Mais il ne vous a mordue que pour nous tromper. S'il avait vraiment voulu vous tuer, il vous aurait arraché la gorge.

Elle me jeta un regard sévère.

– Tout cela était un piège ingénieux pour m'avoir, moi. Piège dans lequel est tombé Indiana Teller. Cela aurait pu très mal tourner. Bref. Parle-moi un peu plus de cette histoire de virus.

Mais Katerina n'avait pas grand-chose à ajouter. Apparemment, lord Brandon était tellement furieux qu'il divaguait. Il avait toujours parlé de celui qui était censé posséder les virus en disant « l'autre ». Comme si cet être ne méritait pas une appellation plus précise.

Ce qui ne nous arrangeait pas des masses.

– Nous avons envoyé une équipe fouiller l'antre de lord Brandon, révéla May Ling, la ravissante vampire asiatique. Ils ont trouvé énormément de choses, mais pas encore son journal intime.

Je réfléchis. Si j'étais un vampire et que je ressentais le besoin de noter ce que je faisais, où est-ce que je mettrais mon journal ?

– Il avait beaucoup de meubles du XVIIe et du XVIIIe siècle, lui dis-je. Certains d'entre eux, surtout les secrétaires, les tables et les cabinets de curiosités, possèdent de nombreuses caches et tiroirs secrets.

Elle me regarda gentiment genre « on n'y avait pas pensé une seconde, surtout en ayant des vampires qui ont juste vécu à ces époques » et je remballai ma suggestion. Je m'éclaircis la gorge.

– Et les deux autres Seigneurs ? Ils l'ont accompagné lors de sa fuite et, contrairement à lui, je pense qu'ils étaient réellement prisonniers et beaucoup plus fous. Peut-être laisseront-ils échapper quelque chose d'utile ?

Elle hocha la tête et tapa un SMS à son équipe.

– Les Seigneurs sont déjà en cours d'interrogatoire. J'espère qu'ils vont trouver. J'avoue que j'avais déjà peur de lord Brandon, mais je crains encore plus une pandémie mondiale qui décimerait les humains.

Annabelle et elle échangèrent un regard inquiet. Voir menacer leur unique source de nourriture, oui, je pouvais comprendre que cela les perturbe. Si les humains mouraient, les vampires mourraient, l'équation était facile à comprendre.

– Je n'y crois pas, déclarai-je tout net. Lord Brandon a d'abord dit que c'étaient les vampires qui cultivaient ces virus. Afin de se défendre si les humains décidaient d'entrer en guerre contre nous. Les Grands Anciens ont affirmé, eux, qu'au contraire ils s'assuraient que les virus ne sortent pas des laboratoires. Ils protègent le « cheptel », comme ils disent. Donc ce n'était plus crédible. Brandon le savait. Au moment de mourir, il a essayé de nous piéger de nouveau avec un prétendu autre ennemi. Qui posséderait les fameux virus. Je n'y crois pas plus. Il était complètement fou. Ce qu'il a fait à Katerina était peut-être apparemment intelligent, mais en fait, c'était débile. Et inutile. Il n'avait pas besoin de moi, ni pour sortir du Centre, puisqu'il était libre en réalité, ni pour tuer Annabelle. Il était plus fort qu'elle. Il lui aurait suffi de lui laisser croire qu'il était enfermé, de sortir, de la suivre, de la piéger et de la tuer. Personne ne peut être sur ses gardes vingt-quatre heures sur vingt-quatre. Pas même une puissante SangVol.

Annabelle avait pincé les lèvres lorsque j'avais dit que son père était plus fort qu'elle, mais elle n'intervint pas. Nous savions tous les deux que j'avais raison… Du fait de l'effet de surprise, Brandon avait perdu la première bataille. Mais, sans mon intervention, Annabelle aurait perdu la seconde.

– Je crois qu'il jouait. Je crois que la seule chose dans cette interminable existence qui le motivait, c'était de manipuler les gens. De les utiliser. Comme des marionnettes. Pour tromper sa lassitude. Je pense que c'est pour cela qu'il a accepté l'offre de Brandkel. Par ennui. Annabelle a dû être une rude surprise pour lui. Mais là encore, au lieu de s'en prendre directement et discrètement à elle, il a voulu jouer. Sauf que ses pions se sont retournés contre lui. Échec et mat. Il savait qu'il n'allait pas tuer Katerina. Il se doutait bien qu'un jour ou l'autre elle allait parler de cette histoire de virus, ne fut-ce qu'à Tyler si elle parvenait à le rejoindre. Donc il a inventé tout cela.

– Mais pourquoi ? demanda Annabelle sincèrement intriguée.

Je haussai les épaules.

– Je n'en sais foutrement rien. Pour déclencher une guerre entre les loups et les vampires ? Il avait peur des Grands Anciens, c'était évident. Et encore plus maintenant qu'Annabelle était impliquée. Peut-être espérait-il que nous allions le débarrasser de ces empêcheurs de mordre en paix ?

Dante nous rejoignit à ce moment-là. Il prit la main de Katerina et, désolé, lui dit :

– Il continue à s'affaiblir. Son cœur ralentit. Il faut que vous veniez.

Katerina inspira vivement. Je me levai avec elle. Tout le monde ne pouvait pas venir dans la salle. Seuls Nanny, Katerina et moi fûmes autorisés à nous rendre au chevet du mourant, après nous être équipés de blouses, surchaussures, charlottes et gants. Pour quoi faire ? Il ne risquait pas d'avoir le temps de développer une infection...

Les joues inondées de larmes, Katerina glissa sa main gantée dans celle, immobile, de son père.

Le bip-bip du moniteur de son cœur avait effectivement ralenti. Au point qu'on l'entendait presque battre au même rythme que le cœur de Nann...

Je relevai la tête. Mon ouïe d'alpha était assez erratique, mais là j'entendais parfaitement les battements très lents du cœur de Nanny. Je me concentrai sur Seamus et vit que sa poitrine s'agitait presque en contrepoint du respirateur artificiel, tandis que son visage virait lentement au bleu, comme s'il n'arrivait pas à respirer alors que le respirateur était pourtant censé...

Je me levai d'un bond et hurlai :

– Retirez-lui le respirateur, Dante ! Tout de suite !

Effrayé, le sorcier pénétra dans la pièce.

– Mais si on...

– Dépêchez-vous ! Il est en train de s'étouffer !

– Quoi ?

– Vite, avant que son métabolisme de loup ne l'intègre à son œsophage et ne le tue !

Il me jeta un regard effaré tandis que Katerina me dévisageait, complètement perdue. Mais il obéit enfin. Presque trop tard. Il eut un mal fou à dégager le respirateur. La chair en train de se régénérer l'avait presque totalement obstrué et, comme il bloquait la trachée, Seamus ne pouvait respirer ni par le nez ni par la bouche…

Je bondis et l'aidai. Le long tube glissa enfin hors de sa trachée, dans un glissement de sang et de chair. Stupéfait, Dante vit que j'avais raison. La chair était bien en train de se refermer sur la machine. Sous nos yeux, le trou dans sa gorge, à présent libre, commença à disparaître.

L'appareil qui surveillait l'activité du cerveau se mit soudain à biper.

– Bon sang, murmura Dante sidéré, je n'arrive pas à y croire.

Soudain, il poussa un hurlement qui nous fit décoller d'au moins dix centimètres, se jeta sur Nanny, la souleva en dépit de son poids dense de louve et la fit tournoyer.

– Nous avons réussi ! Nous avons réussi ! Il est sauvé ! Nous venons de créer le premier loup-garou artificiel ! Yeaaaahh !

Avant que Nanny n'ait le temps de réagir, il la posa, un peu essoufflé, et se précipita au chevet de Seamus. Fébrile, il attrapa des ciseaux et se mit à découper les bandages.

– Vite, vite, vite, nous lança-t-il, aidez-moi, coupez les bandages, il faut retirer les sutures, elles ne sont pas prévues pour être absorbées. Vite !

Fouettés par l'urgence dans sa voix, nous nous précipitâmes pour l'aider. Mais ce n'était pas si facile de couper tout ce qui protégeait les blessures de Seamus. Soudain, à mes côtés, il y eut un courant d'air froid. Annabelle apparut. Au bout de ses doigts, des lames tranchantes. L'instant d'après, sans qu'il ait la moindre égratignure, Seamus était à nu, ses bandages impeccablement déchiquetés. Je jurai de ne jamais me retrouver du mauvais côté de ces griffes-là.

– Dame vampire, fit Dante, merci ! Merci !

Il coupa les sutures à toute vitesse, les retirant, surtout de la jambe qui avait été la plus abîmée, au fur et à mesure. Il était temps. Déjà la chair commençait à les absorber.

Katerina, hébétée, n'arrivait pas à gérer le retournement de situation. Je l'entourai de mes bras.

– Tout va bien se passer à présent, lui dis-je en respirant avec délice la chaude odeur de sa chevelure. Il va guérir. Il va aller bien. Et ce ne sera pas un semi. Il ne s'est pas transformé ! Katerina, il ne s'est pas transformé !

Car contrairement à la légende, la transformation prenait de quelques minutes à plusieurs semaines selon la gravité de la morsure. Probablement afin de pouvoir se nourrir et d'alimenter leur nouveau corps. Ensuite, ils ne pouvaient plus se métamorphoser qu'aux pleines lunes, ou, dans le cas d'Axel, sous le coup de la colère ou de l'émotion. Ou enfin, toujours dans le cas d'Axel, en devenant chef de meute, et donc alimenté par le pouvoir de tous. Le roi des semis.

– Pas un semi ? murmura Katerina. Tu es sûr ? Indiana, ne me donne pas de faux espoirs. Si c'est un semi, ce sera un semi. Je peux comprendre, et puis Axel n'est pas si mal, finalement.

Je croisai le regard du grand Noir qui eut un sourire amusé derrière la vitre. Katerina oubliait tout le temps les oreilles ultra fines des loups… et des semis.

– Non, lui dis-je, émerveillé par toutes les implications de ce qui venait de se produire. Avec tout ce qu'il a comme sang dans les veines, il aurait dû se transformer tout de suite.

Nous n'avions pas seulement (enfin, Nanny et grand-mère) sauvé la vie de Seamus. Nous venions aussi de réaliser mon vœu le plus cher. Trouver un moyen de devenir un loup à part entière !

– Non, Katerina. Il ne sera pas un semi. Il va faire partie de la meute.

Incapable de maîtriser ma joie, j'agis comme Dante, je la soulevai et la fis tournoyer dans les airs. Elle éclata de rire.

Une voix pâteuse gargouilla quelque chose.

– Guel gue c'est gue tout ce gruit ?

Tout mouvement se figea dans la chambre. Nanny poussa un cri de joie et se précipita, suivie d'une courte tête par Katerina qui m'échappa pour s'emparer de l'autre main de son père. Leurs exclamations se chevauchèrent.

– Seamus !

– Papa !

L'intéressé ouvrit un œil injecté de sang. Qui se fixa sur Nanny, puis sur Katerina. Et se remplit de joie, même si on voyait bien qu'il avait du mal à accommoder.

Dante lui donna un peu d'eau. Seamus n'avait pas parlé depuis des jours, avait subi un sévère traumatisme et revenait tout juste d'entre les morts. Donc, il avait du mal à articuler. Mais au fur et à mesure, il fut de plus en plus clair.

Il ne se souvenait de rien. Ni de l'attaque, ni de m'avoir appelé (ouf, vu qu'il ne l'avait pas fait, ça m'arrangeait drôlement), ni de quoi que ce soit depuis qu'il avait été blessé. Dante assura que c'était normal. Que les souvenirs allaient lui revenir petit à petit. J'espérais du fond du cœur que cette histoire d'appel allait disparaître dans les méandres de sa mémoire blessée.

Il fixait Nanny comme si elle était le Saint-Graal et le Messie réunis. Sauf que moi, je percevais à quel point Nanny était mal à l'aise. La louve si sûre d'elle était effrayée à l'idée d'expliquer à Seamus ce qu'elle avait initié.

Heureusement pour elle, elle n'avait pas compté sur l'ego surdimensionné de Dante.

– Alors monsieur O'Hara, qu'est-ce que ça fait de devenir le premier loup artificiel de cette planète ?

Seamus leva un regard perdu vers le médecin.

– Pardon ? gargouilla-t-il de sa voix encore cassée.

– Oui, pontifia Dante, vous étiez en train de mourir. Nous n'avions aucun moyen de vous sauver, et vous faire mordre pour vous transformer en semi n'était pas possible, cela vous aurait tué.

Alors j'ai pensé à vous transfuser. Le sang de Nanny, puis le sang de la milady des loups. Une puissante bêta et une puissante alpha. C'est cela qui vous a sauvé. Vos blessures se sont résorbées, la chair s'est régénérée. Quelle immense avancée pour la science !

Seamus regarda Nanny, assommé par l'annonce. Bon, à sa décharge, il y avait encore quelques heures, il était presque mort. Je pouvais comprendre que son cerveau ait des ratés au démarrage.

– Comme toi ? Vais être comme toi ? finit-il par articuler péniblement.

– Oh, Seamus, je suis désolée, fit Nanny. Je n'avais pas… je n'avais pas le choix. J'ai eu si peur ! Je ne pouvais pas te laisser mourir. Pas maintenant que je t'ai trouvé.

Seamus ferma les yeux et Nanny recula un peu, blessée par ce rejet. Katerina lui jeta un regard navré. Puis Seamus rouvrit les yeux et lui adressa le plus clair, le plus merveilleux, le plus parfait sourire d'amour qu'un homme puisse adresser à la femme qu'il aime.

– Cool, souffla-t-il, j'ai toujours rêvé de pouvoir te courir après dans les bois !

Nanny se jeta à son cou. Il reçut l'assaut avec dignité, puis, épuisé par l'effort, referma les yeux. L'instant d'après il s'était rendormi. Dante l'ausculta, vérifia son pouls et les battements de son cœur, puis releva la tête avec un air bougon mais ravi.

– Son organisme a besoin de sommeil et de temps pour s'adapter. Allez, ouste, ouste, tout le monde dehors ! Nous allons le laisser en soins intensifs le temps de vérifier que tout va bien et qu'il est totalement guéri. Vous reviendrez le voir demain matin.

Katerina s'avança et l'embrassa sur la joue. Le médecin lui sourit, embarrassé.

– Merci, merci pour tout ce que vous avez fait, vous, Nanny et Mme Teller (je n'avais pas encore réussi à lui faire appeler grand-mère autrement). Vous lui avez sauvé la vie !

– Je vous en prie. C'est un homme courageux et très résistant. Tout autre aurait abdiqué depuis longtemps, lui s'est battu. Vous pouvez être fière de lui.

– Oh, mais je le suis ! assura Katerina. Plus qu'il ne l'imagine.

Nous sortîmes de l'hôpital le cœur en fête. Nous avions encore beaucoup de problèmes à régler, mais le plus urgent venait de l'être et, pour une fois, personne n'était mort. Dans ma vie, croyez-moi, c'était une vraie victoire.

Comme pour la célébrer, le soleil brillait de mille feux. Il faisait très froid, mais la neige scintillait et l'excitation rougissait les pommettes de la plus belle fille du monde, qui se tenait accrochée à mon bras.

Annabelle nous suivait. Son équipe et elle allaient rester encore un peu, le temps de régler tous les problèmes que les trois Seigneurs avaient causés. Soudain, sa voix s'éleva, nous faisant nous retourner, Katerina et moi.

Annabelle s'adressait à Axel. Qui venait de lui dire quelque chose, que je n'avais pas entendu, bien trop concentré sur Katerina pour y faire attention.

– Certainement pas ! répondit-elle. Il n'y a pas de « notre », « notre » n'a jamais existé. Tu es un semi. Je suis une vampire. Et ton sang est un poison pour moi. Je ne prendrais jamais le risque d'être contaminée, Axel, tout mignon et appétissant que tu sois. Rien n'est possible entre nous.

Et avant qu'Axel, furieux, ne puisse protester, elle s'envola. Devant tout le monde. Je sentis son Charisme frapper les gens qui l'avaient vue s'envoler et qui la regardaient bouche bée. L'instant d'après, tout le monde l'avait oubliée. C'était fort, quand même, ce truc-là.

Elle avait épargné Katerina, qui regardait encore en l'air, stupéfaite.

– Mais elle vient de…

– Oui.

– Et personne ne…

– Non. Grâce à ce foutu Charisme. Ils peuvent manipuler qui ils veulent, comme ils veulent.

– Pas top, grogna ma Katerina qui n'aimait pas l'idée.

– Non. Pas top du tout. Mais utile pour les races surnaturelles. Au moins, les humains ne sont pas conscients que nous existons. Ce n'est pas plus mal.

– Hum.

Je sentis qu'elle n'était pas super convaincue. Mais elle glissa de nouveau son bras sous le mien et de nouveau tout alla bien.

Mon téléphone sonna. C'était grand-père. Il voulait avoir mon rapport sur les évènements. Une nouvelle façon de créer des loups-garous, oui, j'imaginais bien que cela l'intéressait. Apparemment, grand-mère, puis Dante, puis Chuck, puis Axel l'avaient appelé. Un peu penaud, je me rendis compte que j'avais complètement oublié mon chef de meute.

Mais lui ne m'avait pas oublié. Et surtout, comme moi, il avait immédiatement mesuré l'impact que la nouvelle allait avoir sur mon statut d'héritier. À présent, son petit-fils allait, réellement, pouvoir devenir un loup alpha. Je sentis sa joie dans sa voix.

– Est-ce sans risque ? s'inquiéta-t-il.

– Je n'en sais rien. Comme pour beaucoup d'inventions, tout cela a été le fruit du hasard. Nanny ne voulait que sauver la vie de Seamus, Dante voulait faire une expérience et grand-mère ne voulait pas perdre Nanny. Mais nous ne savons pas encore si cela peut s'appliquer à moi. Ni ce qui va se passer lorsque Seamus voudra se transformer. Pour l'instant, il a l'air de réagir comme vous. Son cœur bat très lentement, ce qui a failli le tuer, parce que Dante n'avait pas compris qu'il avait muté. Heureusement, j'écoutais le cœur de Nanny en même temps et c'est lorsque j'ai réalisé qu'ils battaient exactement au même rythme que j'ai compris ce qui se passait. Nous ne sommes pas passés loin. Il va falloir faire des tests.

– Le sorcier acceptera de s'en charger ?

– Tu plaisantes ? Il faudrait l'attacher pour l'empêcher de participer ! Bien sûr qu'il va faire des tests. Il va avoir besoin de loups bêta, de loups alpha et de volontaires humains. Cela va prendre du temps, grand-père. À propos de temps… vous avez retrouvé Tyler ?

Je n'avais pas oublié la menace qui pesait sur Serafina.

La colère grondait dans la voix de grand-père lorsqu'il répondit :

– Il a réussi à s'échapper. Nous avons pisté sa trace, mais un fermier des environs a dû le prendre à bord de sa voiture, parce que son odeur s'évanouissait aux alentours de la route. Je ne comprends pas comment les équipes ont fait pour le perdre. Je n'aime pas cela du tout, Indiana, je pensais que le retrouver ne serait qu'une formalité. J'ai l'impression qu'il a été aidé par quelqu'un. Quelqu'un de l'intérieur.

Depuis la trahison de Serafina et de Ned, grand-père était devenu un tantinet paranoïaque… d'accord, plus paranoïaque que d'habitude. Il voyait des complots un peu partout et se méfiait des membres de la meute qu'il côtoyait le moins.

– Ne fais pas cela, lui dis-je.

– Quoi donc ?

– Ne commence pas à suspecter tout le monde. Tu vas instituer un climat de méfiance dans la meute alors que nous devons rester soudés. Grand-père, si Tyler s'est enfui, c'est parce que c'est un alpha et qu'il a été plus malin que tes équipes, c'est tout. De plus, il avait l'air foutrement motivé. J'espère que Brandkel se rend compte qu'il est un vrai danger pour Serafina et qu'il la protégera ainsi que le bébé.

J'entendis son souffle rauque au téléphone. Il finit par soupirer.

– D'où un garçon aussi jeune que toi est-il aussi clairvoyant ?

– J'ai eu un bon professeur…

– Je t'aime, Indiana.

Les mots me frappèrent de plein fouet.

– Moi aussi, je t'aime, grand-père.

Il raccrocha. OK, pas de sentimentalisme. Mais ce qu'il m'avait dit valait tout l'or du monde. Je me sentais réchauffé, heureux. Ma famille m'aimait, j'avais retrouvé la femme de ma vie. Il ne me restait plus qu'à délivrer ma mère, et ma vie deviendrait parfaite. Au point que, du coup, je ressentais presque la perspective de devenir un loup à part entière comme un point secondaire. Ça, on me l'aurait dit il y a encore quelques mois, j'aurais traité le type de fou… les priorités changent.

Les loups de garde nous entourèrent, vigilants. Ils savaient que Tyler s'était échappé et grand-père voulait que la sécurité soit renforcée autour de nous. En cas de représailles de la part de Brandkel.

Ce jour-là, nous n'avions pas envie de penser à la guerre. Nous étions encore épuisés, mais Nanny et grand-mère décidèrent de faire la fête. Nous invitâmes les loups des meutes voisines et nos amis de l'université, et, à la fin de la journée, nous étions au moins une centaine dans la maison bourrée à craquer. Cent loups et cinq vampires. Qui se joignirent aux réjouissances sans bouder leur plaisir.

Katerina n'avait jamais vu une réception organisée par des loups et elle fut submergée par la joie et la folie. De la musique à fond, des gens vifs, beaux et forts qui dansaient avec un rythme fou. Parfois des courants passaient entre eux et tous faisaient exactement la même chose au même moment. Ils étaient magnifiques, impressionnants et le savaient très bien. Chuck avait invité Loly, qui se déhanchait langoureusement contre lui. Les robes étaient courtes et les jambes, longues. Les garçons sautaient, frimaient, tous abdos dehors, bassins en avant. Nous célébrions la vie. La victoire. Sur Brandon, sur Tyler, sur la mort. Cette nuit-là, tout fut parfait.

À part un truc.

Toujours la même chose. Je dansais avec Katerina, nos deux corps trempés de sueur se frôlant, s'éloignant, se rapprochant. La tension entre nous était brûlante, presque oppressante.

Trop apparemment.

Parce que ma grand-mère me prit à l'écart alors que les Black Eyed Peas déchaînaient le *dancefloor*.

– Tu ne peux pas, Indiana. Pas encore, dit-elle d'un ton désolé. Les loups le sentiraient tout de suite. Karl ne pourrait pas faire d'exception. Le Grand Conseil des loups serait de nouveau convoqué. Nous ne pouvons pas courir ce risque. Tu le sais. Il ne pourrait pas te protéger. Pour l'instant, tu as joué le jeu. Tiens encore un peu. Ce n'est qu'une question de mois, de semaines peut-être, maintenant que nous avons un espoir de pouvoir vous transformer, Katerina et toi…

J'avais envie de hurler de frustration. À quel moment déjà avais-je dit que ma vie allait être parfaite ? Ben pas tout de suite, apparemment.

– Tu te rends compte de ce que tu me demandes ? Je l'aime plus que ma propre vie. Je n'existe que pour elle. Sa peau, son odeur, tout me rend fou. Je ne vais jamais pouvoir résister !

Si ma grand-mère avait été une humaine d'après ce que j'avais pu voir dans les séries télévisées, jamais je n'aurais pu discuter comme cela avec elle. Mais les loups étaient bien plus simple que les humains en ce qui concernait la sexualité et grand-mère comprenait très bien lorsque je parlais de l'odeur de Katerina. Car c'était notre premier et plus important sens, l'odorat. De plus, elle parlait comme la louve alpha, celle à qui nous devions obéissance. Et savait très bien que je n'écouterais personne d'autre qu'elle ou grand-père, les deux voix de ma pauvre raison.

– Indiana, il le faut ! Brandkel a certainement des alliés parmi les loups qui nous entourent, pas forcément dans notre meute, mais parmi nos soi-disant amis, j'en suis sûre. Il pourrait invoquer la loi contre toi. Je t'en prie !

Formidable. Coucher ou pas avec ma petite amie avait fini par devenir un problème politique.

Je regardai Katerina. Elle était belle à hurler, le visage illuminé par le plaisir de la danse. Son corps ondulait comme une liane. Je fermai les yeux. Le désir allait finir par me faire exploser de frustration.

– Je vais aller courir, laissai-je tomber sèchement. Explique-lui pourquoi. Et mets-la dans une chambre loin de moi. Sinon, je t'assure que, clan ou pas clan, je lui fais l'amour cette nuit !

Elle hocha la tête et je me faufilai parmi les corps luisants. Je repérai Axel avec une fille ravissante. À l'odeur, c'était une semi elle aussi. Nous avions bien sûr invité les semis d'Axel, et quelques autres, qui se trouvaient à Missoula, avaient accepté de venir. Depuis qu'ils avaient sauvé la vie des loups, ceux-ci les avaient totalement acceptés. La loyauté de la meute envers une meute amie. Comme souvent, d'une chose très laide et néfaste était né quelque chose de positif et superbe. Pour un peu, j'aurais remercié Brandkel.

Ou pas.

Je montai dans ma chambre enfiler un survêtement. Il faisait très froid, c'était exactement ce qu'il me fallait.

Lorsque je sortis, Chuck et trois loups m'attendaient.

– Va danser avec Loly, ordonnai-je à Chuck, tu n'as pas besoin de venir avec moi, les autres sont largement suffisants. Amuse-toi, c'est un ordre.

– Tu n'es pas encore le chef de cette meute et je ne prends pas mes ordres de toi, répondit le gros loup avec insolence. Alors vas-y, petit humain, voyons ce que tu as dans le ventre.

Ah. Un défi, tout à fait ce qu'il me fallait.

Le prenant par surprise, je plaçai un démarrage fulgurant, sortant de la maison comme une bombe pour me perdre dans le bois. Il hurla de joie et se lança à ma poursuite.

Les loups étaient rapides sous leur forme humaine. Mais j'avais eu un semi pour professeur et je connaissais bien les environs. Je ne le semai pas, mais le distançai. Et il était trop gros pour courir très longtemps sous cette forme.

Alors, bien évidemment, il en choisit une autre. Quelques kilomètres plus loin, je fus doublé par une forme fauve qui bondissait comme un chiot heureux de faire une promenade. Essoufflé, je secouai la tête. Chuck avait l'âge mental d'un enfant de quatre ans, par moments. Par longs moments…

Nous fîmes la course, mais bon, il avait quatre pattes et moi, deux, j'étais un tantinet désavantagé. Pourtant, cela me fit du bien. Mon corps évacua la tension à défaut de la frustration. Deux heures plus tard, encore plus trempé que lors de la fête, je rentrai à la maison.

La musique battait toujours son plein. Le beat parfait de *S&M* régnait en maître à présent. Les loups aimaient vraiment beaucoup

Rihanna. Parce qu'elle portait des chaînes ? Je ne partageais pas tout à fait leur engouement, même si j'admettais que la jolie... euh, rouge/brune/blonde avait du talent pour faire danser les foules.

Katerina était encore sur la piste. Elle se noyait dans la musique et la joie, et elle avait bien raison. Je ne courus aucun risque. Je rentrai dans ma chambre, me débarrassai de mes vêtements et passai sous la douche vite fait. Évidemment, quelqu'un frappa juste au moment où je commençais à faire mousser le shampoing sur ma tête. Pestant, le shampoing me piquant les yeux, j'attrapai une serviette que je mis autour de ma taille et fonçai vers la porte en me demandant encore quelle catastrophe nous était tombée sur la tête à quatre heures du matin.

Sauf que ce n'était pas une catastrophe.

C'était pire.

C'était Katerina.

En petite nuisette. Bleue. En satin.

Argh.

Chapitre 16

Double A, Axel et Annabelle

Comme moi, elle avait pris une douche. Sauf qu'elle n'avait pas de shampoing qui lui dégoulinait de la tête. Ses longs cheveux noirs, encore humides, peignés en arrière, dégageaient son magnifique visage. Sa poitrine tendait la soie de sa nuisette qui couvrait à peine le haut de ses longues jambes. Elle paraissait à la fois hésitante et déterminée.

Cependant, ce fut le rire qui l'emporta lorsqu'elle me vit. Un mélange de rire et d'admiration.

– Waah, tu…

Elle déglutit.

– J'avais oublié à quel point tu étais musclé, Indiana.

Elle leva les yeux vers le shampoing qui couronnait ma tête.

– Et dégoulinant.

Je lui souris et m'effaçai pour la laisser entrer.

– J'arrive, lui lançai-je.

Je pense que je dus battre le record du monde de la douche/shampoing la plus rapide du monde. Je pris une autre serviette, sèche, et m'en drapai. Mon sang bouillonnait. Les avertissements de grand-mère se bousculaient dans ma tête, engloutis par la passion qui galopait dans mes veines.

Cela allait être un combat de titans. Je gémis. Bon sang, pourquoi étais-je tombé amoureux d'une bombe atomique, moi ?

Je surgis dans la chambre, ne sachant pas très bien à quoi m'attendre. Honnêtement, si Katerina m'avait attendu, alanguie, dans mon lit, je pense que j'aurais envoyé promener la meute, ma famille et abandonné tout ce en quoi je croyais.

Sauf qu'elle était sagement installée dans un fauteuil, près du feu, tirant sur sa nuisette qui était encore remontée depuis qu'elle s'était assise. Elle leva ses beaux yeux sur moi, me dévisagea gravement, ses pommettes hautes délicatement rosies.

– Tu es super beau, tu sais, dit-elle d'une voix sourde. Je crois bien que je n'ai jamais vu quelqu'un d'aussi bien fichu. C'est presque injuste. Moi qui étais pourtant si fan des abdos de Jacob, je te trouve bien plus beau que lui.

Je ne comprenais plus rien. Qui était ce foutu Jacob ?

Elle vit ma perplexité et éclata de rire.

– Team Jacob ? *Twilight* ? Le beau gosse ? Contre le vampire maigrichon ? Edward ?

Ahhh, OK. L'espace d'un instant, je m'étais demandé qui était ce nouveau concurrent pour le cœur de Katerina. Je bombai mes muscles, rentrai le ventre, la serviette faillit tomber, je la rattrapai de justesse et ma démonstration de Mister Univers devint parfaitement ridicule. De nouveau, Katerina éclata de rire. Penaud, je m'assis en face d'elle, évitant soigneusement de la toucher.

– Katerina… tu sais à quel point j'ai envie de… Mais… je n'ai pas le droit de…

Katerina s'avança et se pencha. Je plongeai non pas dans ses yeux mais dans son décolleté. Qu'est-ce qu'elle faisait ? C'était injuste de me tenter comme ça.

– Mais moi je dis que nous pouvons mourir demain. Ce soir. Dans dix minutes, Indiana. Et moi, je te veux.

Pour une fille aussi pudique que Katerina, ce devait être un sacré truc à dire. J'en restai bouche bée pendant quelques secondes, sonné.

– Mais je pensais que tu ne voulais pas… Pas avant d'avoir terminé tes études ?

– J'ai changé d'avis. Et puis je prends la pilule. Je ne suis pas débile.

J'inspirai profondément, ce qui était une énorme erreur vu que son parfum délicat me monta immédiatement à la tête. Elle se leva, déterminée. Me prit la main. Je me dressai comme un beau diable et faillis lui cogner le menton dans ma précipitation. Puis elle fut contre moi, sa peau douce et le satin touchant mon torse nu, ses lèvres offertes et je fus perdu.

Je l'embrassai. Je l'embrassai comme si j'allais la perdre demain, je l'embrassai de toute la force de ma passion. Je ravageai ses lèvres, avide, conquérant. Elle gémit pendant que je resserrai mon étreinte sur son corps parfait. Je la fis reculer et l'adossai au mur tandis que la tension en moi se transformait en brûlure. Mes mains froissèrent sa nuisette, la remontèrent et…

On frappa à la porte.

Vigoureusement. Au point d'ébranler le chambranle.

Katerina se raidit.

– Non ! murmura-t-elle. Non, ignore-les !

Je soupirai. Reculai un peu. L'embrassai encore, puis, à regret, le corps hurlant de souffrance et de protestation, j'allai ouvrir.

Chuck se tenait sur le pas de la porte. Il avait l'air horriblement ennuyé, ce qui était étonnant vu que rien, d'habitude, ne pouvait lui faire plus plaisir que de me mettre dans l'embarras.

– Désolé, mon pote, fit-il, mais ce sont les ordres de milady. On a tous senti que… ça devenait vraiment chaud, ici. Et tu connais les ordres, n'est-ce pas ?

Il vit l'immense frustration et la colère dans mes yeux et recula, prudent, les deux mains en avant.

– Hééééé, ne t'en prends pas à moi, hein ! Si ce n'était que moi, tu pourrais roucouler avec ta petite copine humaine du matin jusqu'au soir. Mais j'ai des ordres et je ne vais pas désobéir parce que tu as envie…

Je le regardai. Puis je lui claquai la porte au nez.

– Hééééé, répéta-t-il, Indiana ! Fais pas le con !

J'adressai un regard navré à Katerina, qui oscillait entre curiosité, rire et indignation. Ce fut la curiosité qui l'emporta.

– Comment ça, « on a tous senti » ? Ils ont senti quoi ?

– Les loups sont très sensibles aux odeurs et lorsque les humains sont excités, ils le sentent.

– Tu veux dire que tout le monde dans la maison savait que nous allions…

– Oui.

– Mais c'est horrible !

– Bienvenue dans ma vie.

Soudain, son sens de l'humour revint à la charge :

– Dis donc, tu es mieux protégé qu'une pucelle du Moyen Âge ! Waah, une meute entière en guise de ceinture de chasteté !

Je lui fis un sourire jaune.

– Merci pour la comparaison.

– Je t'en prie.

Elle rajusta sa nuisette qui avait un peu souffert de notre corps à corps, soupira de regret et dit :

– Je crois bien que je vais y aller, maintenant, avant que Chuck ne défonce la porte.

Chuck cria de l'autre côté :

– Je ne vais rien défoncer du tout, je n'ai pas envie que Nanny m'arrache les oreilles pour avoir abîmé sa maison !

Katerina leva les yeux au ciel. Elle oubliait tout le temps à quel point il était impossible d'avoir une vie privée avec les loups aux longues oreilles.

Elle passa devant moi. J'avais envie de la retenir, d'envoyer tout le monde au diable. Mais nous avions toute la vie devant nous pour nous aimer. Il me suffisait d'être patient.

Merde.

Avant qu'elle ne sorte, je l'attrapai, la plaquai contre moi et l'embrassai comme si je voulais la dévorer toute crue. Elle me rendit mon baiser avec passion. Puis, à regret, nous nous séparâmes.

Katerina plongea ses yeux dans les miens, souffla « je t'aime tant » puis se détourna et ouvrit la porte. Je vis les yeux de Chuck s'écarquiller. Dignement, elle passa devant lui et s'éloigna dans le couloir. Chuck se retourna vers moi et chuchota :

– Mon pote, vu la façon dont elle est habillée, je te le dis, t'es un foutu héros ! Résister à ça ? Waaaah !

Et il partit en secouant la tête.

Imbécile.

Le lendemain matin, après une nuit agitée, la première chose que je fis fut de me ruer sur mon téléphone. Oui, sur mon téléphone et non pas sur Katerina. Mon cerveau avait dû travailler pendant la nuit, parce que je m'étais réveillé en sachant très précisément où se trouvait le foutu journal du foutu vampire.

C'était tout ce qui racontait sa vie, tout ce qui le ramenait à ses origines. Il ne se déplaçait sans doute pas sans. Et le dernier endroit où nous l'avions traqué était cet entrepôt où il avait caché les humains.

Et son journal.

Voilà pourquoi il n'avait pas pris l'hélicoptère avec nous. Parce qu'il était parti le récupérer dans les ruines de son combat contre Annabelle. J'avais envie de me taper la tête. Stupide ! Stupide j'étais. Il allait vraiment falloir que j'apprenne à réfléchir plus vite si je voulais m'en sortir.

Mais il avait l'air furieux lorsque nous l'avions retrouvé à l'aéroport. Des tonnes de ferraille étaient tombées sur ce qui servait de tanière aux trois Seigneurs. Avec un peu de chance, le journal y serait encore. J'y envoyai Annabelle et Axel, me disant que si les deux travaillaient ensemble, peut-être qu'ils finiraient par tomber amoureux l'un de l'autre. Enfin surtout Annabelle, parce qu'en ce qui concernait mon copain Axel, c'était déjà fait.

Je fus assez content d'apprendre, deux jours plus tard, que j'avais eu raison. Effectivement, ils avaient retrouvé des tas de choses intéressantes, dont le fameux journal. Hélas ! Brandon avait été prudent. Même dans ce qui était une sorte de Mémoires où il consignait soigneusement chaque meurtre, chaque atrocité, comme une espèce de message posthume – « Ceci est le journal d'un monstre. Abandonnez toute espérance, vous qui pénétrez dans ces pages. » Il parlait beaucoup mais ne divulguait pas l'identité du dingue qui jouait avec des virus. Il ne l'appelait que « l'autre ». Ou « le malade ». Et ne mentionnait jamais sa localisation.

C'était extrêmement frustrant. Une copie fut envoyée à grand-père et l'original partit chez les Grands Anciens avec Annabelle. Axel et elle ne s'étaient pas rapprochés, hélas, en dépit de tous mes efforts. La voir partir fut douloureux pour mon ami.

La semaine qui suivit fut une sorte de paradis et d'enfer. Enfer, parce qu'à chaque instant je n'avais qu'une seule envie, arracher les vêtements de Katerina et la faire mienne. Paradis parce qu'elle était avec moi, que nous nous aimions à la folie et que son père se rétablissait lentement mais sûrement sous la tendre surveillance de Nanny, au point qu'on avait pu le faire sortir de l'hôpital et l'amener chez nous. Nanny avait très clairement exprimé qu'il n'était pas question qu'il retourne chez lui.

Lorsque Seamus serait totalement rétabli, grand-père avait décidé d'organiser une grande fête pendant laquelle le nouveau loup serait admis officiellement dans la meute.

Sauf que, bien entendu, lorsque tout va à peu près bien, il y a toujours le foutu grain de sable qui vient se mettre dans la machine.

En fait de grain de sable, c'était même une montagne qui nous déboula dessus.

Parce que les vampires n'étaient pas d'accord. Mais alors pas du tout. Pour la plus grande joie d'Axel, Annabelle fut mandatée pour venir me voir. Pourquoi moi, alors que je n'avais pas grand-chose à voir dans l'histoire ? Et que grand-père était le chef de notre meute ? Mystère, mais j'étais tranquillement en train de me balader en fin de journée, avec Katerina, Axel et Chuck, dans les bois qui entourent la maison de Missoula, lorsqu'elle se posa gracieusement devant nous.

Je tentai de maîtriser les battements de mon cœur.

– Vous savez, lui dis-je calmement, je déteste quand vous faites ça. Vous allez finir par flanquer une crise cardiaque à quelqu'un, un de ces jours.

Elle me regarda gravement, belle à tomber. Je serrai un peu plus fort la main de Katerina, qui était le meilleur remède contre le Charisme de la vampire. Chuck arborait un grand sourire stupide et Axel aussi. Bon, celui d'Axel s'effaça aussi sec, il ne voulait pas montrer à Annabelle à quel point elle lui avait manqué.

Moi, je le savais parce qu'il n'avait parlé que d'elle pendant toute la semaine et que je commençais à devenir nauséeux dès que j'entendais le début de son prénom. Tout y était passé. À quel point elle était belle (oui, ça, on savait), puissante (ça aussi), sage (ouais, là j'avais quelques doutes quand même), intelligente (à voir, elle me semblait plus compter sur sa force que sur son cerveau), et bla-bla-bla, et bla-bla-bla. Katerina, qui était bien plus patiente que moi, avait écouté Axel pendant longtemps. Ma petite copine est une sorte de sainte. Si, si, je vous assure, un semi obsessionnel, c'est à se tirer une balle dans la tête. En argent, la balle…

– Qu'est-ce que vous avez encore fait ? s'écria Annabelle avec colère. Les Grands Anciens sont complètement perturbés ! Ils m'ont ordonné de vous délivrer un message : « Arrêtez ça tout de suite ! »

Axel fronça les sourcils.

– Arrêter quoi ?

– La transformation d'humains en loups-garous.

– Tu veux dire comme la transformation d'humains en vampires ?

Elle ouvrit la bouche. La referma.

– Oui, je leur ai dit que vous alliez me répondre cela. Ce qui m'étonne, Axel, c'est que c'est toi qui le dises.

Axel haussa les épaules.

– Deux poids, deux mesures, tu en as déjà entendu parler ? Faites ce que je dis, pas ce que je fais. Ça aussi tu connais ?

– Ça va, tu n'as pas besoin de me ressortir les vieux aphorismes.

De l'extérieur, ça ressemblait à une querelle d'amoureux. Les deux se comportaient comme s'ils avaient une folle envie de se toucher et que le fait de se disputer allait leur permettre de ne perdre ni leur sang-froid ni leurs vêtements. Astucieux.

– On va vous laisser, dis-je, Katerina et moi, on a plein de trucs à f…

Annabelle se tourna vers moi, ses yeux violets étincelants de fureur.

– Toi, tu ne bouges pas, c'est compris ?

Je haussai les sourcils et obéis. Ce qui amena Katerina, qui n'aimait pas beaucoup qu'une somptueuse beauté me donne des ordres, à froncer les siens.

Annabelle pointa un doigt à l'ongle pointu et vernis de… rose, ce qui était surprenant, vers Axel.

– Et toi, tu ne t'en mêles pas, c'est clair ? J'ai déjà bien assez de mal à gérer des vampires paranoïaques pour ne pas avoir à m'occuper d'un semi vindicatif.

Axel fit alors la seule chose à laquelle je ne m'attendais pas. Mais alors pas du tout. Il eut un sourire particulièrement tordu et, avant qu'Annabelle n'ait le temps de réagir, il avait bondi et l'embrassait avec une passion féroce.

Katerina et moi échangeâmes un regard interloqué. Un immense sourire éclaira le visage de ma beauté. Elle aimait bien les histoires d'amour compliquées. Fan de Shakespeare. Alors que moi, j'étais bien plus *La Mélodie du bonheur*, si vous voyez la différence. Le bonheur paisible et tout et tout. Sans le poison, les trahisons et la vengeance…

D'un commun accord, sur la pointe des pieds, nous commençâmes à nous éloigner. Chuck mit un peu plus de temps à nous rejoindre, parce que, fasciné, il n'avait pas vu que nous étions en train de nous éclipser. J'ouvrais la bouche pour faire un commentaire parfaitement ironique et salace lorsqu'un corps vola au-dessus de nous et alla s'encastrer dans un arbre, nous faisant sursauter. Encore.

Axel, sonné, glissa lentement en bas du tronc et une énorme masse de neige lui tomba sur le crâne. Annabelle, folle de rage, atterrit devant lui et commença à hurler :

– Mais ça va pas, non ! Je t'interdis de m'embrasser !

Axel cligna des yeux, parfaitement ridicule avec toute cette neige sur la tête, et se releva avec difficulté. Il épousseta son blouson et son jean et, le regard encore un peu vitreux, lui tint tête.

– Mais moi, j'en ai envie. D'ailleurs, j'ai tout le temps envie de toi. Et puis, c'est toi qui as commencé !

– Bon sang, espèce de tête de mule, c'était avant de savoir que si je te mordais j'allais en mourir !

– Alors ne me mords pas !

Sa logique était imparable.

– Nous, les vampires, nous…

– Mais tu n'es pas une vampire ! l'interrompit Axel avec passion en avançant vers elle jusqu'à la dominer de sa haute taille. Enfin pas complètement. Tu es bien assez humaine. Comme moi. Je ne suis pas qu'un semi. Un mi-loup mi-homme. Je ne renie pas ma part humaine. Nous pouvons nous aimer, Annabelle. Donne-nous une chance. Fais-moi confiance.

Annabelle était totalement déstabilisée, cela se voyait. Elle venait, chargée d'une mission et, tout à coup, devait faire face à une déclaration d'amour. Son visage s'adoucit.

– Je suis une SangVol, dit-elle. Je ne sais pas ce que c'est que de faire confiance. J'ai été élevée pour combattre. Je suis une arme. L'amour n'est pas pour moi.

Axel plongea ses yeux dans les siens et se pencha vers elle :

– C'est ce que beaucoup de gouvernements ont cru en élevant des assassins, des soldats ou des commandos, dont ils formataient le cerveau. Comme les enfants soldats en Afrique, drogués, forcés à tuer dès leur plus jeune âge. Mais tu sais quoi, Annabelle, on a toujours le choix. Celui de dire non. Et aussi de dire oui. À l'humanité. À l'amour. À l'amitié. À la vérité.

Waah, parler d'amour et, pire, de vérité à une vampire – pardon, une SangVol –, il y allait fort, quand même. Mais les yeux d'Annabelle révélaient qu'elle avait vraiment envie de se laisser convaincre.

Sauf que ce n'était pas le moment. Son portable sonna, interrompant la déclaration d'Axel. Katerina étouffa un petit gémissement de protestation, passionnée par ce qui se passait.

– Mauvais timing, murmura-t-elle.

– Tu m'étonnes ! répondis-je tout aussi concerné par l'avenir de mon ami Axel.

Il en avait sacrément bavé depuis l'assassinat de son amour, Gemma, par Brandkel. Évidemment, il avait un peu tendance à tomber amoureux de femmes dangereuses et caractérielles. M'enfin bon. Au moins, il tombait amoureux, c'était déjà un bon début.

Annabelle décrocha avec un petit soupir, entre soulagement (elle n'avait pas à répondre à Axel tout de suite) et déception (elle aurait bien voulu lui répondre tout de suite, comme ça, cela aurait été fini, d'une façon ou d'une autre... enfin, ce fut ce que je déduisis de son soupir).

– Chasseuse 5, dit-elle d'une voix froide et professionnelle.

Ce qu'on lui dit au téléphone lui fit plisser le front. Décidément, elle semblait ne recevoir que des nouvelles dérangeantes. Elle nous fixa soudain comme si nous nous étions transformés en bestioles bizarres, émit deux ou trois onomatopées et raccrocha.

– Nous avons un problème, annonça-t-elle. Vous devez rentrer tout de suite. Une visioconférence internationale d'urgence vient d'être déclenchée. Cela concerne la Meute.

Ici, il faisait encore jour. Mais sur la moitié du monde régnait encore l'obscurité. Des tas de gens allaient être réveillés en sursaut. Par des portables qu'on n'éteignait jamais, des ordinateurs en veille vingt-quatre heures sur vingt-quatre, des alertes programmées. Effectivement, une seconde plus tard, mon portable vibrait, ainsi que ceux d'Axel et de Chuck. Sous le regard inquiet de Katerina, nous répondîmes. La voix électronique d'urgence nous prévint que la conférence allait débuter dans la demi-heure. Annabelle avait raison, nous devions rentrer. Mais une chose me tracassait.

Comment se faisait-il, alors que c'était une affaire de la meute, que les vampires aient été prévenus en premier ?

Hum.

Annabelle nous accompagna jusqu'à la maison. Tout le monde était déjà réuni dans la salle de projection.

Située au premier étage, elle ressemblait furieusement à celle du MTAC (*Multiple Threat Alert Center*) du NCIS. Nos loups avaient mis deux mois à la construire, car il était primordial que nous puissions nous connecter en sécurité. Sans compter que nous aimions aussi regarder des films et écouter des concerts.

Elle était moquettée de rouge, parfaitement insonorisée et agrémentée de fauteuils confortables qui descendaient en pente douce jusqu'à un immense écran. Celui-ci était connecté à des ordinateurs qui assuraient le cryptage de nos transmissions privées. Dave, écouteurs sur les oreilles et micro devant la bouche, assurait l'ingénierie. Nous n'étions qu'une douzaine, il y avait donc de la place pour tout le monde.

Avant d'entrer dans la pièce, Katerina s'arrêta afin de parler avec Annabelle. Je pense qu'elle dut lui dire qu'Axel était un type formidable et qu'elle avait tort de ne pas saisir cette chance inouïe, parce que la vampire tressaillit et l'écouta avec une attention infinie. Avec le bruit qui régnait dans la salle, parce que les loups s'interrogeaient comme moi, et vu qu'elles murmuraient à peine, impossible de savoir ce qu'elles se disaient en dépit de mon ouïe d'alpha. Zut.

Nanny s'avança vers moi, le visage empreint d'une vive inquiétude. Depuis que Seamus était venu vivre à la maison, le profond besoin de Nanny de s'occuper de quelqu'un était parfaitement comblé. Au point que le père de Katerina se plaignait qu'il allait finir obèse si Nanny n'arrêtait pas de le gaver comme une oie. Heureusement pour lui, son nouveau métabolisme de loup gérait l'éventuelle surcharge pondérale, mais il avait encore du mal à avaler les quantités pantagruéliques de nourriture auxquelles les loups-garous étaient habitués. Grand-mère la rejoignit, tout aussi agitée.

– Indiana, fit-elle, sais-tu de quoi il s'agit ?

OK, depuis quand j'étais devenu celui-qui-connaissait-ce-que-les-autres-ne-savaient-pas ?

– Aucune idée, j'étais dans les bois en train de me balader avec Katerina, Axel et Chuck lorsque Annabelle est venue nous rejoindre et, cinq minutes après, son téléphone sonnait, la prévenant de la conférence.

Je me penchai vers Nanny et grand-mère et ajoutai :

– Avant que les nôtres ne sonnent.

Nanny pinça les lèvres. Elle avait très bien saisi l'allusion. De même que grand-mère. Elles échangèrent un regard.

Katerina entra dans la pièce, s'assit à côté de son père, confortablement installé au premier rang, les pieds sur un pouf. Les fenêtres furent fermées et les volets descendirent pendant que des lampes indirectes s'allumaient. Je me fis la réflexion que si quelqu'un balançait une bombe par la fenêtre, il éliminerait une bonne partie de notre clan d'un seul coup. Comment ça, j'avais des pensées morbides ? Mais pas du tout ! C'était juste une constatation... OK, et un peu une pensée morbide. Sans doute l'influence des vampires...

L'écran s'alluma, mais ce n'étaient que les principaux chefs de meute qui se mettaient en place. Grand-père nous salua. Pendant quelques minutes – c'était probablement la raison pour laquelle ils s'étaient tous connectés plus tôt –, ils échangèrent salutations, exclamations et questions. D'après ce qu'ils disaient, personne ne savait pourquoi une visioconférence d'urgence avait été convoquée. En revanche, nous venions d'apprendre, par grand-père, qui l'avait convoquée.

Le chef de meute Brandkel.

Qu'est-ce que ce salopard de Louis manigançait encore ?

Puis une nouvelle image s'afficha, provoquant un soudain silence. L'image sinistre des Grands Anciens. Les vampires venaient de s'inviter à notre conférence.

Sur notre fréquence cryptée.

Pas bon.

– Nos salutations, chefs de meute, fit le vampire chauve. L'un d'entre vous nous a fait parvenir un modem crypté afin de nous permettre d'assister à cette conférence et nous l'en remercions. Nous rendrons le modem à celui qui l'a apporté dès que cela sera terminé, bien évidemment.

Il désigna quelqu'un derrière son épaule et tout le monde se crispa.

C'était Ned. Celui qui, par amour pour Serafina, nous avait trahis. Abandonnés. Dès lors, il n'était pas bien difficile de deviner qui avait donné le modem aux vampires. Brandkel, bien sûr, pour qui Ned, banni de notre meute, devait travailler à présent.

Tout cela sentait de plus en plus mauvais. Grand-père était resté impassible, mais je pouvais sentir la fureur qui émanait de lui comme une vague épaisse.

Tous les chefs de meute inféodés soit à Brandkel, soit à grand-père s'assirent et le silence se fit, tandis que les minutes s'écoulaient. Nous attendions. Katerina avait pris ma main de nouveau. Depuis qu'elle avait été enlevée par le vampire et hypnotisée, elle semblait avoir tout le temps besoin de me toucher. C'était à la fois génial, parce que j'étais dans le même état d'esprit, mais en même temps toujours aussi frustrant. Je serrai doucement ses doigts. Elle me sourit et, comme chaque fois, son sourire déclencha une vague de chaleur en moi. Elle fit un léger signe de tête vers ma droite. Axel était assis à côté d'Annabelle. Et leurs deux cuisses se touchaient. Je souris à Katerina. Les affaires de notre ami n'étaient pas si mal engagées, finalement. Il avait joué une carte de maître en rappelant à Annabelle qu'elle était aussi une humaine. Sans oublier le petit coup de pouce de ma Katerina, qui avait dû aider.

Une sonnerie de trompe nous fit sursauter. Non mais n'importe quoi. Brandkel se prenait pour qui ? Le Roi-Soleil ?

Puis l'écran du milieu s'illumina, entouré de toutes les petites images des chefs de meute et des vampires. Je m'attendais à voir Louis Brandkel, probablement avec Serafina et les membres de son clan.

Sauf que ce n'était pas Lui.

C'était Tyler.

Il était dans une grande salle, bien plus grande que la nôtre, où il ne semblait pas y avoir de fauteuils. Deux gros chiens à ses côtés fixaient la caméra en haletant doucement. Cela fit résonner quelque chose dans ma mémoire l'espace d'un instant, mais la pensée s'évanouit, fugace.

La caméra recula et je sursautai.

Tyler se tenait debout, entouré, effectivement, des loups du clan Brandkel, dont Serafina, qui avait l'air au bord de la nausée.

Et à leurs pieds, un corps.

Mort.

Celui de Louis Brandkel.

Chapitre 17

Celui qui voulait être roi

Tyler ne rit pas en voyant nos expressions incrédules. Mais on sentait qu'il en avait une grosse envie.

– Salutations, chefs de meute, fit-il gravement, masquant son amusement. Moi, chef du clan Brandkel, je vous remercie d'avoir accepté cette visioconférence impromptue. Je ne voulais pas vous déranger, mais des faits extrêmement graves ont été découverts et j'ai dû… prendre des mesures.

Tout le monde le regardait comme s'il était un extraterrestre. Comprenez la perplexité des chefs de meute. Seuls les plus puissants, les plus forts d'entre nous peuvent prétendre à la direction d'une meute. Avant, cela se décidait par la loi des crocs. Celui qui tuait le chef prenait sa place. Puis la civilisation a pacifié les relations des loups-garous et maintenant on utilise plus le consensus et le vote que la force pure.

Sauf que Tyler n'avait que dix-huit ans. Le même âge que moi. Il n'y avait donc aucune chance qu'il puisse vaincre son père, bien plus puissant, bien plus âgé, et encore moins qu'il obtienne sa destitution pour sa condamnation à mort.

Et pourtant, c'était bien ce qu'il avait fait. La grande question était donc : comment ?

– Permettez-moi de vous soumettre le film de notre combat. Mon père m'a vaillamment affronté et j'ai gagné. Conquérant ainsi légitimement la tête de notre meute.

Il disparut et, à la place, apparut l'image de Louis Brandkel et de Tyler, dans une sorte d'arène un peu semblable à celle qui avait été créée pour le jugement de Brandkel cinq semaines plus tôt. Les loups du clan Brandkel étaient là, ainsi que Serafina et Ned.

Tyler provoquait son père. Il était ironique, violent et très agressif. Il traita Louis de vieux loup incapable, dépassé par le siècle où il vivait, terrifié à l'idée de perdre le pouvoir, au point de se protéger derrière une rebrousse-temps folle dingue. Il désigna Serafina, terriblement belle, et accusa Louis d'être pathétique s'il pensait pouvoir dominer et séduire une telle louve alpha avec son visage ruiné et son odeur de vieillard. Tremblant de rage, Louis poussa un hurlement et se transforma.

Dans son clan, il y eut un mouvement de recul, alors qu'au même moment nous réagissions tous.

Car, exactement comme mon père seize ans plus tôt, Louis Brandkel venait de se transformer en une sorte de semi.

Nanny et Grand-mère échangèrent un regard paniqué. Elles et moi étions les seuls à savoir qu'une autre personne avait pu se transformer ainsi, juste avant de mourir. Benjamin Teller, mon père. Mais quel rapport entre mon père et le père de Tyler ? Je ne comprenais plus rien. Et je ne pouvais rien demander à Nanny ou à grand-mère, pas au milieu de tous ces loups alors que c'était un secret.

L'instant d'après, cependant, Louis se transformait complètement, devenant loup. Mais il n'avait pas l'air bien, vacillant sur ses pattes.

Tyler fut impitoyable. Il se jeta sur son père, ne lui laissant aucune chance de se reprendre. Il verrouilla sa mâchoire sur le cou imprudemment découvert.

Et ce fut la fin.

Dans un dernier effort désespéré, Louis se transforma en humain, ce qui, lorsqu'on a une mâchoire de loup en train de vous mâchouiller la gorge, est une très mauvaise idée. Tyler n'eut pas le temps de dégager ses crocs. La nuque de Louis se brisa d'un coup sec et, en se reculant, Tyler l'égorgea.

Louis aurait pu guérir. Mais, exactement comme pour mon père, même si à l'époque nous avions cru que c'était à cause du stylet d'argent, le flot de sang ne se tarit pas et les blessures ne se refermèrent pas. Quelques soubresauts et ce fut fini. Louis Brandkel venait de mourir devant nos yeux ébahis.

Grand-père se leva.

– Cet enregistrement est-il exact ? dit-il d'une voix grondante. Vous êtes *garants*, meute de Brandkel, le duel fut équitable ?

Les loups de Brandkel se levèrent comme un seul homme… enfin, plutôt comme un seul loup-garou :

– Oui, crièrent-ils, nous sommes garants ! C'est légitime, ce n'est pas un piège !

Ah, je comprenais les précautions de grand-père. Il vérifiait que ce n'était pas encore un stratagème tordu de Brandkel pour nous faire croire à sa mort et pouvoir vaquer à ses petites occupations sans être plus inquiété. Mais si la meute se portait garante, alors là, c'était tout autre chose. Louis Brandkel était bien mort et Tyler Brandkel en prenait la tête. Ce qui me semblait de la pure science-fiction. Un gamin comme Tyler diriger une meute ? Cela me paraissait impossible.

Pourtant, c'était exactement ce qui se passait. Tyler devenait, de facto, le chef de la seconde meute la plus puissante d'Amérique. J'étais incapable de savoir si c'était une bonne chose ou pas. Brandkel avait été un monstrueux et redoutable adversaire. Maintenant que Tyler tenait les rênes, allait-il nous prêter allégeance à nouveau ? Et reconstituer notre meute ? Nous n'allions pas tarder à le savoir.

Tyler nous regarda. Il n'avait l'air ni triste ni particulièrement heureux.

Ce fut impulsif. Je n'avais pas médité de prendre la parole, surtout en face d'autant de gens puissants et dangereux, mais c'était trop important.

– Et ma mère, chef de meute Brandkel ?

J'étais très, très diplomate, hein ?

– Vas-tu nous la rendre ? Elle me manque.

Il me regarda attentivement. Ses yeux se plissèrent lorsqu'il vit la main de Katerina dans la mienne, et je compris, trop tard, que j'avais commis une erreur. Mais impossible de me dégager maintenant.

– Une rebrousse-temps est un atout important pour notre communauté, dit-il avec une pointe de cruauté dans la voix. Je ne vois pas pourquoi votre meute serait la seule à bénéficier de ses conseils avisés. Je vais donc avoir encore besoin d'elle et…

Soudain, Katerina se dégagea et se leva d'un bond. Son visage rayonna d'une joie incroyable.

– TYLER ! cria-t-elle en se précipitant vers le bout de la salle. TYLER ! MON AMOUR !

Elle se jeta sur l'écran et l'embrassa frénétiquement. Horrifié, je me levai, ainsi que la moitié de la meute, tandis que, stupéfait, Tyler reculait.

– Par le sang de ma mère, s'exclama Annabelle dégoûtée, elle est encore Charmée ! Maudit Brandon, il avait dissimulé un Charme encapsulé !

Katerina était horrible à voir, son visage était désespéré tandis qu'elle tentait d'atteindre Tyler à travers l'écran. Annabelle l'attrapa, se jouant de ses tentatives effrénées pour revenir vers l'image. Puis elle la fixa dans les yeux. Elle hocha la tête et me regarda, désolée. Elle venait de confirmer son diagnostic. Katerina était bien Charmée.

Grand-mère et Nanny encadrèrent Katerina qui hurlait.

– Emmenez-la dans une chambre et restez avec elle, ordonna Annabelle. Surtout ne la quittez pas des yeux, elle va probablement tout faire pour rejoindre Tyler.

Tyler avait entendu l'exclamation de la vampire et son ordre.

– Et pourquoi Katerina voudrait-elle me rejoindre ? demanda-t-il d'un ton sec. Je croyais avoir appris que vous l'aviez guérie ?

Annabelle afficha un visage neutre. Après avoir consulté les Grands Anciens du regard, elle répondit :

– C'était ce que nous pensions. Mais lord Brandon avait dû, au cas où il aurait besoin d'un moyen de pression sur nous, encapsuler un Charme qui ne s'est déclenché que lorsque Katerina vous a vu. Il a mis sans doute un peu de temps parce que vous n'étiez pas ici physiquement. Mais il a fini par agir. Elle est aussi atteinte qu'avant que lord Brandon ne la délivre de sa première compulsion.

Elle marqua un temps d'arrêt et ajouta :

– De ce que j'ai pu voir de la puissance de lord Brandon, si elle résiste à cette compulsion, ou si on l'oblige à y résister, elle risque d'y laisser sa santé mentale. Voire sa vie.

Bouleversé, le cœur au bord des lèvres, je n'arrivais pas à réaliser ce qui venait de me – de nous – tomber dessus après avoir vécu ce merveilleux répit de quelques jours. Et si j'avais eu le moyen de faire revenir lord Brandon, je jure que je l'aurais fait juste pour le plaisir de le tuer de nouveau...

Tyler me regarda, un sourire mauvais aux lèvres.

– Eh bien, Indiana, on dirait que c'est échec et mat. J'ai ta mère et je vais te prendre ta petite amie. Tss, tss, tss, quel dommage d'être un tel loser !

Je sentis mon pouvoir de rebrousse-temps me faire vaciller et je luttai de toutes mes forces pour ne pas me dématérialiser. Si je le faisais devant tout le monde, je perdais et mon seul atout et ma liberté. À mon grand soulagement, mes battements de cœur s'apaisèrent et mon regard retrouva sa lucidité. Mais ce n'était pas passé loin.

– Nous réglerons ce problème en temps et en heure, dit mon grand-père de sa voix profonde. En attendant, Tyler Brandkel, pour quelle raison avez-vous déclenché une visioconférence d'urgence ? Pas pour une simple passation de pouvoir, je suppose.

Il considérait ce qu'avait fait Tyler comme une simple formalité et le nez de mon ex-ami se plissa d'agacement. D'autant que grand-père ne l'avait pas appelé par son titre.

– Non, bien sûr, Karl Teller, répondit-il en lui rendant son impolitesse. J'ai convoqué une conférence d'urgence parce qu'il y avait une urgence, évidemment. J'ai découvert que mon père avait cultivé plusieurs sortes de virus qu'il comptait déverser sur l'humanité afin d'en réduire le nombre de façon drastique. Lorsque je l'ai éliminé, j'ai fouillé dans ses dossiers et son ordinateur. Malheureusement, le loup qui est chargé du laboratoire détenant ces virus refuse de m'obéir. Il a été tellement endoctriné par mon père qu'il pense, ce fou, que c'est sa mission. Il a bloqué le laboratoire.

Grand-père secoua sa grosse tête blonde.

– Et en quoi sommes-nous concernés ? Cela me semble être votre problème. Sur vos terres. Dans votre meute. Qu'est-ce que nous obtiendrons en échange de notre aide ?

Genre « mon gars, t'es dans la mouise bien profond, débrouille-toi tout seul pour en sortir ».

Tyler fut surpris. Il avait encore un certain nombre de choses à apprendre avant d'être aussi bon que grand-père en négociation.

– Ces virus peuvent tuer toute l'humanité !

Grand-père haussa les épaules.

– Cela ennuierait probablement les vampires, mais, franchement, avoir le monde juste pour nous, ça ne me dérange pas plus que ça.

Tyler dut se maîtriser pour ne pas rester bouche bée. Celle-là, il ne l'attendait pas. Il se reprit :

– Oh non, ce n'est pas uniquement mon problème, mais bien celui de toute notre communauté. Parce que les mystérieuses disparitions des derniers mois, sur lesquelles enquêtaient les vampires, sont dues à mon père. Il a enlevé des représentants d'à peu près tout ce que nous avons comme races surnaturelles. Des selkies aux gnomes en passant par les fées, les lutins, les sorciers, les vampires, etc.

Il se pencha et murmura d'une voix sépulcrale :

– Et il a fait des tests. Afin de se débarrasser d'eux aussi, et des meutes concurrentes. Parce qu'il était fou. Et qu'il voulait régner seul. Il nous a tous fait vacciner. Je pense que la raison pour laquelle j'ai pu le tuer, c'est que le vaccin a interrompu, pour une raison que j'ignore, le processus de guérison. D'une certaine façon, mon père s'est tué lui-même avec sa folle ambition.

Tout cela expliquait les divagations de lord Brandon. Lorsqu'il parlait de « l'autre », il parlait de Brandkel. J'aurais dû me douter que les vampires n'avaient rien à voir avec cette histoire de fous.

On aurait pu entendre un ange voler tant la pièce était silencieuse. Nous étions tous stupéfaits, de nouveau. La mort de Brandkel, l'hypnose de Katerina et maintenant ça. Cela faisait un peu beaucoup.

– Décidément, fit froidement Annabelle, votre meute cause beaucoup de problèmes, Tyler Brandkel.

– C'est bien pour cela que je requiers votre aide, chasseuse, répondit tout aussi froidement Tyler. Seuls, mes loups ne peuvent pas prendre ce laboratoire d'assaut, car c'est une véritable forteresse cachée au cœur des montagnes du Montana.

Il montra une carte afin de situer le bâtiment.

– Mon père l'avait fait équiper de nombreuses protections, aussi bien contre les autres meutes, car les bâtiments sont truffés d'argent, que contre toutes les autres races. Croyez-moi, entrer à l'intérieur et détruire ces virus est mon vœu le plus cher. Mais cela va être très coûteux. Nous allons y perdre des vies. Il n'est pas question que seul mon clan en paye le prix, alors que c'est une menace pour nous tous. Car si le savant libère ces virus, cela nous affectera tous. Je n'ai pas l'intention de régner sur une Terre désertifiée. C'était le rêve de mon père, pas le mien.

Heureusement que Tyler était un peu moins dingue que son père.

– Très bien, fit sèchement Annabelle. Nous allons vous aider. Et les autres peuples aussi. Vous êtes sûr qu'il n'y a aucun moyen de faire entendre raison au loup qui s'occupe du laboratoire ?

– Il décroche mais refuse de parler. Ensuite il ricane et raccroche.

– Hum, je vois. Combien de personnes avec lui ?

– En comptant les cobayes encore vivants ? Une centaine, je pense. Une vingtaine de gardes et quatre-vingts prisonniers plus ou moins atteints.

Tyler marqua une pause.

– Que nous ne pourrons pas libérer. Soyons clairs. Nous devrons pénétrer à l'intérieur, mais pas dans les salles d'expérimentations. Mon père a fait en sorte que ces virus n'aient pas d'antidotes. Nous ne pourrons pas les sauver.

Je serrai les dents. Oui, c'était bien le genre de Brandkel. Pas de merci. Pas de quartier.

Tyler fit signe aux loups de sa meute d'enlever le cadavre de son père et de le laisser seul avec nous. Ils obéirent docilement, y compris Serafina. La conférence se poursuivit entre chefs de meute et vampires afin de régler les détails de l'assaut d'après les plans fournis par Tyler. Même s'il contestait encore la suprématie de mon grand-père, Tyler écouta ses suggestions avec attention et beaucoup d'entre elles furent retenues. Il était peut-être aussi dingue que son père, pour autant que j'en savais, mais loin d'être stupide.

Un par un, les chefs de meute se déconnectèrent, puis les vampires, après avoir donné leurs ordres à Annabelle. Il y avait encore beaucoup de travail afin de coordonner l'assaut. Qui débuterait le lendemain matin, à onze heures. Le laboratoire se trouvait à moins de deux heures de vol de notre maison.

Enfin, Tyler se tourna vers moi, alors que seule l'image de grand-père et la sienne restaient sur l'écran.

– Que vas-tu faire, Indiana ?

Je ne fis pas semblant de ne pas comprendre.

– Je vais garder Katerina, répondis-je le plus calmement possible. Annabelle est aussi puissante que son père, elle va bien trouver un moyen de la soigner.

Il grimaça.

– Et si cela ne fonctionne pas ? Tu la laisserais mourir plutôt que de lui permettre de courir dans mes bras ?

Ce fut à mon tour de grimacer.

– Je croyais que tu trouvais cela affligeant ? répliquai-je sauvagement. Que tu ne voulais pas d'une marionnette activée par une pitoyable compulsion ?

Il me dévisagea, frappé par mon accusation. Puis sourit sombrement.

– Mais entre te la laisser et l'avoir avec moi, je n'hésite pas, Indiana. Elle est à moi !

Et il coupa la communication.

Grand-père me regardait, sincèrement désolé.

– Je vais étudier nos livres, dit-il, afin de voir si je trouve une solution à cette histoire de Charme. Dès que le problème du laboratoire sera réglée. Tu comprends, mon garçon ? C'est notre priorité.

Oui, entre la survie de la meute ainsi que de l'humanité et une fille Charmée par un vampire, l'enjeu n'était pas tout à fait le même.

Je respirai profondément. J'avais envie de hurler et de tout casser. Mais je me maîtrisai.

– Oui, grand-père, je comprends.

– Dis à ta grand-mère de rentrer. Avec Katerina. Autant l'éloigner le plus possible de Tyler. Elle sera en sécurité au ranch. Quant à toi, je veux que tu restes à Missoula. Nous aurons sans doute besoin de toi pour coordonner les opérations avec Dave. Tu es le seul humain parmi nous. Je ne pense pas que Brandkel ait imaginé qu'il fallait aussi des protections contre toi. L'argent ne te fait rien, la tue-loup non plus. Tu pourrais être celui qui fera la différence, Indiana. Je compte sur toi.

Et hop, j'étais soudain transformé en joker. Après tout, joker ou fou des échecs, je restais toujours l'histrion, celui qui dérangeait et surgissait de nulle part. Je lui confirmai qu'il pouvait compter sur moi, même si je détestais l'idée que Katerina s'éloigne.

Une fois la communication terminée, les loups se dispersèrent, la mine grave. Dave vérifia les équipements. Les hélicoptères viendraient nous prendre à neuf heures le lendemain matin. Et au cas où tout cela serait un coup monté de Tyler, deux resteraient ici pour assurer la sécurité de Nanny et de Seamus.

Du coup, la mission d'Annabelle à propos de la transformation de Seamus en loup-garou pur-sang passait au second rang. Elle se tenait face à Axel, qui la regardait gravement, et elle paraissait avoir totalement oublié quoi que ce soit d'autre que le séduisant semi, engagée dans une intense discussion avec lui. J'espérais qu'ils allaient passer la nuit ensemble, parce qu'ils feraient partie des troupes d'assaut le lendemain et que nous savions, les uns comme les autres, qu'il y avait beaucoup de risques que nous y passions tous. En attendant qu'ils volent leur tranche de paradis, je plongeai dans mon enfer personnel. Je devais voir Katerina. Mais au moment où j'allai me diriger vers sa chambre, qui se trouvait au même étage que la salle de communication, Annabelle se matérialisa derrière moi et m'arrêta. Ah, elle n'était pas si concentrée que cela sur Axel, finalement...

– Non, fit-elle.

Je la dévisageai. Son regard était grave.

– Non ?

– Tu ne dois pas la voir, Indiana. Katerina est violemment affectée chaque fois, parce que, au fond, elle sait que son véritable amour, c'est toi. Du coup, cela renforce la compulsion et devient douloureux pour elle. Pour l'instant, laisse-la avec les deux louves, c'est plus sage.

– Mais...

– Indiana, fais-moi confiance.

– Je peux mourir demain.

Annabelle leva les yeux au ciel et je me sentis très jeune tout à coup. Elle jeta un coup d'œil autour d'elle puis se pencha au point que son souffle chaud caressa mon oreille, me faisant frissonner.

– Personne ne va mourir demain, me murmura-t-elle très doucement afin que les autres loups ne puissent pas entendre. Nos sections d'assaut sont déjà à pied d'œuvre. Nous avons écouté ce que vous avez dit. Mais les vampires sont bien plus puissants que les loups, et Brandkel n'a pas dû protéger son laboratoire contre nos Grands Anciens. Leurs petits loups vont résister exactement dix minutes. Et après, ils feront ce que nous voudrons. Nous n'avons pas dévoilé ceci à Brandkel au cas où tout cela serait un piège pour se débarrasser de votre meute. Nous avons besoin de vous afin de pacifier les loups. Hors de question de laisser un jeune chiot comme Tyler bouleverser nos plans. De plus, nous voulons, nous aussi, retrouver la rebrousse-temps. Nous savons que vous accepterez de partager vos connaissances avec nous si nous vous aidons, alors que Brandkel nous paraît assez fou pour continuer à nous défier, exactement comme son père. Par conséquent, l'assaut sera mené contre le laboratoire à six heures trente demain matin, très précises.

Alors ça, c'était de l'efficacité. Je ne voulais pas imaginer comment les Grands Anciens, qui habitaient aux quatre coins du pays, allaient se retrouver en moins de deux heures sur le site, mais c'était impressionnant. La pensée incongrue d'un vampire volant plus vite qu'un F22-Raptor me traversa soudain l'esprit. Si je n'avais pas été aussi préoccupé par l'état de Katerina, cela aurait même pu me faire sourire.

Ne pas voir Katerina était presque au-dessus de mes forces. Je ressentais le besoin brûlant de la voir, de la toucher, de la rassurer. Mais si Annabelle disait que c'était une erreur, que Kat allait en souffrir, alors j'allais devoir discipliner mon cœur.

J'avais envie de pleurer. Mais les grands garçons ne pleurent pas. Je n'étais pas encore arrivé au bout de ma détermination, même si elle commençait à être sérieusement entamée. Si grand-père vivait avec ce genre de tension tous les jours, je n'étais pas pressé de prendre sa place.

– Très bien, fis-je en disciplinant ma voix pour qu'elle ne tremble pas. Je vais dans ma chambre. Tu vas faire partie de l'assaut ?

Elle secoua la tête à regret.

– Non. Les Grands Anciens préfèrent que je reste ici pour l'instant. Je vais remplacer ta grand-mère et l'autre louve auprès de Katerina.

Elle passa devant moi. D'un pas pesant, résigné, luttant de toutes mes forces pour ne pas bifurquer et me rendre dans la chambre de Katerina, je rentrai dans la mienne. Je n'y restai pas seul très longtemps. Quelques minutes plus tard, alors que j'étais en train de me dire que cela allait bientôt être l'heure de dîner et que je me demandais si j'avais suffisamment faim pour descendre, on frappa à ma porte.

C'étaient Nanny et grand-mère.

Et elles apportaient avec elles de quoi nourrir un régiment. Alléluia.

Elles entrèrent et posèrent les plateaux sur la petite table près de la fenêtre. Puis, pendant que je les remerciais et m'emparais d'un sandwich bœuf/mayonnaise/cornichons/tomates, grand-mère alluma l'isolateur de son. Je me redressai, sur le qui-vive.

– Nous devons te parler, Indiana, fit grand-mère dès que le sifflement de l'appareil confirma que personne ne pouvait nous entendre. Il se passe quelque chose de très étrange avec la mort de Brandkel. Tu dis que ta mère t'a expliqué ce qui s'était passé lors de la mort de ton père, n'est-ce pas ?

Je devais être extrêmement prudent.

– Oui.

– Mais a-t-elle dit que ton père s'était à moitié transformé en semi ? Exactement comme Brandkel ?

– Non.

C'était la stricte vérité, puisqu'en fait maman ne m'avait rien dit : je l'avais vu de mes yeux. Elles sentirent la vérité, sans détecter le mensonge en dessous.

Nanny soupira.

– Amber et moi pensons que ton père a été empoisonné, Indiana. Par le même produit que celui qui a sans doute été utilisé contre Brandkel.

Oui, depuis que j'avais vu le film de la mort de Louis, j'étais arrivé à la même conclusion. Mais je fis semblant d'être surpris.

– Parce qu'il s'est transformé de la même façon ?

– Non, parce que le traumatisme crânien que ton père s'est fait lorsqu'il s'est fracassé sur la table n'a pas guéri, pas plus que la plaie du couteau qui a transpercé son cœur. La teneur en argent était importante, certes, mais il aurait dû résister bien plus longtemps que cela. Exactement comme Brandkel. Ce poison, quel qu'il soit, empêche nos cellules de se régénérer. De fait, la transformation met bien plus de temps à s'opérer, raison pour laquelle on peut voir à l'œil nu ce qui normalement nous échappe : le moment où nous passons de l'état de bipède à celui de quadrupède. Ce n'était pas en semi que ton père ou Brandkel se sont transformés. Ils l'ont simplement fait au ralenti.

J'essayai d'avoir l'air convaincu.

– Donc, Tyler aurait eu accès au « poison », l'aurait administré à son père et aurait fait passer sa mort sur le compte du vaccin. Malin.

– Très. Il est intelligent et retors, surtout pour un enfant aussi jeune.

– Être élevé par Louis Brandkel a tendance à faire vieillir bien plus que la normale, dis-je avec amertume. Physiquement, Tyler a dix-huit ans, mais en terme de souffrance, il approche plus des quatre-vingts. Son père était un monstre. Il en a fait un monstre. Je pensais qu'il pouvait être sauvé. Je suis triste de voir que ce n'est plus possible.

D'autant plus triste que mon ex-ami détenait ma mère et n'avait pas l'intention de me la rendre, par pure vengeance mesquine.

– Nous pourrions le dénoncer, fit grand-mère d'une voix lente. Il a triché pour contrôler la meute !

– Et avec quelle preuve ? rétorqua Nanny. Impossible de parler de la mort de Benjamin, tu le sais très bien, Amber. Avec la guerre des clans, c'est encore moins d'actualité qu'il y a seize ans. Non, il va falloir faire avec. Tyler est le nouveau chef de la meute Brandkel.

Elle eut un petit sourire cruel.

– Voyons combien de temps il tiendra avant de se retrouver face à un ambitieux qu'il ne pourra pas droguer et qui voudra sa place. Il n'est pas Louis…

Grand-mère hocha la tête. Oui, Nanny avait raison. Tyler était un alpha, certes, mais il n'avait pas l'envergure des vieux loups. Il allait devoir batailler dur pour conserver sa place. Je ne l'enviais pas. Et encore moins d'y avoir accédé en tuant son père, tout monstre qu'il était.

Je terminai mon repas avec elles. Je ne mentionnai pas ce que m'avait dit Annabelle. Inutile qu'elles fassent du zèle et, de toute façon, les vampires allaient bientôt entrer en action, il était déjà trop tard pour que nos loups se rendent sur le site.

Enfin, elles me laissèrent à mes sombres pensées. Puisque je n'avais plus besoin de jouer les héros, mon esprit n'avait plus que Katerina sur lequel se focaliser.

Je m'endormis en pensant qu'à part une comète de feu s'abattant sur notre maison, la situation ne pouvait pas être pire.

J'avais tort.

Parce que lorsque Chuck, affolé, me réveilla, il hurlait quelque chose de totalement incohérent.

Que Katerina avait disparu.

Axel aussi.

Et que c'était sur ordre d'Annabelle…

Chapitre 18

Piège pour vieux vampires

J'attrapai Chuck avec une telle force que le gros loup faillit tomber.

– Quoi ? grondai-je. Qu'est-ce que tu viens de dire ?

– Écoute, répondit-il alors que son teint virait au rouge parce que je serrais son col trop fort, moi, je n'ai rien dit du tout, c'est Annabelle. Tu dois lui parler, Indiana, parce que tout le monde est devenu fou ici !

Il faisait encore nuit, il ne devait pas être plus de cinq heures du matin. Je lâchai Chuck, qui inspira avec reconnaissance, sautai dans mon jean, enfilai mon pull et, pieds nus, fonçai vers le salon. Annabelle n'avait pas de chambre chez nous (d'ailleurs, les SangVols dormaient-ils ?) et j'en déduisis donc qu'elle était en bas.

J'avais raison, bien sûr. Elle m'attendait de pied ferme, Nanny et grand-mère de chaque côté. Si elle s'imaginait que leur présence allait m'empêcher de lui faire la peau, elle rêvait.

Je fonçai sur elle et, pour la première fois de ma vie, je vis un vampire reculer un peu devant la puissance de ma colère. Mais je me foutais de cette petite victoire.

Je me plaçai devant elle, la dominant de toute ma masse d'humain alpha fou furieux.

– Qu'est-ce que vous avez encore fait, SangVol ?

Elle m'opposa un regard clair.

– J'ai sauvé la vie de ta petite copine, pourquoi ?

C'était un coup bas. Mais ma colère ne se relâcha pas.

– En la faisant partir d'ici avec Axel ? Pour quoi faire ?

– Pour lui permettre de rejoindre Tyler. Elle est partie il y a deux heures, déjà. Axel l'a conduite près de la maison de Tyler et l'a laissée là-bas. Nous savons qu'il y a des loups de sa meute en garde. Ils ont déjà dû la conduire à sa résidence principale. J'attends un coup de fil d'Axel d'une minute à l'autre afin que nous soyons sûrs qu'elle est saine et sauve.

J'avais du mal à respirer, j'avais du mal à articuler.

– Quoi ? dis-je d'une voix épaisse. Vous pensez que la mettre entre les mains de Tyler, c'est vous assurer qu'elle sera saine et sauve ? Mais vous êtes complètement folle ?

– C'était ça ou la compulsion allait la tuer. Je n'avais pas le choix. Cette fois-ci, le sort était si puissant qu'il a failli la rendre folle presque immédiatement. La mettre en mouvement afin qu'elle se rende chez Tyler était la seule solution pour épargner son esprit.

Elle mentait. Impossible de dire comment je le savais, mais elle mentait. Maintenant, le tout était de comprendre pourquoi, et surtout de découvrir ce qu'elle cherchait à cacher. Curieusement, grand-mère et Nanny avaient l'air d'avaler son histoire comme du petit-lait. Comme si sa décision était logique et rationnelle.

Sauf que quelque chose clochait terriblement.

Ils s'attendaient à ce que je m'emporte, que je hurle. Mais moi, ce que je voulais, puisque Kat était hors de portée, c'était vérifier par moi-même si elle allait bien.

Je tournai donc les talons et fonçai vers ma chambre. Je fis couler une douche afin de bien faire comprendre à tout le monde de me foutre la paix. Je fermai la porte à clef, ainsi que celle de la salle de bains. Je me déshabillai. Et me concentrai pour plonger dans la transe du rebrousse-temps. J'avais peu d'espoir. Cela faisait un mois que j'essayais de retrouver ma mère en revenant le jour où elle avait été enlevée afin de la suivre, mais cela n'avait jamais fonctionné, et la dernière fois je m'étais retrouvé seize ans plus tôt pour assister à la mort de mon père. Le moins qu'on puisse dire, c'était que mon don était un tantinet aléatoire…

Pourtant, à mon immense surprise, cette fois-ci ce fut presque facile. Je décidai de m'en inquiéter plus tard : ce pouvoir avait rendu ma mère folle, j'espérais que cette nouvelle aisance n'était pas les prémices de la maladie.

Comme quoi, on n'est jamais content, hein.

L'instant d'après, je survolais notre maison, deux heures plus tôt.

C'était tout de même formidablement pratique de pouvoir remonter le temps.

Je vis Axel porter Katerina, soigneusement emmitouflée dans un manteau chaud, mais, très curieusement, pieds nus.

Ensuite, ils firent quelque chose d'encore plus bizarre. La maison de Tyler n'était pas loin. Ils parcoururent une partie du trajet en voiture, mais à environ cinq cents mètres de l'entrée, Axel arrêta sa voiture et ils descendirent.

Katerina retira son manteau. En dessous, elle était en chemise de nuit. Grimaçant, elle commença à marcher dans les bois, n'essayant pas d'éviter les branches qui se prenaient dans ses longs cheveux ni les pierres qui entaillaient ses pieds nus. Je jurai dans le néant qui m'entourait. Par le sang de mes ancêtres, mais qu'est-ce qu'elle était en train de faire ?

Elle continua ainsi, suivie par Axel qui s'était transformé en semi et portait un sac à dos, passant par les bois alors que la route était dégagée. Je ne comprenais plus rien. À un moment, elle s'approcha d'un petit lac et, sans hésiter, se jeta dedans, se lava vigoureusement pour ressortir presque aussitôt et recommencer sa course hasardeuse, de plus en plus hagarde, de plus en plus frigorifiée, de plus en plus blessée. Et Axel la suivait, ne la réchauffait pas, ne la touch…

Et soudain l'angoisse tordit mon cœur.

Je venais de comprendre ce qu'elle était en train de faire. Et pourquoi Axel ne la touchait pas.

Elle s'était lavée de son odeur afin que personne ne sache qu'il avait été avec elle. Exactement comme moi, des années plus tôt, quand Axel m'entraînait secrètement.

Katerina n'était pas Charmée. Tout cela était une énorme comédie, destinée à tromper Tyler. En réalité, la femme de ma vie était parfaitement lucide.

Et en train de se sacrifier.

De se jeter dans la gueule sombre et noire du loup. Pour moi. Pour retrouver ma mère.

– Noooooooon ! hurlai-je au comble de l'angoisse. Katerina, nooooooooon !

Mais bien sûr, personne ne pouvait m'entendre. Je n'avais aucun moyen d'intervenir, de l'empêcher de faire ce qu'elle avait prévu, parce que tout cela s'était passé des heures plus tôt.

Une fois devant la porte close, Axel s'évanouit dans l'ombre et Katerina sonna.

Mais personne ne répondit. La maison resta sombre et silencieuse. Pour la première fois depuis que je m'étais éclipsé, je souris. Ah ! Les loups de Brandkel n'étaient pas là. Annabelle, Katerina et Axel avaient commis une erreur. Katerina n'allait pas être capturée. Et rejoindre la résidence principale de Brandkel, qui se trouvait à l'autre bout du Montana, allait leur prendre des heures. Avec l'hélicoptère, j'allais pouvoir les rattraper. Oui !

Mais Katerina n'avait pas l'intention d'abandonner comme ça. Elle fit le tour des hauts murs de la propriété, notant les caméras et les systèmes d'alarme. Puis elle avisa un arbre dont les branches couraient le long du mur.

– Axel, appela-t-elle à voix basse, viens ici !

Le semi apparut silencieusement.

– Il n'y a perzonne, zozota-t-il entre ses longs crocs. Z'est inutile, Katerina, nous devons prendre la voiture pour aller à l'autre rézidence.

– Non ! gronda Katerina qui virait lentement mais sûrement au bleu maintenant qu'elle n'était plus en mouvement. Aide-moi à monter à l'arbre.

– Ils vont sentir mon odeur sur toi, objecta l'énorme semi noir.

– Tant pis. Je ne peux pas franchir ces murs sans ton aide. Les premières branches sont trop hautes pour que je les attrape. Il y a un bassin chauffé pour les poissons rouges de l'autre côté. Ça devrait faire l'affaire.

– Pourquoi veux-tu aller dans la propriété alors qu'il n'y a personne ? s'enquit le semi en plissant son front poilu.

– Parce qu'il y a des systèmes d'alarme partout et que je te parie qu'elle est surveillée. Tu as dit que les loups sont très territoriaux, n'est-ce pas ?

– Oui.

– Combien paries-tu qu'ils vont débarquer ici en force dès qu'ils verront que quelqu'un s'est introduit sur l'une de leurs propriétés ?

Axel grogna.

– Tu as sans doute raison. Monte sur mon dos.

Il se baissa pour l'aider, puis, alors qu'elle s'agrippait à lui, se redressa afin de lui permettre d'atteindre les branches les plus basses. Avec un petit grognement, elle sauta et se rétablit avec la souplesse d'un chat. Là, franchement, j'aurais bien aimé que Katerina soit un peu moins forte et agile. Elle courut le long de la branche, légère, sans jamais faiblir, arriva au sommet du mur qui, heureusement, était dépourvu de piquants, de bouts de verre ou de métal, puis elle se laissa tomber de l'autre côté, roulant sur elle-même pour absorber le choc.

Si je n'avais pas été aussi en colère et terrifié, j'aurais été très fier d'elle. Elle se débrouillait comme un chef.

Immédiatement, une alarme se mit à sonner. Katerina fila vers la maison. En chemin, elle « tomba » dans le bassin aux poissons rouges qui durent mourir d'une crise cardiaque lorsqu'une fille fit irruption dans leur univers, puis, ruisselante et déterminée, elle courut vers la maison, attrapa une grosse pierre et fracassa les vitres d'une porte-fenêtre avec un bel élan.

Une seconde alarme se mit à sonner et des projecteurs s'allumèrent. Katerina fonça dans la maison et, prudente, au cas où l'alarme serait connectée à une caméra, se mit à hurler :

– TYLEEEEEEEER ! TYLEEEEEEEER ! MON AMOUUUUUUR !

Je savais qu'elle jouait la comédie, mais c'était pénible quand même.

Elle était vraiment maligne. Parce que moins de vingt minutes plus tard, deux 4 × 4 bourrés des loups de Brandkel firent irruption. J'avais réussi, chose incroyable, à rester avec elle en faisant de petits sauts de quelques minutes, un peu comme une avance rapide. Soit mon don se renforçait, soit mon amour pour elle était si puissant que j'apprenais à le contrôler… enfin, un peu. Quoi qu'il en soit, je pus voir qu'ils la capturaient. Ils notèrent son apparence pitoyable, ses pieds blessés, son visage maculé et ses vêtements trempés.

L'un d'entre deux se transforma et fila le long du chemin jusqu'au bassin, puis jusqu'au mur. Il revint et prit forme humaine.

– Elle est tombée dans le bassin. Dis donc, c'est une vraie saloperie, ce truc de vampires. Tu as vu dans quel état elle est ?

– Elle a dû s'échapper, grogna l'un des autres. La compulsion a dû être trop forte. Notre chef de meute avait raison. Il a bien fait de nous dire de nous tenir prêts. Allons-y.

Le plan insensé d'Annabelle, d'Axel et de Katerina était en train de fonctionner. Sauf qu'ils ne conduisirent pas Katerina chez Brandkel en voiture.

Ils utilisèrent un hélicoptère. Qu'Axel ne risquait pas de suivre, vu que, contrairement à Annabelle, il ne savait pas voler.

Je vis alors que le plan de mes alliés était bien établi. De l'ombre surgit Erick. Le chirurgien d'Annabelle s'envola derrière l'hélicoptère, restant soigneusement hors de vue. J'allais les suivre pendant le vol mais mon don décida de zapper directement à la phase suivante. L'atterrissage. Sur un aéroport privé.

Ils se trouvaient dans une propriété que je ne connaissais pas. Un espoir insensé fit battre mon cœur. Était-ce là qu'ils gardaient ma mère prisonnière ?

Mais ce n'était qu'une étape. De la maison sortit Tyler et je sentis immédiatement mon don vaciller. Ma colère et mon inquiétude allaient me faire perdre le fil. Je ne pouvais pas me le permettre.

Avec un cri de joie, Katerina se jeta dans ses bras, le visage transfiguré. Au point que l'espace d'un instant, moi aussi, je crus qu'elle était vraiment envoûtée. Mais lorsque, ravi, Tyler la prit dans ses bras et que personne ne pouvait la voir, je remarquai, l'espace d'une seconde, la profonde colère et la répulsion qu'elle éprouvait vraiment. Je faillis arrêter de respirer. Elle ne devait pas, surtout pas, montrer la moindre hésitation. Les loups étaient ultra sensibles aux humeurs des humains et Tyler décèlerait immédiatement la moindre fausse note.

Mais le grand garçon blond était bien trop content de retrouver Katerina pour se préoccuper d'autre chose. Il se dégagea et la tint à bout de bras, se repaissant de sa beauté.

Salopard.

Puis il fronça les sourcils.

– Ma pauvre chérie, mais dans quel état tu t'es mise ? Viens, nous allons soigner tout cela et puis tu m'expliqueras comment tu as réussi à t'enfuir, d'accord ?

– Oui, Tyler, fit Katerina d'une petite voix soumise. Tyler est mon amour. J'aime Tyler. Je n'aime que Tyler.

Les sourcils de Tyler se froncèrent de plus belle. Ah, il était en train de se rendre compte de ce que c'était que d'avoir quelqu'un de Charmé sur les bras. Si Katerina jouait bien le jeu, il allait vite être dégoûté. Je sentais déjà à quel point il n'aimait pas ce qu'il voyait.

Les loups avaient prêté des blousons et un pantalon bien trop grand à Katerina, mais la maison où se trouvait Tyler avait dû abriter des louves également, parce qu'il trouva ce qu'il fallait pour couvrir Katerina. Elle se laissa habiller comme une poupée, inerte entre ses mains. Un instant, il hésita, mais il avait l'air très pressé. Il consulta sa montre.

– Dommage, murmura-t-il, dans quelques minutes les vampires seront tous morts. Mais si cela échoue, ils risquent de venir ici, je ne peux pas courir le risque.

Il couvrit le corps à moitié nu de Kat d'un regard brûlant.

– J'aurais bien profité de toi, douce Kat, mais nous n'avons pas le temps. Pas encore.

– J'aime Tyler, Tyler est mon amour, chantonnait doucement Katerina, comme si c'était tout ce qu'elle était capable de proférer ou de penser.

Tyler pinça les lèvres mais ne dit rien de plus. Il termina de l'habiller et la prit par le bras. Ils sortirent de la maison et s'engouffrèrent dans un 4 × 4 noir, suivi par quatre autres voitures identiques aux vitres intégralement teintées. Comme une ombre silencieuse, Erick observait attentivement ce qui se passait, tout comme moi. Nous flottions au-dessus des voitures. Soudain, elles passèrent sous un long tunnel. Pour Erick ce fut un problème, mais pas pour moi pour qui les murs étaient transparents. Je vis les voitures s'arrêter, Tyler et Katerina en descendre, puis les véhicules repartirent.

Erick se fit avoir. Je hurlai de rage. Il suivit les voitures, croyant qu'ils étaient toujours à l'intérieur. L'instant d'après, un camion arrivait, en sens inverse, s'arrêtait et chargeait les deux passagers. Tyler était aussi parano que son père. Il ne prenait aucun risque. Contre des gens normaux, cela aurait pu fonctionner. Contre moi, l'espion suprême, il ne pouvait pas lutter.

Sauf que l'espion suprême n'avait aucun contrôle sur sa saloperie de don.

Et que celui-ci choisit précisément ce moment-là pour me lâcher.

Je me rematérialisai dans ma salle de bains, hurlant de rage. J'essayai désespérément de retourner au-dessus du camion, mais rien à faire. Mon don refusait de fonctionner.

Je ne voulais pas que toute la maison m'entende, alors je me mis sous la douche, tentant de retrouver mon calme pour que mon don accepte de m'obéir.

Mais cela ne marcha pas plus.

Lorsque j'en ressortis, j'étais toujours aussi en colère, contre Katerina, contre Annabelle, contre Axel et surtout contre moi.

Je devais absolument retrouver Katerina. C'était vital.

Je me rhabillai et descendis au salon, les cheveux encore humides. Grand-mère et tous les autres avaient entendu mon hurlement, sans savoir pourquoi ni contre qui je hurlais. Entre-temps, Nanny avait préparé un petit déjeuner. Je refusai de manger, incapable d'avaler quoi que ce soit, mais avalai une tasse de thé chaud et sucré.

Puis je leur dis :

– Dans la salle de conférence. Maintenant. Urgence.

Elles eurent envie de protester, mais j'employai mon énergie d'alpha avec une telle puissance qu'elles faillirent se transformer. Seamus n'était pas avec elle, j'en déduisis que lui aussi avait été tenu à l'écart. Mais Chuck et Dave étaient là. Logique. Si Dave n'avait pas été prévenu, il aurait arrêté Axel, semi ou pas semi…

Ils montèrent tous, y compris Annabelle à qui mon pouvoir d'alpha ne faisait pourtant ni chaud ni froid. Une fois dans la salle insonorisée, je branchai le bruit blanc, histoire de renforcer encore la sécurité, parce que ce que j'allais dire pouvait mettre Katerina en terrible danger.

– Très bien, fis-je d'une voix froide en me plaçant face à eux. Laquelle d'entre vous a eu l'idée de cette mascarade ?

Grand-mère et Nanny échangèrent un regard.

– De quoi parles-tu ? demanda prudemment grand-mère.

– J'aimerais bien que vous arrêtiez de me prendre pour un idiot. Katerina a parlé avec Annabelle avant d'entrer dans la salle. Je pensais qu'elle évoquait sa possible liaison avec Axel, mais en fait elle lui expliquait ce qu'elle allait faire. Qu'elle allait faire semblant d'être Charmée. À la folie. Elle ne savait pas, à ce moment-là, que Louis Brandkel était mort. Elle avait l'intention de jouer cette petite comédie dès qu'elle verrait Tyler, afin de les convaincre qu'elle n'avait qu'une seule idée en tête, le rejoindre. Sauf qu'elle a dû attendre, parce qu'elle ne savait pas ce que Tyler, une fois son père mort, allait décider. S'il me rendait ma mère, tout allait bien, elle n'avait pas besoin de se sacrifier afin de la localiser pour moi. Si au contraire Tyler se comportait comme le salopard arrogant qu'il est, alors elle pouvait mettre son plan débile en marche. Ce qui explique pourquoi elle a attendu qu'il dévoile son jeu. Ensuite, dans la panique, seule Annabelle pouvait confirmer qu'elle était bien ensorcelée. Et les vampires veulent mettre la main sur ma mère plus que tout, n'est-ce pas, chasseuse 5 ?

Annabelle pinça les lèvres, mais inclina la tête.

Je continuai, désignant Dave.

– Le fait que Dave n'ait pas arrêté Axel m'a prouvé qu'il était au courant, ce qui t'impliquait toi, grand-mère. Parce que jamais Dave et ses équipes n'obéiraient à un vampire. À moins qu'il ne les ensorcèlent tous, ce dont je doute.

– Tu ne peux pas savoir si cela n'est pas réellement la seule solution que nous ayons trouvée pour sauver Katerina de la compulsion ! contra Annabelle.

– Erick, qui est bien moins fort que vous, a réussi à endormir Katerina. Et l'attacher n'était pas bien compliqué, le temps de trouver un remède à cette compulsion. Mais là ? Comme par hasard il n'y avait aucune autre solution que de laisser Katerina partir ? Je vous l'ai dit, arrêtez de me prendre pour un imbécile.

Je me plantai devant Annabelle et articulai, glacial :

– Est-ce que vous avez la moindre idée de ce que vous avez fait ? Parce que si Tyler comprend que Katerina l'a roulé, il n'hésitera pas plus à la tuer qu'il n'a hésité à tuer son père !

Annabelle pensait qu'elle maîtrisait parfaitement la situation avec Erick en embuscade. Sauf que moi, je savais que ce n'était pas le cas. Mais du coup, forte de son assurance, elle cracha le morceau.

– Wow, fit-elle avec arrogance. On se calme, le louveteau. On a une double sécurité autour d'elle. Axel la suit par la route et Erick, par les airs, ils ne peuvent pas nous échapper. À la seconde où on a repéré l'endroit où il cache ta mère, nos troupes d'assaut vont intervenir.

– Oh ? fis-je, sarcastique. Les mêmes troupes d'assaut qui sont en ce moment probablement en train de se prendre une énorme pâtée autour d'un bâtiment où il n'y a vraisemblablement qu'un gigantesque piège pour les vampires et pas l'ombre d'un virus ?

Elle me regarda, bouche bée.

– Quoi ?

Je fermai les yeux un instant en me demandant pourquoi je discernai les schémas que les gens ne voyaient pas. Même si, en fait, mon intuition m'avait été confirmée par Tyler lui-même lorsqu'il avait dit « dans quelques minutes les vampires seront tous morts ».

Le téléphone d'Annabelle sonna, me dispensant de réponse. Elle décrocha tout en me foudroyant du regard.

– Chasseuse 5.

La seconde d'après son regard se durcit et elle aboya :

– Quoi ? Erick, j'espère que tu plaisantes ?

La voix dans le combiné lui confirma que non, hélas. Elle raccrocha d'un geste furieux.

Je croisai les bras. Affichai un regard aussi mauvais que le sien.

– Il l'a perdue, c'est ça ?

Elle hocha la tête à regret.

– Le vieux truc du tunnel. Erick les a perdus de vue pendant quelques secondes. Lorsque les voitures se sont enfin arrêtées, il s'est rendu compte qu'ils n'étaient pas dedans. Il a rebroussé chemin, retrouvé leur odeur dans le tunnel. Qui partait en sens inverse. Nous avons perdu Katerina. Je suis désolée. Maintenant, tout repose sur la capacité de ton amie à nous contacter. J'espère qu'elle est forte. Parce qu'elle est seule au milieu de vos ennemis.

J'avais envie de l'étrangler. Mais cela n'aurait pas servi à grand-chose.

– La prochaine fois, avant d'envoyer les miens à une mort certaine, probablement assortie pour un court instant d'une torture tout aussi certaine, j'aimerais bien que vous preniez mon avis et celui de mon grand-père, fis-je d'une voix grinçante.

– Tu étais trop concerné, répondit Annabelle. Nous devions tenter le coup. Garde bien ton portable chargé et ouvert, elle va sans doute te contacter en premier afin de te dire où elle est.

Si Katerina avait accès à un téléphone, et rien n'était moins sûr. À force de grincer des dents, j'allais finir édenté.

– Et qu'est-ce que c'est que cette histoire de piège ? demanda-t-elle.

J'étais fatigué. À en avoir mal aux os tellement la tension tirait sur mes muscles et mes tendons. Je m'étirai donc, afin de diminuer la pression. Puis je lui répondis :

– Je pense que Brandkel a vraiment mis au point des virus. Et je pense qu'il a vraiment vacciné sa meute. En revanche, je ne crois pas une seconde que le loup du laboratoire n'obéit pas au doigt et à l'œil au successeur de Brandkel. Tyler l'a vaincu légitimement. Cet endroit doit faire partie du piège que Brandkel voulait tendre aux Grands Anciens. Je ne l'ai pas compris tout de suite, parce que je ne connaissais pas votre *modus operandi* et que j'étais tellement inquiet pour Katerina que je n'arrivais pas à réfléchir. Mais Tyler et Brandkel le connaissaient, eux. Ils savaient que les Grands Anciens interviendraient face à ce qu'ils considéreraient comme une menace inacceptable. Alors ils leur ont tendu un piège. Probablement mis en place par Louis et déclenché par Tyler.

Annabelle prit lentement son téléphone.

– L'assaut va avoir lieu dans quelques minutes. Tu es conscient que si je l'arrête et qu'il n'y a rien, les Grands Anciens vont croire que tu les as trahis ?

J'étais parfaitement conscient de cela. La soudaine pâleur de ma grand-mère et de Nanny, qui n'osaient même pas parler tellement elles avaient peur, fut éloquente. Se faire ce genre d'ennemis menait en général à une fin très rapide et douloureuse.

– J'en suis sûr, répondis-je fermement. Qu'ils envoient d'autres vampires si vous ne me croyez pas. Les loups n'aiment pas les vampires, nous le savons très bien tous les deux. Mais Brandkel haïssait tout ce qui se mettait entre lui et le pouvoir absolu. Il est donc parfaitement logique qu'il ait concocté un plan pour se débarrasser de ses plus dangereux ennemis. Les Grands Anciens, capables, telle vous, SangVol, d'hypnotiser les loups, comme vous l'avez fait pour ma grand-mère et Nanny.

– Quoi ? s'exclama grand-mère en se tournant vers Annabelle, les yeux soudain étincelants de fureur. Que m'avez-vous fait ? Mais je croyais que seul lord Brandon pouvait…

Je fus sobre en l'interrompant.

– Elle, lord Brandon et les Grands Anciens. De vrais enjôleurs…

Annabelle leva les mains, apaisante.

– Pardon, mais nous n'avions pas le temps d'argumenter avec Katerina. J'ai juste utilisé un peu de mon pouvoir afin de vous convaincre que c'était une bonne idée. Je suis désolée. Excusez-moi, mais je dois vraiment appeler les Anciens.

Et avant que grand-mère, toujours aussi furieuse qu'on l'ait Charmée sans qu'elle s'en fût rendu compte, ne puisse lui arracher la gorge, Annabelle appuya sur une touche de son téléphone. Immédiatement, une voix sèche comme de la poussière s'éleva.

– Nous sommes sur le point d'attaquer, chasseuse 5. Pourquoi activez-vous l'Alarme ?

On sentait le « A » majuscule dans sa voix.

– On me rapporte que ce serait un piège, lord Skem, afin d'éliminer les Grands Anciens qui participeraient à l'assaut.

Il y eut un silence au téléphone.

– Qui, « on » ?

Annabelle soupira. Elle avait essayé.

– Le jeune Indiana Teller.

Nouveau silence.

– Et sur quoi fonde-t-*il* son analyse ?

– Sur la logique et ce qu'il sait des Brandkel, lord Skem.

Nouveau silence. Si chaque fois qu'on lui disait quelque chose, lord Skem mettait deux heures à mettre ses neurones en marche, ils avaient tous le temps de mourir dix fois.

– Je vais aviser, laissa tomber lord Skem.

Et il raccrocha brutalement.

Annabelle rangea son portable. Puis leva les yeux vers moi.

– J'espère pour toi que tu dis vrai, Indiana Teller. Parce que dans le cas contraire, ta meute et toi, vous êtes en très grand danger.

– Croyez-moi, répondis-je avec amertume, être en grand danger, c'est ma vie de tous les jours. Alors ça ne va pas me changer beaucoup.

– Maintenant, fit grand-mère d'une voix trompeusement douce, parlons un peu de cette histoire de Charme…

Nanny et elle se levèrent et se placèrent face à Annabelle qui leur sourit.

– Je n'ai pas eu beaucoup de mal à vous convaincre, dit-elle avec décontraction (même si je voyais bien ses doigts crispés, prêts à tuer si elles l'attaquaient). Vous n'aimez pas beaucoup les humains mais vous voulez protéger votre meute. Vous voulez récupérer la rebrousse-temps à peu près autant que nous. Alors pas d'hypocrisie, mesdames, je vous prie.

– Peu importe ce que nous pensons, gronda grand-mère. Le libre arbitre, vampire, ça vous dit quelque chose ? Entre ce que nous aimerions faire et ce que nous faisons, il y a une grande différence. Autant qu'entre un fantasme et la réalité. Alors n'imaginez pas une seconde que nous allons laisser passer cela. Nous n'aimons peut-être pas beaucoup les humains, mais cette jeune fille est importante pour notre Indiana. Et ce qui est important pour lui l'est aussi pour nous.

Annabelle cilla, surprise. Elle n'avait pas mesuré l'attachement qui nous liait les uns aux autres. Ce n'était sans doute pas commun chez les vampires. Je les plaignais presque. Et comprenais un peu mieux pourquoi elle avait peur de se frotter à la chaleur de la passion d'Axel. Parce que c'était tout son système de valeurs qu'il remettait en cause.

Soudain, le téléphone d'Annabelle sonna de nouveau. Elle s'excusa du regard auprès des deux louves furieuses et décrocha. De nouveau s'éleva la voix sèche :

– Six d'entre nous sont morts sur les vingt et un de notre Conseil, annonça froidement lord Skem. Mais si vous ne nous aviez pas prévenus, nous le serions tous. Je n'ai pas eu le temps d'arrêter la première vague. Vous aviez raison. C'était bien un piège. Nous sommes dangereusement affaiblis, car les virus ont été propagés. Afin de guérir, nous allons devoir entrer en hibernation. Pendant au moins une dizaine d'années. Nous vous laissons la gestion des vampires, SangVol. Nous partons au mausolée. Nous reparlerons dans dix ans.

Il marqua une pause puis ajouta :

– Et réglez cette histoire de création artificielle rapidement. Nous ne pouvons pas permettre qu'il y ait trop de loups-garous, c'est déjà bien assez difficile de maintenir ce monde dans l'ignorance…

Et il raccrocha.

Éberluée, Annabelle regarda son téléphone comme s'il venait de la mordre. Et, sans doute pour la première fois de sa vie – ou de sa mort, je ne savais pas très bien –, dut s'asseoir, les jambes coupées par l'émotion.

– Il… finit-elle par articuler péniblement. Il a dit « dans dix ans » ?

– Je suppose que pour vous c'est l'équivalent d'« à demain » ?

– Pour eux, oui, sans doute, admit Annabelle, mais pour moi, dix ans, c'est… c'est long.

Elle déglutit.

– Ils ont dû être sacrément contaminés pour se retirer comme ça. Mais qu'est-ce que c'est que cette meute ?

Je compris sa question. Elle n'arrivait pas à imaginer que des loups-garous puissent être aussi dangereux et/ou machiavéliques que des vampires.

– « La Meute Diabolique », ça lui irait bien comme surnom, précisai-je avec amertume. Blague à part, le seul souci, c'est que Tyler a été très malin. Il a déclaré qu'il y avait un vrai problème. Il a demandé l'assistance des autres meutes mais aussi des vampires. Il a aussi prévenu que c'était très dangereux et que beaucoup risquaient d'y laisser la vie. Jamais nous ne pourrons l'accuser devant les autres races surnaturelles. Il gagnerait, sans aucun doute.

Annabelle grogna. Mais elle savait que j'avais raison. Si je n'avais pas entendu, au cours de mon « voyage », Tyler en parler, rien ne serait venu étayer ce qui n'était qu'une simple intuition.

Annabelle se tourna vers moi.

– Nous vous devons notre vie, Indiana Teller. Les vampires ont une énorme dette à ton égard. Merci d'avoir préservé nos Grands Anciens. Ils ne sont pas toujours très faciles à comprendre, mais leur seule préoccupation est la survie de nos peuples. Et souvent ils représentent l'unique rempart entre nous et les humains…

Sincèrement, je ne savais pas si c'était un bien ou un mal, parce que moi non plus je n'aimais vraiment pas les vampires. Même si j'étais d'accord avec le fait qu'il était préférable que les humains, dont accessoirement je faisais pourtant partie, n'apprennent rien à propos des dangereux prédateurs qui rôdaient dans l'ombre… et parfois aussi dans la lumière.

– *Deux* dettes ! assena ma grand-mère qui ne lâchait pas sa proie si facilement. Se servir de nous ainsi, c'était… c'était inique !

Annabelle soupira.

– Vous savez, je peux vous faire tout oublier…

– Mais pas à moi, intervins-je vivement. Moi, vous ne pouvez pas m'hypnotiser. Et je pense que grand-père non plus.

Je montrai mon téléphone ouvert.

– Et il vient indirectement de participer à ce qui s'est dit dans cette pièce.

– Merci, Indiana, gronda la voix profonde de mon grand-père. C'était effectivement très instructif. Chasseuse 5, ne vous avisez pas d'essayer de modifier les souvenirs de ma femme, je considérerais cela comme une déclaration de guerre !

Chapitre 19
Sorciers et vampires

Il n'y allait pas avec le dos de la cuillère. D'autant que d'habitude, c'étaient plutôt les vampires qui menaçaient que le contraire. Annabelle n'aima pas cela. De nouveau, elle me foudroya du regard puis capitula. Je pense que la retraite de ses employeurs lui avait porté un coup au moral, sinon tout cela aurait été nettement plus compliqué. Parce que je lisais dans son esprit comme s'il était le mien. Elle aurait essayé. Et elle aurait échoué.

Grand-mère passa devant elle sans la saluer, suivie par Nanny. Tout cela ne me rendait pas Katerina, mais j'étais content qu'aucune de ces deux femmes que j'aimais n'ait cédé à la tentation d'utiliser la troisième femme que j'aimais.

Annabelle, Chuck et Dave restèrent à mes côtés. Je sentais le regard des deux loups sur moi. Ils avaient été surpris par mes réflexions, je le savais, tout autant que par ce qu'ils avaient appris. Et encore plus que j'aie songé à faire participer grand-père à la réunion afin de protéger le clan contre Annabelle. Eh oui, je ne vivais pas dans le monde des Bisounours, mais dans le monde des monstres.

– Comment pouvons-nous t'aider ? finit par grogner Dave.

– Ouais, renchérit Chuck, parce que c'est bien gentil tout ce blabla, mais pour l'instant, c'est la merde. Tyler a ta mère et ta petite copine, et on n'a aucune idée de l'endroit où ils sont !

C'était tout Chuck, ça. Enfoncer des portes ouvertes, il savait bien faire.

Dave me tendit un papier.

– J'ai oublié de te donner ça hier, avec tous ces chambardements. Ton grand-père m'a fait parvenir ces résultats d'analyse, mais j'avoue que je ne les comprends pas.

Fronçant les sourcils, je pris le papier et parcourus les chiffres.

C'était très étrange. Le poil trouvé près du corps ensanglanté de Seamus n'était pas un poil de semi. Pas plus qu'un poil de loup.

Mais un poil de chien.

Dave avait raison, cela n'avait aucun s…

Soudain, cela me frappa. Je relevai la tête. Un chien. Un *gros* chien. Comme ceux qui se trouvaient aux côtés de Tyler lors de l'assemblée.

C'était cela ! Il n'avait pas utilisé un semi pour attaquer Seamus, mais un chien ! Qu'il pouvait bien mieux contrôler, pensait-il. Mais, rendu fou par l'odeur du sang, le chien s'était déchaîné avant que Tyler n'ait le temps d'intervenir. Oui ! Cela expliquait tout ! Et soudain, ce fut comme un second flash.

Le semi. Celui qui m'avait attaqué. Il avait dit : « Elle vient de se rematérialiser au chenil. » Sur le coup, j'avais pensé qu'il évoquait ma mère comme une louve ou une autre semi. Mais dans ce cas, il aurait dit « à la tanière », certainement pas « au chenil » parce que, pas plus que les loups, les semis n'aiment les chiens.

Et qui était le seul loup assez arrogant pour élever des chiens de combat, d'après ce que j'avais pu voir quelques heures plus tôt ?

Feu Louis Brandkel.

Je regardai Dave et je savais que mon regard brillait d'espoir.

– Dave, dis-je d'un ton pressant, tu as une liste des avoirs de Brandkel ? Aurais-tu vu, par hasard, s'il possède un chenil quelque part ?

Dave haussa les sourcils.

– Un chenil ? Non, je ne crois pas.

Il se dirigea vers l'ordinateur, tandis que l'espoir mourait dans mon cœur.

– Mais laisse-moi vérifier. Je ne connais pas toutes les affaires de ce salopard par cœur.

Haletant, je me postai derrière son épaule. Comme nous, Brandkel s'était diversifié et possédait beaucoup de sociétés, d'actions et d'industries.

Mais aucun chenil.

Je m'affaissai. Mon idée folle était exactement cela. Folle.

Dave marmonnait, compulsant pages après pages avec la vitesse de celui qui a tellement l'habitude de l'informatique qu'il enregistrait tout presque automatiquement.

Soudain, il eut un ricanement triomphant.

– Ha ha, je savais bien que j'avais vu ça quelque part. Là, dit-il en désignant un point de son gros doigt, près de la ville de Sweetgrass. Brandkel avait investi dans un élevage de chiens de combat. Il n'est pas mentionné comme « chenil », c'est pour ça que je ne l'ai pas repéré tout de suite. Mais c'est bien cela. Un chenil.

Je faillis l'embrasser mais, pour notre dignité à tous les deux, me contentai de lui envoyer un amical coup de poing dans l'épaule.

– Oui ! C'est ça ! C'est là que sont ma mère et Katerina !

Dave et Chuck me regardèrent avec stupéfaction.

– Et comment tu sais ça ? demanda Chuck prudemment, pas tout à fait convaincu que je n'avais pas fini par péter les plombs sous la pression.

– Parce que Tyler a menti ! Comme il ment toujours. Lorsque je lui ai demandé s'il avait retrouvé ma mère, il a dit que non. Pourtant, il a utilisé un chien de combat pour agresser Seamus. Ensuite, lorsque le semi m'a attaqué, il a dit que ma mère était retournée au « chenil ». Enfin, pour frimer, pour montrer qu'il est le plus fort le plus dangereux, Tyler avait deux énormes chiens avec lui lors de la conférence… donc…

– Donc, fit Dave qui avait vite fait d'additionner deux et deux, s'il a récupéré le chien dans ce fameux chenil, c'est justement parce que c'est l'endroit où se trouve ta mère ! Bien joué, Indiana ! Je réunis les gars ?

J'allais ouvrir la bouche lorsque je me souvins de Serafina et de Ned. Nous avions été trahis une fois. Qui pouvait jurer que cela ne se reproduirait plus ? Je ne savais pas qui, y compris dans notre propre meute, était l'espion ou les espions de Brandkel. À regret, je secouai la tête.

– Nous ne pouvons pas emmener un commando entier, c'est trop risqué. Juste toi, Chuck, Axel lorsqu'il rentrera, grand-mère, Nanny et Annabelle, si elle accepte de rembourser sa dette en nous aidant. Allez vous équiper discrètement, je m'occupe de l'hélicoptère. Je vais faire comme si nous rentrions au ranch. Nous changerons de plan de vol en cours de route. Il n'y a que quatre cent vingt kilomètres entre Missoula et Sweetgrass. Nous devrions y être en deux heures.

Ils sortirent précipitamment. Je bouillonnais d'excitation, à tel point que je dus rentrer dans ma chambre, parce que je sentais que mon don était sur le point de me faire passer un sale quart d'heure. J'avais raison. À peine avais-je poussé le verrou de la porte que je me volatilisais.

Je savais pourquoi mon don était tellement impatient. Parce qu'il sentait que j'avais enfin trouvé l'endroit où ma mère et ma petite amie étaient retenues. Il chantait et ruait dans mes veines comme un cheval sauvage.

En une seconde, j'étais au-dessus d'une grande bâtisse entourée d'écuries et de cages où des tas de chiens aboyaient ou jouaient. Puis je descendis et me retrouvai au-dessus de Katerina.

Et de ma mère.

Elles étaient dans une jolie chambre spacieuse, même si toutes les fenêtres étaient fermées par de solides barreaux – mélange d'acier et d'argent, d'après leur teinte. La pièce était crème et bordeaux, ce qui était assez élégant, et les meubles semblaient confortables. Assises dans un grand canapé bordeaux avec des coussins crème, elles papotaient tranquillement.

Enfin, c'était l'impression qu'elles donnaient, parce qu'elles savaient toutes les deux que des oreilles ennemies étaient à l'écoute.

– Mon amour est Tyler, dit Katerina. Il va bien s'occuper de moi, c'était terrible de ne pas être avec lui, j'ai beaucoup souffert.

– Je voyage sans cesse, répliqua ma mère d'une voix rêveuse. Je ne réponds pas aux questions qui me rendent folle, mais je donne des informations. Il aime beaucoup les chiens, vous savez.

Katerina abonda dans son sens :

– Oh oui, Tyler les aime beaucoup. Vous avez raison.

– Mon Indiana aime les chiens, rectifia ma mère sans prêter attention à ce que disait Katerina. Je l'ai appelé comme ça d'après *Indiana Jones*. J'aimais beaucoup cette série. Comme son héros, Indiana est un chercheur. Il trouve toujours ce qu'il recherche. Toujours.

Katerina ne dit rien de plus, mais l'éclair dans ses yeux m'indiqua qu'elle avait compris. D'une façon ou d'une autre, maman venait de lui passer une information. Que j'étais à leur recherche et que j'avais découvert le rapport avec les chiens. Elles étaient malignes, toutes les deux.

On frappa poliment à la porte. Je me raidis lorsque je vis débarquer Serafina, tout sourire mielleux et hypocrite.

Katerina se raidit. Maman bâilla nonchalamment, puis, dans un claquement sec, disparut, laissant ses vêtements flotter derrière elle. Serafina eut un sourire dépité.

– J'ai l'impression que la rebrousse-temps ne m'aime pas beaucoup. Chaque fois que je viens la voir, elle s'en va. Sale garce.

Katerina se recroquevilla. Elle faisait comme si elle avait peur de Serafina alors que je sentais sa colère. J'espérais que Serafina était trop arrogante pour sonder Katerina. Parce qu'elle se rendrait immédiatement compte qu'elle était bien moins amorphe que ce qu'elle prétendait.

– Je ne sais pas très bien quoi faire de toi, petite humaine, gronda Serafina, ses yeux dorés virant soudain au jaune des loups sur le point de se transformer. Tu crois que si je t'égorge, Tyler m'en voudra beaucoup ?

Katerina murmura, comme un mantra :

– Tyler est mon amour. J'aime Tyler et Tyler m'aime.

– Humpf ! souffla Serafina agacée. Non, des marques de dents, ce serait trop évident.

Son regard s'éclaira lorsqu'il se posa sur un couteau oublié, près d'une pelure de pomme. Elle l'attrapa, le soupesa, puis s'approcha de Katerina.

– Mais si je dis que tu m'as attaquée. Avec ce couteau. Que tu as essayé de faire du mal au bébé. Ça oui, il le croira.

Elle saisit le poignet de Katerina et voulut lui fourrer le couteau de force dans la main. Mais Katerina se dégagea exactement de la même façon qu'elle l'avait fait avec moi, quelques jours auparavant, selon la prise que lui avait enseignée Dave. Et pour faire bonne mesure, elle lui tordit en plus consciencieusement le poignet. Surprise, Serafina cria de douleur. Katerina sauta derrière le canapé, loin de la louve furieuse, et se mit à hurler :

– TYLLLLLLLLLERRRRRRR ! TYLLLLLLLEEERRRRRR ! TYLLLLLLERRRRRRRR ! TYYLLLLLLLEERRRRR !

L'instant d'après, totalement affolé, Tyler faisait irruption dans la pièce alors que Serafina avait repris le couteau et s'avançait, menaçante, vers Katerina.

– Mais qu'est-ce qui se passe ici ? s'énerva-t-il après avoir jugé la scène du regard.

C'était vraiment une question idiote. Il le voyait bien. La louve alpha dont le mari était décédé devenait la nouvelle louve alpha du nouveau chef de meute – à moins d'être trop vieille, ce qui n'était bien sûr pas le cas de Serafina. Sauf que le loup alpha était amoureux d'une autre. Serafina n'aimait pas trop la concurrence. Elle préférait l'éliminer.

Avant qu'elle ne puisse inventer un mensonge, Katerina éclata en sanglots et vint se jeter dans les bras de Tyler.

– Méchante, méchante, méchante ! Tyler ! Mon amour est Tyler !

Attendri, Tyler l'entoura de ses bras et dévisagea Serafina.

– Qu'est-ce que tu essayais de faire ?

La jeune fille ne tenta pas de trouver d'excuses, elle avait été prise la main dans le sac.

– Qu'est-ce que tu crois ? Ce n'est pas elle, ta louve, c'est moi. Il va te falloir choisir. Entre elle et moi.

Tyler se dégagea de l'étreinte tremblante de Katerina et l'assit tendrement dans un fauteuil. Puis il se tourna vers Serafina et s'avança vers elle, impassible.

Il la gifla de toutes ses forces.

Aucun de nous trois n'imaginait qu'il allait la frapper aussi violemment. Pommette fracassée, Serafina alla s'écraser contre le canapé qui amortit heureusement sa chute.

– Je ne t'aime pas, Serafina, dit froidement Tyler en se massant la main. Et je n'aime pas tes manières. Essaie encore une fois de lever la main sur Katerina et je jure sur la fourrure de mon père que je t'égorge sur-le-champ. Est-ce clair ?

Serafina se releva en sanglotant, la main sur le visage, trop choquée par le geste de Tyler pour réagir. Elle s'enfuit en courant. Mais pas avant que je ne voie le regard chargé d'une haine féroce qu'elle jeta sur le couple. Moi, à la place de Tyler, je ferais attention à ce qu'il pourrait y avoir dans mon café à compter de ce jour…

– Tyler est mon amour, répétait mécaniquement Katerina, j'aime Tyler, je ne vis que pour Tyler.

Tyler, qui se penchait pour embrasser Katerina, recula comme si on l'avait frappé. Puis il se frotta les yeux, manifestement épuisé.

– Je ne suis pas mon père, murmura-t-il. Je ne force pas les femmes, je ne les viole pas. Il va falloir que je trouve un moyen de te soigner, mon amour, parce que là, je n'aime pas du tout ce que tu es devenue…

Et il quitta la pièce d'un pas lourd. Ah. Il n'était donc pas totalement dépravé, mon ancien ami. Rien que pour cela, je décidai, autant que faire ce pouvait, de l'épargner.

En attendant, même si je voulais avant tout rester avec Katerina, il fallait que j'en sache un peu plus sur ce qui nous attendait. Je fis le tour du propriétaire.

L'endroit était férocement défendu. Deux sorciers avaient entouré la maison d'un sort qui empêchait les autres sorciers de détecter ma mère ou Katerina. À ce sort se superposaient plusieurs sorts de défense en cas d'attaque magique, mais aussi en cas d'attaque tout court. Bon, donc il allait falloir que nous apportions du sel de mer. Celui-ci, dilué dans de l'eau claire ou utilisé pur, dissolvait les sorts. Brandkel s'était également adjoint plusieurs vampires mercenaires qui patrouillaient à l'intérieur et à l'extérieur de la propriété. Ça, c'était du ressort d'Annabelle.

Curieusement, il y avait peu de loups. Brandkel, le père, ne voulait sans doute pas courir le moindre risque que leurs langues se délient. Par conséquent, ils n'étaient que cinq. Deux gardes et trois soigneurs, apparemment plus concernés par l'entretien des chiens que par la sécurité. Mais ils pouvaient aussi être de redoutables soldats, on ne savait jamais. Donc, nous avions deux sorciers, quatre vampires et six loups en comptant Tyler. Contre deux loups, deux louves, un semi, une vampire surpuissante et un humain. Ce n'était pas assez. Même si Axel et Annabelle, à eux seuls, valaient autant qu'une petite armée. Il allait falloir que je convainque Annabelle d'enrôler Erick, Sam, Armand et May Ling dans notre joyeuse bande.

Mon intense réflexion sur ce que je devais préparer me fit revenir dans mon corps. Je m'habillai, passant ce que j'appelais mes vêtements de combat, ceux que je portais lorsque je luttais contre Axel. Des habits noirs et confortables, renforcés par de la fibre de carbone qui les rendait difficiles à déchirer pour des crocs et des griffes de loups… ou de vampires. Une collerette qui empêcherait aussi bien les uns que les autres de m'ouvrir la gorge… ou du moins les obligerait à s'y reprendre à plusieurs reprises. Un gilet lui aussi renforcé dans lequel se trouvait de la poudre de tue-loup, mes dagues et mes shurikens en argent. Je glissai un poignard dans ma botte, deux autres sur mes cuisses, à côté de mon revolver chargé de balles de bois et de balles d'argent. Avec ce que nous avions à affronter, on n'était jamais assez prudent. J'ajoutai le sel de mer et pris une gourde d'eau. Trois pieux faciles à attraper à ma ceinture et deux de plus dans le dos. Mais bon, j'espérais bien rester suffisamment loin des vampires pour ne pas avoir à m'en servir au corps à corps.

Parce que si j'en venais là, je serais dans une sacrée mouise et probablement sur le point de mourir. Non, je n'ai aucune illusion sur mes capacités à résister aux crocs et aux griffes d'un vampire.

Bon, à part m'équiper d'un bazooka, je ne voyais pas bien ce que je pouvais prendre de plus.

Je descendis silencieusement. Moins de loups me verraient, mieux je me porterais. J'avais déjà appelé l'aéroport afin de prévenir que nous allions décoller d'ici quelques minutes.

Dave avait eu moins de scrupules que moi.

Il avait bel et bien emporté un bazooka. Ainsi qu'assez de munitions pour équiper un petit porte-avions. Axel était rentré entre-temps et Chuck lui avait expliqué la situation. Mon ami avait immédiatement proposé son aide. Et sollicité celle d'Annabelle. Qui, de son côté, sachant très bien qu'elle avait une dette, et de plus ayant une folle envie de mettre la main sur ma mère, n'avait pas hésité. Ses troupes nous rejoindraient à l'aéroport. Nous devions faire vite, parce que dans trois heures le soleil allait nous priver de trois vampires. Enfin, averties par Dave, grand-mère et Nanny étaient là.

Sous leurs formes de louves. Elles n'avaient pas perdu de temps à s'habiller pour combattre, leurs crocs et leurs griffes étaient bien suffisants.

Du coup, l'argumentation que j'avais soigneusement préparée était inutile. Ils avaient tous soif de se battre.

Ai-je déjà mentionné que j'étais entouré de va-t-en-guerre ? J'adorais ma famille, mais leur enthousiasme à aller se faire tuer était assez éprouvant pour les nerfs.

Les autres loups pensaient que nous partions pour le ranch, c'était la rumeur que nous avions laissée courir. Je voyais tout de même un gros doute dans le regard de ceux qui avaient un quart de neurone et savaient s'en servir. Mais Dave savait tenir ses troupes. S'ils se doutaient de ce qui se préparait, personne n'osa en parler ni même proposer de nous accompagner.

Le trajet jusqu'à l'aéroport se fit en silence. Nous étions tous tendus vers le même but.

Et là, se posa le plus gros, le plus terrible dilemme de ma vie.

J'allais devoir leur dire ce que je savais. Je n'avais pas vraiment le choix. Sous prétexte de conserver secrète mon identité de rebrousse-temps, je ne pouvais pas risquer la vie des miens.

Je modulai donc soigneusement ma voix et ma respiration afin qu'ils ne détectent pas mon énorme mensonge et leur servis une jolie petite fable :

– Il y a de cela quelques semaines, j'ai vu ma mère, commençai-je. Elle m'a donné quelques informations sur mon passé et le sien, mais surtout, a beaucoup divagué. À un moment, elle a déclaré que j'allais affronter des chemins obscurs et que si je me trompais, j'allais en mourir.

Un profond silence tomba dans le van. Les loups tendirent l'oreille, ils avaient beaucoup de respect pour les dons de prédiction infaillibles de ma mère, même si, en réalité, tout cela n'avait rien à voir avec des prophéties…

– Je n'y avais pas prêté attention jusqu'à ce jour, parce que cela me semblait vraiment incompréhensible, mais tout s'est éclairé lorsque j'ai découvert que nous allions nous rendre dans un chenil. C'est ce qu'elle a mentionné.

Je psalmodiai comme si je répétais ce qu'elle m'avait dit :

– « Là où se trouvent les gardiens des chiens, deux sorciers, quatre vampires, six loups, la louve dorée tu affronteras. Sortilèges à défaire et autres pièges. Du sel, du fer et de l'argent tu prendras, et les protections tu briseras. »

Le silence s'épaissit encore.

– Ta mère a dit deux, plus quatre, plus six ? Tu es sûr, Indiana ? demanda Dave qui évaluait notre équipe du regard.

– Oui, cela m'a frappé, parce qu'elle a insisté au moins trois fois. Du coup, cette espèce de comptine m'est entrée dans la tête. Mais c'est l'histoire de la louve dorée qui m'a mis sur la piste. Serafina est avec Tyler. Et c'est une louve dorée.

Ils se regardèrent, frappés par mon argumentation.

– Ta mère est un véritable génie, lâcha Dave, content. Elle vient tout juste de nous donner la composition de l'équipe de Brandkel. Nous nous en doutions un peu. À force de l'espionner, nous avions fini par découvrir qu'il avait signé des contrats avec plusieurs sorciers et vampires mercenaires. Mais nous ignorions combien en tout. Pas plus que nous ne savions combien de gardes l'entouraient. Avec les vampires d'Annabelle, nous serons même en supériorité numérique, puisque les vampires, et ça m'arrache la bouche de dire ça, sont plus puissants que les loups… enfin, que les loups de Brandkel, du moins, rectifia-t-il fièrement.

Je ne pus retenir un gloussement. Mais il avait raison. Nous allions y arriver. En espérant que Tyler soit encore au chenil lorsque nous y débarquerions et, surtout, qu'il ne fasse pas de mal à Katerina et à ma mère. Car si celle-ci avait toujours la possibilité de disparaître, ce n'était pas le cas de Katerina.

Pour le moment, le principal était que Dave, bien involontairement, m'avait aidé à leur faire avaler mon gros mensonge. Je dissimulai mon soulagement. Pourtant, lorsque je croisai le regard fier et sage de Nanny sous sa forme de louve, je ne pus m'empêcher de frémir. Cacher quelque chose à la femme qui m'avait élevé n'était pas si facile. J'espérais du fond du cœur que j'y étais parvenu.

Sinon j'étais mal.

Une fois à l'aéroport, j'attendis que l'hélicoptère ait décollé pour modifier le plan de vol. Le pilote, qui était l'un des nôtres, ne discuta pas l'ombre d'une seconde. Dave avait déployé les plans des bâtiments ainsi que les photos qu'il avait pu obtenir avec Google Earth. Bien pratique, cette application, lorsqu'on s'apprêtait à prendre une forteresse d'assaut…

Nous travaillâmes fébrilement sur les documents et mîmes notre stratégie au point. Les vampires attaqueraient par les airs afin de neutraliser les sorts défensifs en les arrosant avec du sel. Ils élimineraient les autres vampires, puis les sorciers.

Peu avant d'arriver, ils plongèrent leurs épées dans le sel de mer. C'était le seul moyen de blesser un sorcier : le sel dissipait sa magie. Inspirés, nous fîmes de même. A priori, nous ne devions pas avoir affaire aux sorciers, mais bon, autant prévenir que guérir.

L'hélicoptère ne se posa pas à l'aéroport de Sweetgrass. Trop d'yeux ennemis auraient été alertés. Il était facile de payer un employé pour qu'il passe un coup de fil en cas d'activité anormale. Et indéniablement notre activité était tout ce qu'il y avait de plus anormale…

Nous débarquâmes donc à trois kilomètres du chenil. En courant, cela n'allait pas nous prendre beaucoup de temps. En volant, encore moins, puisque les vampires nous portèrent comme si nous ne pesions rien, y compris le gros Chuck dont se chargea une May Ling hilare.

Quelques minutes plus tard, nous nous posions tous, contre le vent afin que les loups et les chiens ne nous sentent pas. Chuck et Dave sortirent des lunettes à infrarouge de leurs paquetages. Effectivement, les sorciers et les vampires patrouillaient, en alternance avec les loups. Mais ils n'étaient pas vraiment sur le qui-vive, persuadés que personne n'avait repéré leur tanière.

Grosse erreur. Pourtant, c'étaient des professionnels. Je n'aimais pas cela. Était-ce vraiment de la négligence ou alors étaient-ils protégés par autre chose ?

Dave dut avoir le même sentiment, parce qu'il grogna.

Mais nous n'avions plus vraiment le choix. Le soleil se levait dans quarante minutes et Erick, Sam et Armand seraient obligés de se terrer. Nous devions absolument entrer avant.

Je donnai le signal de l'attaque.

Chapitre 20

Crocs et dagues

Enfin, Dave et moi le donnâmes. Parce qu'il était de l'autre côté de la propriété et que nous étions tous synchronisés sur son signal et le mien.

Immédiatement, Annabelle et ses vampires décollèrent comme des fusées et aspergèrent tous les bâtiments de sel et d'eau.

Des sirènes d'alarme retentirent, ainsi que les cris de douleur des sorciers, tandis que leurs sorts se délitaient brutalement dans un flash de lumière pourpre. On n'a pas l'impression comme ça, mais un retour de magie, ça peut tuer. J'espérais que cela les avait mis hors d'état de nuire au moins pendant la durée de notre attaque.

Les vampires fusèrent vers nos adversaires. Dave et moi donnâmes le signal du second assaut. D'un bond élégant, grand-mère, Nanny, Chuck, Axel et Dave franchirent les murs. La haute enceinte pouvait peut-être retenir les chiens, mais certainement pas des loups-garous d'un mètre soixante au garrot comme Chuck. Effarés, les loups de Brandkel les virent déferler en une vague noire et dorée.

Et moi dans tout ça ? Cela me prit un peu plus de temps. Pas de bond élégant, mais une corde, un grappin et un saut plus ou moins réussi. Je parvins à ne pas me tordre une cheville. Bieeeen.

C'était le chaos, les loups s'arrachaient le poil et deux des gardes étaient déjà au tapis, entourés de liens dorés qui les faisaient hurler de rage, incapables de se libérer. Les vampires se battaient contre l'équipe d'Annabelle mais, face à des chasseurs, ils avaient peu de chances. Surtout qu'Annabelle était bien plus rapide qu'eux et que dès que l'un des siens était en difficulté, elle intervenait, cassant membres et mâchoires.

Je vis la fragile May Ling arracher la tête d'un vampire qui se volatilisa en poussière.

Je réprimai une grimace lorsque les cendres se répandirent sur nous. Beurk.

Je ne voyais Tyler nulle part. Il était sans doute resté à l'intérieur avec Serafina. La répartition des tâches avait été claire. À moi Tyler et Serafina. Les autres se chargeaient du reste des troupes de l'ennemi.

Je sais. C'était très prétentieux de ma part d'imaginer pouvoir me battre contre deux loups-garous bien plus forts que moi, mais avec mes dagues en argent et ma tue-loup, nous étions à peu près à égalité.

Enfin... je l'espérais.

Soudain, Armand tomba devant moi, sérieusement blessé. Son adversaire avait utilisé des pieux en bois qui étaient plantés tout autour de son cœur. Heureusement, l'autre ne visait pas bien, parce qu'il n'avait pas réussi à le transpercer, mais Armand était en mauvaise posture. Je dégainai mon revolver et fis feu de cette façon souple et détendue qu'Axel avait réussi à me faire entrer dans le crâne après des années d'entraînement. Les balles de bois et d'argent pénétrèrent dans son organisme alors qu'il s'apprêtait à achever Armand. Avec un hurlement d'agonie, il tomba. Mais ne se volatilisa pas. Ah, moi aussi, j'avais raté le cœur.

Armand m'adressa un geste de reconnaissance. D'un signe, je lui demandai s'il pouvait s'en charger et il acquiesça. Je filai vers la maison.

Soudain, derrière moi, il y eut une énorme explosion. Stupéfait, je me retournai. Apparemment, un sorcier avait réussi à survivre à l'explosion de ses sorts et attaqué les vampires. Voyant cela, Dave n'avait pas fait dans la dentelle. Il s'était retransformé, avait sorti son bazooka et descendu le sorcier.

C'était le bruit du missile explosant contre le bouclier du sorcier que j'avais entendu. Sonné, le type était étendu pour le compte. Dave, un rictus aux lèvres, trop content d'avoir pu utiliser l'un de ses joujoux, s'approcha et le saucissonna soigneusement avec les liens dorés, après l'avoir bâillonné. Puis, pour plus de sécurité, il le frappa sur le crâne. Celui-là n'allait pas se réveiller de sitôt…

Je ne m'attardai pas plus. Je savais que Tyler ne ferait pas de mal à Katerina et j'espérais que maman avait été assez maligne pour s'éclipser dès que la bataille avait commencé.

La maison n'était pas fermée. Nous les avions pris par surprise et ils n'avaient pas eu le temps de se protéger. Comme un fou, je montai vers la pièce où j'avais vu Katerina et maman la dernière fois. La porte était verrouillée et je la défonçai d'un seul coup de pied.

Elles n'étaient pas là. Mais la pièce n'était pas vide. Il y avait deux corps. Deux humains que je n'avais pas vu la dernière fois.

Dont le cou était déchiqueté. Par les crocs d'un vampire. Le cœur battant, je m'avançai.

Je n'avais pas prévu tout cela. Au moment où j'entrai dans la pièce, je me rendis compte de mon énorme erreur. Il était là, penché sur un corps exsangue. C'était le vampire que j'avais blessé avec mes balles de bois ; il avait dû attaquer des serviteurs de Tyler afin de se régénérer.

Il m'avait entendu. Il releva la tête et plongea ses yeux fous de plaisir dans les miens. Sa bouche maculée de sang esquissa un sourire. Ses dents étaient trop longues, écarlates. Il se redressa et j'eus l'impression que mon cœur allait s'arrêter de battre.

Son sourire s'élargit, comme s'il sentait ma panique. Son regard accommoda enfin. Sur son prochain repas.

Moi.

Il bondit.

Cette fois-ci, je ne ratai pas le cœur. Mes balles déchiquetèrent sa poitrine et il se volatilisa.

Mon cœur battait à deux cents pulsations minute. Bon, je pouvais dire adieu à la discrétion. Je me concentrai et humai de toutes mes forces. J'allais devoir utiliser mes pouvoirs d'alpha pour traquer Katerina dans la maison. Ah, ça y était. Je venais de détecter sa délicate odeur.

Qui conduisait au rez-de-chaussée. Dans le bureau de Tyler.

Ils étaient effectivement là. Tyler, Serafina, Katerina.

Et maman.

Sa vue me figea. Je ne m'attendais pas du tout à ce qu'elle soit présente, bizarrement persuadé qu'elle s'était éclipsée afin que Tyler n'ait pas un otage de plus. Tyler ne la menaçait pas. Il se tenait derrière son bureau, l'air très détendu, une petite fiole entre les mains. De chaque côté, assises elles aussi, comme deux poupées de cire, Serafina et Katerina ne le quittaient pas du regard. Serafina parce qu'elle en avait peur, je pouvais le sentir, Katerina parce qu'elle était à fond dans son jeu et ne voulait pas courir le risque de me regarder. Je ne la regardai pas plus, de peur de trahir mon soulagement.

– Indiana, dit Tyler d'une voix amicale, c'est gentil à toi de venir nous rendre visite. Pourrais-tu dire à tes amis de bien vouloir se rendre, s'il te plaît ? Je n'aime pas qu'on abîme mes loups, et les vampires mercenaires sont difficiles à garder de nos jours. Si les miens se prennent une trop grosse pâtée, j'ai peur qu'ils résilient leur contrat. J'ai entendu des coups de feu là-haut, j'espère que tu n'as pas esquinté mon vampire ?

Ah, il voulait la jouer décontractée. Je lui souris.

– Ben, désolé. Il va falloir faire la poussière.

Il grimaça. Il n'aimait pas que ses alliés soient réduits en poudre, je pouvais comprendre. J'enchaînai sans faiblir.

– En fait, j'allais justement te proposer la même chose. De rappeler tes troupes, quoi qu'en fait elles soient effectivement en train de se prendre une raclée, alors c'est juste pour gagner du temps.

Il haussa un sourcil surpris.

– Et pourquoi je ferais ça ?

– Parce que tu as perdu ? suggérai-je, ironiquement.

– Ah, c'est là où tu te trompes, vieux frère, c'est toi qui as perdu. En fait, j'ai failli me débarrasser de toi avant même que tu ne pénètres dans cette pièce, mais finalement j'ai décidé que c'était mieux d'avoir une petite explication avec toi d'abord.

Il se pencha avec un méchant sourire, désignant la fiole.

– Et ensuite j'ouvrirai ceci…

Dès que j'avais vu la fiole dans ses mains, j'avais su ce que c'était. Je m'étais englouti suffisamment de films de ce genre. Sauf que je n'aimais pas du tout être dans la peau du type qui est censé sauver la situation, parce que là, franchement, je ne voyais pas du tout comment.

J'écartai les mains et lui répondis :

– Je ne vais pas te faire l'insulte de te demander s'il s'agit d'un virus mortel pour moi ?

– Un cocktail, précisa-t-il. Contre les vampires, les humains, les elfes, les fées. Tout ce qui n'est pas loup. Et encore. Les effets du vaccin semblent êtres… fluctuants.

Je jetai un coup d'œil involontaire vers Katerina. J'avais refusé de la regarder, parce que je savais que notre amour risquait de se voir et que cela allait la mettre en danger de mort. Tyler intercepta mon regard.

– Ah, fit-il, amusé. Oui, bien sûr, j'ai vacciné *ma* belle Katerina. Et ta mère, même si pour l'instant elle ne me sert pas à grand-chose avec ses élucubrations. Mais, sur elle, cela a eu un effet intéressant : sa capacité à disparaître semble quelque peu bloquée.

– Comme ça a empêché ton père de guérir ? demandai-je pendant que mon cerveau explorait désespérément toutes les possibilités, inexistantes, de m'en sortir vivant.

Il éclata de rire.

– Rien à voir. J'ai utilisé sur mon père ce qu'il a utilisé sur le tien il y a seize ans. Un composé très particulier qui, dès que l'on se met en colère, amplifie ce sentiment, diminue fortement les capacités de transformation, de mutation et de guérison, et s'élimine presque immédiatement après la mort.

Je me glaçai. Je savais que Brandkel était pour quelque chose dans l'état très étrange de mon père cette nuit-là, mais l'entendre confirmer par la bouche de Tyler, c'était douloureux.

Son père avait tué le mien. Je n'articulai qu'un seul mot :

– Pourquoi ?

Il haussa les épaules.

– Louis ne voulait pas, d'après ce que j'ai compris plus tard, que ton grand-père ait de successeur. Il briguait déjà la tête de la meute. Et tu n'étais pas un danger, puisque tu n'étais pas un loup. Une fois ton grand-père disparu, mon père aurait pu enfin gagner ce pouvoir qu'il voulait tellement.

Il hocha la tête, ses doigts jouant distraitement avec la fiole, Katerina à sa droite et Serafina à sa gauche, tandis que ma mère chantonnait doucement pour elle-même, les yeux perdus dans le vague, blottie dans un grand fauteuil doré. Cela aurait pu être une paisible scène domestique, si la situation n'avait pas été aussi tendue et prometteuse d'une absolue violence.

– Tu ne trouves pas que c'est pathétique ? Mon père a été vaincu par ses propres créations. Juste avant que je ne l'égorge, il m'a regardé dans les yeux. J'ai su qu'il savait. Qu'il savait ce que je lui avais fait. Et il s'est étouffé de rage et de peur.

Il releva un regard fatigué et rougi vers moi et conclut :

– Exactement comme je me suis étouffé de rage et de peur pendant toutes ces années.

Un vampire, un des siens, passa en hurlant, auréolé de flammes. Dave avait encore dû jouer avec un de ses gadgets. Incorrigible. Mais la plaisanterie n'amusa pas Tyler.

– Appelle-les, Indiana, gronda-t-il, soudain très sérieux. Je ne plaisante pas.

Mais je l'ignorai. Je regardai Serafina. Serafina qui fuyait mon regard. Serafina qui ne devait rêver que d'une seule chose, s'enfuir de l'enfer qu'elle s'était créé. Toute seule.

– Serafina, fis-je doucement. Tu n'es pas en sécurité ici. Tu portes l'enfant de son père. Combien de temps crois-tu qu'il va te laisser vivre ? Tu devrais revenir parmi nous, Serafina, grand-père te pardonnera. La meute te pardonnera. Tu es si jeune, tu as le droit de faire des erreurs. Nous t'aimons, Serafina. Ne l'oublie jamais.

Elle leva ses merveilleux yeux d'or vers moi. Puis elle me sourit et, l'espace d'un instant, je crus qu'elle allait nous aider. Par exemple arracher la foutue fiole des mains de Tyler et changer de camp, pour l'amour du héros.

Ouais. Je sais. Je regarde trop de films.

Parce qu'elle éclata de rire. D'un rire moqueur, méchant, presque grotesque.

Cela fit cesser le chantonnement de ma mère et Katerina fixa Serafina d'un air surpris, comme si elle venait tout juste de se rendre compte de sa présence.

– Pauvre, pauvre Indiana, finit-elle par hoqueter, encore secouée de rire. Pauvre prince charmant qui croit en sa princesse jusqu'à la dernière seconde.

Elle adressa un regard cruel à Katerina.

– Parce que c'était moi, sa princesse. Il ne vivait, ne respirait que par moi. Je l'ai eu avant toi, misérable humaine.

Katerina ne réagit pas, comme si elle n'entendait pas ce que disait Serafina. Furieuse de voir que son effet tombait à l'eau, Serafina se tourna vers moi.

– Demande-lui, Indiana, demande à Tyler de qui est ce bébé.

Un horrible soupçon pointa le bout de son nez. Non, elle n'avait pas...

– Elle a couché avec moi, précisa platement Tyler. Le bébé est de moi. C'est aussi la raison pour laquelle j'ai dû tuer mon père. J'avais réussi à trafiquer les résultats, mais il se doutait de ce qui se passait entre Serafina et moi.

Ce fut à son tour de jeter un regard cruel à Serafina.

– Parce que cela fait des années qu'il couche avec des femmes ou qu'il les viole et qu'il n'arrive pas à avoir d'enfants. Que Serafina soit tombée enceinte aussi facilement l'a rendu méfiant. Je n'ai pas eu le choix. Si la meute l'avait appris, nous aurions été tués tous les deux.

Soudain, je compris comment il s'était échappé. Et surtout pourquoi nos soldats ne l'avaient pas rattrapé.

– Thomas ! Le père de Serafina. C'est lui qui t'a soigné et qui t'a aidé à t'échapper !

Il hocha la tête.

– Oui. Je ne mentais pas lorsque je disais qu'il fallait que vous me laissiez partir. J'ai tout dit au père de Serafina. Que mon père allait la tuer si le bébé était de moi, ce que je ne savais pas à l'époque. Qu'il fallait absolument que j'aille la protéger. Il m'a cru. Il a dirigé les recherches au mauvais endroit. Pour sa fille. Pour son petit-fils.

Je soupirai. L'amour. Nous avions été trompés par l'amour. D'un père pour sa fille. Je pouvais tellement le comprendre. Cela ne réglait pas mon problème. Mais à mon tour d'appuyer là où ça faisait mal. D'autant qu'imperceptiblement, tout doucement, Katerina se rapprochait de Tyler.

– Mais, fis-je en désignant Serafina, si ta louve alpha porte ton enfant, comment vas-tu présenter Katerina à la meute ? Comme ton humaine… bêta ? Comme une femelle de ton harem ?

Un éclair de colère passa dans ses yeux.

– Mon harem ? cracha-t-il. Je ne suis pas mon père ! J'épouserai Katerina. Serafina ne sera jamais ma louve alpha, même si elle porte mon enfant.

J'avais réussi à lui faire dire ce que je voulais. Je ne doutais pas de ce que cela allait provoquer.

Grondant de rage, Serafina réagit exactement comme je l'avais escompté. Sauf qu'au lieu d'attaquer Tyler, comme je l'avais prévu, elle se jeta sur Katerina qui tendait la main vers la fiole, prête à s'en emparer. Le bond de Serafina la prit totalement au dépourvu et elle bascula en arrière tandis que Serafina commençait à se transformer. Fou de rage, Tyler attrapa Serafina par la taille et la balança si fort contre le mur que celui-ci s'écailla. À moitié assommée, elle ne bougea plus.

Merde, où était la fiole ? Je ne me posai pas de questions. Avant que Tyler n'ait le temps de se retourner, je lui sautai dessus. Mes deux lames enduites de tue-loup à la main. Il bondit en arrière dans un saut digne d'un grand gymnaste, jusqu'à se retrouver derrière le canapé.

Maman poussa un petit hoquet étonné et disparut. Je soupirai de soulagement. Bien, une de moins dont je devais me préoccuper. Tyler s'était transformé pendant que je fonçais vers le canapé et gronda de dépit lorsqu'il comprit que ma mère, dont il allait probablement faire son otage, s'était éclipsée. Je resserrai la prise sur mes lames. Tyler était bien moins rapide qu'un semi et la dernière fois que nous nous étions battus, il se s'était pas rendu compte à quel point j'avais volontairement ralenti mes mouvements. Lorsqu'il bondit, je ne pensai qu'à une seule chose. Si la fiole était encore intacte, elle était dans ses vêtements. Il fallait donc que je l'éloigne du canapé.

Ou que je le tue.

Plus facile à dire qu'à faire.

Entre lui et moi s'engagea un combat fait de bonds, d'esquives. Ses longs crocs et ses griffes, contre mon expérience du combat et mes lames.

Je le touchai deux fois. J'avais été entraîné par Axel. Le meilleur guerrier au monde probablement. Tyler hurla lorsque les lames d'argent enduites de tue-loup tracèrent leur ballet sanglant sur sa fourrure. Ce n'était pas assez pour le tuer. Mais bien assez pour lui faire mal.

Furieux, il me tourna autour, bien plus prudent à présent qu'il avait compris que j'étais meilleur, plus rapide, moi, le petit humain. C'est alors qu'il fit quelque chose qui me déstabilisa.

Il se retransforma.

Poignarder un loup qui vous fonce dessus, c'est une chose. Poignarder un type à poil qui fait la même chose, c'est très différent. Je n'eus pas le temps de réagir qu'il me balançait une volée de coups de poing, renforcés par sa puissance de loup-garou. À moitié groggy, du sang coulant dans mes yeux, je reculai. D'un coup de pied, il me désarma, les dagues volant vers le coin où Serafina et Katerina, qui observaient tout avec de grands yeux inquiets, étaient blotties.

Ah, il voulait la jouer comme ça ? Très bien. Je n'avais ni la puissance d'un alpha ni la force d'un loup. Mais Axel m'avait appris quelques jolis coups.

On ne sait jamais à quel point il est douloureux de se faire briser une rotule avant de le subir. Mon talon explosa la sienne et il se plia en deux de douleur. Je lui martelai le visage et le corps, sans lui laisser un instant de répit.

Parce que Katerina avait fait le tour du bureau et se dirigeait vers l'arrière du canapé. Il fallait à tout prix que je détourne l'attention de Tyler. Hélas, cela signifiait que je devais rester en contact physique avec lui. La tue-loup dans son organisme ne lui permettait pas de guérir aussi vite que d'habitude, mais il était résistant. Il se redressa et plongea la tête la première dans mon estomac. Ce fut à mon tour de me plier en deux. Il me souleva et me projeta en l'air. Le mur et moi fîmes connaissance nettement plus intimement que ce que j'aurais souhaité.

Mais Katerina avait récupéré la fiole et la dissimulait dans ses vêtements. Elle avait aussi ramassé les deux dagues et se dirigeait vers nous. Tyler la vit.

– Katerina, hurla-t-il, donne-moi ces dagues, dépêche-toi !

– Katerina ! criai-je. Non, va-t'en !

Elle devait absolument se mettre à l'abri. Je n'avais pas besoin d'aide, même si j'étais salement sonné.

– Katerina ! cria de nouveau Tyler, hésitant lorsqu'il vit que j'avais tiré mes deux autres poignards de leurs gaines.

Katerina obéit alors. Elle lui donna bien les deux poignards.

En plein dans le ventre.

Stupéfaits, nous la dévisageâmes tous les trois. Serafina, qui restait bouche bée. Moi qui ne valais pas mieux. Et Tyler.

Katerina n'était pas stupide. Elle savait à quel point il était dangereux. Surtout qu'à présent il venait enfin de comprendre à quel point il s'était fait avoir. Elle recula à toute vitesse.

Son pouvoir d'alpha à pleine puissance, Tyler se transforma, expulsant les deux dagues ensanglantées de son ventre. Ce fut si rapide que je n'eus pas le temps de réagir, d'autant qu'à cause de la tue-loup, je ne pensais pas qu'il serait capable de se transformer. Juste avant de s'enfuir, alors qu'il marquait une légère pause avant de franchir la porte-fenêtre démolie, Tyler fit alors à Katerina la chose la plus horrible, la plus monstrueuse qu'un loup-garou puisse faire à un être humain.

Il bondit sur elle.

Et la mordit.

Chapitre 21

Mortelle transformation

Il s'enfuit comme un lâche, comme le monstre qu'il était devenu. Derrière lui, Serafina se transforma et déguerpit elle aussi. Je la laissai faire. Ils allaient bien ensemble.

Moi, j'avais Katerina dans les bras. Katerina dont la jambe saignait, profonde morsure luisante du venin du loup-garou. Je pressai sa blessure comme un fou, laissant couler le sang afin de nettoyer au mieux, mais Katerina brûlait déjà de la fièvre du changement. Chaque battement de son cœur amenait un peu plus de venin vers ses organes.

Et lorsque ce serait terminé, elle se transformerait en semi.

Et tenterait de tous nous dévorer.

Si j'avais été un loup, j'aurais hurlé ma peur et ma douleur aux étoiles qui mouraient doucement, laissant place au jour.

Mais comme je n'étais qu'un humain, je me contentai de pleurer tout en me décidant à regret à compresser sa plaie afin qu'elle ne se vide pas de son sang. Le laisser couler plus longtemps ne servait plus à rien.

C'était bien trop tard.

Je pleurai sur mon amour qui allait souffrir l'enfer. Sur moi. Sur tout ce qui aurait pu être et ne serait peut-être jamais.

Annabelle passa la tête et les épaules à travers la fenêtre défoncée.

– C'est bon, on a gagn…

Elle vit mon visage et s'arrêta net.

– Indiana ? Qu'est-ce qui s'est passé ? Elle est…

– Non. Mais il l'a mordue. Envoie-moi Erick, vite !

Elle comprit tout de suite. Siffla Erick, qui arriva, vit Katerina et siffla :

– Le salopard !

Il déchira le jean de Katerina et sortit des tas de pansements, des petites bouteilles de désinfectants, la fameuse poudre qu'il avait utilisée pour stopper sa blessure à la gorge et dont il saupoudra abondamment la plaie. Je lui adressai un regard plein d'espoir, mais il secoua la tête.

– Je ne peux que la soigner, dit-il en enveloppant la plaie avec un bandage serré qu'il avait tartiné de sa fameuse pommade. Pas arrêter la transformation. Le venin est déjà dans son organisme. Je suis désolé. Au moins, je peux empêcher qu'elle souffre de sa blessure à la jambe. Pour le reste…

Je fermai un instant les yeux. Je n'avais guère eu d'espoir. Je me ressaisis et les rouvris.

– Il va falloir l'enfermer dans une cage d'argent et d'acier, très vite. D'ici quelques heures, elle sera incontrôlable. (J'eus du mal à articuler la suite :) Si elle survit…

Car les statistiques n'étaient pas bonnes, l'organisme féminin résistait moins bien au venin. Le cœur se bloquait.

Annabelle hocha la tête, sincèrement désolée.

– Nous allons l'emmener. En volant, cela ira bien plus vite qu'avec vos machines. Vous avez ce qu'il faut au Lykos Ranch ?

– Oui. Merci, Annabelle.

– Tyler ? murmura Katerina en me tendant la petite fiole qu'elle avait subtilisée. Nous avons réussi ?

– Oui, mon amour, lui répondis-je en écartant tendrement ses longs cheveux de son visage déjà empoissé de sueur, puis en mettant la fiole dans l'une de mes poches matelassées. Nous avons réussi. Bravo.

– Tu nous as retrouvées ? Comment ? J'allais essayer de m'emparer d'un téléphone mais il était tellement parano que c'était difficile. Il ne me laissait jamais vraiment seule.

– Les chiens. Il s'est trahi à cause des chiens. Il en a utilisé un pour attaquer ton père, qui ne s'est pas méfié. Lorsque le labo a analysé le poil, je me suis souvenu que j'avais vu ces chiens avec lui. Il n'était pas si compliqué d'en déduire qu'il avait menti. Qu'il savait où se trouvait ma mère depuis longtemps. Près d'un chenil.

– Tu es bien plus malin que lui, mon amour. Et Annabelle et Axel ?

Elle était en train de se transformer en monstre assoiffé de sang et elle s'inquiétait pour l'histoire d'amour de ses amis. C'était bien ma Katerina, ça.

– Ils ont combattu ensemble, ça forge des liens, et je pense qu'Annabelle aime beaucoup Axel.

– Bien.

Soudain, Armand fit irruption dans la pièce.

– Nous devons partir, dit-il. J'ai vu les deux loups filer, j'ai essayé de les arrêter, mais ils ont été trop rapides. Dans le sous-bois, c'était difficile de les suivre en volant. Mais du coup, j'ai repéré cinq voitures bourrées de loups, de vampires et de sorciers que je soupçonne de ne pas être amicaux. En plus, dans quelques minutes le soleil va faire son apparition. Sam, Erick et moi allons devoir nous planquer.

Je levai la tête.

– Maman ! hurlai-je. Maman ! Tu peux revenir ! Maman !

Je sentis que Katerina m'agrippait.

– Elle m'a donné ça pour toi, Indiana, dit-elle en me glissant une petite feuille de papier.

Je la dépliai, fébrile.

C'était une simple ligne.

« Pas maintenant. »

Elle ne voulait pas que je la délivre. Elle était comme Katerina. Elle voulait me protéger.

Elle se sacrifiait. Cela me donnait autant envie de hurler que ce qu'avait fait Katerina et l'avait amenée à ce tragique dénouement. Je ne voulais plus que les autres décident pour moi. Je ne voulais plus avoir peur pour eux.

Mais je n'eus pas le choix. Je savais qu'elle ne réapparaîtrait pas tant que je serais là. Accablé, je donnai le signal du départ. Annabelle prit délicatement Katerina dans ses bras et s'envola tandis qu'Armand m'attrapait au passage.

Dehors, c'était un véritable carnage. Grand-mère, Nanny et les autres avaient déjà pris le large. Il y avait des corps partout, mais, à mon grand soulagement, aucun des nôtres n'était inconscient. Même si nous étions tous blessés, l'effet de surprise et notre force de frappe avaient fait la différence. Le vent me fit tourner la tête, car Armand accéléra comme s'il voulait prendre le soleil de vitesse. En plein vol, alors que, les yeux pleins de larmes, j'essayais de me remettre de la décision insensée de ma mère, que je ne comprenais absolument pas, il me lança sans prévenir dans les bras de May Ling et disparut vers les sous-bois. L'hélicoptère décolla derrière nous et je fus soulagé que, au moins, cette partie du plan ait fonctionné.

Devant moi, Annabelle volait si vite pour mettre Katerina à l'abri qu'elle devait la protéger de ses bras afin qu'elle puisse respirer. May Ling fit de même pour moi.

Nous nous dirigions vers le ranch.

Il ne me restait plus qu'à prier pour que nous l'atteignions à temps…

Lexique

Surnaturels : Ce terme désigne toutes les créatures extraordinaires : elfes, garous, fées, etc. Leurs races sont souvent organisées en communautés, pour se protéger des sept milliards d'humains qui, pouvoirs fantastiques ou non, leur poseraient un sérieux problème s'il leur venait à l'esprit de prendre une torche, une fourche et de leur courir après pour les faire brûler en place publique. Humanoïdes pour la plupart (les trolls et les géants scandinaves étant de plus en plus rares), elles peuvent, heureusement, se mêler sans trop de peine aux humains. Cependant, devant la popularisation des outils de communication et les difficultés grandissantes qu'elles rencontrent pour effacer toute trace des spéciaux dans l'esprit humain, les vampires, main dans la main avec les séduisants elfes, organisent dans l'ombre leur gigantesque coming out.

Achronautes : Il s'agit probablement des spéciaux les plus mystérieux et les plus rares. Ils ont en effet l'étrange capacité de rebrousser le temps, mais en suivant deux règles immuables : ils ne peuvent voyager que vers le passé, au plus loin jusqu'au jour de leur naissance, et si leur corps se volatilise lorsqu'ils s'éclipsent, ils ne peuvent le déplacer, devant se rematérialiser exactement à l'endroit qu'ils ont quitté, ce qui fait qu'ils sont très faciles à emprisonner. L'unique rebrousse-temps connue au monde est la mère d'Indiana, Jessica Teller, laquelle est également la seule à avoir réussi à voyager vers l'avenir. Au prix de sa raison. Son fils, Indiana, est un achronaute non déclaré.

Elfes : Insupportables manipulateurs originaires de Grande-Bretagne, les elfes sont fascinés par la beauté, ce qui explique qu'on en trouve essentiellement aux alentours des studios de cinéma ou des agences de mannequins. Véritables caméléons, ils sont capables de « copier » cette beauté et, d'une certaine façon, de s'en nourrir. Ils sont à l'origine de nombreux films de *fantasy* et travaillent main dans la main avec les vampires afin d'amener petit à petit les humains à accepter l'imminent coming out des races surnaturelles.

Fées : Dotées de toutes sortes d'ailes, de papillon à scarabée en passant par des ailes d'oiseau-mouche (dont elles peuvent prendre l'apparence), les fées ont la peau dorée et sont originaires d'Écosse ou d'Irlande. Mais elles ne sont malheureusement pas aussi charmantes qu'on voudrait nous le faire croire. Elles possèdent en effet une épine sur chaque main, jaillissant d'au-dessus de leurs doigts, et comme si ce n'était pas suffisant, ce dard génère un venin. Dosé par magie, il rend sa victime euphorique… ou la tue. Le seul moyen de s'en débarrasser, si l'on venait à être attaqué, est de leur jeter de la poudre d'ail ou de piment, à laquelle elles sont très intolérantes. Un autre type de poussière est également connu pour être efficace contre elles, la poudre de lune, qui crée une très forte dépendance chez les fées.

Loups-garous : Descendants directs d'Anubis, le dieu chacal des Égyptiens, ils furent créés pour défendre l'Égypte contre l'envahisseur. Les loups-garous (mais il existe également des tigres-garous ou des ours-garous) sont intimement liés à leur nature animale, qu'ils peuvent adopter à volonté sans se préoccuper du cycle lunaire, contrairement à ce que veut la légende. Il n'est pas rare de voir un représentant de cette race peser plus de deux cent kilos, car leur masse ne change pas, qu'ils soient sous forme humaine ou non. Outre l'attirail de crocs et griffes à leur disposition, les garous ont une salive empoisonnée qui transforme les humains mordus en monstres. Excessivement allergiques à l'argent et à la tue-loup qui sont, avec la décapitation, deux des seuls moyens de les vaincre, les loups sont connus pour leurs incroyables capacités de régénération.

SangVol : Les Sang Volé, ou SangVols, sont parmi les surnaturels les plus rares, aux côtés des rebrousse-temps. Hybridation prétendument impossible, ils sont les enfants d'un vampire et d'une humaine, dont la grossesse, la plus longue du règne animal, dure une cinquantaine d'années. Gorgés de pouvoir par cette longue gestation et par leur ascendance si particulière, les SangVols sont plus forts, plus rapides et plus puissants que la plupart des surnaturels. N'apparaissant que tous les trois siècles en moyenne, ils sont généralement utilisés comme armes par les vampires pure souche.

Semis : Ce sont des humains mordus par des garous. La pire chose que ces derniers puissent faire. Le venin contenu dans la salive d'un pur loup-garou, injecté directement dans le sang, transforme la victime en semi. Plus puissant qu'un loup, plus rapide… plus fou également. La douleur de leur transformation les rend déments : ils attaquent les humains dont ils raffolent et qui constituent la base de leur alimentation. Comme les loups-garous, ils n'ont pour faiblesse que la tue-loup, l'argent, et la destruction de leur cerveau, toute autre blessure ne les incommodant que temporairement. Parfaites machines à tuer s'ils contrôlent leur soif de sang et les pulsions meurtrières que leur douleur leur inflige, les semis servent souvent de main-d'œuvre ou de mercenaires aux loups. Et contrairement à ceux-ci, leur incarnation animale n'est pas complète : à mi chemin entre l'humain et le loup, ils ne peuvent la contrôler, ne mutant que lors des trois nuits de pleine lune mensuelles. Seuls les alpha, puissants chefs de clan alimentés par le pouvoir de tous les semis, peuvent muter à volonté comme les vrais loups-garous.

Sorciers : Les descendants de la changeante Bastet, qui dans ses accès de colère devient la sanguinaire Sekhmet, sont aussi imprévisibles que leur déesse. Tantôt humains, tantôt félins (et contrairement aux garous, sans se préoccuper aucunement de leur masse corporelle), les sorciers et les sorcières sont lascifs, profiteurs et globalement feignants. Cependant, ceux qui cherchent à se dépasser réservent de nombreuses surprises. Un sorcier compétent peut en effet mêler magie et technologie pour sauver des vies, devenant un puissant guérisseur, ou encore cacher ce qu'il désire au regard des autres, par le biais de puissants sorts de dissimulation, voire devenir une véritable arme en invoquant de terribles maléfices. Leur magie n'a qu'une seule faiblesse : le sel, qui dissout invariablement leurs sortilèges.

Vampires : Les vampires sont une race très récente d'un point de vue historique. Né de l'inceste du roi Arthur et de sa demi-sœur Morgane, Mordred le mort-né fut ramené à la vie par sa mère délirante. Cependant, le sortilège de résurrection, couplé au puissant rituel de fertilité qui permit sa conception, fit de lui le premier mort-vivant... Un être froid et glacé, capable de se reproduire en transfusant son sang maudit à une victime déjà presque exsangue. Quasi immortels, les vampires sont les plus terrifiants des surnaturels. Dotés d'une force et d'une adresse hors du commun, de même que de la capacité de voler, ils ont également, comme si ce n'était pas suffisant, un Charme magnétique qui leur permet d'imposer leur volonté aux humains et d'altérer leur esprit. Ils sont les nettoyeurs des races surnaturelles, s'occupant aussi bien d'effacer les souvenirs de témoins gênants que de neutraliser les spéciaux à l'origine des dits souvenirs. Définitivement. Pour tuer un vampire, il faut frapper en plein cœur. Bien qu'ils soient allergiques à l'argent, comme les garous, il vaut mieux miser sur un pieu en frêne ou en chêne, le sapin étant fortement déconseillé.

Remerciements

Ceci est le meilleur moment de la vie d'auteur, le moment où on a écrit le mot fin sur la page et où on peut passer au plus important : remercier ceux et celles qui nous ont supporté (sans même nous taper dessus) pendant toute l'étape intermédiaire.

Je dois donc remercier ma merveilleuse, incroyable et si unique famille, mon mari Philippe, qui commence à trouver que j'écris un peu trop et que la bibliothèque n'est pas extensible, mes deux filles, Diane et Marine, qui bientôt vont quitter le nid – ce que la maman poule que je suis redoute (ben oui, à qui je vais faire lire mes trucs bizarres, moi ? pffff...) – France, ma maman qui me trouve tous les renseignements dont j'ai besoin en trois minutes, ma sœur Cécile que j'adore avec constance, Didier, Paul et Anna, une des plus jolie, famille, que je connaisse.

Je remercie bien sûr toute la famille Audouin, qui s'inquiète quand je ne mange pas, râle lorsque je ne me soigne pas et me soutient lorsque je suis épuisée, Jean-Luc, Corinne, Lou, Thierry, Marylène, Léo et surtout Papy Audouin qui est le plus adorable des beaux-pères. Bravo, quel courage !

Je remercie mes meilleurs amis, Thomas et Anne-Marie, Jacques et Martine, que je ne vois pas assez. Pardon, pardon, pardon.

Merci à la délicieuse Elsa, mon éditrice, et bienvenue à sa poussine, Dorothy, qui encaisse avec le sourire mes inquiétudes d'auteur ; ça c'est de la gestion ma chérie ! À Emmanuel, qui n'est pas un attaché de presse, mais un… en fait, je n'arrive pas à définir ce que tu es, Emmanuel, une sorte de génie ? Merci aussi à Camille et à tout le service de presse qui se bat pour faire comprendre aux journalistes qu'un auteur jeunesse est avant tout un auteur tout court.

Merci à Pierre, à Michel Lafon, ravie de faire partie de la *dream team* les gars !

À Stéphane, mon webmaster qui n'hésite pas à bosser jusqu'à 4 heures du mat, merci tu *rocks* !

À Brice Ohayon, Essaï Altnouian, Nicolas Gaume, Thomas Valentin, Michel Brossard, merci. Vous êtes de vrais amis et de grandes sources d'inspiration sur ce que les garçons pensent des filles, et encore pardon de vous avoir posé des questions indiscrètes.

Merci à Guillaume et bienvenue dans le milieu de la littérature ! À ma Noémie et à sa jolie Marie, vous êtes de précieuses amies, votre aide m'est inestimable.

Merci aussi, bien sûr, au bureau du fan club de Tara Duncan et d'Indiana Teller.

Et à vous tous, les taraddicts, les indianaddicts, qui me suivez dans mes folles aventures, chers lecteurs, chères lectrices : tout ceci, c'est grâce à vous.

Je vous aime..

À suivre dans le tome 3…

Prologue

Cernés

Nous étions cernés. Les semis se rapprochaient. Silencieux. Puissants.

Mortels.

La pleine lune luisait sur leurs longues griffes. Leurs crocs étincelaient et, d'une certaine façon, c'était étrangement beau, ce ballet d'énormes corps velus. Car ils étaient gracieux, ces monstres bipèdes qui nous entouraient.

Gracieux. Et furieux. Et affamés.

Le seul ennui, c'était leur dîner.

Nous.

Chapitre 1

Venin de loup

Ce n'était pas juste. Je savais déjà depuis longtemps que la vie pouvait être une belle garce qui semble vous donner tout ce que vous avez désiré pour vous le retirer l'instant d'après.

Vous agitant le doigt sous le nez et secouant la tête en faisant « tss tss tss ».

Mais là, ce qui venait de se passer était tellement monstrueux que j'avais envie de hurler mon angoisse au monde entier.

Katerina avait été mordue par Tyler. Ex-copain, ex-rival, loup-garou. Dingue de pouvoir. Puissant ennemi. Il était tout cela à la fois. Et comme il ne pouvait pas avoir Katerina, il s'était débrouillé pour que je ne l'aie pas non plus.

Je connaissais les statistiques. Les attaques de loups-garous sur des filles se soldaient presque toujours par la mort de la personne mordue. L'organisme féminin, peut-être plus fragile que celui des hommes, résistait bien moins au venin de la salive des loups-garous.

Arrêt du cœur. C'était ce que j'avais lu. La fin secouée de convulsions des victimes. Je n'imaginais alors pas une seconde que ce cas allait s'appliquer à la fille que j'aimais plus que tout au monde.

Plus que ma meute, plus que ma propre vie.

Si j'avais eu Tyler devant moi à cet instant, je pense que je l'aurais massacré à mains nues sans le moindre remords. Là, dans les bras des vampires qui nous amenaient au Lykos Ranch où nous allions devoir enfermer Katerina si elle survivait à sa transformation, je ne pouvais que prier qu'elle parvienne à combattre le poison qui courait dans ses veines.

La chose qui me chagrinait le plus dans toute cette histoire, c'était que tout était ma faute. Je lui avais caché mes pouvoirs de rebrousse-temps et Katerina, afin de retrouver ma mère, n'avait rien trouvé de mieux que de faire semblant d'être amoureuse de Tyler.

Résultats de mon imbécillité ? Ma mère ne voulait pas qu'on la délivre pour une mystérieuse raison et Katerina risquait de mourir.

Un peu tard, je me jurais que, si elle survivait, jamais, jamais plus je ne cacherais quoi que ce soit à Katerina.

Car tout était suspendu à ces trois petits mots :

Si elle survivait…

IMPRIM'VERT®

Imprimé en France
par Corlet Imprimeur
14110 Condé-sur-Noireau
N° d'impression : 143934
Dépôt légal : mars 2012
ISBN 13 : 978-2-7499-1605-7
LAF 1382 B